C. R. Grey

Animas Academy

Der heimliche König von Aldemar

© Charles Grantham

C. R. Grey wuchs in Memphis, Tennessee, auf und studierte später Theaterwissenschaften und Creative Writing. Sie lebt heute mit einer schwarzen und einer weißen Katze und ihrem Hund Trudy in Poughkeepsie, New York. Mit ›Animas Academy‹ legt die Autorin ihr Debüt vor.

Stefanie Mierswa wurde 1972 im Ruhrgebiet geboren und hat Literaturübersetzen in Düsseldorf, Literaturwissenschaft in Avignon und Buchwissenschaft in München studiert. Seit 1996 übersetzt sie aus dem Englischen und Französischen, vor allem Titel im Kinder- und Jugendbuchbereich. Sie lebt mit ihrer Familie in Augsburg.

C. R. Grey

ANIMAS ACADEMY

Der heimliche König von Aldemar

Aus dem amerikanischen Englisch
von Stefanie Mierswa

dtv

Ausführliche Informationen über
unsere Autoren und Bücher
www.dtv.de

Von C. R. Grey ist bei dtv junior außerdem lieferbar:
Animas Academy – Die verschollene Prophezeiung

MIX
Papier aus verantwortungsvollen Quellen
FSC® C014496
FSC
www.fsc.org

Deutsche Erstausgabe
2017 dtv Verlagsgesellschaft mbH & Co. KG, München

Titel der amerikanischen Originalausgabe: ›Animas – Flight of the King‹,
2015 erschienen bei Disney • Hyperion,
an imprint of Disney Book Group, New York, New York, USA

Umschlaggestaltung: Marci Senders
Umschlagbild: James Madsen
Lektorat: Ulrike Hauswaldt
Gesetzt aus der Dante MT Pro 11,75/14,5
Satz: Fotosatz Amann, Memmingen
Druck und Bindung: GGP Media GmbH, Pößneck
Printed in Germany · ISBN 978-3-423-76185-7

Wieder für Aaron

Ein wahrer Herrscher erkennt einen falschen im Spiegel;
Ein falscher erkennt nur sich selbst.
Das Kriegskind ist der Spiegel, in den sie blicken:
Das Kind ist sowohl das Spiegelbild
als auch das Gegenteil des Bösen.

ALDEMAR
Rote Hügel
Irrgarten
GRAUE STADT
Wald von Roanoal
Statue der Zwillinge
Tal der Seher
FAIRMOUNT
Dunkle Wälder
Fluvian
Walkers Farm
Velyn-Gebirge

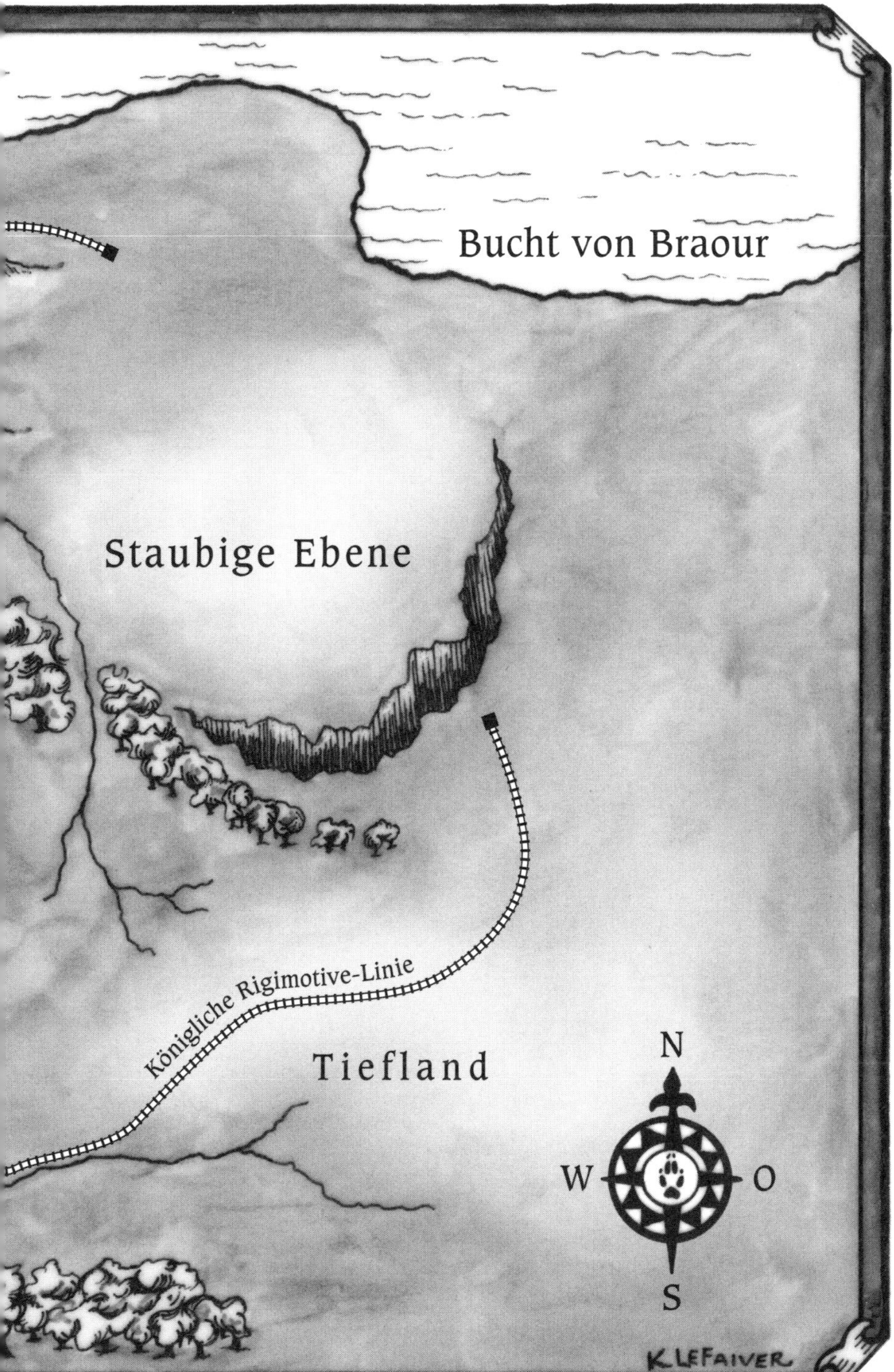

Bucht von Braour
Staubige Ebene
Königliche Rigimotive-Linie
Tiefland
N
W
O
S
K LEFAIVER

Prolog

Ein scheußlicher Wind heulte über die nördliche Staubige Ebene und wirbelte vertrocknete, strohige Grashalme auf. Ein Bellen und Jaulen hallte durch eine graue Steinbaracke: der Klang zehn junger Schakale, die in einem Gitterkäfig direkt vor der Tür eingesperrt waren.

Den Mann, der in der Baracke saß, störte das Gekläffe nicht. Ihm gefiel alles, was nach Chaos klang.

Der Schakal, den nur seine Vertrauten und seine längst verstorbene Mutter unter dem Namen Lawrence kannten, saß mit dem breiten Rücken zum Fenster. Vor ihm erstreckte sich ein Holztisch, der so lang wie zwei voreinanderstehende Löwen war und auf dem lauter Zahnräder und Metallteile herumlagen. In der Mitte, einer frisch erlegten Beute gleich, lag eine riesige Metallkrähe. An der Stelle, wo bei einer echten Krähe das Herz gewesen wäre, hatte sie einen komplizierten Apparat mit einem frei liegenden Knopf. Der Schakal drückte darauf und lauschte.

Das Kriegskind ist hier an der Schule … Eine Frauenstimme hallte aus den entblößten mechanischen Eingeweiden des Vogels. *Der Tiger muss ganz in der Nähe sein. Keine Sorge. Heute Nacht stirbt das Kind und dein Thron ist sicher …*

Das hämische Kichern des Schakals erfüllte den Raum. Die bezaubernde kleine Viviana Melore stellte also Nachforschungen über die Prophezeiung an – und genau wie er würde sie über Leichen gehen, um den Thron zu behalten. Eine Metallkrähe hackt der anderen kein Auge aus, dachte er und fuhr mit dem Finger an einem auf dem Tisch liegenden ausrangierten Kupferflügel entlang. Er hatte allerdings von Mrs Sucrettes Ableben gehört – aber kein Sterbenswort über ein weißes Raubtier oder einen toten Schüler. Offensichtlich hatte sie ihren Auftrag nicht erfüllt.

»Ich habe es geschafft, Hunderte weißer Tiger zu töten«, höhnte der Schakal, »und Viviana schafft nicht mal einen!«

Beinahe ganz Aldemar war in dem Glauben, der Schakal sei hingerichtet worden – was ihm nur recht sein konnte, denn dadurch konnten seine Lakaien Informationen zusammentragen, die ihm sonst verwehrt geblieben wären. Das Parlament hatte ihn am Leben gelassen und in die Staubige Ebene verbannt. Doch inzwischen war das Parlament gestürzt, und so erkannte er die gute Gelegenheit, Unruhe zu stiften. Seine Beauftragten aus der Staubigen Ebene – Diebe und Gauner und selbst ernannte »Herren« der äußeren Gebiete – würden die Graue Stadt liebend gern in seinem Namen plündern, wenn er ihnen dafür Essen und eine Kiste voller Schneckenrücken versprach.

Er zog die Uniformjacke über, die über der Stuhllehne hing,

und betrachtete sich prüfend im kleinen Spiegel, der an der Steinwand hing. Der Schakal mochte vielleicht nicht mehr so stark sein wie früher, aber seine breite Gestalt war noch immer beeindruckend. Und die Narben – ja, die Narben, die trugen sicherlich zu seiner Furcht einflößenden Erscheinung bei. Er befühlte den zarten Streifen runzliger Haut, der vom Nasenrücken bis zur Unterseite seines Kiefers verlief.

Viviana würde sich in seiner Gegenwart zu einem zitternden kleinen Mädchen verwandeln, sosehr sie sich auch ausstaffiert haben mochte. Sie war noch klein gewesen, als er ihren Vater umgebracht und seinen Soldaten befohlen hatte, den Palast in Brand zu stecken. Zweifellos war sie mit einem Groll gegen ihn aufgewachsen. Doch als der Schakal sein eigenes Spiegelbild angrinste, war er sich sicher, die unerschütterlich scheinende neue Königin überwältigen zu können. Schließlich bangte sie um ihren Thron, und wenn sie den Tiger tötete, würde das nicht dazu beitragen, dass sie ihn behielt.

Weil ich ihn als Erster finden werde.

Der Gedanke erfreute ihn. Die legendäre Bestie aus der Prophezeiung konnte sich tatsächlich als nützlich erweisen, wenn man wieder auf der Bildfläche erscheinen wollte.

Was auf den Schakal definitiv zutraf.

1

Als die Rigimotive quietschend in den Bahnhof von Fairmount einfuhr, machte Bens Herz vor Freude einen Sprung. Die Winterferien hatten zwar nur sechs Wochen gedauert, aber es kam ihm so vor, als wäre es Monate her, dass er sich seiner Anima bewusst geworden war. So weit von seiner Seelenfreundin, dem großartigen Tigerweibchen Taleth, entfernt, waren ihm die Tage zu Hause lang und fad erschienen – nichts im Vergleich zu der Aufregung während seiner ersten paar Monate an der Schule. Bei dem Gedanken, seiner Seelenfreundin jetzt wieder so nahe zu sein, schwebte er vor lauter Vorfreude auf Wolke sieben. Er konnte es nicht abwarten, sie zu sehen und seine Ausbildung bei Tremelo fortzusetzen. Sein Lehrer würde ihm beibringen, wie er das frisch geschaffene Band stärken und nutzen konnte.

Sein bester Freund Hal saß geduckt am Fenster der Rigimotive und musterte durch seine dicke Brille die wartende Menge. Draußen lag eine frische Schneeschicht auf dem Bahnhofsdach und den Hecken dahinter, und die schnatternde Schülerschar auf dem Bahnsteig war in kuschelige Mäntel und Schals gehüllt. Ben entdeckte seine Freundinnen Tori und Phia, die ihm und Hal zuwinkten. Ihr Atem stieg wie Nebel in die Luft auf. Phias Falke Carin saß auf seinem üblichen Platz: dem Lederflicken, den sich Phia zum Schutz über die Schulter geschnallt hatte.

»Da sind die Mädchen«, bemerkte Hal und stieß Ben aufgeregt an. Ein Schmerz schoss durch Bens rechten Arm und er zuckte zusammen. Die tiefe Schnittwunde entlang seines Unterarms, die ihm Mrs Sucrette letzten Herbst mit dem Messer zugefügt hatte, war noch immer nicht ganz verheilt. Mrs Sucrette hatte sich als Lateinlehrerin in die Schule eingeschlichen, war aber in Wirklichkeit eine Spionin der Dominae gewesen, der Partei von Königin Viviana, und hatte Ben umbringen wollen.

Hal verzog das Gesicht.

»Oh, tut mir leid, Ben«, sagte er. »Hab ich ganz vergessen.«

»Schon okay«, antwortete Ben. Er rückte seine Schlinge zurecht und zog sich den Mantel über die Schultern.

Sobald er aus der Rigimotive gestiegen war, konnte er Taleths Anwesenheit irgendwo in den nahe liegenden Wäldern spüren. Er war erleichtert, dem Tiger so nahe zu sein, wusste aber auch, dass er seine Bewusstwerdung noch geheim halten musste. Die *Dominae* würden nach einem weißen Tiger und seinem menschlichen Seelenfreund Ausschau halten, und wenn er seine wahre Anima preisgab, würden sie sowohl ihn als auch Taleth sofort ins Visier nehmen. Genauso wie er sich vor den Ferien bemüht hatte zu verheimlichen, dass ihm eine Anima fehlte, würde er jetzt verbergen müssen, dass er eine hatte.

»Ben! Hal!«, rief Phia und lief zu ihnen hinüber. Sie und Tori drängten sich durch die Menge von Schülern und ihren Seelenfreunden. Eine Hundeschar tollte ausgelassen mit einigen Waschbären und Dachsen im Schnee, während die Schüler über den Bahnsteig hasteten und nach ihren Koffern suchten. Phia umarmte Ben und Hal und achtete darauf, Bens verletzten Arm nicht zu drücken. Tori hielt sich lächelnd zurück.

»Wir haben auf euch gewartet«, sagte sie mit gewichtiger Miene. Ben bemerkte ein kleines, dreieckiges schwarzes Gesicht, das aus ihrem Mantelärmel herausspähte: eine Schlange. Sie blitzte ihn mit ihren gelben perlenartigen Augen an und zog sich dann zurück. »Du sollst dich gleich nach deiner Ankunft bei Tremelo melden und mit niemandem über deine du weißt schon was reden.«

»Meine nicht vorhandene Anima?«, mutmaßte Ben.

»Pscht«, antwortete Phia und legte einen Finger an die Lippen. Ihre dunkelbraunen Augen funkelten, als sie ihn anlächelte. »Er hat was für dich.«

Ben lächelte zurück in der Hoffnung, dass Phia das Buch des Verrückten über die Prophezeiungen meinte. Nicht nur würde Ben seine Ausbildung bei Tremelo fortsetzen können, sondern er brannte auch darauf, mehr über das seltsame Werk zu erfahren, in dem seine Bewusstwerdung vorhergesagt worden war. Das Buch enthielt eine Prophezeiung über das »Kriegskind«, das einen neuen König für Aldemar verkünden werde. Es war von dem sogenannten Verrückten geschrieben worden, dem Mann, der Tremelo aufgezogen hatte. Seit der Entdeckung, dass Ben tatsächlich das Kriegskind war und Tremelo selbst der Wahre König, sehnte sich Ben danach, sich mit der mysteriösen Geheimschrift des Buches zu befassen. Man konnte sie jedoch nur mit dem Glas der Seher entziffern, einem prismaähnlichen Gegenstand, mit dem die krakeligen Hieroglyphen einen Sinn bekamen. Tremelo hatte ihm versprochen, das Buch in den Ferien zu lesen und Ben zu verraten, was er daraus erfahren hätte.

Mit ihrem Gepäck im Schlepptau folgten Hal und Ben den Mädchen vom überfüllten Rigi-Bahnsteig hinunter und auf das eigentliche Schulgelände. Die Heckentiere entlang des Weges, liebevoll von der Schulgärtnerin Mrs Copse geschnitten, trugen weiße Mützen aus frisch gefallenem Schnee. Eine Hirschfamilie stürmte vor ihnen durch die rieselnden Flocken. Eine Gruppe von Fledermäusen flatterte aufgeregt und froh über Hals Ankunft aus dem Uhrenturm von Fairmount und umgab die vier Freunde als ledriger Schwarm, sodass Tori und Phia lachten und kreischten.

»Sie wollen uns nur begrüßen«, erklärte Hal grinsend, während die Fledermäuse geschlossen den Uhrenturm umkreisten und unter der Traufe des Spitzdaches verschwanden.

Die Schulgebäude waren alle noch winterlich geschmückt: Kerzen leuchteten in allen Fenstern und die Marmoreingänge waren von fröhlichen Girlanden aus Efeu- und Cranberry-Zweigen umrahmt.

»Wie war es in der Grauen Stadt?«, erkundigte sich Hal bei Tori, als sie an der Bibliothek vorbeigingen.

»Es gab Plünderungen«, erzählte sie. »In der Nähe unserer Wohnung wurde eine Druckerei ausgeraubt. Tagelang lag überall Papier auf den Straßen. Das totale Chaos! Immerhin war das Papier schön bunt, sodass es ein bisschen nach Weihnachtsdeko aussah.«

»Und wer war das? Die Dominae?«, fragte Ben.

Tori zuckte mit den Schultern.

»Wer weiß? Die ganze Stadt spielt verrückt – ob die Leute nun die Dominae unterstützen oder das Parlament zurückhaben wollen, ist fast schon egal. Jeder tut einfach, was ihm passt. Ich habe sogar schon Leute gesehen, die das mit der Dominanz selbst ausprobiert und ihre Seelenfreunde nur zum Spaß unter ihre Kontrolle gebracht haben. Als ob's ein Spiel wär!«

»Das ist ja furchtbar!«, fand Hal. »So was gibt es im Tiefland nicht. Zumindest haben wir das nicht erlebt.«

Ben wurde klar, dass sich Toris Ferienwochen zu Hause deutlich von seinen eigenen unterschieden hatten. Im Tiefland hatte er sich zwar weit weg von Taleth und seinen Freunden gefühlt, aber auch von der wachsenden Macht Vivianas und ihrer Dominae-Partei. Er konnte sich überhaupt nicht vorstellen, wie es sein musste, im Zentrum des Geschehens zu leben.

»Aber niemand ist zu dem fähig, was Sucrette getan hat«, fuhr Tori mit gesenkter Stimme fort. »Ich habe nicht erlebt, dass jemand den Seelenfreund von jemand anderem unter seine Kontrolle gebracht hätte, so wie sie es in jener Nacht getan hat. Die meisten Leute haben sicher keine Ahnung, dass so was mit der Dominanz möglich ist. Ich frage mich, ob sie noch so scharf auf das Ausprobieren wären, wenn sie es wüssten.«

Einen Moment lang gingen die vier Freunde schweigend weiter. Ben bemühte sich, die schrecklichen Bilder, die ihm durch den Kopf schwirrten, zu vertreiben: eine auf ihn zukommende Schar von Bären, Wölfen und Dachsen mit kaltem, blutrünstigem Blick. Sucrette, die ihnen befahl, ihn zu töten.

»Hast du deinen Eltern irgendwas von Taleth erzählt?«, wollte Phia wissen und holte ihn in die Wirklichkeit der frostigen Schulanlage zurück. Er nahm den Geruch von brennendem Holz im Wind wahr, der von den Schornsteinen der Bibliothek herüberzog. Carin, der Falke, schmiegte den Kopf an Phias gelocktes Haar, das in den wenigen Wochen, die sie nicht da gewesen waren, sogar noch wilder geworden zu sein schien.

»Das konnte ich nicht«, antwortete Ben. Am liebsten wäre er mit der ganzen Geschichte herausgeplatzt, sobald er zu Hause angekommen war, vor allem bei dem Gedanken, wie stolz und erleichtert seine Eltern darüber gewesen wären, dass er sich endlich seiner Anima bewusst geworden war. Stattdessen hatte er so getan, als hätte sich nichts geändert, und war ihren besorgten Blicken ausgewichen, so gut er konnte. Soweit sie wussten, würde seine Abwesenheit noch ewig andauern.

»Es ist nicht so, dass ich ihnen nicht vertraue«, erklärte er. »Sie wären auf jeden Fall in der Lage, Stillschweigen zu bewahren. Aber wenn ich ihnen erklären müsste, warum meine Bewusstwerdung so geheim ist, würden sie mich niemals an die Schule zurückkehren lassen. Sollte ich ihnen etwa erzählen, dass die Dominae schon einmal versucht haben, mich umzubringen? Ich kann mir nicht vorstellen, dass meine Mutter das packen würde.«

»Wahrscheinlich nicht«, stimmte Phia zu.

»Wie war es denn hier?«, erkundigte sich Ben und hoffte, dass er keine schmerzlichen Gefühle bei ihr ausgelöst hatte. Phias Familie hatte sich die Rigi-Fahrkarte zurück in die Staubige Ebene nicht leisten können und so hatte sie die Ferien in Fairmount verbracht, im einsamen Flügel des Wipfel-Wohnheims, den die Schule für Fälle wie ihren offen hielt.

»Eigentlich ganz nett«, antwortete sie. »Ich hab viel Zeit mit Gwen verbracht.«

»Finde ich toll«, sagte Ben. »Ich würde mich auch gern mal länger mit ihr unterhalten.« Gwen war nur ein Jahr älter als Ben und seine Freunde, aber sie kam aus einer völlig anderen Welt.

Sie und ihr Vormund, der Älteste, waren dem Chaos im Parlament und in der Grauen Stadt entflohen und auf der Suche nach Tremelo nach Fairmount gekommen. Der Älteste war es auch gewesen, der ihnen die befremdliche und alles verändernde Nachricht überbracht hatte, dass Tremelo der verlorene Prinz Trent war. Jetzt, da der Älteste tot war, bedeuteten die Dominae auch für Gwen Gefahr. Deswegen war sie hier an der Schule geblieben. Hier war es für sie am sichersten.

»Sie war eine enorme Hilfe«, verriet Phia im Flüsterton. »Sie versteckt das Glas der Seher für Tremelo.«

Ben spürte einen Anflug von Neid. Wie gern wäre *er* gebeten worden, das Glas der Seher oder das Buch des Verrückten sicher aufzubewahren. Aber Tremelo hatte ihn nicht gefragt.

Ben und seine Freunde erreichten Tremelos Klassenzimmer, das noch genauso chaotisch, dunkel und unordentlich wie vor den Ferien aussah. Oder sogar schlimmer, da Tremelo – ein passionierter Tüftler – anscheinend mehrere neue Projekte angefangen hatte. Die breite Holzplatte seines Schreibtisches im Büro war von ölverschmierten Zahnrädern und Papieren mit Tintenklecksen bedeckt. Nicht gerade eine königliche Art zu leben.

»Gut, dass du da bist.« Tremelo, ein hochgewachsener, schlanker Mann mit dunklem Schnurrbart, lehnte mit verschränkten Armen an seinem Schreibtisch. »Wir müssen unser weiteres Vorgehen besprechen, jetzt, wo du dir deiner Anima bewusst geworden bist.«

»Ich freue mich auch, Sie zu sehen«, antwortete Ben und zog umständlich seinen Wintermantel aus. »Schöne Ferien gehabt?«

»Nicht genug Wurzelkrautschnaps in den Läden«, entgegnete Tremelo. Anscheinend interessierte er sich nicht dafür, wie Ben seine Ferien verbracht hatte, denn er wechselte abrupt das Thema.

»Du musst auf der Hut sein, Ben. Jetzt, wo Sucrette nicht mehr da ist, wird die Schule unter Beobachtung stehen.«

Ben nickte und war gespannt zu erfahren, was Tremelo vorhatte. Sechs Wochen waren vergangen, und Ben war überzeugt, dass Tremelo inzwischen mit den königstreuen Melore-Anhängern Kontakt aufgenommen hatte.

»Ich passe auf«, versprach Ben. »Aber was gibt es noch Neues?« Haben Sie mit den RATTEN gesprochen?« Die RATTEN waren eine Gruppe von Parlaments- und Königstreuen, die das Band zwischen Menschen und Seelenfreunden schützen wollten. Seit Viviana sich selbst zur Königin ernannt und die Graue Stadt unter ihre Kontrolle gebracht hatte, mussten die RATTEN im Untergrund leben. »Haben Sie ihnen gesagt, dass Sie der Wahre König sind? Und was ist mit den Velyn? Werden sie mit uns kämpfen?«

»Konzentriere dich auf eine Sache«, ermahnte ihn Tremelo.

»Aber …«, versuchte es Ben erneut.

Tremelo machte eine abwehrende Gebärde. Er sah Tori, Hal und Phia an, die zusammen in der Tür zwischen Klassenzimmer und Büro standen, und winkte sie herein. Erst als Hal die Tür hinter ihnen geschlossen hatte, fuhr er fort.

»Nicht so schnell«, sagte Tremelo. »Wir bräuchten mehr als das Wort eines alten Mannes und das Auftauchen einer außergewöhnlich großen Katze, um wie eine Bürgerwehr in die Graue Stadt zu stürmen. Ich habe keineswegs vor, mitten in die Operationen der Dominae hineinzuplatzen und mich massakrieren zu lassen. Vielleicht gibt es einen Wahren König, vielleicht auch nicht. Im Moment *deuten* wir eine Weissagung. Wir ziehen deswegen nicht gleich in den Kampf. Verstanden?«

Schweigen breitete sich wie eine dicke, erstickende Decke im Raum aus.

»Mein Status als angeblicher König ist im Moment die geringste unserer Sorgen«, fuhr Tremelo fort. »Ich habe wichtige Neuigkeiten: Wir bekommen sehr unliebsamen Besuch – von Viviana Melore. Sie macht eine Art Freundschaftstour bei allen Wirtschaftsgütern des Königreichs: Fabriken, Bauernhöfen … und Schulen. Und ihr erster Halt ist ausgerechnet Fairmount.«

Ben erstarrte. Er hörte, wie Phia zwischen den Zähnen die Luft einsog.

»Sie kommt *hierher*?«, fragte er.

Tremelo nickte. »Nächsten Freitag. In weniger als zwei Wochen.«

»Freundschaftstour, von wegen!«, schimpfte Tori. »Sie wird sich nach Sucrette umhören! Das war schließlich ihre Spionin. Und die ist hier in Fairmount umgekommen – von Tieren getötet, die sie selbst aufgehetzt hat.«

»Wenn Viviana das überhaupt nötig hat«, meldete sich Hal zu Wort. »Was ist, wenn sie schon weiß, dass wir damit zu tun haben?«

»Unmöglich«, widersprach Tremelo und machte eine beruhigende Geste. »Wenn sie das wüsste, wären wir alle schon tot.«

»Das macht Mut«, sagte Tori trocken.

»Diese Reise ist nur ein Trick, eine Ausrede, damit sie mehr über das Kriegskind herausfinden kann. Wahrscheinlich wird sie auch nach dem Buch und dem Glas suchen, da Sucrette sicher davon gesprochen hat. Aber sie wird keines von beiden finden«, führte Tremelo aus. »Nicht, solange ihr euch ruhig verhaltet. Und zwar ab sofort. Keine Ausflüge mehr außerhalb des Schulgeländes. Keine geheimen Treffen mehr nach diesem hier. Ihr werdet alle euer Möglichstes tun, um wie ganz normale, ahnungslose Schüler zu wirken.«

»Aber sollten wir nicht versuchen, sie aufzuhalten?«, fragte Ben, auch wenn er nicht ganz wusste, wie sie das anstellen sollten. »Sie sind der wahre Herrscher von Aldemar, Sie könnten Vivianas Anspruch doch anfechten …«

»Wir unternehmen nichts, was ihre Aufmerksamkeit erregen könnte«, bestimmte Tremelo und schnitt Ben das Wort ab. »Sonst laufen wir Gefahr, uns zu enttarnen. Ebenso wenig werden wir das Buch und das Glas benutzen, solange sie hier ist. Das Risiko ist mir einfach zu hoch.«

Ben ließ den Blick über seine Freunde schweifen. Hal hatte die Arme fest vor der Brust verschränkt und blickte zu Boden. Tori schüttelte den Kopf.

»Das verstehe ich nicht«, sagte Ben. »Wir wollen gar nichts unternehmen?«

»Doch«, antwortete Tremelo, »ich habe einen Plan. Aber während ihres Besuchs wollen wir nur Informationen sammeln. Du musst Vernunft walten lassen, Ben. Es wäre viel zu gefährlich, ausgerechnet dich in etwas zu verwickeln. Selbst *wenn* ich dieser ›Wahre König‹ wäre … Wir sind nicht annähernd in der Lage, Vivianas Herrschaft offen anzufechten. Es sei denn, ihr vier und Gwen wollt eine ganze Armee ersetzen.«

Ben gab keine Antwort. Er wollte einfach nicht zugeben, dass Tremelo recht hatte.

»Dachte ich mir«, sagte Tremelo. Er richtete sich auf. »Die Dominae vermuten sicher, dass Sucrette einem Verbrechen zum Opfer gefallen ist. Und wenn Viviana tatsächlich so erpicht darauf ist, die Erfüllung der Prophezeiung zu verhindern, wie ich glaube, bedeutet das, dass sie hinter uns her sein wird. Wir dürfen ihr keinerlei Grund zu der Annahme geben, dass wir mit der Sache zu tun haben.« Er ging zu einem Drahtkäfig hinüber, der hinter einem Zeitungsstapel in der Ecke versteckt war.

»Wir müssen davon ausgehen, dass Sucrette Viviana über das Kriegskind unterrichtet hat, auch wenn sie deinen Namen nicht genannt hat, Ben«, fuhr Tremelo fort, während er sich bückte und den Riegel der Käfigtür öffnete. »Die Dominae werden also nach einem weißen Tiger suchen oder aber nach jemandem, der von sich behauptet, einen weißen Tiger als Anima zu haben. Sobald du deine Bewusstwerdung verrätst, unterschreibst du dein Todesurteil. Du kannst aber auch nicht weiter mit einer Abwesenheit leben. Das ist zu verdächtig.« Tremelo griff in den Käfig und holte etwas heraus. Als er sich umdrehte, lag längs auf seinem Unterarm etwas, das wie eine modrige grüne Zipfelmütze aussah. Der Schwanz baumelte von Tremelos Armbeuge herunter. Tremelo ließ die Kreatur auf den Tisch gleiten, wo sie ein geschupptes Bein über ein Metallröhrchen legte, was offenbar dermaßen bequem war, dass sie auf der Stelle einschlief. Es war ein Leguan, und noch dazu ein ziemlich alter. Seine graugrüne Haut blätterte stellenweise ab und die herabhängenden Säcke unter seinen wulstigen Augen waren mit Wucherungen überzogen, die Ben an Seepocken erinnerten, die er mal an einem Brückenpfeiler im Fluvian gesehen hatte.

»Uäh«, machte Tori und Ben stimmte ihr zu.

»Begrüße deinen neuen Seelenfreund, Ben. Ich gratuliere dir zu deiner Bewusstwerdung«, sagte Tremelo. »Tori, du gibst Ben bitte ein paar Tipps, wie man unter Leuten mit Reptilien-Anima am wenigsten auffällt.«

Der Leguan öffnete langsam ein Auge, leckte sich den Augapfel – wahrscheinlich vor Langeweile über das, was er sah – und schlief wieder ein.

»Er sieht aus, als läge er im Sterben«, meinte Ben.

»Seine Reglosigkeit ist Teil des Plans«, entgegnete Tremelo und schien außerordentlich stolz auf sich selbst zu sein. »Niemand wird merken, dass du nicht richtig mit ihm interagierst. Und da es im Moment keine anderen Schüler mit Anima Leguan in Fairmount gibt, wird es niemandem auffallen, wenn du Bert mit dir herumträgst.«

»Bert?«, fragte Tori.

Tremelo runzelte die Stirn.

»Sieht er nicht aus wie ein Bert?«

»Er sieht wie eine Handtasche aus«, stellte Ben fest.

Tremelo grinste. »Er ist jetzt *deine* Handtasche, mein Junge! Er wird dich zum Unterricht begleiten, in die Mensa, zum Scavage-Training …«

Ben streckte vorsichtig einen Finger aus und strich über den Kamm auf Berts Rücken. Der Leguan regte sich nicht, aber ein Fetzen papierdünner Haut löste sich bei der Berührung. Ben schüttelte sie vom Finger ab.

»Was ist mit Taleth?«, wollte er wissen. »Im Herbst haben Sie mir geholfen, mich auf die Bewusstwerdung vorzubereiten. Ist die Ausbildung jetzt, nachdem es endlich passiert ist, etwa vorbei? Ich weiß ja nicht mal, wie das Band überhaupt funktioniert!«

Tremelos Schnurrbart verzog sich, als er die Stirn in Falten zog, und Ben sah aufrichtige Sorge in seinen Augen aufblitzen.

»Dein Band ist noch sehr frisch, das stimmt«, antwortete Tremelo. »Und das bedeutet, dass sein Erleben dir anfangs recht zufällig erscheinen wird. Momente des Einblicks und des Sehens durch Taleths Augen werden kommen und gehen, ohne dass du sie kontrollieren kannst, normalerweise in Zeiten extremer Gefühlsregungen. Das kann ziemlich irritierend sein und es wird einige Zeit dauern, bis du gelernt hast, dich nach Belieben in die Gedanken deiner Seelenfreundin einzuklinken. Ich würde dir liebend gern dabei helfen, dich hineinzufinden, wirklich. Aber wenn wir die Aufmerksamkeit auf den Wald lenken, bringen wir nicht nur dich und Taleth in Gefahr, sondern auch die Velyn.«

Ben atmete tief durch. Die Velyn waren ein Volk, das während der Herrschaft des Schakals grausam bekriegt worden war. Wie es aussah, stammte auch Ben, der von seinen Eltern als Baby adoptiert worden war, aus diesem Volk. Die letzten Velyn hatten sich vor vielen Jahren in die Wälder zurückgezogen und lebten dort im Verborgenen. Natürlich wollte Ben ihre Sicherheit nicht gefährden! Er kämpfte gegen einen Kloß im Hals an. Enttäuschung machte sich wie eine dunkle Wolke in seiner Brust breit.

»Könnte mir das Buch des Verrückten eine Hilfe sein?«, fragte er. »Auch wenn ich es nicht sehen darf, solange Viviana hier ist, muss ich doch wissen, was es zu bedeuten hat, dass ich dieses Kriegskind bin. Kann mir die Prophezeiung helfen, mein Band besser zu verstehen? Haben Sie etwas darüber gelesen?«

»Nur so viel, wie ich mich getraut habe«, antwortete Tremelo. »Eine Stelle fand ich besonders interessant: Das Kind sei ›das Spiegelbild als auch das Gegenteil des Bösen‹.« Er schien einen Augenblick lang in Gedanken versunken zu sein, schüttelte dann aber den Kopf. »Das Buch ist jetzt in einem sicheren Versteck. Ich verspreche dir, ich werde es dir nicht ewig vorenthalten. Aber im Moment schwebst du in größerer Gefahr als jemals zuvor in deinem Leben. Wir *müssen* warten.«

»Tremelo hat recht«, meldete sich Phia zu Wort und legte Ben eine Hand auf die Schulter. »Komm, du warst noch nicht mal in deinem Wohnheim.«

»Wir sehen uns im Unterricht«, sagte Tremelo und drehte sich zu seinem Schreibtisch um. »Vergiss deinen Leguan nicht.«

Ben nahm Bert und setzte ihn sich auf die gesunde Schulter, wo die Echse liegen blieb wie ein nasses Handtuch. Dann verließ Ben mit seinen Freunden Tremelos Büro.

»Ich verstehe ihn nicht«, sagte er, als sie draußen zu den Wohnheimen gingen. »Die Dominae kommen her und er *behauptet*, er hat einen Plan – aber warum bittet er die RATTEN und die Velyn nicht um Hilfe? Sie wären doch in null Komma nichts hier, wenn er ihnen einfach nur sagen würde, wer er ist! Und dann dieser Quatsch, den er über die Prophezeiung gesagt hat: ›Vielleicht gibt es einen Wahren König, vielleicht auch nicht.‹ Als wäre es nicht klar wie Kloßbrühe, dass *er* der König ist!« Beim Sprechen versuchte er, nicht auf den summenden Sog in seiner Brust zu achten, der ihn zum Wald zog. Taleth war irgendwo da draußen – aber er konnte keine Verbindung zu ihr aufnehmen. Noch nicht.

»Tremelo hat Angst«, sagte Hal.

»Und er ist verrückt, denk dran«, murmelte Tori.

Ben seufzte. Mit Angst kannte er sich aus und auch damit, wie überwältigt man sich fühlte, wenn sich einem die eigene Herkunft offenbarte. Er war ein Velyn – das Kriegskind – und Tremelo ein König. Auch wenn Bens Anima bedeutete, dass er in Gefahr schwebte, fühlte er sich durch seine wahre Identität doch stark und wichtig. Er begriff nicht, dass es Tremelo nicht genauso ging, nachdem er erfahren hatte, dass er der Sohn eines Königs war. In einem Punkt hatte Tremelo allerdings recht: Vivianas Aufenthalt hier an der Schule bedeutete für Ben die bisher größte Gefahr seines Lebens. Er war der Verkünder des Wahren Königs und die Erfüllung einer Prophezeiung, die Viviana um jeden Preis verhindern wollte. Wenn sie erfuhr, dass er das Kriegskind war, würde sie keine Sekunde zögern und ihn umbringen lassen. Aber bedeutete das, dass er und seine Freunde gar nichts tun konnten?

»Ich weiß etwas, das dich aufheitern wird«, sagte Phia. »Sieh dir das supergeheime Buchversteck an!« Sie lächelte und sogar Tori schien sich zu freuen, so als hätte sie den perfekten Streich geplant. Die Mädchen führten die beiden Jungen über den Rasen, auf dem der Uhrenturm von Fairmount stand, und näherten sich der Bibliothek.

Der Eingang war in warmes gelbes Licht getaucht und Ben nahm den heimeligen Duft eines Kaminfeuers wahr, das ganz in der Nähe in einem Lesezimmer brannte. Die Mädchen bogen in einen großen Korridor ab, der vom zentralen Innenhof abzweigte, und blieben vor einem mit Schnitzereien reich verzierten Bücherschrank stehen. Hinter seinen Scheiben standen Dutzende Bücher mit prachtvollen Ledereinbänden und goldenen Verzierungen auf dem Rücken.

»Was soll das sein?«, wollte Ben wissen.

»Wenn nicht mal du es entdeckst, dann hatte Tremelo recht!«, flüsterte Tori. »Guck mal nach da oben.« Sie deutete in die linke Ecke des obersten Regalbodens.

Ben folgte ihrem Blick. Als würde es genau dort hingehören, stand dort das Buch des Verrückten mit den Prophezeiungen.

»*Das offensichtlichste Versteck ist das beste*, hat Tremelo gesagt, als er es hingestellt hat«, erklärte Phia und warf einen Blick hinter sich, um sich zu vergewissern, dass niemand zuhörte. »Hier sind alle Erstausgaben ausgestellt, die in Fairmount gedruckt worden sind, als es hier noch eine funktionstüchtige Druckerpresse gab.«

»Jeder würde annehmen, dass das Buch hier hingehört«, sagte Tori. »Das ist sogar sicherer, als wenn wir versuchen würden, es in Tremelos Büro zu verstecken.«

»Steht zu hoffen«, entgegnete Ben und ließ den Blick durch den Innenhof schweifen, während ein paar Mädchen aus dem zweiten Jahr kichernd hindurchgingen. Er hasste den Gedanken, dass nur eine dünne Glasscheibe das Buch von jedem beliebigen Leser trennte – einschließlich seiner selbst. Aber Viviana war auf dem Weg hierher, und wenn er mit dem Buch des Verrückten oder dem Glas der Seher erwischt wurde, würden sie die ganze Macht der Dominae zu spüren bekommen. »Hoffen wir mal, dass das mit dem offensichtlichsten Versteck für uns alle gilt.«

Als sie in die kalte Winterluft zurückkehrten, tippte Phia Ben auf die Schulter.

»Komm in einer halben Stunde nach draußen zum Scavage-Feld«, flüsterte sie. »Ich habe *auch* eine Idee.«

2

Gwen schoss einen Pfeil von dem Langbogen aus Schwarznussholz ab, den Tremelo ihr gegeben hatte. Er verfehlte zwar den Baumstamm, auf den sie gezielt hatte, riss aber ein paar vertrocknete Blätter von einem Zweig ein paar Zentimeter daneben. Sie wurde besser.

Hinter ihr, auf der äußeren Fensterbank des Baumhauses, in dem sie seit dem Kampf mit Sucrette wohnte, saßen drei Eulen. Sie plusterten sich auf und drehten ihre geisterhaften Köpfe in die Richtung des Schulgeländes. Gwen hörte Schritte zwischen den Bäumen.

Sie zog einen neuen Pfeil aus dem Köcher auf ihrem Rücken, legte ihn ein und senkte den gespannten Bogen an ihrer Seite.

»Schuhu-schuhuuu«, pfiff sie.

Der gleiche Pfiff kam als Echo zu ihr zurück, mit einem zusätzlichen Zwitschern am Ende. Gwen lockerte ihren Griff um den Bogen, als Phia zwischen den Bäumen auftauchte und hinter ihr Ben. Er trug den Arm noch immer in einer Schlinge und hatte mehrere zerknickte Zweige im strohblonden Haar. Etwas bewegte sich unter seinem Mantel – und ein schuppiges Gesicht schob sich aus seinem Kragen heraus.

»Hi!«, sagte Phia. Sie hielt ein in Papier gewickeltes Schellfisch-Sandwich aus der Mensa in der Hand und gab es Gwen. Gwen bedankte sich und nickte Ben zu.

»Wirst du schon wieder zum Regelbrecher?«, fragte sie. »Es ist doch erst dein erster Tag hier!« Sie wusste, dass Tremelo ihm verboten hatte, das Schulgelände zu verlassen. Von ihr hatte er verlangt, dass sie außer Sicht blieb.

»Ich muss dir doch wohl Hallo sagen, oder nicht?«, antwortete Ben. »Außerdem bin ich ja eigentlich noch auf dem Schulgelände.«

Gwen lächelte. Sie konnte seine ruhelose Energie verstehen, denn sie spürte sie selbst auch.

Ben setzte das Tier in seinem Mantel anders hin, damit Gwen es von vorn sehen konnte.

»Das hier ist Bert«, stellte er vor. »Mein ›Seelenfreund‹.«

Gwen lachte. »Ich glaube, wenn ich das Gegenteil von einem weißen Tiger aussuchen müsste, wäre genau das meine Wahl: ein klappriger Leguan.«

»Gehen wir rein, es ist eiskalt hier draußen«, schlug Phia vor. Gwen war froh, die beiden in das sichere Baumhaus bringen zu dürfen. Es war gefährlich genug, dass ihr jemand Essen brachte, aber zwei Besucher gleichzeitig waren fast eine Zusammenrottung. Sie führte sie über die Kerben, die in den Baumstamm geschlagen waren, nach oben und durch eine Bodenklappe in ein gemütliches, um die Eiche herumgebautes Zimmer. Es wurde in den wärmeren Monaten vom Kurs »Biologie und Bande« benutzt, damit die Schüler das Waldleben beobachten konnten, aber im Winter stand es leer. Bogenfenster säumten den sechseckigen Raum.

Ben gab Phia den Leguan, den sie in der Armbeuge hielt, während er sich durch die Bodenklappe hinaufzog.

»Wann darfst du die Schlinge abnehmen?«, erkundigte sich Gwen.

»Nächste Woche«, antwortete er, »egal, ob es verheilt ist oder nicht. Ich kann nicht mit einer so auffälligen Verletzung herumlaufen, wenn Viviana da ist.«

Gwen stellte Bogen und Pfeile neben ihrer Pritsche ab und zwirbelte eine Locke ihres kurzen roten Haars zwischen den Fingern. Auch sie machte Vivianas bevorstehender Besuch nervös. Sie fragte sich, was der Älteste wohl tun würde, wenn er noch hier wäre. Vielleicht würde er versuchen, Viviana gegenüberzutreten, oder Tremelo überreden, die Velyn hinter sich zu versammeln und gegen sie vorzugehen.

»Warst du in den Ferien ganz allein hier?«, fragte Ben und ließ das kahle Baumhaus auf sich wirken.

»Ich hab sie besucht«, sagte Phia. Sie setzte Bert auf dem Boden ab, wo er sich einmal umblickte, die Augen schloss und dann einzuschlafen schien.

»Phia hat mir Essen und Bücher von Tremelo gebracht«, erklärte Gwen.

»Und was tut der?«, fragte Ben. »Sitzt die ganze Zeit in seinem Büro und bastelt an irgendwas herum?«

Gwen legte den Kopf schief wie ein Vogel und musterte Ben aufmerksam. Sie hatte ihn nicht mehr gesehen, seit er vor den

Ferien die Schule verlassen hatte. Damals war er wegen seiner Bewusstwerdung aufgeregt gewesen und erpicht darauf, mehr für das Königreich zu tun. Jetzt bemerkte sie, wie er die Augenbrauen zusammenzog und den Blick senkte, als würde er von schweren Gedanken bedrückt. Sie kannte das Gefühl gut. Ganz allein eingesperrt in diesem Baumhaus, vermisste sie den Ältesten noch mehr. Traurig betrachtete sie das Lederetui, in dem Melores Mundharmonika steckte; es lag auf dem kleinen Stapel Bücher, die Phia ihr gebracht hatte. Aus Angst davor, Aufmerksamkeit auf sich zu lenken, hatte sie seit Wochen nicht mehr darauf gespielt.

»Schon klar, Tremelo macht sich Sorgen«, räumte Ben ein, »und es gibt eine Menge, worum wir uns Sorgen machen sollten – aber das muss doch nicht bedeuten, dass wir gar nichts tun.«

Er blickte flüchtig zu Phia hinüber und Gwen sah, wie Phia nickte, so als wollte sie ihn bestärken.

»Habt ihr zwei da an was Bestimmtes gedacht?«, fragte Gwen.

Ben setzte sich gerader hin.

»Ich weiß, es ist viel verlangt«, begann er. »Aber wir brauchen jemanden, der Viviana beschattet, solange sie hier ist. Tremelo wird es nicht tun –«

»Und wir können nicht die ganze Zeit den Unterricht schwänzen, um sie im Auge zu behalten«, ergänzte Phia.

Gwen biss sich auf die Lippe und dachte nach. Sie hatte Ben und den anderen noch nicht von ihrem früheren Zusammentreffen mit Viviana erzählt: von der Versammlung der Dominae, auf der die Eule Grimsen, Seelenfreund des Ältesten, ums Leben gekommen war. Sie wussten nicht, dass Viviana sie gesehen hatte und vielleicht wiedererkennen würde. Aber spielte das eine

Rolle, wenn sie sich nicht zeigte? Ihre neuen Freunde brauchten ihre Hilfe.

»Du bist die Einzige, die das machen kann«, sagte Phia. »Wir können niemand anderem trauen.«

»Ich kann es versuchen«, antwortete Gwen. »Aber Tremelo wird stinksauer sein, wenn er es bemerkt.«

»Ich weiß«, sagte Ben. »Er hat halt Angst. Er will kein Risiko eingehen – dabei ist das hier vielleicht unsere einzige Chance herauszufinden, was Viviana weiß.«

»Stimmt«, meinte Gwen. »Und wir wissen auch nicht, wie weit Sucrettes Einfluss hier an der Schule reicht. Vielleicht hat sie alle möglichen Hinweise für den nächsten Spion hinterlassen – oder für Viviana selbst.« Der Plan war gefährlich, das war ihr bewusst. Aber sie konnte sich des Gefühls nicht erwehren, dass der Älteste enttäuscht gewesen wäre, wenn er gesehen hätte, wie sie sich hier versteckte. Für ihn würde sie das Risiko eingehen.

»Danke«, sagte Ben. »Uns ist klar, dass es nicht leicht werden wird.«

»Sei bloß vorsichtig! Wir haben keine Ahnung, was uns erwartet«, sagte Phia ernst.

Ich schon, dachte Gwen. Ihr fiel ein, wie heftig ihr Herz auf der Dominae-Versammlung geklopft hatte, während sie zusah, wie Viviana zwei Bären beherrscht hatte, die nicht ihre Seelenfreunde waren. Und sie hörte noch, wie Grimsens Körper, von einem Metallpfeil durchbohrt, mit einem dumpfen Geräusch auf dem Steinboden des Gebäudes aufkam. Sie warf einen Blick auf ihren eigenen Bogen und die Pfeile, die am Boden des Baumhauses lagen. Niemals könnte sie damit den Seelenfreund eines anderen Menschen verletzen – aus reiner Bösartigkeit. Aber Viviana war anders. Sie würde nicht lange fackeln. Und vielleicht hielt sie sogar ebenso wie nach dem Kriegskind auch nach ihr Ausschau. Aber dieses Risiko würde Gwen eingehen müssen.

»Ich werde das Glas bei mir behalten«, sagte sie. »Wenn ich es hier zurücklasse, ist es nicht sicher.«

Als sie das Glas erwähnte, hob Ben den Kopf und lächelte hoffnungsvoll.

»Möchtest du es sehen?«, fragte ihn Gwen.

Er lächelte noch breiter. Selbst der Leguan rührte sich, so als würde er wirklich Bens Vorfreude spüren. Ben leckte sich über die Lippen.

»Wenn das in Ordnung ist«, antwortete er.

Gwen ging in die Zimmermitte, wo die uralte Eiche, die das Baumhaus trug, durch den Boden wuchs. Sie griff in eine kleine Höhlung in der Rinde und zog ein Päckchen heraus, das in ein Stück Wolfspelz gewickelt war. Die Velyn hatten es ihr nach dem Tod des Ältesten gegeben – außer ihnen kannte sie kein Volk im ganzen Königreich, das Tierfelle für jeden beliebigen Zweck verwendete. Für die Velyn war das offenbar eine heilige und wichtige Angelegenheit. Gwen öffnete den Pelz und das Glas kam zum Vorschein. Seine vielen schimmernden Kanten und Flächen funkelten im Licht der Fenster ringsherum.

Ben betrachtete es aufatmend und entspannte die gestrafften Schultern. Auch Phia besah das Glas aufmerksam.

»Und was ist, wenn jemand hier danach sucht?«, fragte Ben.

Gwen hielt ihm in der anderen Hand eine trübe Silbermünze entgegen. Es war ein alter Käferrücken aus Melores Regierungszeit. Auf beiden Seiten war das Bild eines Insekts mit spindeldürren Beinen aufgeprägt.

»Die hat Tremelo mir gegeben«, erklärte Gwen. »Wenn ich Gefahr wittere, soll ich mit dem Glas weglaufen und das hier dafür dalassen – als Botschaft, dass ich in Sicherheit bin.« Sie hoffte, es würde nie dazu kommen.

Nachdem Gwen ihr Schellfischsandwich aufgegessen hatte, wurde Phia unruhig.

»Wir sollten lieber zurückgehen«, sagte sie. »Soll ich dir beim nächsten Mal was Neues aus der Bibliothek mitbringen?«

Gwen schüttelte den Kopf.

»Nö«, antwortete sie. »Aber wenn es irgendwo Blaubeertörtchen gibt, die würde ich nehmen.«

»Wird gemacht«, sagte Phia lächelnd.

Ben stieg zuerst an den Kerben hinab, mit Bert auf dem Rücken. Phia zögerte kurz, bevor sie ihm folgte.

»Wir sehen uns bald«, versprach sie Gwen. »Und danke noch mal.«

»Es ist schön, gebraucht zu werden«, sagte Gwen und merkte, wie sie bei diesem Geständnis rot anlief.

»Pass auf dich auf«, ermahnte sie Phia und verschwand durch die Bodenklappe, hinaus in die winterliche Kälte.

3

Ben brachte Phia zum Wipfel-Wohnheim und kehrte dann über den schneebedeckten, im Mondschein leuchtenden Campus zurück. Hinter dem Scavage-Feld schlüpfte er durch die Bäume, die das Fairmount-Gelände vom Wald trennten. Leguan Bert hatte es sich unter seinem Wollmantel gemütlich gemacht und hielt sich mit seinen geschuppten Krallen am Zopfmuster seines Pullovers fest.

Als die Rigimotive am Nachmittag in den Bahnhof von Fairmount eingefahren war, hatte Ben sofort gespürt, dass Taleth in der Nähe war. Zumindest glaubte er, es gespürt zu haben, denn er hatte ein leises Summen gespürt, das sich von ihm aus in alle Richtungen ausgebreitet hatte, wie eine schwache elektronische Ladung, die in der Luft knisterte. Fühlte es sich so an, wenn man ein Band hatte? Die ganze Zeit? Er wusste es nicht.

Er überlegte, wie anders seine Bewusstwerdung wohl verlaufen wäre, wenn sein Geburtsstamm, die Velyn, während der Regierungszeit des Schakals nicht beinahe ausgelöscht worden wäre. Hatte Taleth früher auch einmal eine Familie gehabt? Würde er sich ebenso stark zu einem anderen weißen Tiger hingezogen fühlen wie zu Taleth, wenn sie überlebt hätten? Er hatte so viele Fragen. Wie gern hätte er vor den Winterferien mehr Zeit mit den Velyn und ihrem Anführer, Äneas Vierkrall, verbracht. Ben hoffte, dass sich die Velyn noch im Wald draußen vor Fairmount aufhielten. Diese Hoffnung trug er wie eine Laterne vor sich her; sie leuchtete ihm den Weg durch die dunklen Bäume.

Er wanderte durch Dornensträucher und über reifüberzogene Steine zu dem Ort, wo er Taleth zuletzt gesehen hatte – einer kleinen, felsigen Klippe, die man vom höchsten Hügel des Schulgeländes aus erkennen konnte. Überall um sich herum hörte er das Rascheln von Wintervögeln und das Hoppeln von Kaninchen mit weißem Fell. Dann folgte ein anderes Geräusch, tief und rau und so vertraut, als käme es aus seiner eigenen Kehle. Durch die Bäume vor sich erkannte er eine riesige weiße Gestalt. Taleth stand zwischen den Felsen und wartete auf ihn. Sie schnurrte. Am liebsten wäre er ihr um den weichen, pelzigen Hals gefallen – aber er zögerte. Schließlich kannte er sie kaum. Ihre ersten gemeinsamen Stunden hatten sie damit verbracht, um ihr Leben zu kämpfen, und er war nicht sicher, wie sie jetzt auf ihn reagieren würde. Also näherte er sich ihr langsam und streckte die Hand nach ihr aus.

Taleth wartete, bis er bei ihr war, senkte dann ihre imposante Stirn und rieb sie an Bens ausgestrecktem Handteller.

Als er und Taleth sich zum ersten Mal gegenübergestanden

hatten, war seine Bewusstwerdung nicht zu leugnen gewesen – er hatte sogar sich selbst durch Taleths Augen sehen können, so deutlich, als hätte er in einen Spiegel geschaut. Jetzt glich seine Verbindung zu ihr eher einer summenden Energie in seinem Innern, ziellos, chaotisch und unausgebildet. Es würde einige Zeit dauern, genau wie Tremelo gesagt hatte, sich nach Belieben darin einzuklinken.

Während sich Taleth schnurrend auf die Hinterbeine setzte, versuchte sich Ben auf die Natur um sie herum zu konzentrieren, so wie Tremelo es ihm im Herbst beigebracht hatte. Er konnte sich selbst ganz leicht riechen, auf die Art, wie Taleth ihn witterte: Die feuchte Wolle seines Wintermantels wirkte tröstlich und fremd und seine Haare und Haut rochen unverkennbar menschlich. Das war aber auch schon alles – als wäre das Summen in ihm heruntergefahren worden.

Leguan Bert zitterte in seinem Mantel und versuchte, in die Nähe von Bens Hals zu kriechen.

»Das ist Bert«, erklärte Ben unbeholfen, als die Echse den Kopf aus Bens Kragen steckte. Ben hatte keine Ahnung, ob es überhaupt irgendetwas brachte, mit Taleth zu sprechen. Der Tiger beugte sich schnuppernd vor. Nasser Atem stieg in Wolken aus seinen Nüstern auf. Seine Schnurrhaare zuckten, als Bert den schuppigen Kopf aus Bens Mantel reckte und die beiden Nasen einander berührten.

»Bert ist ganz anders als du«, sagte Ben – oder vielleicht dachte er es auch nur. Taleth streckte sich und schritt an Ben vorbei, um ihn von allen Seiten zu beschnuppern. Sie wandte ihm ihren schweren Kopf zu und stupste damit gegen seine Schulterblätter. Auf einmal fühlte Ben genau, was sie fühlte – ihre Erleichterung darüber, dass es ihm gut ging, ihre Freude, dass sie ihn gefunden hatte, ihre Traurigkeit, dass er nicht immer hier bei ihr im Wald bleiben konnte. Diesmal war es nicht so, als könnte er durch ihre Augen sehen, sondern als würde sie eine Spur ihrer Gefühle auf ihm hinterlassen.

»Ich weiß«, flüsterte er. Sein eigener Atem stieg in die kalte Luft auf und löste sich auf. »Ich wünschte, ich müsste mich nicht von dir fernhalten. Es ist so ungerecht.«

Ben versuchte, dieses seltsame Gefühl festzuhalten. Aber der Eindruck schwand und nur seine eigene Traurigkeit und Erleichterung blieben zurück.

Taleth hob den Kopf und blickte über Bens Schulter in den Wald. Sie war jetzt besorgter, das konnte Ben an ihren zuckenden Ohren erkennen. Sein Herz klopfte etwas schneller, als er ihrem Blick über die Lichtung folgte. Sie beide waren im Moment sehr leicht zu beobachten. Er legte die Arme um Taleths Hals, so wie er es sich gewünscht hatte, als er sie zum ersten Mal gesehen hatte.

»Ich muss gehen«, sagte er. »Nur so bist du sicher.« Er spürte, wie der riesige Tiger schnurrte – ein Grollen, das seinen ganzen Körper erzittern ließ. Aber wenn er dem Erlebnis, das er nur kurz zuvor mit ihr gehabt hatte, trauen durfte, stand fest, dass sie trotz dieses Schnurrens traurig war und dass er der einzige Mensch auf der Welt war, der das spüren konnte.

Ben, Phia und Hal saßen am ersten Unterrichtsmorgen mit ein paar anderen Scavage-Spielern des ersten Jahrgangs in der Mensa zusammen. Ben hatte Bert in den Türmen zurückgelassen – die Echse hatte so gemütlich unter der Rotlichtbirne gelegen, die Tremelo Ben geliehen hatte, um Bert warm zu halten. »Sonnenbaden«, hatte Tremelo es genannt. Die hohen Fenster an ihrem

Tisch gewährten Ausblick auf den schneebedeckten, sanft abfallenden Hang, der zum Scavage-Feld hinunterführte. Im Saal erzählten sich die Schüler aufgeregt von den Ferien und aßen Spinateierkuchen und Schüsseln voll dampfendem Haferbrei mit Marmelade aus den Beeren vom letzten Jahr. Der Morgen schien angenehm und heiter, aber Ben fühlte sich nicht mehr wohl, als der plötzliche Tod von Mrs Sucrette zum Gesprächsthema seiner Gruppe wurde.

»Ich hab gehört, sie sei krank geworden«, sagte Terrence, ein Junge aus Bens Scavage-Team, der ein paar Plätze von Ben und Hal entfernt saß. »Und die Schule hat sie zu einem Spezialisten in der Grauen Stadt geschickt – aber als sie da ankamen, war es schon zu spät.«

»Sie wurde *ermordet*, du Blindfisch – in derselben Nacht, als dieses Parlamentsmitglied gestorben ist, das zu Besuch war«, widersprach Arabella, Kapitänin vom Team Blau, und schaufelte sich eine Gabel voll Eierkuchen in den Mund. Hal und Ben tauschten über den Tisch hinweg besorgte Blicke. Arabella meinte den Ältesten.

»Parlaments-was?«, fragte Alice, Hocker im Team Blau.

»Irgendso'n alter Typ«, antwortete Arabella. »War bei Fink und starb noch in derselben Nacht. Herzinfarkt oder so. Es gab eine Beerdigung und so weiter.«

»Aber das hatte doch nichts mit Mrs Sucrette zu tun«, wandte Alice ein.

»Es sei denn, derselbe Täter war hinter beiden her!«, warf Terrence ein.

»Aber wer sollte denn Mrs Sucrette etwas antun wollen?«, fragte Alice. »Sie war so nett! Phia, du warst doch in ihrem Kurs, oder?«

Phia sah flüchtig zu Ben hinüber, bevor sie antwortete.

»Wir alle«, sagte sie und deutete in Richtung Ben und Hal. »Sie war … lieb.«

Ben stocherte in seinem Frühstück herum. Der Appetit war ihm vergangen. Der Gedanke an Mrs Sucrette war ihm zuwider – als Lehrerin hatte sie *so getan*, als wäre sie nett, und hatte diese Rolle auch ziemlich überzeugend gespielt. Aber als Agentin der Dominae hatte sie sich skrupellos gezeigt. Während er zuhörte, wie die anderen ihre Theorien ausbreiteten, sah er Sucrette unwillkürlich im Geiste vor sich: nicht nur, wie sie mit einem Messer in ihrer schmalen Hand auf ihn losgegangen war, sondern auch, wie klein ihr verstümmelter Körper gewirkt hatte, nachdem sie von den Tieren, die sie beherrscht hatte, getötet worden war. Dieses Bild hatte ihn im Tiefland nachts oft schaudernd aufwachen lassen.

Die Mensatüren öffneten sich scheppernd und Direktor Fink, ein hagerer Mann mit langer Nase und braunem Karoanzug, kam herein. Hinter ihm folgte Professor Nillow, Bens Geschichtslehrer, der ebenso dick war wie Fink groß. Als Letzter trat Tremelo mit einem unverhohlen finsteren Gesichtsausdruck ein. Er schritt in eine Ecke am Schwarzen Brett und verschränkte die Arme vor der Brust. Die beiden anderen Lehrer stellten sich vor die Tischreihen und Fink hob die Arme, um die Anwesenden zum Schweigen zu bringen.

»Liebe Schüler«, begann der Direktor, obwohl man ihn bei dem Geplapper kaum hören konnte. Professor Nillow tat einen Schritt nach vorn und pfiff laut auf zwei Fingern. Sofort wurde es ruhig im Saal.

»Danke, Professor Nillow«, sagte Direktor Fink und zupfte nervös an seiner karierten Weste. Fink machte auf Ben stets einen zugleich ängstlichen und wütenden Eindruck, so als fürchtete er, dass jemand Wasser über ihn schütten könnte, wäre aber sofort bereit, jeden streng zu bestrafen, der das wagte.

»Viele von euch haben bereits über die aufregenden Ereignisse der nächsten Woche getuschelt«, sagte er. »Meine Aufgabe ist es nun, diese Gerüchte offiziell zu bestätigen. Wir werden nächsten Freitag einen wichtigen Gast bei uns willkommen heißen: Viviana Melore von der Dominae-Partei, die das politische System unseres schönen Königreiches einer Rosskur unterziehen und in Ordnung bringen wird.«

Ben kämpfte gegen den Drang an, wütend loszuprusten. Fink war offensichtlich ein Anhänger der Dominae. Dem beifälligen Raunen im Saal nach zu urteilen, galt das auch für viele Schüler.

»Miss Melore wird sich während des Vormittagsunterrichts die Schule ansehen und um drei Uhr nachmittags wird es eine Versammlung geben«, verkündete Fink. »An dem Tag fällt der Nachmittagsunterricht aus.«

Ben blickte zu Tremelo in seiner einsamen Ecke hinüber. Tremelo funkelte Fink wütend an. Ben konnte nur vermuten, wie er sich fühlte – Viviana war zwar eine Feindin, aber auch seine Schwester, die er nun zum ersten Mal seit siebenundzwanzig Jahren wiedersehen sollte.

»Miss Melore und ihre Begleiter aus der Dominae-Partei sind eingeladen worden, das ganze Wochenende in Fairmount zu verbringen«, fuhr Fink fort, »damit sie in den Genuss all dessen kommen, was die Schule zu bieten hat – einschließlich unseres allerersten Scavage-Testspiels des neuen Jahres!«

Vielstimmiger Jubel brach um Ben herum aus und seine Mannschaftskollegen aus Team Blau klopften auf den Tisch.

Vom Team Gold auf der anderen Seite des Saals war begeistertes Gejohle zu hören.

Fink räusperte sich und bat um Ruhe.

»Jetzt zu einer ernsteren Angelegenheit: Ich weiß, dass viele von euch noch über den Verlust von Mrs Sucrette hinwegkommen müssen«, sagte er. »Sie war zwar nicht besonders lange bei uns, doch während ihrer Zeit hier eine hochgeachtete Persönlichkeit. Ich setze meine Hoffnungen darauf, dass die Nachricht von Miss Melores Besuch einen Lichtstrahl in diese offenbar düsteren Zeiten für unsere Schule sendet. Ebenso hoffe ich«, fügte er mit scharfem Unterton hinzu, »dass ihr während ihres Aufenthalts euer vorbildlichstes Verhalten an den Tag legen werdet!«

Fink beendete seine Ankündigung und das Geschnatter in der Mensa erhob sich von Neuem, da sich die Schüler aufgeregt über die großen Neuigkeiten austauschten.

»Ist das zu fassen?«, sagte Hal. »Der hat ja fast gegeifert vor lauter Vorfreude!«

»Kein Wunder, dass Tremelo ihn nicht ausstehen kann«, pflichtete ihm Ben bei.

Sie drehten sich um und blickten durch die Mensa zu Tremelo hinüber, aber er war nicht mehr da.

Während Ben den Saal mit den Augen absuchte, unterbrach ein lauter Knall seine Konzentration und er wurde von einem so gleißend hellen Licht geblendet, dass er fast nichts mehr sehen konnte.

»Autsch!«, hörte er Hal aufschreien und kurz darauf Hohngelächter.

Ben rieb sich die schmerzenden Augen und erkannte Hals älteren Bruder Taylor, der seinen üblichen Trupp von Scavage-

Spielern aus dem dritten Jahrgang im Schlepptau hatte. Vor den Ferien hatte Taylor Ben immer wieder damit aufgezogen, dass er keine Anima hatte, und ihm sogar seinen Rucksack mit Tremelos kostbarem Buch darin gestohlen. Taylor hatte keine Ahnung davon, aber seine Streiche hätten Ben fast das Leben gekostet.

»Jep! Treffer für Team Gold!«, jubelte Taylor. Eine Schildpattkatze mit bösem Blick machte einen Buckel und rieb sich an Taylors Schienbein.

»Das sind *meine* Blendkugeln!«, brüllte Hal und deutete auf den Beutel in Taylors Hand. Tremelo hatte sie Hal vor den Ferien als Waffe im Kampf gegen Sucrette gegeben. »Wo hast du die her?«

»Sagen wir mal, du solltest deinen Rucksack nicht in der Rigimotive rumliegen lassen«, antwortete Taylor.

Er warf eine weitere Blendkugel auf Bens und Hals Tisch, wo sie mit einem Knall explodierte. In der ganzen Mensa reckten Schüler die Hälse, um zu sehen, was los war. Ben spürte, wie seine Wangen und Ohren tiefrot anliefen.

»Gib sie Hal zurück«, forderte er Taylor auf.

»Eine rote Riesenameise werde ich«, entgegnete Taylor. »Die Dinger kann ich sicher auf dem Scavage-Feld noch gut gebrauchen.«

Taylor warf noch eine Blendkugel auf den Tisch, sodass sich alle die Augen zuhielten und verärgert aufschrien. Dann steckte er den Beutel in die Tasche zurück, schritt davon und gab seinen Freunden ein Zeichen, ihm zu folgen. Bei der Tür stand ein Lehrer und beobachtete die Truppe beim Hinausgehen. Ben kannte ihn nicht und der Anblick dieses fremden Gesichts verursachte ihm eine Gänsehaut. Der Mann trug einen langen Umhang aus

Tweed und einen mehrmals um den Hals gewundenen Schal. Er war sehr klein und hatte eine Hakennase und kleine Augen. Neben ihm im Türrahmen war eine graue Katze stehen geblieben, um Taylors Schildpattkatze an Nase und Schnurrhaaren zu berühren. Der Mann blickte herüber und bemerkte Bens starren Blick. Rasch blickte Ben auf sein inzwischen kalt gewordenes Frühstück hinunter.

»Wer ist das?«, flüsterte er Hal zu. »Da drüben an der Tür.«

»Keine Ahnung«, antwortete Hal. »War aber klar, dass ein neuer Lehrer kommt – als Ersatz für Sucrette. Er scheint allerdings nicht besonders froh darüber zu sein, dass er hier ist.«

Ben drehte sich auf seinem Stuhl um und blickte noch mal flüchtig zu dem neuen Lehrer hinüber. Der sah sich mit geblähten Nasenflügeln im Saal um, als hätte er etwas sehr Unangenehmes gerochen.

»Wahrscheinlich hat sich Fink entschlossen, es diesmal mit etwas anderem als ›lieb‹ zu versuchen«, vermutete Hal.

Im Klassenzimmer hatte Tremelo einen unangekündigten Test an die Tafel gehängt. Er bestand aus verschiedenen Scherzfragen, zum Beispiel »Welches Tier tickt am besten?« und »Welches Pferd geht nur im Dunkeln nach draußen?«. Hal war mit seinem Test als Erster fertig und beugte sich zu Ben hinüber, um dessen Antworten zu lesen.

»Hmm, das hab ich bei der Ersten auch«, sagte Hal. »Die mit dem ›Albtraum‹ ist am kniffligsten …« Ben nickte und kritzelte die Antwort hin, obwohl er wusste, dass Tremelo wahrscheinlich keine Noten dafür geben würde.

Als es Zeit war, zum Lateinkurs zu gehen, zog Tremelo Ben zur Seite.

»Wo ist Bert?«, wollte er wissen.

»Oh, Ameisen!«, antwortete Ben. »Den hab ich vergessen!«

»Heute ist der erste Unterrichtstag«, schimpfte Tremelo. »Der wichtigste Zeitpunkt, um ihn als deinen Seelenfreund einzuführen. Der erste Eindruck ist entscheidend. Geh und hol ihn!«

Anstatt zum Lateinkurs sauste Ben also zu seinem Wohnheim zurück.

»Toller erster Eindruck«, murmelte er, während er den schlafenden Leguan weckte und sich einen weiteren Hautfetzen von den Fingern schüttelte.

Als er mit einem eingerollten Bert im Rucksack zum Unterricht erschien, hatte der schon angefangen. Hal und Phia waren da. Tori hatte das Glück gehabt, den Latein-Fortgeschrittenenkurs abwählen zu dürfen, und belegte dafür jetzt Altertumskunde. Phias Falke Carin stand ruhig auf der Kante ihres Tischs. Ben schlüpfte genau in dem Moment zur Tür hinein, als der Lehrer – der Mann, den er vorher in der Mensa bemerkt hatte – schwungvoll seinen Namen an die Tafel schrieb.

»Und noch einmal, für euch *Doktor* Graves, nicht *Mister*, danke«, sagte der Mann in schneidigem, kühlem Tonfall.

Ben nutzte die Gelegenheit, dass Dr. Graves mit dem Rücken zur Klasse stand, um von der Tür zu einem freien Tisch bei seinen Freunden zu flitzen. In der Eile stieß er jedoch mit dem Knie an den Stuhl einer Mitschülerin mit lockigen Haaren, die überrascht aufschrie.

Dr. Graves drehte sich um und ließ den Blick mit angewidertem Gesichtsausdruck durch den Raum schweifen, so als wären die Schüler vor ihm mit Schneckenschleim überzogen. Als er Ben zwischen den Tischen stehen sah, verengten sich seine Augen zu Schlitzen.

»Du kommst zu spät!«, fuhr er ihn an.

Zum zweiten Mal an diesem Morgen spürte Ben, wie seine Ohren rot wurden. Alle sahen ihn an.

»Tut mir leid, Sir«, sagte er. Damit wollte er zu dem leeren Tisch weitergehen.

»Bleib, wo du bist«, befahl Graves. Der klein gewachsene Mann trat vom Lehrerpodest herunter, bevor Ben dazu kam, sich hinzusetzen.

»Nicht gerade das Verhalten, das man am allerersten Schultag nach den Ferien an den Tag legen sollte«, sagte Graves und musterte Ben von oben bis unten. »Du meinst wohl, du kannst einfach so hereinspazieren, wann dir gerade danach ist!«

»Nein, das tu ich nicht. Ich habe gesagt, dass es mir leidtut.«

»Ich habe gehört, was du *gesagt* hast, Junge, aber deine Entschuldigung interessiert mich nicht. Bestimmte Verhaltensweisen ziehen bestimmte Konsequenzen nach sich! Vielleicht möchtest du gern ein paar Zeilen extra abschreiben, da du es ja offensichtlich nicht nötig hast, dich am Rest der Klasse zu orientieren.« Die graue Katze, die Ben vorher schon gesehen hatte, schmiegte sich an Graves' Knöchel und fauchte Ben an.

Graves heftete den Blick auf Bens Rucksack. Ben sah hinunter und stellte fest, dass sich Bert aus der geschlossenen Klappe wand. Er streckte die Krallen nach dem Saum von Graves' Tweedjackett aus.

»Was ist *das* denn?«, fragte Graves. Bert hatte Graves' Jackett gepackt, und bevor Graves oder Ben ihn aufhalten konnten, biss er kräftig in den Saum hinein.

»Nein!«, schrie Graves, sprang einen Schritt zurück und wedelte mit den Händen, um Bert zu verscheuchen. Der Leguan hielt sich an Bens Rucksack fest. Ein daumengroßer Fetzen braunen Tweedstoffs hing ihm aus dem Maul.

»Tut mir leid!«, stammelte Ben.

»Ich habe schon heute Morgen in der Mensa gewusst, dass du ein Unruhestifter bist«, entgegnete Graves. »Und in solchen Dingen habe ich noch nie falschgelegen … Sieh dir nur mein Jackett an!«

Die anderen Schüler hatten zu lachen angefangen. Ben sah kurz zu Hal hinüber, dessen Stirn einerseits aus Belustigung, andererseits aus Sorge gerunzelt zu sein schien.

»Ich werde dich ganz genau im Auge behalten«, drohte Graves mit erhobenem Zeigefinger. »Und deinen ekelhaften Seelenfreund ebenfalls.«

»Er ist nicht ekelhaft«, widersprach Ben, ohne dass ihm klar war, was er tat. »Er findet nur, dass Sie sich zurückhalten sollten.«

Aus dem Augenwinkel sah Ben, wie Hal sich eine Hand vor die Augen hielt.

Graves gehörte zu den Menschen, die sehr schnell rot im Gesicht werden, stellte Ben fest. Der Mann war kaum größer als er, baute sich aber vor ihm zu einem Tweed-Turm aus selbstgerechtem, geiferndem Zorn auf.

»Du. Gehst. Jetzt. Sofort. Auf deinen Platz. Auf der Stelle. Was für ein Ungehorsam! Was für eine Frechheit! Lass dir gesagt sein, junger Mann, dass …«

»Ähem.« Eine ruhige, aber feste Stimme schaltete sich ein, sodass sich Graves und Ben beide zur Tür umdrehten. Dort stand mit einem Wombat an den Füßen und leicht schief sitzender Brille Mrs Shonfield, die Studiendekanin. Hinter ihr wartete ein junger Mann mit einem Klemmbrett. Er starrte Ben und Graves durch eine dünne Messingbrille an.

»Guten Morgen!«, sagte sie und nickte beiden zu. »Wie ich sehe, sind Sie schon dabei, sich einzugewöhnen, Dr. Graves.«

Als sie sich an ihnen vorbeidrängte, nickte Graves knapp und Ben musste ein Lachen unterdrücken. Ihr Assistent mit der Brille, der Mrs Shonfield hinterhertrabte, grinste ebenfalls und zwinkerte Ben zu.

»Ich wollte euch Schülern ein paar Dinge sagen, die mit dem Hinscheiden eurer geschätzten Lehrerin Mrs Sucrette zu tun haben.« Mrs Shonfield seufzte. »Ihr sollt wissen, dass meine Tür immer für euch offen steht, wenn ihr jemanden zum Reden braucht. Mein Assistent Jerri und ich beantworten gern alle Fragen.« Sie deutete auf den jungen Mann mit dem Klemmbrett und er nickte. »Wie wir erfahren haben, ist eine herumstreunende Räuberbande aus den angrenzenden Wäldern für ihren Tod verantwortlich. Umso mehr bleiben wir bei unserem Grundsatz, dass die Dunklen Wälder für euch Schüler zu jeder Zeit streng verboten sind. Trotzdem möchte ich euch versichern, dass ihr nichts zu befürchten habt. Die Schule ergreift ab sofort Maßnahmen, um die Räuber zu vertreiben. Die Grenzen unseres Schulgeländes sind so sicher wie sonst auch.«

Ben spürte ein Kribbeln im Nacken, als Mrs Shonfield sprach. Die Geschichte über Sucrettes Tod war komplett erfunden, aber die Velyn gab es wirklich – hatte Mrs Shonfield mit den Räubern sie gemeint? Und was sollte das heißen, »vertreiben«?

Er blickte über den Mittelgang zu Hal hinüber, der stur geradeaus schaute, bemüht, so auszusehen, als würden ihn diese Neuigkeiten überhaupt nicht interessieren. Auch Ben versuchte, gleichgültig zu wirken. Tremelos Rat lief wie eine Schallplatte in seinem Kopf ab. *Sei normal, verhalte dich normal, lenk keine Aufmerksamkeit auf dich.* Aber seine Hände zitterten und es gelang ihm nicht, sie ruhig zu halten. Die Velyn würden vielleicht verletzt oder gefangen werden, und dann wäre auch sein Seelenfreund in ernster Gefahr. Sich ganz normal zu geben, wenn man durch eine ungelesene Prophezeiung mit dem Schicksal des ganzen Königreichs verbunden war, erwies sich schon jetzt als schwierige Aufgabe.

4

Ich kann nicht raus! – Ich kann nicht raus!

Eine kleine Kinderhand fummelte an einem kunstvollen Türknauf aus Bronze herum, doch er wollte sich einfach nicht drehen lassen. Auf der anderen Zimmerseite züngelten Flammen rechts und links am Fenster empor – der einzige andere Fluchtweg war ein klaffender Feuerschlund und ein Sturz aus dem vierten Stock in den Garten hinunter. *Helft mir!*, schrie das Kind. Tränen liefen ihm über die runden Wangen.

Trent! Er hörte eine Stimme auf der anderen Seite der Tür. *Trent, ich hol dich raus!*

Viv! Bitte hilf mir!

Der Türknauf rappelte, als sich Trent gegen seine Kinderzimmertür drückte. Am liebsten hätte er sich ganz klein zusammengekauert wie eine Maus, damit das Feuer ihn nicht fand.

Sie klemmt – Trent! Die Tür klemmt! Die Stimme seiner Schwester klang dumpf vor Angst. *Ich krieg sie nicht auf!*

Lass mich nicht allein!, schrie er. *Viv, geh nicht weg!*

Das Feuer kroch auf ihn zu wie ein Raubtier auf seine Beute. Rauch kräuselte sich jetzt an der Decke und drängte sich in gierigen Fähnchen zum Türrahmen hinab.

Geh nicht weg, schluchzte er noch einmal, doch Vivs einzige Antwort war das Geräusch ihrer leiser werdenden Schritte.

Tremelo wachte auf. Sein Herz klopfte wild. Er setzte sich im Bett auf und zündete die Öllampe auf dem Nachttisch an – sie war viel verlässlicher als der zweitklassige Strom, der den Lehrerunterkünften zugeteilt war. Fenchel, die Füchsin, tappte aus dem Wohnzimmer herein, wo sie es sich auf dem Sessel bequem gemacht und ihre eigenen Träume geträumt hatte.

Seit Gwen und der Älteste nach Fairmount gekommen waren und ihm seinen wahren Namen offenbart hatten – Trent Melore, der verlorene Prinz von Aldemar –, waren seine Träume klarer geworden und dunkle Erinnerungen waren aufgetaucht. Andere Erinnerungen, die er vielleicht gern gehabt hätte, glückliche Momente aus seiner Kindheit, kamen nicht auf. Er konnte sich nicht an seinen Vater, König Melore, erinnern. Wenn er es gekonnt hätte, dann hätte er sich vielleicht der Aufgabe, ein ganzes Königreich zu führen, besser gewachsen gefühlt. Niemand hatte es ihm beigebracht. Zumindest nicht, soweit er sich erinnern konnte.

Und nun kam seine Schwester, die ihn dem sicheren Tod überlassen hatte, nach Fairmount. Würde er seine Identität verbergen können? Oder würde irgendeine Erinnerung, die sich in das Dunkel ihres Gedächtnisses eingeprägt hatte wie das Feuer in seines, einen Funken des Wiedererkennens entzünden? Am besten war es, sich von ihr fernzuhalten. Allerdings fühlte er sich mehr wie das kleine Kind als wie ein König, wenn er sich vor ihr versteckte.

Fenchel, die neben seinem Bett auf dem Fußboden saß, schnüffelte.

»Ich weiß, ich weiß«, sagte Tremelo. Der Junge, Ben, brauchte ihn. Er schwebte in unsäglicher Gefahr und überhaupt war keiner von ihnen in Sicherheit, solange Tremelo nicht hinter Vivianas Pläne gekommen war. Nichts anderes war so wichtig, nicht seine Sehnsucht, Kindheitserinnerungen zusammenzusetzen, nicht einmal das zum Verzweifeln unklare Buch des Verrückten über die Prophezeiungen. *Ein wahrer Herrscher erkennt einen falschen im Spiegel; ein falscher erkennt nur sich selbst ... das Kind ist sowohl das Spiegelbild als auch das Gegenteil des Bösen.*

Mit dieser Prophezeiung war Ben gemeint – so viel schien ihm klar zu sein –, aber er verstand die Bedeutung nicht. Allerdings musste das Grübeln über das Buch nun warten. Er musste sich jetzt auf Informationen konzentrieren, nicht auf Rätsel. Und obwohl er seinen Seelenfreund nur äußerst ungern in Gefahr brachte, war Fenchel tapfer und klug genug, im Verborgenen zu wirken. Er würde sich einfach auf sie verlassen müssen.

Und wie als Antwort darauf kläffte Fenchel eifrig auf.

Stöhnend erhob sich Tremelo, um Wasser für eine Kanne Kaffee aufzukochen.

Auf dem Holzbord über dem Herd standen zwei Kaffeebecher, eine Dose mit Kaffee und ein altes Foto. Zwölf Jahre lang hatte er es nicht angesehen, nicht mehr, seit er erfahren hatte, dass die Velyn ausgelöscht worden waren. Doch als er Äneas Vierkrall und seinem Stamm begegnet war, hatte er es aus seiner Truhe ausgegraben. Jetzt warf er einen Blick darauf: Eine junge Frau starrte ihn mit versteinertem, grimmigem Ausdruck an. Ihr strenges, aber feines Gesicht wurde von wirrem rotblondem Haar umrahmt. Elen.

Er war sicher, dass sie das Massaker des Schakals nicht überlebt hatte. Sonst hätte sie ihn gefunden. Die Natur wusste, dass er unermüdlich nach ihr gesucht hatte. Als Äneas Vierkrall und die Velyn im Herbst aufgetaucht waren, hatte Tremelo fast zu hoffen gewagt, dass sie Elen Weißhügel oder ihren Vater vielleicht gekannt hatten. Aber Tremelo hatte sich nicht getraut zu fragen und nun waren Äneas und der Rest verschwunden.

Seine Gedanken wandten sich dem bereits umherschwirrenden Gerücht über »Räuber« in den Wäldern zu. Natürlich gab es keine Räuber, sondern die Velyn, denen nun die Schuld an Sucrettes Tod in die Schuhe geschoben werden sollte. Tremelo hatte zu dem Thema den Mund gehalten. Wenn er die Sache richtigstellte, würde er nicht nur die Schüler in Gefahr bringen, sondern auch die Velyn.

»Sie sind nicht darauf vorbereitet, dass die Welt erfährt, dass sie noch am Leben sind«, hatte er Ben nach dem ersten Unterrichtstag erklärt. »Man würde sie schnappen, und dann würde man ihnen die Schuld daran geben, was mit Sucrette passiert ist. Deshalb blieb ihnen nichts anderes übrig, als zu gehen.« Zumindest glaubte er, dass das ihre Beweggründe gewesen waren. Die Velyn hatten nicht mit ihm gesprochen. Sie waren einfach verschwunden. Aber das war typisch für sie. Sie schienen sich immer genau dann in Luft aufzulösen, wenn er sie am dringendsten in seiner Nähe brauchte. Zwar war er keiner von ihnen – so wie Ben –, aber er fühlte sich trotzdem zurückgelassen. Er konnte nur erahnen, wie einsam sich Ben bei dieser Neuigkeit gefühlt haben musste.

Das Wasser kochte und Tremelo goss es langsam in einen Papierfilter voller starkem, bitterem Kaffeepulver.

Aus Angst, wieder zu träumen, wollte er sich nicht mehr schlafen legen. So viele seiner Freunde und derjenigen, die er als Familie ansah, waren tot und begraben. Aber Viviana lebte, und sie würde noch an diesem Tag hier an der Schule – in seinem Zuhause – eintreffen. Aus dem kleinen Mädchen hinter der Tür war eine von Macht und Habgier geblendete Frau geworden. Und irgendwie wurde von ihm erwartet, sie aufzuhalten. Dafür würde er vermutlich mehr brauchen als nur eine Tasse kräftigen Kaffee.

5

Die Morgenluft war kalt und Viviana zog den Fuchspelzkragen ihres Wintermantels eng zusammen. Sie winkte einigen Schaulustigen zu und ging mit schnellen Schritten den Bahnsteig entlang. Die kupfernen Turmspitzen des Parlamentsgebäudes ragten hinter ihr auf und glitzerten vor Reif.

Neben dem Bahnsteig, der normalerweise den Rigimotiven erster Klasse vorbehalten war, stand der Landzug. Lackiert in leuchtendem Kobaltblau und Gold, hatte er einen beeindruckenden Glanz. Viviana war ziemlich stolz auf das Fahrzeug mit dem kraftvollen Frontmotor; der Landzug war als Spezialauftrag von ihren eigenen Ingenieuren erdacht worden und sollte als Symbol ihrer Herrschaft dienen. Gebaut für die Rigi-Gleise, war er schneller und kräftiger, als es die Rigimotive jemals gewesen war.

An der Schwelle der Zugtür sagte sie der versammelten Menge Lebewohl. »Danke, dass ihr mich zu meiner ersten Rundreise durch Aldemar verabschiedet! Wie schon mein Vater vor mir möchte ich wieder Innovation sehen und …«

»Du bist überhaupt nicht wie dein Vater! Sein Thron steht dir nicht zu!«, brüllte eine Frau mit rotem Gesicht.

Viviana ließ sich nicht erschüttern. Ein weiterer Königstreuer war nichts Neues – auch wenn sie sich jedes Mal über sie ärgerte. Sie war gezwungen, von ihrer größten Gabe Gebrauch zu machen: ihrer Fähigkeit, ihren Groll hinter einem strahlenden Lächeln zu verbergen.

»*Niemand* könnte je ein Herrscher sein wie er«, antwortete sie. »Mein Vater war ein großartiger König, und wenn mir nur ein Teil dessen gelingt, was er vor seinem grausamen Tod zustande gebracht hat, dann habe ich mein Ziel erreicht.« Sie lächelte erneut, winkte und wandte sich zum Gehen.

Als Viviana in den Zug stieg, hörte sie die gedämpften Schreie der Frau, deren zwei Frettchen plötzlich bösartig wurden und anfingen, nach ihren Armen und ihrem Gesicht zu schnappen. Viviana unterdrückte ein Lachen – sie wusste, dass es riskant war, ihre Kraft in der Öffentlichkeit, vor ihren weniger aufgeweckten Wählern einzusetzen, aber manchmal konnte sie nicht anders. Manche Bürger mussten einfach in ihre Schranken verwiesen werden – und die Dominanz würde ihnen sicher dabei helfen.

Sie ließ sich in einem der mit Samt ausgeschlagenen Zugabteile nieder und wartete ungeduldig, dass ihre Dienerschaft einstieg. Fairmount war ihr erster Halt auf ihrer als Freundschaftstour betitelten Reise, auf der ihr die Untertanen stolz ihre Schulen, Fabriken und die Landwirtschaft im Namen des Fortschritts vorführen würden.

»Ein wundervolles Wort«, murmelte Viviana. »*Fortschritt.*« So unbestimmt, und doch vermittelte es dem Volk von Aldemar etwas, woran es glauben konnte.

Viviana selbst war allerdings eher daran interessiert herauszufinden, wer Joan Sucrette umgebracht hatte, als daran, einen Haufen Schulkinder zu unterhalten. In Sucrettes letzter Nachricht war von einem »Kriegskind« die Rede, einem Kind an der Schule, das in der Prophezeiung des Verrückten vorkam. Viviana war sicher, dass dieses Kriegskind für Sucrettes Tod verantwortlich war, aber sie kannte seine Identität nicht. Sie griff in die Tasche ihres pelzbesetzten Mantels und zog einen Zettel heraus, den sie erst am Tag zuvor aus Fairmount erhalten hatte.

Stellung so langweilig wie erwartet, aber die Sache wird bald in Gang kommen – ich bin dran und habe eine Liste von Schülern, die vielleicht in Sucrettes Tod verwickelt sind. Ich freue mich auf Ihre Ankunft, Gnädigste.

Viviana lehnte sich auf ihrem Sitz zurück, als der Landzug langsam aus dem Bahnhof dampfte. Alle Spieler waren in Bewegung – doch wenn sie eines gelernt hatte, dann dass man manchmal die Dinge selbst in die Hand nehmen musste.

Mr Clarke, der Tüftler, kam mit Werkzeichnungen unter dem Arm auf sie zu.

»Ich dachte, wir könnten die Reisezeit vielleicht nutzen, um die neuen Pläne für den Katalysator noch mal durchzugehen«, sagte er. »Wir haben ein paar Rückmeldungen von unseren Versuchsanlagen in den Roten Hügeln vor Mazelton bekommen. Silber hat sich durchaus bewährt, aber um die Leitfähigkeit zu steigern, sollte man eventuell berücksichtigen …«

Viviana brachte ihn mit einer abwehrenden Handbewegung zum Schweigen.

»Ich verlasse mich da ganz auf Sie, Clarke. Verschonen Sie mich mit den Einzelheiten. *Sie* kümmern sich um die Tests und das Tüfteln und *ich* kümmere mich um den Rest.«

Clarke verbeugte sich und zog sich in den nächsten Waggon zurück, wo Vivianas Dienerschaft – ein Ankleider und Koch, zwei Kuriere und zwei breitschultrige Leibwächter – die Reise verbringen würde.

Sie vermisste Joan. Joan Sucrette hatte als Einzige ihr volles Vertrauen genossen und die wahre Kraft der Dominanz verstanden. Diese anderen – sie ließen sich von billigen Kunststückchen beeindrucken. Sie leisteten ganz gute Arbeit und schienen sowohl an ihr Recht auf den Thron als auch an ihr Talent zu glauben. Aber Joan war anders gewesen. Sie hatte denselben Hunger wie Viviana verspürt, denselben Drang, die Grenzen des Bandes weit über das hinaus zu testen, was jemals jemand anders versucht hatte. Selbst der clevere Clarke, der jede Aufgabe, die sie ihm gab, mit größtem Erfindungsreichtum erledigte, war mehr von Eitelkeit als etwas anderem getrieben. Nun denn. Es würde nicht mehr allzu lange dauern, bis ganz Aldemar erlebte, was mit Dominanz wirklich vollbracht werden konnte – und dann würde dem Königreich nichts anderes übrig bleiben, als sie als Königin zu akzeptieren.

Während der Landzug in Richtung Fairmount Akademie raste, sah Viviana zu, wie die Stadt hinter ihr immer kleiner wurde. Klein genug, dachte sie, um sie vollständig zu zerstören. Ihre Herrschaft über die Stadt war gesichert; ihre Anhänger berauschten sich an ihrem eigenen Machtgewinn, standen aber ganz unter ihrer Kontrolle. Nun reiste sie zu dem einzigen Ort, der ihr noch ein Rätsel war – aber nicht mehr lange.

6

Ben lag wach im Bett und sah voller Sorge und Angst Vivianas bevorstehender Ankunft entgegen. Wenn es nach ihm ginge, würde er sich auf den Kampf gegen Viviana und ihre Dominae vorbereiten. Aber Tremelo hatte Geheimnisse und die Velyn hatten sich weiter ins Gebirge zurückgezogen.

Die ganze Woche waren Bens Gedanken im Unterricht und bei den Mahlzeiten immer wieder zu den Velyn abgeschweift. Er hatte so viele Fragen an sie – über sich selbst und sein Band und vielleicht sogar seine richtige Familie. Aber jetzt waren sie weg. Er dachte an die Karte, die er im Herbst gefunden hatte und auf der ihre alljährliche Route auf der Unerreichbaren Straße durchs Gebirge eingezeichnet war, und fragte sich, ob er sie jemals auf dieser Reise würde begleiten können.

Ein Gedanke schoss ihm durch den Kopf. Ben schlug die Augen

auf. Die Karte – Sucrette hatte sie sich in einem kleinen, geheimen Zimmer in der Bibliothek angesehen, bevor Ben sie gefunden hatte. Was könnte noch da drinnen sein?

Er setzte sich im Bett auf und stellte fest, dass Hal ebenfalls wach war – er las.

»O-oh«, sagte Hal.

»Was?«

»Du bist lange vorm Unterricht wach«, antwortete Hal. »Und du hast diesen Blick, der bedeutet, dass du irgendwas Gefährliches vorhast.«

Ben schwang die Füße aus dem Bett und fing an sich anzuziehen.

»Gwen hat mir letzte Woche erzählt, dass Sucrette Nachrichten für Viviana hinterlassen haben dürfte«, sagte er. »Und da fiel mir ein, wir haben uns gar nicht in dem Buchbinderzimmer in der Bibliothek umgesehen. Wir wissen, dass Sucrette diesen Raum benutzt hat. Was, wenn sie darin etwas für Viviana hinterlassen hat? Und die wird schon in wenigen Stunden hier sein!«

Ein paar Minuten später gingen die beiden Jungen an der Mensa vorbei, wo das Reinigungspersonal gerade seine Morgenrunde beendete. Bert saß auf Bens Schulter, als sie die Bibliothek betraten und an zwei Technikern vorbeischlichen, die im Innenhof eine durchgebrannte Glühbirne austauschten. Dann eilten sie die hallende Treppe zur verborgenen Reparaturwerkstatt hinauf.

»Was glaubst du, warum dieses Zimmer einen versteckten Zugang hat?«, fragte Hal, während Ben mit dem Finger über das tarnende Holz strich, um den Türfalz zu finden. »Da sind doch nur alte Bücher drin.«

»Vielleicht war das nicht immer so«, vermutete Ben. »Hier in Fairmount stehen ein paar der seltensten Bücher des ganzen Königreichs. Tremelo mag ja der Ansicht sein, das offensichtlichste Versteck sei das beste. Aber diese Meinung teilen bestimmt die wenigsten. Denk mal an all die Projekte, die hier im Zeitalter der Erfindungen begonnen wurden – wie die Rigimotive! Ein paar von den Sachen hier waren vielleicht streng geheim.«

»Wenn wir nichts von Sucrette finden, könnten wir also immer noch reich werden, weil wir die Pläne irgendeines alten Trottels für einen fliegenden Bus entdecken«, sagte Hal.

»Das ist die richtige Einstellung«, antwortete Ben. Er fand den Falz im Holz und öffnete die Tür.

Das Zimmer sah genauso aus, wie er es in Erinnerung hatte – voller Staub und Spinnweben, mit einem Tisch in der Mitte, wo die Karte mit den Wanderungen der Velyn gelegen hatte. Die Karte war jetzt nicht mehr da; Tremelo hatte sie in Verwahrung genommen. Ben spürte ein vertrautes Kribbeln an den Armen, als er sich an den Augenblick erinnerte, in dem er die Verbindung erkannt hatte: dass er ein Nachkomme der Velyn war.

Überall türmten sich Bücher, zerfielen allmählich und schienen seit vielen Jahren darauf zu warten, dass jemand sie restaurierte.

»Wow, du hattest recht. Die Natur weiß, was hier alles versteckt ist«, stellte Hal fest. Er trat in den Raum und schlenderte die Regale entlang. »Was ist mit dem Boden?«, fragte er plötzlich und klopfte mit der Schuhsohle gegen eine der Dielen.

Ben sah nach unten. Er bemerkte nichts Ungewöhnliches – außer dem Staub.

»Was meinst du?«

»Er ist nicht besonders stabil.« Hal bückte sich und klopfte mit den Fingerknöcheln an den Boden. »Hörst du ein Echo?«, fragte er.

»Nein«, antwortete Ben, »aber du bestimmt …«

Hal nahm immer viel besser als er oder zum Beispiel Tremelo wahr, wenn etwas anders klang: Er hatte ein sehr feines Gehör, wie eine Fledermaus. Ben blieb hinter Hal, als dieser an verschiedenen Stellen auf den Boden klopfte.

»Genau hier!« Hal deutete auf eine Stelle, die gerade noch unter dem großen Reparaturtisch lag. »Hier ist ein Hohlraum unter dem Boden.«

Ben ließ sich neben Hal auf allen vieren nieder. Hal strich mit dem rechten Handteller an der Maserung der Fußbodendiele entlang. Dann drückte er kräftig auf das Ende einer abgenutzt aussehenden Diele und das andere Ende hob sich wie bei einer Wippe. Ben stieß einen leisen Pfiff aus.

Das Loch unter der Diele war dunkel, aber Ben erkannte den undeutlichen Umriss eines Gegenstands, der ungefähr so groß wie sein Geschichtsbuch war. Er griff hinein, bis sein ganzer Arm darin verschwunden war.

»Sei vorsichtig«, warnte ihn Hal. »Du weißt nicht, was darin herumkrabbelt.«

Bens Finger berührten kühles Metall, welches er umfasste und ins Licht zog.

Der Gegenstand sah mit seinem auf Tasten aufgebrachten Buchstabensatz aus wie eine Schreibmaschine, nur dass es keine Vorrichtung gab, um Papier einzulegen. Ben schüttelte ihn leicht und hörte kleine mechanische Teile im Innern rappeln. Unten am Apparat befand sich ein hölzerner Sockel und oben war eine Erhöhung, die eine Art Hebel hielt, mit zwei Knöpfen an dem einen Ende und am anderen mit einer dünnen Spitze.

»Was ist das?«, wunderte sich Ben.

Hal bückte sich tiefer. Er starrte den Apparat mit leicht geöffnetem Mund an.

»Ich hab nicht die leiseste Ahnung«, sagte er.

»Was passiert wohl, wenn …« Ben streckte die Hand aus, um eine der Tasten zu drücken. Hal atmete geräuschvoll ein.

Nichts passierte. Die Taste bewegte sich kaum unter Bens Fingerdruck und alle anderen Teile der Maschine rührten sich überhaupt nicht.

»Es ist kaputt«, meinte Hal.

»Möglich«, antwortete Ben und drehte die Maschine um, um sie von allen Seiten zu betrachten. »Vielleicht weiß Tremelo, was das für ein Ding ist.«

Hal stand auf und ging zu dem kleinen, runden Fenster hinüber, von dem aus man den Uhrenturm von Fairmount sehen konnte.

»Auf jeden Fall fängt bald der Unterricht an«, sagte Hal. »Wenn wir noch etwas suchen wollen, was Sucrette gehört hat, sollten wir uns beeilen.«

Ben hob den schweren Apparat vom Boden auf und klemmte ihn sich unter den Arm. »Das brauchen wir nicht«, antwortete er. »Ich denke, wir haben es schon gefunden.«

Zusammen schlossen sie die massive Holztür der Buchbinderwerkstatt hinter sich und machten sich auf den Weg zum Gebäude für Angewandte Wissenschaften. Auf dem Pfad dorthin wimmelte es bereits von Schülern. Ben verbarg die Maschine unter dem Mantel und ging dicht hinter Hal, bis sie bei ihrem Klassenzimmer ankamen. Sie gingen direkt zur halb offenen Bürotür und klopften an.

Tremelo saß an seinem Schreibtisch und blickte auf. Als Ben

die dunklen Ringe unter seinen Augen sah, fragte er sich, ob er genau wie er selbst die ganze Nacht wach gewesen war.

»Wir haben eine Überraschung für Sie, Sir«, sagte Hal.

Ben stellte den Apparat vorsichtig auf Tremelos Schreibtisch und erklärte, wo sie ihn gefunden hatten.

»Hübsches Ding«, sagte er, betrachtete ihn neugierig und klopfte mit einem Schraubenschlüssel an die Seiten. »Obwohl ich ein Ameisenonkel sein will, wenn ich weiß, wozu es gut ist.«

Die Klassenzimmertür öffnete sich und alle drei schraken zusammen.

Es waren Tori und Phia, die ihre Taschen auf ihre Tische stellten und durch die offene Bürotür zu Ben, Hal und Tremelo hineinlugten.

»Anscheinend eine Privatparty, zu der wir nicht eingeladen sind«, sagte Tori.

»Ben und ich haben etwas in dem geheimen Zimmer der Bibliothek gefunden«, platzte Hal heraus.

Die Mädchen kamen ins Büro und betrachteten den Kasten.

»Und was kann das Ding?«, wollte Phia wissen.

»Das versuchen wir gerade herauszufinden«, antwortete Ben.

Tremelo, der schweigend die Seiten der Maschine abgetastet hatte, drückte vorsichtig einen der Knöpfe. Alle hielten den Atem an.

Genau wie vorher geschah nichts.

Tremelo lehnte sich kopfschüttelnd zurück.

»Ich muss es auseinandernehmen«, sagte er. »Nachsehen, was im Innern ist.«

Tori stützte seufzend den Ellbogen auf den Schreibtisch. Ben bemerkte, dass sich in ihrem Ärmel etwas regte. Als sie die Hand schüttelte, um es herauszulassen, entpuppte es sich als winzige grüne Schlange – noch ganz klein, ein Junges, so dünn wie ein Zweig. Sie schlängelte sich auf die Maschine zu.

»Tori, deine Seelenfreundin, pass auf, dass sie nicht –«, murmelte Tremelo, aber die Schlange hatte bereits ein Loch, das einem Münzeinwurf ähnelte, seitlich an dem Apparat entdeckt und war hineingekrochen. »Na toll«, sagte Tremelo und schlug die Hände über dem Kopf zusammen. »Es ist ein Schlangenhaus. Wir haben die Lösung.«

Plötzlich hörten Tremelo und seine Schüler ein Klicken und das Surren kleiner Metallteile, die sich in Bewegung setzten.

»Oh, Ameisen!«, rief Tori. »Hoffentlich passiert ihr nichts!«

Sie gingen näher heran und Tori stöhnte auf, als die Maschine eine Reihe schnell aufeinanderfolgender Klicks von sich gab. Zum Glück tauchte die Schlange heil auf der anderen Seite des hölzernen Sockels der Maschine wieder auf, sah aber um einige Farbtöne dunkler aus.

»Irgendwas ist auf ihrer Haut«, stellte Ben fest und fuhr mit dem Finger über ihren geschuppten Rücken. Als er ihn wieder wegnahm, war er schwarz. »Das ist Tinte!«

»Wir brauchen ein Stück Papier!«, schlug Tori vor. Sie nahm einen Notizzettel von Tremelos Schreibtisch und riss oben ein schmales Stück ab.

»Phia, machst du bitte die Bürotür zu?«, bat Tremelo. Draußen hatten die Stimmen und Schritte der Schüler, die vor dem Unterricht in den Fluren herumliefen, zugenommen. Phia schloss die Bürotür mit einem dumpfen Geräusch.

Tori reichte das Papier über den Schreibtisch an Hal weiter, der es in den Schlitz schob, durch den die Schlange in die Maschine gekrochen war.

Aus dem Innern des Apparats kam das gleiche Klicken und

metallische Surren wie zuvor und auf der anderen Seite rollte sich das Stück Papier mit sauber aufgedruckten Wörtern heraus. Ein paar Buchstaben fehlten, aber man konnte Folgendes erkennen:

Die Abr chn ng ist für d n Fr l ngs f ng angesetzt. Joan, i h verl s mi auf dich.

»Joan – damit ist Mrs Sucrette gemeint«, sagte Phia.

»Ich wusste es!«, rief Ben.

»Das Ding wurde nicht hier versteckt, damit Viviana es findet, sondern von Viviana hierhergeschickt«, vermutete Hal.

»Abr chn ng … Abrechnung?«, flüsterte Ben. »Was soll das heißen?«

»Hm, ein Kassensturz, bei dem alles ausgerechnet wird – passt nicht so richtig. Vielleicht eine Vergeltung für irgendwas?«, rätselte Tremelo. »Nachdem irgendwas ans Licht gebracht wurde.«

»Sie meinen, sie will etwas … enthüllen?« Hal nahm noch ein Stück Papier von Tremelos Schreibtisch, kritzelte eilig eine exakte Kopie der Nachricht darauf und steckte es gefaltet ein.

»Faszinierend«, meinte Tremelo und betrachtete aufmerksam den Apparat. »Die Maschine empfängt irgendwie eine Nachricht, speichert die Buchstabenfolge und druckt sie. Allerdings ist die Tinte anscheinend seit letztem Herbst etwas eingetrocknet. Wäre gut, wenn wir die ganze Nachricht herauskitzeln könnten.«

»Abrechnung«, wiederholte Tori. »Hört sich nach was Großem an. Einem Rundumschlag.«

Tremelo nickte. Dann fiel sein Blick auf Bert, der auf Bens Schulter döste.

»Du kommst ganz gut mit ihm zurecht«, lobte er. »Nach dem Unterricht im Klassenzimmer geht es direkt zur Versammlung, damit wir unserem illustren Gast lauschen können. Wenn es einen Tag gibt, an dem du als Anima Leguan erscheinen musst, dann heute. Auf dass du nicht vergisst, in welcher Sache sich Viviana ›auf Joan verlassen‹ hat.«

Ben schauderte. Tremelo hatte recht. Würde er als die Anima Weißer Tiger aus der Prophezeiung des Verrückten entlarvt, würde Viviana erfolgreich zu Ende bringen, was Sucrette nicht geschafft hatte – sie würde ihn umbringen.

»Das Ding hier werde ich sicher aufbewahren«, sagte Tremelo und deutete mit dem Kinn auf die Maschine. »Und ihr solltet jetzt durchstarten. Wird mit Sicherheit ein interessanter Tag.«

Die vier Freunde verließen der Reihe nach das Büro und gingen in die Klasse, wo bereits ihre Mitschüler eintrudelten.

Als Ben gerade seinen Tisch erreichte, machte Bert einen gewagten Sprung von seiner Schulter auf den Boden.

»Na, seht mal, wer aufgewacht ist!«, lachte Tori.

Bert huschte nach rechts und links und stieß mit der Schnauze gegen mehr als ein Tischbein.

»Och, nö«, maulte Ben. Er machte sich daran, den verwirrten Bert vom Boden aufzuheben, aber die Echse kroch immer wieder davon und war erstaunlich schnell. »Hey, komm zurück!«, rief Ben, als Bert zur Klassenzimmertür flitzte – doch auf einmal schlossen sich fremde Hände um ihn, bevor Ben ihn schnappen konnte.

»Bitte sehr«, sagte Dr. Graves. Er hielt Bert fest, der sich in seinen Händen wand. »Bist wohl noch nicht ganz auf einer Wellenlänge mit dieser erbärmlichen Kreatur, was?«

Ben nahm Bert an sich und machte einen Schritt nach hinten.

»Ich habe gehört, du hattest eine späte Bewusstwerdung. Wahrscheinlich musst du dich noch daran gewöhnen, mit deinem … Seelenfreund zu interagieren«, fuhr Graves fort. Er hatte entweder aus Belustigung oder aber aus Misstrauen die linke Augenbraue hochgezogen. Ben hielt Bert ganz ruhig. Sein Mund fühlte sich trocken und pelzig an.

»Klar. Wahrscheinlich«, antwortete er.

»Du kriegst es sicher noch raus«, sagte Graves und musterte Ben von oben bis unten. Ben stellte sich gerader hin und unterdrückte den Drang, sich eine feine Staubschicht von der Kleidung zu wischen. An den spitzen Schuppen auf Berts Rückenkamm hingen ein paar Spinnweben.

»Das braucht nur ein wenig Übung und einen wissbegierigen Geist«, fügte Graves hinzu. »Den du zweifellos besitzt.«

Ben gab keine Antwort – er war zu nervös.

Graves nickte zum Abschied und ging den Flur hinunter.

Ben kehrte an seinen Platz im Klassenzimmer zurück und ließ sich auf den Stuhl fallen.

»Jetzt sagt mir bloß nicht, dass das nicht ein bisschen unheimlich war«, sagte er, als er die starren Blicke seiner Freunde bemerkte. »Graves weiß hundertprozentig, dass irgendwas mit mir nicht stimmt.«

»Tentakel der Natur«, seufzte Tori. »Ist hier eigentlich *jeder* ein Spion?«

7

Die Gerüche eines köstlichen Frühstücks – mit dem seltenen, ungewohnten Duft gekochten Fleischs – zogen durch den Waggon. Eine kleine Gestalt kam herein, huschte hinter die gepolsterten Sitze und kroch unter die blanken Tische. Sie blieb dicht am Boden, der mit einem seltsamen roten Fell bedeckt war. Es fühlte sich weich unter ihren Pfoten an. Ein Stück Wurst erregte ihre Aufmerksamkeit und sie kaute eilig darauf herum, obwohl sie heute nicht auf Nahrungssuche war.

Fenchel rümpfte die spitze, kleine Nase. Die Frau hatte hier gesessen, diejenige, vor der sich Tremelo fürchtete. Der Duft ihres Parfüms hing noch in der Luft – sie war erst kurz zuvor im hinteren Teil des Waggons verschwunden. Auf dem Platz lag noch ein zusammengefaltetes Blatt Papier. Fenchel biss in die Ecke und stupste es mit der Schnauze auf.

Vorsicht!, spürte sie die Warnung ihres Seelenfreunds Tremelo. *Sie darf nicht wissen, dass wir hier waren.*

Fenchel hielt den Blick auf das Blatt Papier vor sich gerichtet – ein verwirrendes, geometrisches Netz aus Linien und Kurven mit dazwischengekritzelten Zahlen. Sie spürte ein in Schüben wachsendes Verständnis bei Tremelo, der sicher in seinem Büro saß. Er entzifferte, was sie für ihn enthüllte, auch wenn sie es nicht konnte. Der Anblick hatte ihn erschüttert und sie empfing seine Aufgeregtheit – er bat sie, weiter hinzusehen. Sie winselte leise und ihr winziges Herz flatterte.

Der Parfümgeruch wurde stärker, als der Schatten der Frau hinter der milchigen Glastür erschien. Der Türknauf drehte sich. Fenchel stupste das Blatt Papier zurück an seinen Platz und verkroch sich unter den Sitz. Sie behielt die Absätze der Frau im Auge, die an ihr vorbeiging. Die Frau blieb stehen, um ihre Jacke und ihren Rock zurechtzuzupfen. Dann verließ sie den Waggon. Fenchel folgte ihr lautlos wie ein Geist.

Zu Hause im Gebäude für Angewandte Wissenschaften taumelte Tremelo von seinem tranceartigen Zustand in sein eigenes Ich zurück. Aus Fenchels Bewusstsein aufzutauchen war verstörend, vor allem wenn sie aufgewühlt oder ängstlich war. Er beruhigte seinen Atem, der während seiner Bindung zu Fenchel flach und schnell geworden war. Dann blickte er auf den Kohlestift in seiner Hand und auf das Blatt, das vor ihm auf dem Schreibtisch lag – es war leer gewesen, als er Fenchel in Vivianas Landzug geschickt hatte. Jetzt sah er darauf Formen und Winkel, Maße und Notizen, die er in seiner eigenen unordentlichen Handschrift zu Papier gebracht hatte. Er verstand, was Fenchel nicht verstehen konnte: dass es sich um einen Entwurf für irgendeine Maschine handelte. Kastenartig und ausgeklügelt, mit einem

Hohlraum in der Mitte für einen eigenen Antrieb, gab sie ihm Rätsel auf. Er wusste nicht, was er hier vor sich hatte oder wozu es gut war. Aber das herauszufinden, war gerade zu seiner vordringlichsten Aufgabe geworden.

8

Ben, Phia und Hal saßen schweigend in der hintersten Reihe der Aula von Fairmount zusammen. Vor ihnen warteten reihenweise lachende, plaudernde Schüler gespannt auf Vivianas Auftritt. Der Landzug war am Vormittag während des Unterrichts auf dem Schulgelände eingetroffen, was bedeutete, dass sich Viviana – die Frau, die Ben den Tod wünschte und bereits versucht hatte, ihn umbringen zu lassen – ganz in der Nähe aufhielt. Fast konnte er sich vorstellen, dass sie wie ein Raubtier versuchte, seine Witterung aufzunehmen. Sein Herz pochte vor Angst.

»Sie weiß doch nicht, wer du bist«, erinnerte ihn Phia im Flüsterton. »Bleib einfach ganz ruhig.«

»Hast du heute schon was von Gwen gehört?«, flüsterte Ben zurück.

Phia schüttelte den Kopf. »Aber ich war gestern bei ihr und da hat sie gesagt, sie bleibt dabei, dass sie uns helfen will.«

Ben machte sich Sorgen, dass Gwen geschnappt werden könnte, aber der Gedanke, dass sie in der Nähe war, tröstete ihn auch. Tremelo war nirgendwo zu sehen und Ben hoffte, dass er sich mit seinem Plan beschäftigte – woraus auch immer der bestand.

Tori war allerdings eine ganz andere Geschichte. Hal hatte ihr einen Platz frei gehalten. Aber als Ben den Blick über die Menge schweifen ließ, entdeckte er Tori mehrere Reihen weiter vorn. Sie unterhielt sich mit einem Jungen, den er nicht kannte.

»Mit wem redet denn Tori da?«, fragte Ben.

»Er heißt Lyle«, antwortete Hal, als wäre es der Name einer widerlichen Speise. »Allein bei dem Namen kommt mir schon die Galle hoch.«

»Woher kennen sie sich?«, erkundigte sich Ben.

»Er kommt auch aus der Grauen Stadt«, erklärte Phia. »Sie haben sich am Ende der Winterferien auf dem Rückweg in der Rigimotive kennengelernt und haben nachmittags zusammen Werkarbeiten bei Tremelo.«

»Tori hat Werkarbeiten belegt?«, wunderte sich Ben. »Da wäre ich nie drauf gekommen. Sie hält Tremelo doch für einen Spinner – als Lehrer jedenfalls.«

Phia zuckte nur mit den Schultern.

»Vielleicht hat sie Interessen, von denen du nichts weißt«, sagte sie. »Oder vielleicht hast du sie auch einfach nie danach gefragt.«

Das laute Geschnatter in der Aula wurde zu einem gedämpften Getuschel, als Direktor Fink und Mrs Shonfield die Bühne betraten. Fink, der einen karierten senfgelben Dreiteiler trug, barst vor Stolz. Ausnahmsweise lächelte er sogar. Ben bekam eine Gänsehaut, als der Direktor seinen Platz auf einem schmalen Holzpodium einnahm.

»Schüler von Fairmount!«, rief Fink und bat mit einer Geste um Ruhe. »Wir haben die Ehre, der erste Halt auf Miss Viviana Melores Reise durch das Königreich zu sein!« Verhaltener Applaus war zu hören. Ben rief sich ins Gedächtnis, dass diese Schüler nicht wussten, zu welch bösen Taten Viviana fähig war. Er selbst war auf die Dominae nur aufmerksam geworden, weil Sucrette versucht hatte, ihn umzubringen.

Viviana kam herein, betrat aber nicht die Bühne. Stattdessen wurde sie an einen Platz in der ersten Publikumsreihe geführt und winkte dabei den Schülern und Lehrern freundlich zu. Sie trug ein vorn mit goldenen Knöpfen geschlossenes purpurnes Kleid und einen Reisehut in einem dunklen Malventon mit dazu passenden Handschuhen. Schon jetzt erkannte Ben, wie sehr sie Tremelo ähnelte – das gleiche dunkle Haar und die leicht gerunzelte Stirn. Es war ein listiger Blick, den er auch von Tremelo kannte, wenn Ben eine Frage stellte, die sein Lehrer nicht beantworten wollte. Ben sah sie aufmerksam an, als sie sich setzte.

Eine Schülertanzgruppe kam mit fünf Hirschen und zwei Antilopen auf die Bühne. Sie zeigten ein einstudiertes Programm, in dem die menschlichen Tänzer neben ihren tierischen Seelenfreunden entlangsprangen und so wellenförmige Bewegungsmuster auf der Bühne bildeten. Nach der Schlusspose und dem darauf folgenden Beifall betrat ein dreißigköpfiger Schülerchor die Bühne und gab das schwungvolle Kampflied »Ich lege meine Pfote für das Königreich ins Feuer« zum Besten. Begleitet wurde er vom Heulen mehrerer Hunderassen, dem Gesang verschiedener Vogelarten und dem Keckern zweier Waschbären. Mit jeder Darbietung wurde Ben unruhiger und sogar ärgerlicher. Alle in

Fairmount überschlugen sich geradezu, um König Melores Tochter zu beeindrucken, während keiner von ihnen wusste, wie wenig sie in Wirklichkeit mit diesem König gemein hatte.

Endlich kam Direktor Fink wieder auf die Bühne und stellte Viviana vor.

»Eine Frau der Werte und die Tochter unseres über alles geliebten Königs – wir könnten nicht stolzer sein, dass Sie unsere Hallen beehren!«, sagte Fink. Ben hielt den Atem an, als sich Viviana von ihrem Platz erhob und die drei kleinen Stufen auf die Plattform erklomm. Fink streckte die Hände aus, um Vivianas zu umfassen. Sie gaben sich einen förmlichen Kuss auf die Wange und Viviana nahm seinen Platz auf dem Podium ein.

»Meine Güte, was für ein wundervoller Anblick!«, sagte sie und sah auf die Schülerschar hinunter. »Ihr Schüler seid nach all den spießigen Politikern in der Hauptstadt eine wahre Augenweide. Danke für den herzlichen Empfang!«

Noch mehr Beifall. Ben drehte sich der Magen um.

»Ich bin mit einer ganz bestimmten Absicht hergekommen«, begann Viviana.

Ben zog die Luft ein. Er stellte sich plötzlich vor, wie sie seinen Namen sagte, vor der ganzen Schule auf ihn zeigte und seinen Tod verfügte.

»Einer Einladung!«, sagte Viviana. »Es war der Traum meines Vaters, große Fortschritte im Königreich zu bewirken. Aber er wurde daran gehindert, bei genau jenem Ereignis, auf dem die spannendsten neuen Erfindungen des Zeitalters präsentiert werden sollten. Ich habe vor, sein Werk fortzuführen, indem ich die Entwicklungsmesse ein weiteres Mal abhalte – genau wie er es getan hätte!«

Ben und Hal tauschten einen nervösen Blick.

»In exakt zwei Monaten wird die zweite Entwicklungsmesse das Königreich vereinen! Und ihr Schüler müsst an dieser Feier teilnehmen. Wir werden einen Wissenschaftswettbewerb und ein Scavage-Turnier veranstalten, bei dem eure Mannschaft sicher glänzen wird!«

Jubel und Beifall brachen los. Viviana lächelte und kam dann auf die Verbesserungen zu sprechen, die sie für das Rigimotive-System in Planung hatte.

»Kapier ich nicht«, sagte Ben, der sich zu Hal hinüberbeugte. »Eine Entwicklungsmesse? Der böse Plan unserer bösen Königin ist … ein Fest?«

Hal griff in seine Tasche und zog seine Abschrift der Nachricht hervor, die der geheimnisvolle Apparat am Morgen gedruckt hatte.

»Nein, sieh mal«, flüsterte er. »Sie hat gesagt ›in exakt zwei Monaten‹ – das ist nicht irgendein Tag, sondern Frühlingsanfang – und das passt genau zu den fehlenden Buchstaben der Nachricht! Auf dieser Entwicklungsmesse soll die *Abrechnung* stattfinden!«

»Aber was für eine Abrechnung meint sie?«, rätselte Ben.

Viviana beendete ihre Rede und die Schüler klatschten Beifall. Fink kehrte auf die Bühne zurück.

»Als Schulleiter von Fairmount sei mir gestattet, mich bei Viviana Melore dafür zu bedanken, dass sie uns auf ihrer *Grand Tour* berücksichtigt hat. Schüler, ihr dürft gehen!«

Aufgeregtes Geschnatter brach im Zuschauerraum los und hallte von der hohen Decke wider.

»Wir müssen mit Tremelo reden«, beschloss Ben. Alle drei standen mit der restlichen Schülerschar auf und schlurften aus den Reihen.

Ben spürte ein Zupfen am Ärmel, drehte sich um und stellte fest, dass Tori sich ihnen anschloss. Lyle, der Junge aus ihrem Werkstattkurs, war bei ihr.

»Das hier ist Lyle«, sagte sie zu den anderen. »Lyle, das hier sind Ben, Hal und Phia.«

»Hey, wie geht's?«, frage Lyle, ohne auf eine Antwort zu warten. »Die ist mal 'ne Nummer, was?«

»Wer, Tori?«, fragte Hal.

»Nein, nein – die natürlich auch«, lachte Lyle und blickte schüchtern zu Boden. »Ich meinte Viviana. Jedenfalls muss ich jetzt zu meinem Vater. Bis später!« Er winkte der Gruppe zum Abschied, stupste Tori sanft an der Schulter an und drängte sich vor ihnen durch die Schülermenge.

»Zu seinem Vater?«, fragte Ben.

»Warum sitzt du eigentlich mit ihm zusammen?«, unterbrach Hal.

»Geht dich gar nichts an«, entgegnete Tori. »Ich darf schließlich auch andere Freunde haben, oder?«

Im Innenhof standen die Schüler in aufgeregten Grüppchen zusammen und plauderten über die Messe. Ben kämpfte sich an den Rand des Raumes und drückte Bert dabei an seine Brust. Phia blieb ganz in seiner Nähe, die anderen waren langsamer. Als Ben fast den Ausgang erreicht hatte, packte ihn jemand am Arm.

»Hey!«, rief er und blickte auf. »Gwen!«

»Pst!«, flüsterte sie. »Muss ja nicht jeder mitkriegen.« Sie trug einen Fairmount-Blazer, der mindestens zwei Nummern zu klein war, und darunter ein schlichtes kastanienbraunes Kleid, das Ben als Phias erkannte.

»Was machst du hier?«, fragte Ben. Er blickte sich um, voller Sorge, ob irgendjemand sie seltsam ansah. Das war eine furchtbare Idee gewesen – Gwen fiel mit ihrem feuerroten Haar in der Masse auf wie ein bunter Hund.

»Ihr habt mich doch gebeten, hier zu sein«, entgegnete Gwen. »Ihr habt mich gebeten aufzupassen!«

»Die Sachen waren meine Idee«, sagte Phia. »Damit sie nicht so auffällt!«

»Ihr hättet mich doch fragen können«, sagte Tori, als sie die anderen einholte. »Bei mir sind immerhin die Ärmel länger.«

»Wir sollten das nicht hier besprechen«, mischte sich Hal ein.

»Aber ich muss euch etwas erzählen«, begann Gwen. »Ich hab tatsächlich was gesehen. Auf dem Weg hierher –«

»Pssst!«, machte Hal mit zusammengebissenen Zähnen. *»Dreht euch mal um.«*

Ben gehorchte und sah Dr. Graves, Direktor Fink, Mrs Shonfield und Viviana nur ungefähr vier Meter entfernt stehen, genau vor der Vitrine mit den antiken Büchern, zwischen denen das Buch des Verrückten versteckt war.

»Ich muss gestehen, ich habe für Bücher wenig übrig«, sagte Viviana gerade zu Graves. »Maschinen, Erfindungen – darin liegt die wahre Macht eines Königreichs. Im Fortschritt, nicht in verstaubten Buchseiten.«

Als Ben sich wieder zu Gwen umdrehte, merkte er, dass sie leichenblass geworden war.

»Benimm dich einfach ganz normal«, flüsterte Ben. »Sie weiß ja nicht, dass du keine Schülerin bist.«

»Aber Shonfield schon«, entgegnete Hal. »Du musst dich verstecken!«

Zu fünft gingen sie weiter auf den Hauptausgang zu. Als sie sich gerade hindurchdrängten, trat ihnen jedoch ein Mann mit einem Arm voller Unterlagen in den Weg und stieß mit Hal zusammen. Es war Jerri, Shonfields Assistent. Er versuchte ungeschickt, die Papiere festzuhalten, doch ein Stapel davon rutschte herunter und verteilte sich auf dem Boden des Innenhofs.

»Tut mir leid! Tut mir so leid!«, stammelte Jerri und bückte sich, um sie aufzuheben. Seine Brille mit Messinggestell baumelte ihm hilflos von der dünnen Nase. »Bin wahrscheinlich etwas nervös …«

Ben blieb stehen, um den Rest der Unterlagen aufzusammeln. Er fing Phias Blick auf und nickte Gwen zu. Die beiden Mädchen hakten sich beieinander ein und eilten aus dem Innenhof, dicht gefolgt von Tori.

Als er wieder stand, sah Ben flüchtig zur Vitrine hinüber: Viviana sprach immer noch mit Fink, Shonfield und Graves. Graves hörte ihr allerdings kaum zu. Er sah zu Ben, Jerri und Hal hinüber. Ben war sich nicht sicher, ob er Gwen bemerkt hatte oder nicht.

Fink und Shonfield drehten sich um und folgten seinem Blick.

»Ach herrje«, rief Mrs Shonfield, als sie Jerris auf dem Boden verteilte Unterlagen entdeckte. Jerri warf ihr einen zerknirschten Blick zu und schob die Papiere zu einem ordentlichen Stapel zusammen.

»Was in aller Natur ist denn hier passiert?«, fragte Graves. Dann fügte er in sachlicherem, strengerem Tonfall hinzu: »Ihr solltet im Beisein unseres Gastes ein bisschen besser aufpassen.«

»Ja, Sir«, antwortete Ben leise. Er war überrascht, dass er überhaupt einen Ton herausbrachte bei dem riesigen Kloß, den er im Hals hatte.

»Hallo, Schüler«, sagte Viviana.

Ben und Hal starrten sie an. Bert saß auf Bens Schulter und blinzelte.

»Schüler! Sagt Hallo«, ermahnte sie Graves.

Ben fühlte sich, als wäre er gerade versteinert worden. Er konnte sich weder rühren noch sprechen, als Viviana Melore – die Frau, die eine Mörderin auf ihn und Taleth angesetzt hatte – ihm zum ersten Mal in die Augen blickte. Ihre Augen, bemerkte er, hatten einen zart violetten Farbton. Er hatte keine Ahnung, wie sein eigenes Gesicht in diesem Moment aussah, hoffte aber, dass sie ihm seinen Schrecken nicht ansah.

Hal fand als Erster die Sprache wieder.

»Willkommen in Fairmount, Miss Melore«, sagte er und Ben war so dankbar, dass er vor Erleichterung hätte zerfließen können.

»Hallo, willkommen«, schloss er sich an.

Viviana legte eine Hand auf Graves' Arm, sah dabei aber Ben weiter an. Unwillkürlich schoss ihm ein beängstigender Gedanke durch den Kopf: Wusste sie Bescheid? Und genauso schnell, wie dieser Gedanke gekommen war, folgte ein zweiter. Er ließ die Augen zu Graves hinüberwandern, der ihn mit purer Verachtung ansah. Was vorher ein leiser Verdacht gewesen war, schien ihm jetzt offensichtlich: Graves und Viviana arbeiteten zusammen.

»Welch höfliche Schüler, Dr. Graves«, sagte Viviana. Endlich wandte sie den Blick von Ben und Hal ab. Noch immer reglos wie Stein, spürte Ben, dass sein Herz zu pochen begann wie eine Kesselpauke. »Ich glaube, als Nächstes wollten Sie mir die Klassenzimmer zeigen?«

Graves, Fink und Viviana gingen weiter und Ben atmete auf. Nur Mrs Shonfield blieb zurück. Ein Wombat watschelte neben ihr her und beäugte Ben misstrauisch. Ben fragte sich, ob der Wombat oder sogar Mrs Shonfield selbst kurz zuvor die seltsame rothaarige Schülerin im Innenhof bemerkt hatte.

»Guten Tag, Jungs. Darf ich kurz mit Mr Walker allein sprechen?«, fragte sie an Hal gerichtet.

Hal schob seine Brille nach oben und ging davon. Jerri starrte in Graves' und Vivianas Richtung den Flur hinunter. Ben fiel es schwer, sich auf etwas anderes als Vivianas Rücken, der sich langsam entfernte, zu konzentrieren.

»Ich war sehr besorgt wegen der Szene, die ich neulich in Dr. Graves' Unterricht mitbekommen habe«, begann sie. Ben brauchte einen Moment, um zu begreifen, dass sie seinen Streit mit Graves meinte.

»Ach das, Mrs –«

»Lass mich bitte ausreden.« Sie hielt streng die Hand hoch. »Ich beobachte schon eine ganze Weile, wie du dich aufführst, und will dich warnen: Seit letztem Herbst bist du hier an der Schule in einer Probezeit. Ich hatte gehofft, dass dir deine Bewusstwerdung« – sie warf einen Blick auf Bert, der auf Bens Schulter schlief – »dabei helfen würde, dich auf dich selbst zu konzentrieren. Nun stelle ich mit Bedauern fest, dass ich mich möglicherweise geirrt habe. Hast du etwas zu deiner Verteidigung zu sagen?«

Ben schwieg. Von allen Lehrern und Verwaltungsangestellten traute er Mrs Shonfield am meisten. Er hätte ihr zu gern die Wahrheit gesagt, aber schon jetzt waren zu viele Menschen in Gefahr. *Verhalte dich normal, konzentriere dich, bleib ruhig.* Innerlich platzte er fast vor Angst und Sorge. Aber er musste gefasst wirken. Er schüttelte den Kopf.

»Vielleicht erfordert die Bewusstwerdung doch mehr Anpassung, als wir ursprünglich dachten …«, sagte Shonfield leise. »Dabei fällt mir ein – da du dich nun als Reptilien-Anima entpuppt hast, würdest du dich vielleicht im Wipfelwohnheim wohler fühlen als in den Türmen?«

Sowohl Shonfield als auch ihr Assistent sahen Ben erwartungsvoll an. Ben sah flüchtig zu Hal hinüber, der missbilligend die Nase rümpfte.

»Nein, ich bin da zufrieden, wo ich bin«, antwortete Ben.

»Ich wollte nur sichergehen«, sagte Shonfield. »Streich das von meiner Liste, Jerri, ja? Ich behalte dich im Auge, Ben. Enttäusche mich nicht!« Sie straffte die Schultern. »Und jetzt zurück ins Getümmel«, wies sie Jerri an. »Noch drei ganze Tage, die wir diese Dominae-Frau unterhalten müssen … Und Fink und Graves überschlagen sich fast für ein hübsches Gesicht …«

Jerri grinste leicht schelmisch und folgte ihr durch den Flur zu den anderen. Ben wartete, bis sie außer Sicht waren. Erst dann wagte er, einen Blick auf die Vitrine zu werfen. Zu seiner Erleichterung stand das Buch des Verrückten noch da, gut versteckt. Doch schon bald wurde seine Erleichterung von einer Angst abgelöst, die sich plötzlich immer weiter in seiner Brust ausdehnte: Graves, auf dessen Arm Viviana so förmlich die Hand gelegt hatte, war sicher der Nächste, der versuchen würde, ihn umzubringen.

9

»Alles klar?«, fragte Hal, sobald die Lehrergruppe außer Hörweite war.

»Ja«, log Ben. Er hatte soeben der Person in die Augen gesehen, die seinen Tod wollte, und es fühlte sich an, als würden lauter kleine Insekten auf seiner Haut herumlaufen. »Ich wünschte, Tremelo wäre aufgetaucht«, seufzte er.

»Er ist Vivianas *Bruder*«, flüsterte Hal. »Was ist, wenn sie ihn erkennt?«

Plötzlich schien Hal ganz weit weg zu sein. Seine Stimme wurde undeutlich und Ben konnte nicht mehr klar sehen. Er stand nicht mehr im Innenhof der Schulbibliothek, sondern hatte die Nase an einen knorrigen Ast gedrückt. Ben erkannte die Landschaft – es war der Wald in der Nähe des Scavage-Feldes, direkt außerhalb des Schulgeländes.

Oh nein, dachte Ben. Taleth spürte seinen Kummer und tat genau das, was sie nicht tun sollte: Sie kam näher an die Schule heran.

Benommen sammelte sich Ben und konzentrierte sich auf sein eigenes Bewusstsein: auf Hal, der vor ihm stand, und den kalten Marmorboden unter seinen Füßen.

»Ich muss gehen«, sagte er schnell und schüttelte den letzten Rest von Taleths Sicht ab. Der Geruch von feuchtem, schneebedecktem Laub haftete ihm noch in der Nase.

»Wohin denn?«, fragte Hal. »Ben?«

Doch Ben war schon zur hohen Flügeltür hinaus und rannte die Eingangstreppe der Bibliothek hinunter, immer zwei Stufen auf einmal nehmend. Er musste Taleth finden und sie irgendwie dazu bringen, dass sie sich fernhielt, bevor es zu spät war.

Er lief an den Unterrichtsgebäuden vorbei und den Hügel hinunter, ohne auf die schneidende Kälte an seinen unbedeckten Ohren und Wangen zu achten. Sein Atem stieg in Wölkchen vor ihm auf. Endlich erreichte er die von Bäumen und Unterholz bedeckte Fläche am Fuß des Hügels, die zu den Dunklen Wäldern führte. Er blieb stehen und sah sich hektisch nach einer Spur von Taleth um. Aber alles war still.

Sein Herz pochte wie wild. Keuchend stürzte sich Ben ins Dickicht. Schon nach wenigen Schritten, als er gerade über eine aus dem Boden ragende Wurzel kletterte, trat Taleth hinter einer Eiche hervor. Sie sah ihn ruhig und mit zuckenden Schnurrhaaren an. Ben blieb ganz still, als sich die Tigerin ihm näherte. Vorsichtig schmiegte sie ihre pelzige Wange an seinen noch nicht verheilten Arm.

»Was machst du hier?«, fragte er sanft. Er spürte, wie eine Woge der Sorge in ihr aufwallte. Bei ihrer Berührung blitzte ein

Bild vor Bens Augen auf: ein kleines graubraunes Tier, das den Tiger verfolgte.

»Wer beobachtet dich?«, fragte er. »Ist es Graves?«

Ben versuchte sich zu konzentrieren, konnte sich aber nicht eng genug mit Taleth verbinden, um eine klare Antwort zu erhalten. Stattdessen spürte er nur die Sehnsucht, die sie empfand. Sie wollte in der Nähe der Schule, in Bens Nähe, bleiben. Ben wollte das auch, aber es war unmöglich.

»Geh wieder, du musst hier weg«, sagte er ihr mit angespannter Stimme. »Du kannst nicht hierbleiben, das ist nicht sicher.«

Ben drückte Taleth an der Seite, damit sie sich von ihm abwandte. Die Tigerin tappte ein paar Schritte von Ben weg, blieb dann aber stehen und blickte in die Dunkelheit hinaus. Sie drehte sich zu Ben um und zwinkerte.

Genau als hätte er ebenfalls mit den Augen gezwinkert, war auf einmal alles um Ben herum dunkel. Ein Tuch wurde ihm übers Gesicht geworfen und er wurde hochgehoben, fort von Taleth. Instinktiv riss er die Arme hoch, um das Tuch wegzuziehen, aber eine starke Hand hielt ihn an den Handgelenken fest.

Sie waren gesehen worden!

»Taleth!«, rief er. »Lauf!«

Ben fürchtete zwar, sie würde bleiben und ihm helfen, hörte dann aber erleichtert und auch ein bisschen wehmütig ein Krachen im Dickicht und wusste, dass sie sicher entkommen war. Er schlug um sich und versuchte sich loszumachen. Ein frischer, pulsierender Schmerz machte sich an seinem verletzten Arm bemerkbar.

Ben wurde mehrere Meter stolpernd von jemandem fortgeschleift, der einen Arm um seine Taille geschlungen hatte.

»Wer bist du?«, schrie Ben durch den staubigen Stoff, der nach alten Kartoffeln roch. »Was willst du von mir?«

»Dass du aufhörst, dich wie ein Trottel zu verhalten«, antwortete eine vertraute Stimme. Ben wurde auf ein weiches Fleckchen Gras geworfen und der braune Kartoffelsack wurde ihm vom Kopf gerissen. Vor ihm stand Tremelo.

Ben setzte sich auf. Ganz in der Nähe stand auch Gwen und sah zu. Sie hatte immer noch Phias Sachen an, die zu klein für sie waren, und runzelte mitleidig die Stirn.

»Ich habe ihm gesagt, ich finde es etwas extrem«, sagte sie.

»Extrem? So einen guten Unterrichtsplan hatte ich das ganze Jahr noch nicht«, entgegnete Tremelo und warf den Sack beiseite, um sich seine Pfeife anzuzünden. »Seit deiner Rückkehr an die Schule hast du alles missachtet, was ich dir gesagt habe. Bist in den Wald gelaufen, obwohl die Dominae nur wenige Schritte entfernt sind. Und ihr habt Gwen gebeten, bei einem halb ausgegorenen, gefährlichen Plan mitzumachen.«

Ben strich sich das strohblonde Haar glatt, das bei Tremelos halbherzigem Entführungsversuch völlig zerzaust worden war. Natürlich hatte Taleth ihn allein zurückgelassen – sie hatte Tremelo erkannt und gewusst, dass Ben keine Gefahr drohte. Es sei denn, man betrachtete schwere Belästigung als Gefahr.

»Du hättest umgebracht werden können, wenn dich heute Abend jemand anders zuerst gefunden hätte!«, fuhr Tremelo fort. »Du kannst froh sein, dass die Mädchen Gwen zu mir gebracht haben. Möglicherweise hat sie dir gerade das Leben gerettet.«

»Was soll das denn heißen?«, fragte Ben und blickte von Tremelo zu Gwen.

»Ich habe ja versucht, es euch gleich nach der Versammlung zu erzählen«, erklärte Gwen. »Ich habe Viviana heute Morgen bei ihrem Rundgang über das Schulgelände beobachtet. Ich habe gesehen, wie sie ein paar Leute in den Wald geschickt hat, die sich dann verteilt haben. Sie haben den ganzen Tag den Wald durchkämmt.«

Tremelo schüttelte den Kopf und stieß eine Rauchwolke aus.

»Du hast aber auch gar nichts gelernt seit letztem Herbst«, sagte er.

Ben rappelte sich auf und kämpfte dagegen an, darauf hinzuweisen, dass es seine Idee gewesen war, Gwen spionieren zu lassen, und dass sich das, was sie gesehen hatte, doch als nützlich erwiesen hatte. Aber nur deshalb, wurde ihm dann klar, weil er sich über Tremelos Anordnung hinweggesetzt hatte.

»Tut mir leid«, sagte er also.

»Komm jetzt«, forderte Tremelo ihn auf. »Schnell, wir dürfen nicht gesehen werden. Die anderen warten in meinem Büro. Wir haben viel zu besprechen.«

Tori, Phia und Hal zuckten zusammen, als Ben, Gwen und Tremelo hereinkamen. Draußen in den Fluren hallten Gejohle und Gelächter der Schüler wider, die sich nach einem unterrichtsfreien Nachmittag auf dem Weg zum Abendessen in die Mensa machten. Tremelo schloss sowohl die Klassenzimmertür als auch die Bürotür ab.

»So«, sagte er. »Jetzt erzählt mir, was auf der Versammlung verkündet wurde.«

Hal meldete sich als Erster zu Wort und faltete die Nachricht mit den fehlenden Buchstaben auseinander.

»Diese sogenannte Abrechnung hat sie auf den Frühlingsanfang gelegt«, begann er. »Das soll eine richtig große Sache werden – sie will eine riesige Messe in der Stadt veranstalten und die ganze Schule ist eingeladen. Es wird ein Scavage-Spiel, Verkaufsstände und einen Wissenschaftswettbewerb geben.«

»Genau wie die Messe, die König Melore veranstaltet hat, als er umgebracht worden ist«, fügte Tori nickend hinzu.

Tremelo schwieg und strich sich nervös mit Daumen und Zeigefinger über den Schnurrbart.

»Auch ich habe heute Morgen eine Entdeckung gemacht«, sagte er schließlich. Er deutete auf die Füchsin Fenchel, die aufrecht und wach neben Tremelos Schreibtisch saß. »Mit Fenchels Hilfe konnte ich ein paar Pläne – Entwürfe – für eine hochmoderne Maschine finden, die Viviana in Auftrag gegeben hat.« Er räumte ein paar Bücher auf seinem Schreibtisch beiseite und breitete ein riesiges Blatt Papier mit einer chaotischen Anhäufung gezeichneter Bauformen und Kurvendiagramme aus. Ben und die anderen drängten sich um den Tisch, um besser sehen zu können.

»Dieses Gehäuse ist so angelegt, dass etwas sehr Kraftvolles darin untergebracht werden kann«, erklärte Tremelo und fuhr mit dem Finger am äußeren Rand einer Querschnittszeichnung entlang. »Bei dieser Konstruktion ist das runde Teil in der Mitte wahrscheinlich unstet, was immer es ist. Eines weiß ich, das Ding läuft nicht mit Elektrostrom – es muss eine andere Quelle geben …« Er grübelte. »Teilweise kommt es mir bekannt vor – die Form des Gehäuses dient der Verstärkung, aber von was?« Er tippte nachdenklich mit dem Finger auf das Blatt.

»Sir?«, fragte Tori.

»Ja. Egal«, sagte Tremelo kopfschüttelnd. »Im Moment können wir nicht herausbekommen, wozu dieser Apparat dient, aber sehr wahrscheinlich hat er mit Vivianas Plänen für das große Ereignis zu tun.«

»Wenn wir also rausfinden, wozu er gut ist, können wir sie vielleicht davon abhalten, ihn zu benutzen?«, fragte Ben.

Tremelo nickte.

»Und es gibt nur einen Weg, herauszufinden, wozu er gut ist, auch wenn es nicht ungefährlich ist«, antwortete er. Ben setzte sich etwas gerader hin. »Wir bauen selbst einen.«

10

»Das Gehäuse zu bauen, sollte kein Problem darstellen«, fuhr Tremelo fort. »Alles, was wir dazu brauchen, habe ich in meiner Werkstatt. Den Mittelteil – diesen kugelartigen Gegenstand – müssen wir noch erforschen.«

Er fing an, Bauteile aufzuzählen, die sie zusammentragen sollten, und Tori notierte sie in einer Liste. Gwen versuchte aufzupassen, doch sie hatte den Schock des Tages noch nicht verdaut. Vivianas Anblick hatte in ihr eine beinahe lähmende Panik ausgelöst. Es hatte vorhin Spaß gemacht, sich Phias Sachen anzuziehen – sie hatte sich fast wieder normal gefühlt. Doch sobald sie die grauen Uniformen von Vivianas Leibwächtern und dann Viviana selbst sah, hatten ihre Hände zu zittern begonnen. Und als diese Leibwächter dann an den Wald heranrückten, war ihr schwindelig geworden.

Tremelo hatte wütend reagiert.

»Du bist nicht meine Schülerin – ich kann dir nicht sagen, was du zu tun oder zu lassen hast«, hatte er gesagt, nachdem Phia und Tori sie durch die Flure in sein Büro geschmuggelt hatten. »Aber ich fühle mich für dich verantwortlich. Anscheinend bist du genauso tollkühn und eigensinnig wie –« Gwen war sicher, er hatte *Ben* sagen wollen, aber er vollendete seinen Satz nicht. »Wenn dich jemand gesehen hätte, der weiß, dass du keine Schülerin bist, was hättest du dann gesagt?«

So weit hatten sie, Ben und Phia überhaupt nicht gedacht.

Als sie alle zusammen vom Gebäude für Angewandte Wissenschaften zu Tremelos Werkstatt in der Garage spazierten, blieb Tremelo ganz in Gwens Nähe.

»Sobald wir heute Abend fertig sind, kehrst du ins Baumhaus zurück. Falls dich in der Zwischenzeit jemand sieht, sage ich … sage ich, du bist eine Cousine, die zu Besuch ist.« Er seufzte. »Was allerdings auch wieder verdächtig klingt, wenn man bedenkt, was die Schulleitung über meine Vergangenheit weiß.«

Gwen nickte und ging schweigend weiter.

In der Werkstatt teilten sie sich in provisorische Teams auf und wühlten sich durch Tremelos gesammelte Metallteile, Drähte, Zahnräder und Schrauben. Gwen, Phia und Ben arbeiteten an einem Tisch voller verhedderter Drähte, während sich Hal und Tori am anderen Ende der muffigen Garage stritten.

»Ich hab dir einen Platz bei der Versammlung frei gehalten«, sagte Hal.

»Hat dich niemand drum gebeten«, entgegnete Tori.

Gwen tauschte einen Blick mit Phia, die das Gesicht verzog.

»Sucht als Erstes nach allem, was aus Kupfer ist«, wies Tremelo sie an, während er in einer Holzkiste mit Metallteilen kramte. »Leitet am besten – zumindest von den Materialien, die ich mir leisten kann.«

»So wie das hier?«, fragte Gwen, als sie ein paar Kupferbleche entdeckte, die hinter der Werkbank steckten.

»Ja, genau!«, antwortete Tremelo. Er nahm sie ihr ab und legte sie in die Zimmermitte. »Sammeln wir alles hier«, sagte er. »Wir suchen nach Kabeln, dünnen, leitenden Metallteilen wie diesem Kupfer, und allem, was wir für den Bau des Gehäuses gebrauchen können.«

Seine Schüler und Gwen machten sich mit Elan an die Arbeit. Alle paar Minuten hielt einer von ihnen ein Teil hoch, um Tremelos Meinung dazu zu hören, oder warf es direkt auf den Haufen in der Mitte. Phia entwirrte etwa einen Meter ausgefranste, stoffbedeckte Drähte, während Ben und Gwen die restlichen Bleche durchsahen. Hal wühlte in einer Wanne mit Schrauben und Muttern und suchte die passenden zusammen; Tori und Tremelo kippten eine Tonne mit ausrangierten Autoteilen um und hielten nach Gegenständen für die Einfassung Ausschau. Der Haufen in der Werkstattmitte wuchs.

»Was passiert, wenn wir herausfinden, was die Maschine kann?«, wollte Hal wissen. »Was kommt dann?«

»Wir verhindern, dass sie es tut«, antwortete Ben. »Oder?«

»Ja, aber wie?«, fragte Hal.

»Ist doch klar«, sagte Tremelo, was bei den Schülern verwirrtes Schweigen hervorrief. »Sobald wir wissen, was die Maschine kann, wissen wir auch, wie wir sie davon abhalten können. Und wenn wir das wissen, bauen wir eine abgeänderte Version, mit der sich Tori beim Wissenschaftswettbewerb anmelden kann.«

Tori schenkte ihnen allen ein selbstzufriedenes Grinsen.

»Also ›klar‹ ist für mich was anderes«, sagte Hal. »Warum denn Tori?«

»Weil ich als Einzige von uns Werkarbeiten belegt habe«, erklärte Tori. »Und ich hab's kapiert – wir machen bei dem Wettbewerb mit, damit niemand Verdacht schöpft, wenn wir eine riesige Maschine –«

»Ich würde nicht davon ausgehen, dass sie riesig ist«, unterbrach Tremelo.

»Okay, wenn wir eine geheimnisvolle Maschine auf die Messe schleppen«, beendete Tori ihren Satz. »Und wenn der richtige Zeitpunkt gekommen ist, drücken wir den An-Schalter und –«

»Bumm«, machte Hal. »Was immer dieses ›Bumm‹ sein wird.«

»Genau«, bestätigte Tremelo. »Mit der Maschine auf dem Wettbewerb kommen wir besser an Viviana und ihre mysteriöse Abrechnung heran.«

Gwen sah Ben kurz an, als sie ein weiteres glänzendes Kupferblech fanden. Er lächelte und seine blauen Augen funkelten vor Zielstrebigkeit.

»Du kommst mir fröhlicher vor«, sagte sie.

»Es ist schön, einen Plan zu haben«, antwortete er.

»Ah! Und wenn ich mich nicht irre, müssten in meiner Küche ein paar Silberspäne herumliegen«, rief Tremelo. »Bin gleich wieder da!« Er rannte aus der Werkstatt und hüpfte fast.

»Darf ich vorstellen, König Trent Melore«, sagte Hal. »Der rechtmäßige Herrscher von Aldemar, auf dem Weg zu ein paar Silberspänen …«

»Aber er ist der Jüngere von beiden«, warf Tori ein. »Also wenn man's genau nimmt, ist Viviana die rechtmäßige Herrscherin.«

Ben und Phia starrten sie an.

»Aber sie ist böse«, entgegnete Ben.

»Offensichtlich«, seufzte Tori. »Deshalb müssen wir sie aufhalten und so weiter. Weiß ich ja alles. Aber wenn man mal drüber nachdenkt, könnte mit der Prophezeiung des Verrückten genauso wie Tremelo auch sie gemeint sein. Bis auf die Tatsache, dass sie ein unberechenbarer Mensch ist, gibt es keinen wirklichen Grund dafür, dass er der Wahre König sein sollte.«

»Das stimmt nicht«, widersprach Ben.

»Doch«, mischte sich Gwen zu ihrer eigenen Überraschung ein. Die anderen drehten sich mit neugierigen Mienen zu ihr um und warteten gespannt darauf, was sie sagen würde. »Ich verachte sie – ich weiß, wozu sie fähig ist. Aber nehmen wir einmal an, Melore hätte überlebt. Dann hätte Viviana als die Ältere die Thronfolge angetreten. Das ist einer der Gründe dafür, weshalb das Parlament so gespalten war, als sie in die Graue Stadt zurückgekehrt ist.« Sie dachte an die Männer und Frauen im Parlament, die so oft bis tief in die Nacht genau darüber diskutiert hatten.

»Genau«, sagte Tori. »Meine Eltern kannten jede Menge königstreuer Melore-Anhänger, die der Meinung waren, sie sollte Königin werden.«

»So war es auch im Parlament«, bestätigte Gwen. »Obwohl manche auch erkannten, was die Jahre in der Ebene mit ihr gemacht hatten – wie der Älteste. Andere wollten sie heraushalten, weil ein neuer Herrscher die Macht des Parlaments beschnitten hätte.« Sie zupfte an ihren Haaren. Alle Aufmerksamkeit war auf sie gerichtet. Bisher hatte sie nicht viel über das Parlament und die düstere Zeit vor seiner Auflösung gesprochen. Wenn sie an all das dachte, was ihr seitdem widerfahren war, schien ihr diese Zeit ewig her zu sein.

»Aber hier geht es nicht darum, wer das Recht hat zu regieren«, sagte Ben.

»Natürlich nicht«, antwortete Gwen. »Der Älteste hat mich gelehrt, dass niemand das *Recht* hat, irgendetwas zu regieren, sondern nur die Fähigkeit, zu beweisen, dass er es kann. Aber nicht alle im Königreich denken so. Sie hören nur den Namen Melore und glauben, Viviana sei diejenige, auf die sie die ganze Zeit gewartet haben. Sie wissen es nicht besser. Aber wenn sie es wissen, ist es vielleicht zu spät, Viviana aufzuhalten. Das macht unsere Aufgabe so schwierig.«

»Und traurig«, ergänzte Phia. »Viviana muss in der Staubigen Ebene schlimme Dinge durchgemacht haben.«

»Du bist ein Mensch, der leicht verzeiht«, sagte Gwen und bemühte sich, nicht allzu gereizt zu klingen. Sie konnte nicht vergessen, wie Viviana auf die Eule Grimsen gezeigt und den Befehl gebrüllt hatte, ihrem Leben ein Ende zu setzen.

»Ich habe gesehen, wie es da draußen ist«, erklärte Phia. »Es war bestimmt schrecklich, was ihr passiert ist. Aber das ändert nichts daran, was sie jetzt ist.«

»Richtig«, erwiderte Gwen. Sie starrte auf die Maserung der Arbeitsbank vor ihr und konnte vor Wut oder Traurigkeit – oder beidem – nicht klar sehen. Erst nach einer Weile merkte sie, dass Phia sie mit sanftem und sorgenvollem Blick ansah.

»Du bist ihr schon mal begegnet, stimmt's? Ich meine, nicht erst heute«, sagte Phia.

Gwen nickte. Die anderen hielten inne und beugten sich unmerklich vor. Gwens Brustkorb zog sich zusammen.

»Ihr und Sucrette«, sagte sie leise. »Es war bei einer *Vorführung* …« Das letzte Wort stieß sie barsch hervor. Sie legte die Drähte beiseite, die sie gerade entwirrte, und holte tief Luft. Sie war bei den grausamen Kontrollübungen der Dominae dabei gewesen und hatte zugesehen, wie Viviana einem Tier, das Gwen liebte, das Leben genommen hatte. Aber sie war nicht sicher, ob sie es über sich brachte, ihnen das zu erzählen. Wenn sie die Worte aussprach, musste sie daran denken, wie sie den Ältesten enttäuscht hatte.

»Sie benutzt Maschinen, die wie Tiere aussehen«, sagte sie und dachte dabei an die Clamoribus. »Sie sind nicht lebendig, sondern aus Draht und Metall.«

»Oh, klar, die haben wir gesehen«, antwortete Tori. »Die waren in den Winterferien überall in der Stadt.«

Gwen schüttelte den Kopf. »Das ist noch nicht alles. Sie betrachtet lebende Tiere genauso – als leicht zu kontrollieren. Leicht zu töten.« Sie zögerte und holte noch mal tief Luft. »Sie hat den auf Lebenszeit mit dem Ältesten verbundenen Seelenfreund, Grimsen, direkt vor meinen Augen umgebracht.« Dann verstummte sie.

»Das könnte ich niemals verzeihen«, murmelte Phia.

»Nein«, erwiderte Gwen, der das Herz bei der Erinnerung schmerzte. »Ich auch nicht.«

Als sich die Dämmerung langsam über das Schulgelände legte, eilte Gwen lautlos um die Schulbauten zu ihrem Baumhaus zurück. Entlang der Wege sprangen die Laternen flackernd an, doch Gwen blieb im Dunkeln. Auf Höhe des Gästehauses, eines vornehmen Backsteinbaus in der Nähe der Lehrerunterkünfte, blickte sie zu den erleuchteten Fenstern hinauf. Da drinnen war Viviana – so nah. Gwen überlegte, wie schwierig es wohl wäre, durch ein Fenster in die Gemächer zu schlüpfen, und wie leicht es vielleicht wäre, Vivianas kurze Herrschaft mit einem Fläschchen Gift oder einem schnellen Messerstich zu beenden. Leicht wäre es vielleicht für jemand anderen – und jedenfalls war es nicht die Art, wie der Älteste diesen Kampf hätte beenden wollen. Schaudernd huschte Gwen weiter.

Als sie die Lichter des Schulgeländes hinter sich ließ, machte sich eine wachsende Angst in ihr breit, je tiefer sie sich in den Wald hineinwagte. Sie spürte die Eulen im Wald, vor allem diejenigen in der Nähe des Baumhauses, die voller Sorge umherhüpften und kreischten. Sie lief schneller.

An der Lichtung, auf der das Baumhaus stand, spürte sie die Augen Dutzender Eulen auf sich gerichtet. Die Fenster des Häuschens waren dunkel und ein Gefühl sagte Gwen, dass sie aufpassen musste. Sie tastete in Phias Jackentasche nach dem Glas. Beruhigt kletterte sie an den in den Stamm geschlagenen Kerben hinauf.

Ein paar Stufen vor der Bodenklappe hielt sie inne. Keine Geräusche drangen aus dem Häuschen außer dem nervösen Schlagen von Eulenflügeln. Vorsichtig hob Gwen die Klappe an und stieg hindurch.

Ihre Pritsche war umgedreht und ihre Bücher lagen im Zimmer verstreut. Mit einem Aufschrei bemerkte Gwen, dass das Stück Wolfspelz, in dem das Glas eingewickelt gewesen war, nicht mehr im Baumstamm steckte, sondern auf dem Boden lag. Wer immer hier gewesen war, hatte das Versteck gefunden – Gwen dankte der Natur, dass sie das Glas mitgenommen hatte. Sie nahm das Pelzstück, wickelte das Glas wieder darin ein und stopfte beides in ihren Rucksack.

Als Nächstes sah sie sich nach Melores Mundharmonika um. Sie drehte das Bett wieder um und fand sie darunter. Das Lederetui, in dem sie steckte, war zerkratzt, aber zu Gwens Erleichterung war das Instrument unbeschädigt. Sie drückte es an ihr Herz und dachte an den Ältesten. Erst jetzt fiel ihr auf, wie laut ihr Herz zu klopfen schien und wie stark ihre Hände zitterten.

Wer immer hier gewesen war, hatte nicht gefunden, was er gesucht hatte – aber Gwen wusste, dass derjenige zurückkommen würde. Sie hatte mit Tremelo über diesen Zeitpunkt gesprochen – den Zeitpunkt, an dem das Glas in Fairmount nicht mehr sicher sein würde. Sie wusste, was sie zu tun hatte.

Sie hatte nicht viel zu packen. Als Erstes zog sie Phias Schulsachen aus und ihre eigene Kleidung – Hose, Stiefel, Hemd und Reisemantel – wieder an. Bücher und Bettzeug ließ sie zurück, schulterte nur ihren Rucksack und nahm Pfeile und Bogen mit, die Tremelo ihr geliehen hatte. Dann hielt sie inne und ließ den Blick ein letztes Mal durch das kleine Baumhaus schweifen, das seit dem Tod des Ältesten ihr Zuhause gewesen war. Kummer überkam sie, so wie zuvor, als sie Fairmount betrachtet hatte. Eigentlich gehörte sie nicht hierher, so nett Phia und Tremelo auch zu ihr gewesen sein mochten. Seit es den Ältesten nicht mehr gab, hatte sie ihre Mission allein zu erfüllen. Sie war von ihm und nun von Tremelo auserwählt worden, das zu tun, was die anderen nicht konnten: zu verschwinden.

Einen kurzen schrecklichen Moment lang erschien ihr das ungerecht. Wie gern wäre sie eine ganz normale Schülerin, die keine längere Reise vor sich hatte als die über den Schulrasen zur Mensa, um ein Eiertörtchen zum Frühstück zu essen. Aber der Moment ging vorbei.

Eulen hockten auf den Dachsparren und beobachteten Gwen. Eine von ihnen, eine struppige braune Eule – jung wie sie selbst – gab einen leisen Schrei von sich. Sofort spürte Gwen, wie neuer Mut in ihr aufkeimte. Sie fischte die Käferrücken-Münze aus der

Tasche und ließ sie anstelle des Glases in den Knoten im Stamm fallen. Dann ging sie zur Bodenklappe. Doch etwas ließ sie zögern. Sie nahm die Mundharmonika aus dem Mantel und steckte sie ebenfalls in den hohlen Stamm, damit ihre Freunde sie dort finden sollten.

Dann kletterte Gwen aus dem Baumhaus und schlich durch die Dunkelheit über das Schulgelände zu Tremelos Garage. Dort zog sie die Plane vom Motorrad, das er gerade fertiggebaut hatte, und betätigte den Anlasser – einmal, zweimal, dreimal, bis der Motor stotternd ansprang. Als sie das Motorrad aus der Werkstatt schob, glaubte sie zu erkennen, dass in den Lehrerunterkünften ein Licht anging. Schnell düste sie davon, bevor sie erwischt wurde – oder bevor Tremelo sie finden konnte und sie sich erneut verabschieden musste.

11

»Als Allererstes, pack ihn nicht einfach wie ein Brötchen, sondern lass ihn in seinem eigenen Tempo auf deinen Arm kommen – ungefähr so.«

Tori zeigte Ben gerade, wie man Bert richtig hielt, indem sie den Arm ausstreckte und den Leguan träge bis zur Armbeuge kriechen ließ. Die beiden saßen allein auf zwei umgedrehten Kisten in Tremelos Werkstatt, abseits vom aufgeregten Wochenendtreiben der übrigen Schule. Hal, Phia, Tremelo und Gwen würden jeden Moment zu ihnen stoßen, um an der Maschine weiterzuarbeiten. Tori versuchte, Ben etwas Wissen über die Bindung zu Reptilien zu vermitteln, aber Bert wollte sich keinen einzigen Zentimeter auf Ben zubewegen, nicht mal als dieser ihm ein frisches Stück Brokkoli hinhielt. Am nächsten Tag würde das erste Scavage-Testspiel des neuen Jahres stattfinden und sie würden alle überzeugen müssen, dass Bert sein Seelenfreund war.

»Siehst du, wie er es sich dort gemütlich macht?«, fragte Tori und gab Bert einen Happen Brokkoli zu fressen. »So fühlt er sich am wohlsten, auf deinem Arm und mit dem Schwanz in deiner Armbeuge.«

»Verstehe«, antwortete Ben. »Lass es mich noch mal versuchen.«

Tori setzte Bert vorsichtig zwischen ihnen auf dem Boden ab und Ben streckte den Arm aus.

»Sieh es als eine Einladung«, schlug Tori vor, »so wie ich es mit meinen Schlangen mache. Lass ihn wissen, dass er bei dir willkommen ist.«

»Aber er ist ja nicht mein Seelenfreund«, protestierte Ben, während Bert seine geschuppten Glieder entspannte und die Augen schloss. Er war frustriert. Außerdem lagen seine Nerven nach dem Zusammentreffen mit Viviana am Vortag immer noch blank. »Selbst wenn wir miteinander kommunizieren könnten, würde er stattdessen lieber pennen.«

»Er ist wirklich ziemlich träge. Vielleicht bekommt er nicht genug Sonne?«, mutmaßte Tori. »Hat du diese Speziallampen aufgestellt, die Tremelo dir gegeben hat?«

Ben nickte.

»Sie brennen die ganze Nacht und auch den ganzen Morgen. Das Summen der Birnen macht Hal verrückt«, antwortete Ben. »Und *mich* macht das ganze Gerede über Bert verrückt. Ich weiß nicht mal mehr, wie viele Leute schon zu mir gesagt haben: ›Ich wusste gar nicht, dass du Anima Leguan bist! Warum hast du das nie gesagt?‹ Eigentlich sollte ich mich durch Bert besser einfügen, statt mich noch mehr von den anderen abzuheben.«

Bert ließ verträumt die rosa Zunge zwischen den Lippen hervorschnellen.

»Immerhin halten dich unsere Mitschüler jetzt für normal«, entgegnete Tori. »Ich meine – nicht, dass du vorher unnormal gewesen wärst, aber es gab halt Gerüchte …«

Ben stützte den Kopf auf die Hand und betrachtete Berts schuppenumrandete, ewig geschlossene Echsenaugen.

»Ja, aber wenn man genau hinsieht, merkt man sofort, dass Bert nicht mein echter Seelenfreund ist. Viviana wird morgen beim Testspiel dabei sein. Was, wenn ich es vermassele? Was, wenn Taleth wieder neugierig ist und aufs Feld läuft? Ich habe nichts außer einem Leguan, der nicht mal auf meinen Arm kriechen will!«

Tori zuckte die Achseln. »Du hast uns«, sagte sie. »Und wenn ich irgendjemanden über dich und Bert tratschen höre, kriegt er was zu hören. Du bist Anima Leguan und warst nie etwas anderes.«

Sie blickte nach unten und fing an zu lachen. Ben stellte fest, dass Bert über den Arbeitstisch auf ihn zugekrochen war und ihn mit unsicherer Kralle am Ärmel festhielt. Es sah fast zärtlich aus.

»Ich weiß zwar auch nicht alles«, sagte Tori. »Aber *das* ist ein gutes Zeichen.«

Die Werkstatttür flog mit einem lauten Knarren auf und Phia kam herein. Sie war völlig außer Atem und stürmte zu ihnen hinüber, ohne sich die Mühe zu machen, die Tür hinter sich zu schließen.

»Gwen ist weg«, flüsterte sie. »Das Baumhaus ist leer!«

»Was?«, fragte Tori. »Wo ist sie denn hin?«

»Keine Ahnung«, antwortete Phia. »Aber immerhin ist ihr nichts passiert. Seht her!« Sie streckte die Hand aus. Auf ihrem

Handteller lag der Käferrücken, den Gwen ihnen gezeigt hatte. »Das hier hat sie auch dagelassen«, fügte Phia hinzu und zeigte ihnen die Mundharmonika.

»Was ist los?« Tremelo kam in die Werkstatt und Hal gleich hinter ihm. Er bemerkte ihre angespannten Gesichter und schloss langsam die Tür hinter sich.

»Gwen ist fort«, erklärte Phia.

Tremelo sah sich den Käferrücken an, gab ihn Phia zurück und ließ den Blick durch die Werkstatt schweifen. »Hmm. Auf meinem Lieblingsmotorrad, wie es aussieht.« Er deutete auf einen leeren Platz zwischen seinem Motorbuggy und einem aufgebockten Motorradrahmen, dem mehrere wichtige Teile wie Motor und Reifen fehlten.

»Ich bin heute Morgen mit einer Wochenration Essen zum Baumhaus rausgegangen«, erzählte Phia, »und als ich gesehen habe … Im ersten Moment dachte ich, sie ist tot! Woher wissen wir, dass ihr niemand gefolgt ist? Wir müssen nach ihr suchen. Wir wissen ja nicht mal, was überhaupt passiert ist!«

»Beruhige dich«, sagte Tremelo. »Wir wissen es erst, wenn sie uns eine Nachricht zukommen lässt. Aber wir müssen darauf vertrauen, dass sie auf sich selbst aufpassen kann.«

Phia ließ den Kopf hängen.

»Sie weiß schon, was sie tut«, tröstete Ben. »Sie kennt sich aus und sie hatte einen Plan. Bestimmt ist sie schon wohlbehalten bei den RATTEN angekommen.« Allerdings war er sich da nicht so sicher. Falls jemand Gwen gefolgt war, um sich das Glas zu schnappen, hatte sie ihn vielleicht direkt zu den RATTEN geführt oder war selbst entführt worden, ohne dass sie irgendjemanden benachrichtigen konnte. »Vielleicht können wir versuchen, ihr eine Nachricht zu schicken, um sicherzugehen.«

»Ich kann nicht glauben, dass sie die Mundharmonika dagelassen hat«, sagte Phia. »Im Herbst hat sie es mit ihrer Musik geschafft, Sucrettes Dominanz über die Tiere zu beenden – was, wenn Gwen sie zu ihrem eigenen Schutz braucht?«

»Vielleicht dachte sie, wir brauchen sie mehr als sie selbst«, entgegnete Hal und streckte die Hand aus. »Darf ich mal sehen?«

Phia gab Hal das Instrument. Er betrachtete mit zusammengekniffenen Augen die eingeprägten Bilder eines Jungen und eines Fuchses auf dem Lederetui. Dann öffnete er das Etui und schüttelte die rostige Mundharmonika heraus.

»Ich verstehe immer noch nicht, wie sie funktioniert«, wunderte sich Hal laut.

»Mit Schwingungen – einer positiven Frequenz«, erklärte Tremelo. »Die Musik ist dem Band selbst sehr ähnlich, sie ist eine Kraft, die sowohl nach außen als auch nach innen gerichtet werden kann. Sie kann das Band sogar verstärken.« Tremelo hielt inne und schürzte nachdenklich die Lippen.

»Wir wissen, dass die Musik schon einmal Sucrettes Dominanz beendet hat«, fuhr er fort und nahm die Mundharmonika aus Hals offener Hand. Hal zuckte mit den Schultern. »Was, wenn Viviana dieselben Prinzipien nutzt, um ihre Dominanz zu verstärken – sie auf eine höhere Frequenz bringt und nach außen richtet …?« Tremelo fing an, über die Spitzen seines dunkelbraunen Schnurrbarts zu streichen, und Ben wusste, dass seinem Lehrer gerade eine Idee gekommen war.

»Darf ich die behalten?«, fragte Tremelo und sah dabei Phia an.

»Klar«, antwortete Phia. »Soweit ich weiß, hat Gwen sie für Sie dagelassen.«

»Eins sag ich euch«, meldete sich Tori zu Wort. »Im Moment würde ich liebend gern mit Gwen tauschen. Immerhin braucht sie nicht zu bibbern, wenn das Scavage-Spiel losgeht.«

Am Nachmittag trafen sich die beiden Scavage-Mannschaften auf dem schneebedeckten Feld, um für das große Testspiel am nächsten Tag zu trainieren. Team Blau, dem Ben angehörte, und Team Gold spielten meistens gegeneinander, bildeten manchmal aber auch ein gemeinsames Team, wenn gegen auswärtige Mannschaften gespielt wurde. Da Taylor, der Kapitän von Team Gold, sehr gerne provozierte und vor allem Ben ständig triezte, war die Stimmung zwischen den beiden Mannschaften aber immer ein bisschen angespannt. Angeblich war das im Interesse eines spannenden Spiels, behauptete jedenfalls Trainer Banter.

Als Ben im Aufwärmbereich erschien, legte ihm Banter schwungvoll seine riesige Hand auf die Schulter, sodass Ben wegen seines noch immer schmerzenden Armes zusammenzuckte. Der Trainer wurde wie üblich von seinen stämmigen Bulldoggen begleitet, die umherhüpften, mit den Pfoten nach Bens Beinen schlugen und Bert aufgeregt ankläfften.

»Du wärmst dich heute mit deinem Seelenfreund auf«, sagte der Trainer. »Nimm dir etwas Zeit, damit er sich an das Spielfeld gewöhnt.«

Bert lag genau so auf Bens Arm, wie Tori es Ben gezeigt hatte. Der Leguan gab sich alle Mühe, wie ein lebloser Stock auszusehen. Aus dem Augenwinkel sah Ben Taylor Quindley und ein paar andere Spieler aus dem dritten Jahrgang, die sich bemühten, einen besseren Blick auf Bert zu erhaschen.

»Klar, wir sind bereit«, antwortete Ben und hoffte, dass niemand das nervöse Zittern in seiner Stimme bemerkte. Er musste einen Weg finden, wie er mit Bert an seiner Seite spielen konnte – sein Leben hing davon ab.

»Was ist *das* denn?«, brüllte einer der Spieler aus dem dritten Jahrgang und zeigte auf Bert.

»Du meinst die seltsame kleine Kreatur mit der Echse?«, höhnte Taylor. »Das ist Walker!«

»Setz dich in Bewegung, Quindley!«, brüllte der Trainer zurück, gab Ben einen Klaps auf die Schulter und spazierte davon.

Nachdem sich Ben seine Kniestrümpfe und -schoner – in seiner Teamfarbe Königsblau – angezogen hatte, ging er mit Bert an den Spielfeldrand hinaus. Dort kniete er sich hin und versuchte, sich darauf zu konzentrieren, wie das Feld aus der Perspektive des Leguans aussehen musste. Der Schnee war größtenteils weggeschaufelt worden, sodass ein rutschiger, matschiger Boden darunter zum Vorschein kam. Am nächsten Tag würde es eine ziemliche Schlammschlacht geben.

Beim Scavage spielten zwei Teams mit jeweils neun Spielern gegeneinander. Drei von ihnen waren Hocker, die die Flagge ihrer eigenen Mannschaft verteidigten. Drei waren Schleicher, die versuchten, die gegnerische Flagge zu finden, sich an sie heranzupirschen und sie zu stehlen. Und dann gab es noch die Schläger – wie Ben –, die sich auf dem ganzen unübersichtlichen Spielfeld bewegten und versuchten, die gegnerischen Schleicher unschädlich zu machen. Dafür hatten sie einen Schnipp, eine Art dicken Pinsel, mit dem sie die gegnerischen Schleicher markieren und somit außer Gefecht setzen konnten. Außer den Schülern tummelten sich auf dem Spielfeld auch noch ihre jeweiligen Seelenfreunde. Phia, die Schleicherin war, hatte schon oft davon profitiert, dass ihr Falke Carin mit seinen scharfen Augen die Flagge vor allen anderen ausspähte. Ben hatte es da schwerer. Er hatte bisher ganz ohne tierische Unterstützung auskommen müssen, da er in seiner Anfangszeit an der Schule seine Bewusstwerdung noch nicht gehabt hatte. Inzwischen hatte er zwar Taleth, aber das durfte niemand wissen. Und nun sollte er mit einem verpennten Leguan antreten. Was sollte der ihm schon nützen?

Bert öffnete die Augen und streckte eine schuppige Kralle aus. Er schnupperte an einem Matschklumpen. Ben beugte sich hinunter und schnupperte ebenfalls daran. Selbst wenn Bert nicht sein Seelenfreund war, würde er mithilfe dessen, was er in den letzten Monaten gelernt hatte, vielleicht etwas spüren. Ben schloss sie Augen und konzentrierte sich.

Und einen überwältigenden Moment lang erfüllte Kieferndutt seine Nüstern und er fühlte knirschenden Schnee unter den schweren Pfoten. Seine Ohren waren aufgestellt und wach – jemand suchte nach ihm. Jagte ihn.

Ben schlug mit klopfendem Herzen die Augen auf. Er war in Taleths Kopf gewesen, eine Erfahrung, die viel intensiver war als das leise Summen, das er normalerweise spürte. Es war genau, wie Tremelo gesagt hatte – irritierend. Irritierend, aber wunderbar.

Bert nagte an dem Matschklumpen, der in seinem Maul zerbröselte. Ben verzog das Gesicht. Wie gern wäre er jetzt mit Taleth zusammen, und zwar nicht auf dem Spielfeld, sondern draußen in der Wildnis. Er würde mit ihr die Berge erkunden und mit ihr zusammen an Kraft gewinnen. Dagegen schienen ihm Schule und Scavage ziemlich unbedeutend – und mit einem riesigen weißen Tiger, fort von Fairmount und Viviana, wäre er zweifellos weniger in Gefahr.

Mit Bert im Schlepptau erwies sich das Rennen und Springen

als schwieriger als sonst. Nach der ersten Hälfte des Trainings ließ er Bert in einem hohlen Baumstamm in der Nähe des bewaldeten Spielfeldrands zurück.

»Bleib hier«, befahl er dem Leguan, der sofort einschlief. Ben lief davon und verfolgte eine Schleicherin aus dem Team Gold, die gerade die Flagge des blauen Teams entdeckt hatte. Ben zielte mit dem Schnipp und schoss einen Farbklecks ab. Er traf die Schleicherin am linken Knie und überzog das Bein des Mädchens mit knallblauer Farbe, aber sie rannte weiter.

Die Kraft, die Ben während seiner kurzen Verbindung mit Taleth gespürt hatte, war geblieben. Während er hinter der Schleicherin vom Team Gold über das waldbedeckte Gelände sauste und den Kopf vor niedrigen Ästen einzog, merkte er, wie sehr er das Scavage-Spielen vermisst hatte. Er griff sie nur wenige Meter vor der Flagge an, die am Ast einer riesigen Eiche hing.

»Gutes Tackling, Ben!«, rief Arabella, Kapitänin des blauen Teams, die die Flagge bewachte.

»Spielende!«, rief der Trainer.

»Gutes Training«, lobte Phia Ben, als sie sich in der Nähe von Berts Schlafplatz über den Weg liefen. »Morgen, wenn Viviana zusieht, solltest du dich lieber nicht so hervortun.«

»Da hast du wahrscheinlich recht«, erwiderte Ben. »Aber heute hat es Spaß gemacht.«

Ben schnappte sich Bert und kehrte mit ihm zum restlichen Team zurück, das an den Tribünen für die Laufübungen bereitstand. Taylor kam mit einem höhnischen Grinsen auf ihn zu.

»Ameisenfühler, das Ding stinkt vielleicht!«, rief er und deutete auf Bert. »Was in aller Natur ist das?«

»Ein Leguan«, antwortete Ben.

Taylor zog Bert am Schwanz aus Bens Händen. Dann hielt er den Leguan mit ausgestrecktem Arm von sich weg.

»Quakende Frösche, es sieht aus wie ein riesiges Insekt. Ist es tot?« Er schüttelte Bert leicht.

Ben machte einen Schritt nach vorn und griff nach Bert, aber Taylor wich zurück und schwenkte ihn außer Reichweite.

»Pass bloß auf, Walker!«, drohte er. »Sonst geb ich diesem dummen Lederfetzen so fest eins auf die Mütze, dass du es in deinem eigenen Bauch spürst.«

Wie als Antwort darauf wand sich Bert nach oben und zwickte Taylor in den Finger. Taylor stieß einen hohen Schrei aus und ließ Bert zu Boden fallen.

»Ameisen! Verflixte Kakerlaken-Ameisen!«, fluchte er und saugte an seinem Finger. Blut rann an seiner Hand hinunter.

Ben musste einfach grinsen.

»Dieser ›Lederfetzen‹ heißt Bert.« Zum ersten Mal war er stolz darauf, ›Anima Leguan‹ zu sein. Selbst wenn es in Wirklichkeit nicht stimmte.

Am nächsten Nachmittag kehrten Ben und Phia in nervösem Schweigen auf den Scavage-Platz zurück. Bert schlief in Bens Armbeuge und hatte keine Ahnung von Bens verzweifelter Sorge. Gleich würden sie Viviana vorgeführt werden, im ersten Scavage-Testspiel nach den Winterferien. Ben war versucht, die Hand auszustrecken und Phias Hand zu nehmen, als sie über das schneebedeckte Schulgelände stapften, allein schon um seine angespannten Nerven zu beruhigen. Phia allerdings hatte einen stählernen Blick und sah stur geradeaus. Nur einmal blickte sie zum Himmel und schüttelte dann den Kopf, als wäre ihr etwas eingefallen, das sie vergessen hatte.

Ben folgte ihrem Blick und begriff: Carin, Phias Falke, war nirgendwo zu sehen.

»Wo ist sie?«, fragte er, als sie den Hang zum Feld hinunterschritten.

»Auf der Jagd«, antwortete Phia.

»Bist du nervös, weil du ohne sie spielen musst?«, fragte er.

»Nö.«

Ben lächelte. »Ich wünschte, ich hätte so viel Selbstvertrauen.«

Phia passte sich seinem Schritt an und rückte beim Gehen näher an ihn heran. Sie stieß ihn mit der Schulter an und Ben spürte, wie sein Herz einen Sprung machte.

»Wird schon werden«, sagte sie.

Wie gern wäre Ben sich ebenso sicher gewesen. Aber es fühlte sich auf jeden Fall gut an, dass sie das so einschätzte.

Als sie sich dem Platz näherten, schlug Bens Herz höher. Die ganze Schule – Schüler, Lehrer und sogar Mrs Copse und das Küchenpersonal – stand vor den Tribünen Schlange, um hereingelassen zu werden und sich das Testspiel anzusehen. Ben hörte Rufe wie »Auf geht's, Fairmount!« Die Lehrer trugen blau-goldene Krawatten und Fanschals, obwohl es nicht mal ein richtiges Spiel war.

»Oh, Ameisen«, seufzte Ben auf dem Weg zu den Umkleiden. Viviana saß bereits in der Loge des Schulleiters weit oben auf der Tribüne. Ihr schmaler kastanienbrauner Mantel war bis zu einem hohen Kragen zugeknöpft, der ihr Kinn verbarg, und ihr großer, runder Hut schien aus Biberfell zu sein. Graves, Fink, Shonfield und ein paar weitere Lehrer hatten sich warm angezogen und unterhielten sich pflichtschuldig. Während Ben hinsah, hörte Graves auf mit Fink zu reden und blickte Ben über seinen mehrfach um den Hals gewundenen Schal hinweg direkt an. Viviana, die neben ihm saß, folgte seinem Blick. Ben kribbelte es am ganzen Körper, als sich ihre Blicke einen Moment lang trafen, bevor er in der Umkleide verschwand.

»Sie beobachtet mich«, flüsterte er Phia zu. »Und Graves auch.«

»Wird schon werden«, wiederholte Phia, obwohl ihre Stimme diesmal etwas höher klang.

Die Mannschaft zog sich in der warmen Umkleide um und stellte sich dann am Rand des eisigen Spielfelds in zwei Teams, Gold und Blau, auf. Ben und Phia trugen beide blau gestreifte Trikots. Die tierischen Seelenfreunde der Spieler waren zu undiszipliniert, um sich einzuordnen. Sie erkundeten stattdessen den Spielfeldrand und sausten teilweise schon vor dem Anpfiff auf das Gelände hinaus. Ben fragte sich, was Viviana wohl von der ganzen Darbietung hielt – ob sie sich überhaupt für das Spiel interessierte oder nur jeden einzelnen Schüler von Fairmount daraufhin taxierte, ob er das Kriegskind sein konnte. Als Trainer Banter die Pfeife zum Anpfiff an die Lippen setzte, blickte Ben ein letztes Mal verstohlen zur Tribüne hinüber. Viviana sah aufmerksam auf das Team hinunter und ließ den Blick von einem Spieler zum anderen wandern. Ben zog den Kopf ein und wandte sich ab.

Trainer Banter pfiff die Partie an und die Spieler rasten aufs Feld hinaus, verteilten sich wie Laub in einer winterlichen Windbö. Anfeuerungsrufe hallten über den Platz.

Ben stürzte sich mit Bert im Schlepptau direkt in die Bäume. Er lief, bis er auf ein paar nackte Felsen stieß, die mehrere Meter von der Flagge des blauen Teams entfernt waren. Von der Tribüne aus waren sie nicht zu sehen, da sie von langen, herabhängenden Kiefernzweigen verdeckt wurden. Er würde sich heute sehr bedeckt halten und so defensiv spielen, wie es nur möglich war. Mit dem Schnipp in der rechten Hand und Bert auf der Schulter wartete er ab.

Er brauchte nicht lange zu warten: Nach nicht einmal fünf Minuten hörte er ein Rascheln im trockenen, laublosen Unterholz in der Nähe und sah einen goldenen Kniestrumpf aufblitzen. Ben zückte seinen Schnipp und war bereit, einen knallblauen Farbklecks auf den Spieler zu schleudern, sobald er ihn klar sehen konnte. Doch der Schleicher hatte ihn anscheinend gehört und bog in eine andere Richtung ab. Mit einem Sicherheitsabstand folgte Ben dem Geräusch der Schritte auf dem welken Laub. Eine unmerkliche Bewegung am Rande seines Blickfelds ließ ihn innehalten – ein winziges Hermelin, Anima eines Schleichers aus Team Gold, flitzte davon, wahrscheinlich um seinen menschlichen Seelenfreund zu warnen, dass Ben ihm auf den Fersen war.

»Ameisen«, murmelte Ben. Er musste schneller werden.

Von der Tribüne schallte Applaus herüber – irgendwo auf dem Gelände war ein Schleicher außer Gefecht gesetzt worden.

Genau in diesem Moment schien die nur glimmende Glut seines Anima-Bands aufzuflackern wie die Flamme einer Gaslampe. Ben stockte der Atem. Er wusste, dass sich Taleth dem Spielfeldrand näherte, von ihm angezogen an den gefährlichsten Ort, an dem sie sich überhaupt aufhalten konnte.

»Nein!«, rief er aus, obwohl ihn niemand hören konnte.

»Ben!«

Er sah sich um – es war Phias Stimme, die ihn gerufen hatte, aber er konnte sie nicht entdecken.

»Hier oben!«

Ben reckte den Hals. Phia winkte ihm aus der Krone einer hohen, spindeldürren Birke zu, in der sie ungefähr auf halber Höhe saß.

»Alles in Ordnung?«, fragte sie leise.

Die Tribüne ragte am anderen Ende des Platzes auf. Sie waren von den Zuschauern weit entfernt.

»Taleth«, antwortete er so leise wie möglich. »Sie wird hier auftauchen.«

Phia verstand und machte große Augen. Sie stellte sich auf die Zehenspitzen und blickte sich um.

»Versteck dich«, sagte sie.

»Was?«

»Vertrau mir. Versteck dich!«

Ben rannte mit Bert hinter eine Wand aus Kiefernästen. Er hörte einen näher kommenden Spieler und begriff – wenn er ihn angriff, würde er beobachtet werden. Er musste unsichtbar bleiben und sich aus dem Spiel heraushalten, damit er den Spielfeldrand erreichen konnte. Er versuchte, Taleth irgendwie mitzuteilen, was er vorhatte, so wie er es in der Nähe von Gwens Baumhaus getan hatte. *Geh weg*, dachte er. *Es ist zu gefährlich hier.* Aber er spürte keine Klarheit bei der Verbindung, nur ein Durcheinander aus Gefühlen und Wahrnehmungen. Er wusste nicht mal, ob sie ihn überhaupt verstehen konnte.

Dann lief der Schleicher von Team Gold so nah an ihm vorbei, dass Ben ihn leicht hätte markieren können, aber das war ihm egal. Der Schleicher, ein schlanker, braunhaariger Junge aus dem zweiten Jahr, blieb stehen und lauschte. Ben hielt den Atem an und dankte der Natur, dass Bert keinerlei Interesse daran zeigte, auch nur einen Muskel zu bewegen.

Blinzelnd spähte der Schleicher in seine Richtung.

Dann hörte Ben einen Aufschrei und ein Raunen von der Tribüne: Phia war mit ausgebreiteten Armen und nach vorn gestreckten Beinen vom Ast über ihnen heruntergesprungen. Sie landete direkt hinter dem Schleicher, machte einen Purzelbaum nach vorn und hielt ihn am Knöchel fest.

Ben erstarrte. Er wollte Pia für ihren mutigen Spielzug Beifall spenden, doch sie blickte einen winzigen Moment lang in seine Richtung und gab ihm durch ihre Miene zu verstehen, dass er weglaufen sollte. Sie hatte dafür gesorgt, dass niemand auf ihn achtete.

Doch Bens Beine fühlten sich an wie festgewachsen. Er schauderte und bekam das vertraute Gefühl einer Gänsehaut. Auf der Tribüne funkelten die Linsen eines Opernglases in der Sonne. Viviana Melore hielt sich vor die Augen und schaute genau in Bens Richtung. Er tauchte zwischen den Bäumen unter und lief davon. In der Hoffnung, dass seine blaue Uniform nicht durch die Wand aus Ästen zu sehen war, rannte er so nah wie möglich an den Kiefern entlang.

Sobald er nur noch wenige Meter vom Spielfeldrand entfernt war, blieb er stehen und versteckte sich hinter einem Felsen. Dort versuchte er, mit geschlossenen Augen zu spüren, wo sich Taleth aufhielt. »Geh weg, du darfst nicht hier sein«, flüsterte er immer wieder.

Links von ihm knackte ein Zweig. Hinter den Bäumen blitzte etwas Weißes auf und verschwand dann wieder.

»Taleth!« Sofort stürmte er los – er musste sie vom Platz wegführen, weg von Viviana. Er konnte Taleth nicht sehen, aber das Stechen in seiner Brust und seine eigenen gespitzten Ohren verrieten ihm, dass sie sich Sorgen machte. Offenbar war sie schon den ganzen Morgen am Spielfeldrand auf- und abgeschritten, nur um einen Blick auf ihn zu erhaschen und sich zu vergewissern, dass es ihm gut ging.

Neben ihm stoben ein paar Blätter raschelnd auseinander. Ben erblickte die Füchsin Fenchel, die in dieselbe Richtung lief wie er. Sie kniff ihre schwarz-gelben Augen zusammen, sah Ben an und sauste voraus. Dann, gleich hinter dem nächsten Felsen, entdeckte Ben Taleth. Sie stand zwischen zwei geraden, hohen Kiefern und wartete auf ihn. Ihre Schnurrhaare lagen flach an ihren Wangen an und ihre Zähne waren leicht entblößt. Als er sie sah, spürte Ben, wie das Blut in seinen Adern noch wärmer wurde. Fenchel stürmte auf Taleth zu, die besorgt zurückwich.

»*Geh*«, sagte Ben, obwohl er am liebsten aus vollem Halse *Warte!* gerufen hätte. *Warte auf mich!*

Fenchel wurde langsamer und begann vor Taleth auf und ab zu gehen. Sie kläffte und sprang noch einmal auf sie zu, nicht so nah, als wollte sie den Tiger wirklich angreifen, sondern nur, um ihn zum Rückzug zu bewegen und von Ben fernzuhalten. Ben sah betrübt zu, wie Taleth rückwärts in den Wald zurücktappte, fort von ihm. Der Blick ihrer strahlend blauen Katzenaugen traf seinen eigenen und er spürte einen Sog, so stark, als läge ein Seil um seine Brust, das ihn in den Wald zog. Dann sah sie weg und schlenderte in die Dunkelheit. Fenchel blieb auf einem schneebestäubten Felsen sitzen. Sie starrte Ben ungerührt an.

»Walker, was machst du da?« Taylor kam hinter ihm angelaufen. »Suchst du wieder nach Gespenstern? Du hast das Spielende verpasst!«

Das Testspiel hatte unentschieden geendet, da sowohl der letzte Schleicher aus Team Blau als auch der aus Team Gold zum exakt selben Zeitpunkt ausgeschaltet worden waren – eine Höchstleistung, wie Trainer Banter amüsiert feststellte. Ben gab seinen Mitspielern die Hand und Viviana verließ endlich ihren Platz, als die Spieler Phia zu ihrem verwegenen Angriff gratulierten. Ben beobachtete, wie Graves und Fink ihren illustren Gast die steile Treppe der Scavage-Tribüne hinunterführten. Von seinem Platz aus konnte er nicht genau erkennen, ob sie ihn ebenfalls beobachtete.

12

Gwens Reise zur Grauen Stadt dauerte auf den vereisten Nebenstraßen mehrere Tage. Das Motorrad erwies sich als klobig und schwerfällig und sprang schlecht an, aber es war immer noch besser, als zu Fuß durch den Schnee zu wandern. Sie hatte oft haltgemacht, um zu sehen, ob ihr jemand folgte. Die Fahrt war aufreibend gewesen – die Eulen waren nervös über ihr gekreist, da sie die immer stärker werdende Anwesenheit der Dominae spürten, je näher sie der Stadt kamen.

Als Gwen den Stadtrand erreichte, waren mehrere verängstigte Eulen ausgeschert und in die Wälder zurückgeflogen. Mit ihrem durchnässten, zerrissenen und schmutzigen Mantel fühlte sich Gwen wieder wie eine arme Streunerin. Bevor sie zum Ältesten in die Lehre gekommen war, hatte sie als Taschendiebin in den »Bolzen« gelebt, das war der Name einer der übelsten Ge-

genden der Stadt. Jetzt kam sie sich genauso verwahrlost wie damals vor. Sie stellte Tremelos Motorrad in einer verborgenen Nische nahe dem Marktplatz am Hafen ab, wo sie früher Taschenuhren gestohlen hatte. Das Risiko, dass es geklaut wurde, bevor sie zurückkehrte, war hoch, das wusste Gwen. Sie kannte die Diebe, die in diesen Gässchen hausten. Aber sie konnte mit dem auffälligen Fahrzeug nicht durch die holprigen Kopfsteinpflastergassen der Bolzen fahren, ohne Aufmerksamkeit zu erregen. Sie steckte sich ihr Messer in den rechten Stiefel und band Langbogen und Pfeile am Motorrad fest. Dann schob sie es hinter einen Haufen Müllsäcke und hoffte, dass sie von niemandem abgeholt würden.

Gleich nach dem Tod des Ältesten hatte sie einen Brief von Digby Barnes erhalten. Darin stand verschlüsselt, wie sie ihn und die RATTEN finden konnte. *Wir mussten uns ein Kätzchen zulegen, das uns dabei hilft, die Mäuse aufzuspüren*, lautete die Botschaft. Für alle anderen Augen mochte sie harmlos erscheinen, aber Gwen und Tremelo hatten einen klaren Hinweis auf die RATTEN darin erkannt. *Sein Schwanz zuckt so lustig, wenn es im alten Papier spielt.* Weder Digby noch die übrigen RATTEN wussten, dass der Älteste umgebracht worden war – und was noch wichtiger war, sie wussten nicht, dass Tremelo der Wahre König war. Gwen brannte darauf, den RATTEN die Neuigkeiten zu erzählen. Würden sie ihr glauben? Würden sie für Tremelo kämpfen, den Mann, den sie nur als Myrgholz rauchenden Sohn ihres früheren Anführers, des Verrückten, kannten? Es gab nur eine Möglichkeit, das herauszufinden.

Gwen begann ihre Suche auf dem Markt, wo die Mauern dick mit veralteten politischen Plakaten und Reklamezetteln beklebt waren: »altem Papier«. Früher hatte es auf dem Markt von Händlern und Verkäufern gewimmelt, aber jetzt waren auch die meisten umliegenden Geschäfte geschlossen und verrammelt, verlassen von Leuten, die aus der Stadt geflohen waren. Nur eine Bäckerei war übrig geblieben. In deren Schaufenster stand ein Korb voller Rosinenbrot, das so frisch aus dem Ofen kam, dass die Scheibe durch die Wärme beschlug. Gwen knurrte der Magen, als sie durchs Fenster blickte. Sie hatte gar nicht gemerkt, wie hungrig sie war. Zwar hatte sie an ihrem letzten Abend im Baumhaus alles mitgenommen, was sie besaß, doch die Törtchen, die Phia ihr aus der Mensa mitgebracht hatte, waren längst aufgegessen.

»Was willst du hier? Hau ab!« Eine übellaunige Frau mit Mehlflecken auf der Schürze stand im Eingang der Bäckerei. »Wenn du nichts kaufen willst, verschwinde!«

»Ent-Entschuldigung«, stammelte Gwen und wich rasch zurück. Da sie jedoch nicht aufpasste, wo sie hintrat, stolperte sie über den Fuß von jemandem und fiel hin. Dieser Jemand funkelte sie böse von oben an.

»Störst hier wohl den Frieden, was?«, brummte der Mann und baute sich vor ihr auf. »Das kann ich nicht zulassen.« Er trug nicht die Uniform einer Königreichswache, also der Beamten, die in der Regierungszeit des Parlaments für Ordnung gesorgt hatten. Stattdessen war er in Zivil und eine breite rote Schärpe zierte seinen Oberkörper. Gwen wusste nicht sicher, für wen er arbeitete – aber sie hätte wetten können, dass er den Dominae angehörte.

Die Bäckerin ging hinein und knallte die Tür hinter sich zu.

Der Mann musterte Gwens schmutzige Reisestiefel und den Rucksack auf ihren Schultern.

»Wo kommst du her?«, fragte er.

Gwen hörte ein Knurren auf Kniehöhe des Mannes. Hinter

ihm lugte ein dürrer schwarzer Hund, der an den Mann angekettet war, hervor und fletschte die Zähne.

»Wer will das wissen?«, gab sie zurück.

Er grinste sie spöttisch an.

»Das hier ist jetzt die Stadt der Dominae. Es ist unsere Aufgabe zu wissen, was hier wer zu suchen hat.«

Gwen hörte einen nervösen Schrei über sich – drei Eulen saßen auf einem Fenstersims dicht zusammen und beobachteten sie.

»Ich …« Sie dachte angestrengt nach, was sie erzählen konnte. »Ich besuche meinen Onkel«, sagte sie. »Er ist … seit einiger Zeit krank.« Sie rappelte sich auf und klopfte sich die Hose ab.

Eine der Eulen hüpfte vom Fensterbrett herunter und kam näher an Gwen heran. *Nicht*, versuchte Gwen ihr zu sagen. *Merkst du denn nicht, dass du in Gefahr bist?*

»So wie du aussiehst, hast du ein ziemlich übles Gelände durchschritten, um herzukommen. Das finde ich *richtig* süß. Und äußerst interessant.« Er zwinkerte ihr zu, was jedoch nicht tröstlich gemeint war. Dann schnippte er mit den Fingern.

Auf dieses Kommando stellte sich der Hund mit aufblitzenden Zähnen auf die Hinterbeine und stürzte sich auf die arme Eule. Gwen schrie auf; sie spürte die Angst der Eule hinter ihren eigenen Augen und in der Seite einen heftigen Schmerz.

Der Mann schnippte erneut mit den Fingern. Der Hund ließ die verängstigte Eule los und trottete zu seinem Seelenfreund zurück.

»Da du hier neu bist, lass dir das eine Lehre sein.« Der Mann lachte und schlenderte die Marktstraße hinunter.

Gwen lehnte sich mit dem Rücken an die Steinmauer. Der Schmerz ließ nach.

»Tut mir leid«, sagte sie zu der kleinen Eule. Ihr Flügel war eindeutig gebrochen und sie hatte eine Bisswunde. Sie hüpfte davon. »Vielleicht kann ich dir helfen«, rief Gwen ihr nach. Aber es hatte keinen Zweck. Die anderen Eulen flogen mit traurigen Schreien davon. Sie wussten, dass es nicht ihre Schuld war, das spürte sie. Aber sie wussten auch, dass es gefährlich für sie war, sich in ihrer Nähe aufzuhalten. Genau dafür sorgt die Dominanz, dachte Gwen betrübt. Sie nagt an dem Band, bis am Ende nicht nur das eigene zerrissen ist, sondern das von allen anderen auch.

Sie humpelte eine Mauer entlang, auf der die alten Plakatschichten besonders dick waren. Schon bald entdeckte sie die weiße Kreidezeichnung einer Katze, nicht größer als ihre Hand, auf einem alten Plakat, das für die Fischsteuer des Parlaments warb. Der Schwanz der gezeichneten Katze war gebogen und zeigte auf das Ende der Gasse. Gwen ging in die Richtung und hielt unterwegs nach weiteren weißen Katzen Ausschau. Am Ende der Gasse entdeckte sie eine, die auf ein Werbeblatt für Viviana selbst gezeichnet war. Ihr Schwanz deutete genau in die entgegengesetzte Richtung ihres Kopfes auf eine gekrümmte Treppe hinter einem Wohnhaus.

Gwen folgte den Zeichen und hielt sich dabei immer dicht an den Steinmauern entlang der verlassenen Bolzen-Straßen – nur ein paar Bewohner, die genauso verwahrlost wie sie selbst aussahen, eilten vorbei. Schließlich fand sie die Zeichnung einer zusammengerollten schlafenden Katze auf der Ankündigung eines längst vergangenen Konzerts. Das Poster klebte an einem absackenden Holzhaus, das so lang wie ein halber Block war. Auf einem Schild über der Tür stand »Die streunende Katze«. Gwen klopfte gespannt. Niemand öffnete, aber sie konnte von drinnen

Stimmen hören. Sie klopfte noch einmal und war sicher, dass jemand hinter den Läden eines Fensters im Erdgeschoss stand und zu ihr hinausblickte.

Eine gedämpfte Stimme drang durch die Tür.

»Gab es Obst auf dem Markt?«, fragte die Stimme.

Verwirrt machte Gwen einen Schritt zurück. Entweder sie hatte sich geirrt oder die RATTEN testeten sie. Digby hatte in seinem Telegramm kein Passwort und keine Testfrage erwähnt – andererseits war seine Botschaft so unklar gewesen, dass Gwen sich nicht sicher war. Sie kam zu dem Schluss, dass es am besten war, einfach ehrlich zu sein.

»Ich weiß nicht«, begann sie. »Aber Digby Barnes weiß, wer ich bin, und vielleicht kann er mir helfen … das Obst zu finden?«

»Kein Obst, kein Eintritt«, antwortete die Stimme.

»Warte, bitte«, sagte Gwen mit zitternder Stimme. »Ich weiß die Antwort auf deine Frage nicht, aber ich will euch helfen – ich habe Neuigkeiten – nicht vom Markt, aber von –«

»Kein Interesse!«, unterbrach die Stimme.

»Bitte sag Digby einfach, dass ich hier bin!«, flehte Gwen, bekam aber keine Antwort.

Sie wollte sich nicht aussperren lassen, nicht nach allem, was sie durchgemacht hatte. Sie fing an, an die Tür zu hämmern, ohne sich darum zu scheren, ob es irgendjemand sonst hörte. Zum Glück war in der Straße alles verrammelt und verriegelt. Alle hatten Angst, genau wie sie.

Schließlich ging die Tür auf. Jemand packte Gwen am Arm und zog sie grob herein.

»Willst du die Toten aufwecken?«, fragte eine Frau, als die Tür hinter ihr geschlossen war. »Wer bist du? Was willst du hier?«

Im ganzen Zimmer waren argwöhnische Augen auf sie gerichtet und musterten sie. Sie erkannte niemanden aus dem letzten Herbst wieder, als sie sich mit den RATTEN und dem Ältesten in der Kneipe »Der weiße Tiger« oder den unterirdischen Tunneln der Stadt versteckt hatte.

»Bitte, ich komme aus Fairmount. Ich suche Digby«, erklärte sie und bemühte sich, mit fester Stimme zu sprechen.

»Das stimmt, so ist es!«, brüllte eine vertraute Stimme. Digby Barnes, der stämmige Barkeeper aus dem Weißen Tiger, drängte sich durch die Menge zu ihr. Er legte ihr seine dicke Hand auf die Schulter und drückte sie beruhigend.

»Alle mal herhören, das hier ist Gwen und sie ist die wichtigste Verbündete des Ältesten«, erklärte Digby zu den anderen gewandt.

»Was ist, wenn ihr jemand hierhergefolgt ist?«, fragte eine der Anwesenden, eine Frau mit kratziger Stimme und schmutziger Schürze. »Woher wissen wir, ob sie die nicht genau zu unserer Tür geführt hat?«

»Draußen war niemand«, antwortete Gwen leise.

»Sonst hätten sie sie gleich mitgenommen«, sagte Digby. »Aber dafür ist sie viel zu klug. Und jetzt bekommt sie alles, was sie braucht. Keine Fragen!«

»Danke«, sagte Gwen fast flüsternd. »Kann ich etwas zu essen haben?«

Ein paar Minuten später wurde sie mit einer Schale heißer Suppe in den Händen und einer Decke um die Schultern in einen Sessel gesetzt. Nach Digbys herzlichem Empfang wurden die Bewohner der »Streunenden Katze«, wie sie ihren Unterschlupf nannten, ihr gegenüber aufgeschlossener, vor allem als sie ihnen von ihrem Zusammenstoß mit dem Dominae-Wächter erzählte.

»Die sind überall, wie Kakerlaken«, bestätigte Digby. »Viviana hat sie genau vor den Winterferien eingeführt, im Interesse der ›öffentlichen Sicherheit‹. Öffentliche Schläger sind das.«

»Wie kommt ihr denn hier klar, seit sie da sind?«, erkundigte sich Gwen. »Spionieren sie für Viviana?«

Digby lachte.

»Man muss ein Gehirn haben, um Informationen weiterzugeben, oder? Nein, die stehen auf der untersten Sprosse von Vivianas Leiter. Gib den übelsten Typen die leichteste Aufgabe und lass sie glauben, sie wären wichtig. Ihre einzige Aufgabe besteht darin, alle daran zu erinnern, dass Viviana die Macht übernommen hat.«

Gwen dachte schaudernd daran, wie der Mann nur mit den Fingern zu schnippen brauchte, damit der Hund angriff.

»Trotzdem kann man nicht vorsichtig genug sein. Wir mussten bisher jede Woche umziehen, um ihnen immer voraus zu sein. Jemand muss dann herumgehen und die Katzenschwänze in unseren kleinen Zeichnungen ändern. Aber wir wollen etwas von dir hören, Mädchen«, sagte Digby. »Und dem Ältesten. Habt ihr es nach Fairmount geschafft? Was hatte Tremelo zu seiner Verteidigung zu sagen?«

Gwens Herz begann heftig zu klopfen, womit sie nicht gerechnet hatte. Sie holte tief Luft.

»Der Älteste ist tot«, sagte sie.

Zum ersten Mal musste sie diese Worte laut aussprechen. Sie klangen so endgültig, so schrecklich, als sie aus ihrem Mund kamen, dass sie sie am liebsten zurückgenommen und sich entschuldigt hätte. Aber es war die Wahrheit. Er war eine Verbindung zwischen den RATTEN und dem alten König gewesen, den sie liebten. Darüber hinaus war er der einzige Mensch auf der Welt gewesen, der sich etwas aus Gwen gemacht hatte. Und nun war er fort.

Sie hörte erschrockene Laute unter den im Raum versammelten RATTEN. Digbys rötliches Gesicht wurde blass und er blickte auf seine Hände hinunter. Eine Weile schwiegen alle. Dann:

»Wie ist das passiert? Waren das die Dominae?«, fragte die alte Frau mit der schmutzigen Schürze.

»Hatte Tremelo etwas damit zu tun? Ist es an der Schule passiert?«, wollte Digby wissen.

»Hast du gesehen, wer es war? Hast du denjenigen umgebracht?«, rief ein jüngerer Mann mit zornigen dunklen Augen.

Weitere Fragen der versammelten Umstürzler prasselten auf Gwen ein. Sie fühlte sich an Bettelkinder erinnert, die auf dem Markt einen Schneckenrücken oder ein Stück Brot von ihr haben wollten. Sie schrak zurück und stellte mit zitternden Händen die Suppenschale auf die Theke. Am liebsten wäre sie schlafen gegangen – aber noch wichtiger war, dass sie den RATTEN alles erzählte.

»Er starb in Fairmount«, begann sie, obwohl die Worte sie schmerzten. »Wir sind dorthin gereist, um Tremelo zu suchen – ihr dachtet, er könne euch helfen, aber wir merkten, dass …« Gwen zögerte. Sie ließ den Blick durchs Zimmer schweifen und fragte sich, ob sie wohl jedem einzelnen Anwesenden trauen konnte. Die RATTEN hingen dagegen mit offenem Mund und aufgerissenen Augen an ihren Lippen.

»Die Reise war zu viel für den Ältesten«, sagte sie stattdessen. »Und Tremelo wird euch helfen, aber … ihr müsst auf seine Nachricht warten.« Sie würde Digby später – unter vier Augen – von Tremelos wahrer Identität berichten. Er würde wissen, wem man trauen konnte.

Müdigkeit überkam sie und ihre Schultern sackten zusammen. Sie sah Digby an.

»Na schön, das reicht jetzt«, verkündete er, als er ihren flehenden Blick bemerkte. »Zum Erzählen ist auch später noch Zeit.«

Er machte eine abwehrende Handbewegung in Richtung der RATTEN und führte Gwen aus dem Hauptraum in einen Flur. Am Ende des Flurs ließ er ihr den Vortritt in ein kleines Schlafzimmer. An den zusammengeklappten Pritschen und gestapelten Rucksäcken erkannte sie, dass hier mindestens drei Personen schliefen. Sie fragte sich, wie viele RATTEN sich wohl in den wenigen Wochen seit ihrer Abreise aus der Stadt der Bewegung angeschlossen hatten.

»Nicht viel Platz hier«, sagte Digby. »Aber wenn du ihn brauchst, gehört er dir.«

»Danke«, antwortete Gwen. Erleichtert klappte sie eine Pritsche auseinander und legte sich hin. Trotz der lauter werdenden Stimmen vom anderen Flurende fiel sie rasch in einen tiefen Schlaf. Zum ersten Mal seit vielen Tagen fühlte sie sich sicher.

Am nächsten Morgen musste sie auf Zehenspitzen über mehrere andere Bewohner der »Streunenden Katze« steigen, um durch den Flur zum Hauptraum zu gelangen. Dort fand sie Digby, der bei einer Tasse heißer Pflanzensaftmilch saß.

»Gut, dass du so früh aufstehst«, sagte er. »Ich hab was für dich, und es ist besser, die anderen bekommen das gar nicht erst mit.«

Er zog ein Päckchen aus der Tasche und gab es Gwen.

»Er hat mich angewiesen, dass du es bekommen sollst, falls ihm etwas passiert.«

Gwen setzte sich neben Digby auf einen Hocker und hielt das Päckchen in beiden Händen. Es war schwer und ungefähr so groß wie eine Faust. Gwen löste die Schnur und faltete den Musselin auseinander, in den der Gegenstand eingewickelt war.

Sie erkannte ihn, sobald sie die erste Ecke des Stoffs angehoben hatte. Es war das Bruchstück der Zwillings-Statue, das der Älteste vor vielen Monaten ins Parlament gebracht hatte. Die Fuchspfote war gut zu erkennen – das Mädchen, das sich verwandelt hatte, während ihr Bruder ein Mensch geblieben war. Das erste Anima-Band.

Unter dem Stein lag ein Zettel. Mit zitternden Fingern nahm Gwen den Pergamentstreifen und las.

Meine liebste Gwen,
wenn dir Digby dieses Andenken gibt, bedeutet das, dass ich nicht mehr da bin und mich auf dich verlassen muss – ich habe volles Vertrauen zu dir. Der Stein soll dir zeigen, wo du deine Reise beginnen musst. Suche an der Stelle, wo die Statue einst stand, nach dem höchsten Gipfel und begib dich dorthin.
Dort wirst du das Instrument des Wandels finden. Ohne dessen Hilfe kann unser Wahrer König nicht die Stärke in seinem Herzen finden, um ein Anführer zu sein. Denk daran, die wahre Sehkraft ist ein wachsendes Licht – die physische Welt ist etwas Begrenztes, das nur durch das Stärkere und Unsichtbare erleuchtet wird.

Gwen hatte immer mit dem Ältesten ins Tal der Seher reisen wollen. Jetzt bat er sie, ohne ihn dorthin zu gehen, dafür mit dem Auftrag, das Schicksal von Aldemar zu sichern. Tremelo würde ohne ihre Hilfe nicht König werden – sie fühlte sich zugleich wichtig und ganz allein.

Digby legte ihr eine schwere Hand auf die Schulter.

»Du brauchst mir nicht zu erzählen, was drinsteht, Mädchen. Das sollst nur du wissen.«

Gwen lächelte.

»Danke, dass du das hier sicher aufgehoben hast«, antwortete sie. »Ich habe dir auch etwas zu sagen, das nur du wissen sollst.«

Digby wandte sich ihr zu und legte neugierig die Stirn in Falten.

»Wir sind nach Fairmount gereist, weil der Älteste Tremelo finden wollte«, begann sie.

»Ich erinnere mich«, sagte Digby. »Der Älteste hat sich für ihn interessiert, weil er der Sohn des Verrückten ist.«

»Nicht ganz«, korrigierte Gwen. »Wir hatten nicht vor, den Sohn des Verrückten dort zu finden – sondern den Wahren König.«

Digby stellte seine Tasse mit Pflanzensaftmilch auf der Theke ab.

»Was denn?«, fragte er. »Der Älteste hat an die Prophezeiung geglaubt?«

Gwen schüttelte den Kopf.

»Nicht direkt«, antwortete sie. »Aber er wusste, wie man bestimmte Zeichen erkennt.« Sie atmete tief ein und hielt die Augen fest auf Digbys rotes Gesicht gerichtet.

»Es ist Tremelo«, sagte sie. »*Er* ist Trent Melore. Der Verrückte war deshalb so von seiner Prophezeiung überzeugt, weil er derjenige war, der den Wahren König in Sicherheit aufzog, weit weg vom Parlament. Er hat ihn vor dem Feuer gerettet.«

Ein Grinsen, so breit wie der Fluvian, breitete sich auf Digbys Gesicht aus. Er warf den Kopf nach hinten und lachte laut auf.

»Ach, komm«, sagte er und stieß Gwen im Scherz an der Schulter an. »Tremelo? Ein König? Das glaube ich einfach nicht.«

Er lachte wieder. »Doch! Doch, ich glaube es! Ha! Der alte Thelonius. Der alte Verrückte.« Digby wischte sich eine Träne aus dem Auge und lachte weiter. »Ich hab schon seltsamere Geschichten gehört – aber diese ist seltsam genug, um wahr zu sein. Hatte der Älteste einen Beweis dafür?«

Gwen nickte.

»Na, dann auf König Myrgholz«, sagte Digby, hob seine Pflanzensafttasse und trank einen großen Schluck. Nachdem er die Tasse wieder hingeknallt hatte, lächelte er Gwen an. »Und was machen wir jetzt, wo wir einen König haben?«

Jetzt lachte auch Gwen.

»Ich … Ich habe keine Ahnung!«, antwortete sie. »Aber bitte, du darfst es keinem erzählen. Tremelo ist ja nicht mal sicher, ob er den Thron überhaupt will.«

»Ob er ihn will?«, wiederholte Digby stirnrunzelnd. »Er sieht doch, was los ist, oder?«

»Er wird sich schon noch mit dem Gedanken anfreunden«, versicherte ihm Gwen schnell. »Und wenn es so weit ist, müsst ihr für ihn bereit sein. Werdet ihr für ihn kämpfen, wenn die Zeit reif ist, du und die RATTEN?«

Digby blickte auf seinen Schoß hinunter.

»Es wird schwer sein, den Haufen hier zu überzeugen, dass der Trottel ihr König ist«, antwortete er. »Aber wenn er sich mit dem Gedanken anfreundet, wie du sagst, tue ich mein Möglichstes.«

»Danke. Auch dafür«, sagte Gwen und tippte das Statuenbruchstück an, das der Älteste ihr hinterlassen hatte. Dann streckte sie die Hand aus, um Digbys zu schütteln.

»Doch nicht so«, sagte Digby, machte eine abwehrende Handbewegung und drückte Gwen stattdessen fest an sich. Als er sie losließ und sie wieder atmen konnte, stand sie auf und kehrte in das volle Schlafzimmer zurück. Dort legte sie den Stein vorsichtig in ihren Rucksack, neben das Glas der Seher. Sie packte ihre Sachen zusammen, während sie immer mehr Stimmen anderer RATTEN herüberschallen hörte, die offenbar bei frisch eingeschenkten Tassen mit Pflanzensaftmilch und Kaffee zusammensaßen.

Als sie in den Hauptraum zurückkam, herrschte dort bereits geschäftiges Treiben und die RATTEN steckten mitten in einer Diskussion.

»Was habe ich verpasst?«, fragte sie Digby.

Er machte eine frustrierte Handbewegung in Richtung der Gruppe.

»Wir sind nicht als Einzige an der Prophezeiung des Verrückten interessiert«, sagte er laut. »In der ganzen Stadt wird über den weißen Tiger geredet. Früher waren wir RATTEN diejenigen, die das herumerzählt haben. Aber jetzt kommt das Gerede nicht nur von uns.«

»Das bedeutet nur, dass die Leute aufgeregt sind und Viviana aufhalten wollen, genau wie wir«, entgegnete ein weißbärtiger Mann auf der anderen Zimmerseite.

»Darauf können wir uns aber nicht verlassen«, warf ein junger, dunkelhäutiger Mann namens Enoch ein. Gwen freute sich, ihn wiederzusehen. Er hatte ihr schon einmal geholfen, den Dominae zu entkommen, und ihr in den Tunneln beigebracht, auf der Mundharmonika des Ältesten zu spielen. »Seht euch doch nur an, wie Viviana die Prophezeiung für ihre eigenen Zwecke nutzt – sie hat diesen mechanischen Tiger, mit dem sie herumstolziert. Sie macht sich mit diesem Aufziehspielzeug über die Prophezeiung lustig. Vielleicht ist sie diejenige, die die Gerüchte in Umlauf bringt, damit sie behaupten kann, sie wäre damit gemeint.« Ein Chamäleon namens Bill schlängelte sich um seinen Nacken und passte seine Farbe Enochs blau kariertem Schal an.

»Wenn sie die Prophezeiung als politischen Schachzug einsetzen will, sollte sie sich das gut überlegen«, sagte Digby. Er zwinkerte Gwen kurz zu.

»Ich finde, am besten vergessen wir alle Prophezeiungen«, mischte sich eine jüngere Frau ein, die neben Enoch stand, »und konzentrieren uns auf unsere Aufgabe: Lasst uns selber die Dominae aufhalten!«

»Da draußen ist jemand!«

Ein Schrei drang durch die Tür und ließ alle verstummen. Gwen hörte ein grässliches Geräusch: Stiefel auf dem Straßenpflaster und sich näherndes Hundegebell.

Digby sprang von seinem Platz auf, nahm Gwen an die Hand und rannte mit ihr den Flur entlang.

Er öffnete die Tür zu einem Schlafzimmer und warf das Fenster auf. Hinter sich hörte Gwen das Geräusch von klirrendem Glas und Gebrüll. Das Gebell mehrerer Hunde hallte durch den Flur, außerdem eilige Schritte von Leuten, die zu fliehen versuchten.

»Los, Mädchen!«

Gwen nahm ihren Rucksack und kletterte auf das Fensterbrett. Dort drehte sie sich zu Digbys rundlichem rotem Gesicht um, das voller Angst war. Ein schrecklicher Gedanke kam ihr: dass sie ihn vielleicht nie mehr wiedersehen würde.

»Es tut mir leid«, sagte sie zu ihm und duckte sich unter das offene Fenster.

Eine strenge Stimme hallte aus dem Flur herüber. »Halt, im Namen der Königin!«

»Du musst hier raus!«, flüsterte Gwen.

»Mach dir um mich keine Sorgen«, antwortete er. »Lauf jetzt!«

Sie stolperte den engen Durchgang hinter dem Haus entlang. Verängstigt rannte sie durch Seitengässchen zum Marktplatz, wo das Motorrad stand. Sie dankte der Natur, dass es noch da war, ließ den Motor an und floh aus der Stadt, fort von den unheimlichen Bolzen, in denen man nur dummdreisten Wachleuten über den Weg lief, und hinaus ins offene Tal des Landes der Seher.

13

Die Glocken im Uhrenturm von Fairmount schlugen vier Uhr. Hal und Ben standen an den Säulen des Bibliotheksgebäudes und warteten auf Phia und Tori, die beide seit einer Minute zu spät waren.

»Jetzt haben wir also das Gehäuse verlötet und die Drähte verbunden. Was fehlt jetzt noch?«, fragte Hal, der eine Liste an den Fingern abzählte.

»Das Mittelstück – die Kugel«, antwortete Ben, während er den Rasen nach seinen Freundinnen absuchte.

»Klar, aber wir wissen ja nicht, woraus sie ist«, wandte Hal ein. »Ich meinte, von den Teilen, bei denen wir wissen, wie wir sie bauen müssen.«

In den Tagen nach Gwens und Vivianas Abreise hatte Ben gespürt, wie sich der feste Knoten der Sorge in seinem Magen allmählich wieder löste. Viviana war fort und er war noch am Leben – wie auch alle seine Freunde und Taleth. Doch seine Erleichterung wurde von neuen Sorgen und Fragen überlagert: Wozu war die Abrechnungsmaschine eigentlich gut? Woraus bestand sie? Wie würde sie funktionieren? Die Gruppe hatte sich in dieser Woche jeden Nachmittag getroffen und einen Apparat gebaut, der ihnen trotz Tremelos eifriger Experimente ein Rätsel blieb. Außerdem hatten sie immer noch nichts von Gwen gehört. Tremelo hatte eine Botschaft an Digby Barnes, den Anführer der RATTEN in der Grauen Stadt, geschickt, aber die RATTEN zogen so oft in der Stadt um, dass man nicht sicher wusste, ob sie ihn auch erreichte.

»Da ist Phia«, stellte Hal fest und zeigte in ihre Richtung. Sie eilte mit einem gepackten Rucksack aus Richtung der Wohnheime über den Rasen. Ben und Hal stiegen die Bibliothekstreppe hinunter, um ihr entgegenzugehen.

»Wo ist Tori?«, fragte Hal. »Ich dachte, ihr kommt zusammen.«

»Keine Ahnung«, antwortete Phia. »Ich dachte, sie wäre hier.«

»Dann gehen wir ohne sie«, schlug Ben vor. »Sie wird schon nachkommen.« Er wandte sich zu dem Weg um, der zu den Lehrerunterkünften führte.

»Eigentlich«, sagte Phia, »bin ich auf dem Sprung. Ich reise in die Staubige Ebene.«

Ben blieb wie angewurzelt stehen und drehte sich zu ihr um.

»Was? Warum? Ist alles in Ordnung?«, erkundigte sich Hal.

»Ja – ähm, ich meine, nein«, antwortete sie. »Meine Tante – sie war schon seit Wochen krank und jetzt ist sie gestorben.«

»Das tut mir leid, Phia«, sagte Ben. Er wollte nicht, dass sie abreiste – er hatte das Gefühl, dass er sie nach den Winterferien kaum gesehen hatte. »Wann kommst du zurück?«

»In ein oder zwei Wochen«, sagte sie. »Ich gehe jetzt zur Rigi. Möchtest du mich begleiten?«

Ben nickte. »Na klar.«

»Dann sage ich Tremelo Bescheid, dass wir uns verspäten«, bot Hal an. »Wobei er selbst ja auch nie pünktlich ist …«

Zusammen gingen Ben und Phia am Uhrenturm vorbei und zwischen den tierförmigen Hecken entlang zum Rigimotive-Bahnsteig.

»Hast du Trainer Banter erzählt, dass du das Scavage-Training versäumst?«, fragte Ben.

»Mrs Shonfield hat all meinen Lehrern Bescheid gesagt. Auch dem Trainer«, antwortete Phia.

Am Rigi-Bahnsteig, in der Nähe der Klippe, blies der Wind ziemlich stark. Bert kuschelte sich in Bens Mantel und war durch die Kälte noch träger als sonst. Der Wind zerrte an ihren Mantelaufschlägen und Ben sah etwas in Phias Jacke glitzern – eine blaue Brosche in Form einer Blume, die ans Innenfutter geheftet war. So etwas Ausgefallenes trug Phia sonst nicht und es erinnerte ihn an etwas. Aber dann erschien die Rigimotive an der Kante und setzte sich scheppernd auf die horizontalen Gleise. Als sie in den Bahnhof einfuhr, brüllte Phia über die quietschenden Bremsen hinweg.

»Ich weiß, das ist ein schlechter Zeitpunkt«, rief sie.

Ben schüttelte den Kopf.

»Deine Familie ist wichtig.« Dabei bereitete ihm ihre Reise große Sorgen. Zuerst war Gwen verschwunden, jetzt ging Phia – er konnte gar nicht alle Menschen im Auge behalten, die er in Sicherheit wissen wollte.

»Können wir dich irgendwie erreichen? Also um dir zu berichten, wenn wir was von Gwen hören?«

Phia biss sich nervös auf die Lippe.

»Ich wäre schon zurück, bevor die Post überhaupt in der Ebene ankäme«, antwortete sie. »Aber ich mache mir Sorgen um Gwen.«

»Ich bin sicher, es geht ihr gut«, sagte Ben, obwohl er das nicht war.

Die Rigi blieb zitternd stehen und die Tür am hinteren Waggonende öffnete sich.

Phia stellte ihren Rucksack auf dem Bahnsteig ab und umarmte Ben kurz und vorsichtig, um Bert nicht zu zerdrücken.

»Hör zu«, sagte sie. »Graves, Viviana, die Maschine … Das ist alles Teil eines größeren Ganzen.«

»Was meinst du damit?«

»›Teil eines größeren Ganzen‹ – diese Formulierung hat meine Mama verwendet, als ich nach Fairmount abgereist bin. Sie hat mir geraten, nicht ängstlich oder besorgt zu sein, sondern einfach herauszufinden, wo mein Platz ist, und von da aus weiterzugehen. Und vielleicht ist es ja mit alldem genauso. Dass wir herausfinden müssen, wie *wir* da hineinpassen – also wer wir sind und wer wir sein werden, wenn die Prophezeiung wahr wird.«

Ben lächelte.

»Wer ich sein werde? Einfach nur Ben, hoffe ich.«

Phia schüttelte den Kopf und lächelte zurück. Ihre braunen Augen leuchteten.

»Ich glaube nicht«, entgegnete sie und nahm den Rucksack. »Zumindest hoffe ich das nicht. Ich will nämlich nicht auf der anderen Seite einfach nur als Phia herauskommen.«

Aus den Augenwinkeln sah Ben Mrs Shonfield auf dem Pfad auf sie zulaufen, mit ihrem Assistenten Jerri im Schlepptau.

»Phia!«, rief sie. »Warte einen Moment!«

Phia warf einen Blick auf die dampfende Rigi und wartete, bis Mrs Shonfield die Bahnsteigstufen hinaufgestiegen war.

»Ich wollte dich persönlich verabschieden. Hast du alles, was du für die Reise brauchst?«

Phia nickte und Mrs Shonfield klopfte ihr auf die Schulter. Ben bemerkte den leeren Lederflicken, den Phia trug, und begriff, dass Carin noch immer fort und auf der Jagd war. Kein Wunder, dass Phia in letzter Zeit besonders niedergeschlagen gewirkt hatte.

»Ähem.« Mrs Shonfields Assistent hüstelte und hielt ihr ein Papierbündel hin.

»Liebe Natur, das hätte ich fast vergessen. Eine Hausaufgabe in letzter Minute, Liebes – von Dr. Graves.« Shonfield nickte Jerri zu, der Phia einen Stapel Arbeitsblätter übergab. »Es darf nicht sein, dass du hinter die anderen zurückfällst. Ich wünsche dir eine sichere Reise, Phia! Und Ben – benimm dich.«

Ben grinste und bemerkte, dass Jerri ebenfalls grinste.

»Und die Post?«, fragte Jerri und hielt einen Briefumschlag hoch.

»Oh ja, natürlich. *Dringende* rausgehende Post von – von wem noch mal?«

»Ähm, Graves«, antwortete Jerri.

»Hätte ich mir denken können«, sagte Shonfield leicht ungehalten. Sie warf einen Blick auf ihre Armbanduhr. »Jerri, kannst du den dem Schaffner selbst geben? Ich bin mit Fink verabredet.« Damit machte sie auf dem Absatz kehrt und schritt vom Bahnsteig hinunter.

»Knallhart, die Frau«, stellte Jerri bewundernd fest. »Richtig alte Schule.«

Ben entdeckte zwei Eichhörnchen, die verspielt auf dem Bahnsteig miteinander rangen. Dabei musste er an seinen ersten Tag in Fairmount denken, als er genau aus dieser Rigi gestiegen war und ihn ein voller Bahnsteig mit herumwuselnden Tieren erwartet hatte. Heute war es kälter und der Bahnsteig war fast leer.

»Sie mag Graves nicht besonders, was?«, fragte Ben. Shonfield, das wusste er, war eine eiserne Königstreue. Und wenn sie Graves nicht mochte, war das für Ben nur ein weiteres Argument gegen ihn.

»Er ist wirklich etwas anstrengend. Und sonderbar«, antwortete Jerri. »Also, dann werde ich mal dafür sorgen, dass der Schaffner das hier persönlich bekommt.«

Ben betrachtete den Umschlag in Jerris Hand – möglicherweise steckte eine Nachricht für die Dominae darin.

»Mach's gut, Phia, auf Wiedersehen! Bis dann, Ben«, sagte Jerri mit einer angedeuteten Verbeugung und ging zum vorderen Ende des Nachbarwaggons.

Phia berührte Ben am Arm, bevor sie in die Rigi stieg.

»Vielleicht ist es gar nichts«, flüsterte sie. »Aber ich achte mal darauf, ob sich der Schaffner in der Grauen Stadt mit irgendjemandem trifft«, schlug sie vor.

»Gute Idee«, antwortete Ben, als sich der Rigi-Waggon knarrend in Bewegung setzte. Der lenkbare Ballon zischte nach oben und warf einen gelben Schatten auf den Bahnsteig. Phia winkte Ben von der Tür aus und verschwand dann ins Innere.

Mit einem Gefühl der Leere sah Ben zu, wie die Rigi davonfuhr. Jetzt, da Taleth in den Wäldern war, außer Reichweite, da Gwen fort war und nun auch Phia, fühlte er sich in Fairmount nicht mehr zu Hause. Als er den Bahnsteig verließ, bereute er, ihr keine sichere Reise gewünscht zu haben. Er blickte sich um und hoffte, dass Jerri ihm noch einmal über den Weg lief, aber der Assistent war verschwunden. Also spazierte er über das Schulgelände zu Tremelos Werkstatt in der Garage. Tremelo und Hal standen nebeneinander über die Maschine gebeugt, die auf dem Arbeitstisch ausgebreitet lag. Die Füchsin Fenchel saß aufrecht auf einem Holzstuhl und beobachtete Tremelo mit wachen gelben Augen.

»Wo ist Tori?«, fragte Ben.

»Kommt nicht«, antwortete Hal.

»Was soll das heißen, kommt nicht?«, hakte Ben nach.

»Hat Phia die Rigi erwischt?«, wollte Tremelo wissen. »Shonfield hat mich gefragt, ob ich ihr Hausaufgaben mitgeben möchte, aber so gemein bin ich nicht …«

»Aber was ist mit Tori?«, fragte Ben wieder.

Hal legte den Schraubenschlüssel hin und verzog das Gesicht.

»Ich war gerade auf dem Weg hierher, da hab ich sie gesehen – mit Lyle!«, sagte er.

»Und du hast sie nicht aufgehalten?«, wunderte sich Ben. »Vielleicht hat sie vergessen, dass wir uns treffen wollten.«

»Würde das etwas ändern?«, entgegnete Hal. »Wenn sie einfach *vergessen* hätte, dass wir versuchen, etwas Wichtiges zu tun, wie zum Beispiel das Königreich zu retten?« Er hielt inne und holte tief Luft. »Ich hab nicht mit ihr geredet, nein. Aber …«

Tremelo sah ihn fragend an.

»Aber was?«, fragte er.

»Vielleicht bin ich ihnen nachgegangen«, antwortete Hal. »Nur ganz kurz. Um ihnen zuzuhören.«

»Hal!«, sagte Ben. »Das ist schräg.«

»Ihnen zuzuhören? Oder sie zu belauschen?«, fragte Tremelo und unter seinem Schnurrbart zeigte sich ein schelmisches Lächeln.

»Nein! Aber ich glaube, Lyle hat einen eigenen Beitrag zum Wissenschaftswettbewerb in Arbeit«, erklärte Hal. »Tori hilft ihm! Sie wollen ihn Ende der Woche austesten, wenn irgendein fehlendes Teil geliefert wird.«

»Ach so, du hast also kein Problem mit Toris wankelmütiger Zuneigung, sondern sorgst dich um deinen Rang in der wissenschaftlichen Gemeinschaft von Fairmount«, sagte Tremelo lachend.

»Weder noch«, antwortete Hal ein wenig zu energisch. »Ich mag es nur nicht, wenn Leute Verabredungen nicht einhalten.«

Ben betrachtete die Maschine auf dem Tisch, die inzwischen Gestalt angenommen hatte. Seit dem Wochenende des Dominae-Besuchs hatten er, Tremelo und die anderen nach den Vorgaben des Bauplans eine fast identische Nachbildung des Gehäuses angefertigt. Herausgekommen war ein kastenartiges Gebilde mit einem Apparat in der Mitte, in dem das fehlende Teil, das Tremelo »die Kugel« nannte, untergebracht sein würde. Das Gehäuse war relativ leicht zu bauen gewesen und auch die Verdrahtung folgte genau dem Bauplan. Die Kugel blieb jedoch ein Geheimnis.

»Ich wollte euch allen etwas zeigen, das ich ausprobiert habe«, sagte Tremelo und deutete auf die Maschine. »Schade, dass es die Mädchen verpassen …«

Offensichtlich war Tremelo seit dem letzten Besuch der Jungen in der Werkstatt fleißig gewesen. Er hatte auf der Oberfläche der Maschine drei Grammophontrichter hinzugefügt, außerdem eine Anordnung von Drähten und Metallmanschetten, die aus der Seite herausragten.

»Die waren aber nicht im Plan«, stellte Hal fest.

»Ich geb's zu, ich habe mir selbst etwas ausgedacht«, antwortete Tremelo. »Aber das schwirrt schon ewig hier drin herum.« Er zeigte auf seinen Kopf. »Und es könnte uns vielleicht dabei helfen, Vivianas Projekt zu verstehen. Wisst ihr, dieses Gehäuse ist für etwas Unstetes gedacht – etwas, das eine sehr große Energiemenge leiten soll. Soweit ich erkennen kann, dient diese Maschine als Verstärker dieser Energie. Sie macht die Energie nutzbar und leitet sie dann nach draußen.«

Er stieß einen Pfiff aus und Fenchel verließ gehorsam ihren Platz und sprang auf den Tisch. Tremelo nahm etwas, das wie ein Armreif aus Metall aussah, und legte es wie ein Halsband um den Hals des Fuchses. Er war durch drei dünne Drähte mit der Maschine verbunden.

»Als Gwen ihre Mundharmonika hiergelassen hat, ist mir ein Experiment eingefallen. Wir wissen immer noch nicht, wozu die Kugel gut ist, aber wir können das Verstärkersystem jetzt benutzen ...« Tremelo verstummte und klemmte sich eine verdrahtete Manschette ans Handgelenk. »Sagt mir, was ihr hört«, bat er Ben und Hal. Dann lehnte er sich auf dem Stuhl zurück und schloss fest die Augen.

Ben hatte keine Ahnung, was in diesem Moment zwischen Tremelo und Fenchel vorging. Er wusste nicht, welche gemeinsame Erinnerung sie zusammen durchlebten oder ob sie einfach wortlos miteinander kommunizierten. Aber das spielte auch gar keine Rolle – angesichts des übernatürlichen, schönen Klanges, der aus den Grammofontrichtern strömte. So etwas hatte er noch nie gehört, ein Summen, das lauter und leiser und heller und dunkler wurde, bis es wie viele Töne auf einmal klang.

Er spürte ein Vibrieren in der eigenen Brust, als würde man über die Saiten eines Instruments streichen. Das gleiche Gefühl hatte er gehabt, als er in den Wald gegangen war, um Taleth zu sehen, das Gefühl von Energie, die in ihm surrte. Während er den Klängen lauschte, die Tremelo und Fenchel hervorbrachten, schwoll das Surren in seiner Brust an, bis er sicher war, dass er nicht allein lauschte: Irgendwo im nahen Wald hörte Taleth es auch. Fast spürte er, wie sich ihre Ohren aufstellten, als wären es seine eigenen und als wäre er derjenige, der auf einem Berghang stand und die Schule im Licht der Dämmerung betrachtete. Allein der Gedanke an sie – diese kleine Verbindung – verschaffte ihm mehr Gemütsruhe, als er in all den letzten Wochen gespürt hatte.

Tremelo nahm die Manschette vom Handgelenk und die Musik verstummte. Bens Verbindung mit Taleth schwand.

»Unglaublich«, stellte Hal fest. Ben nickte sprachlos.

»Es ist nur ein Experiment«, erklärte Tremelo. »Ein paar Fehler sind noch drin. Ich nenne es die Halkyon.«

»Wie funktioniert das?«, brachte Ben hervor.

Tremelo zeigte auf die Metallmanschetten.

»Wenn Fenchel und ich dadurch verbunden sind«, begann er, »erschafft unser Band eine Energie, die ich in die Maschine lenken kann, man könnte sagen, anstelle der fehlenden Kugel. Der Ton, den ihr hört, ist diese Energie, die verstärkt und in die Luft um uns herum abgegeben wird.«

Ben nickte wieder. »Ich war sicher, dass Taleth auch hören konnte, was ich höre.«

»Ging mir genauso«, bestätigte Hal. »Als würde ich mit den Fledermäusen um den Uhrenturm herumschwirren.«

»Wunderbar!«, jubelte Tremelo. »Ihr seht also, das Anima-Band ist ein ineinander verwobenes Netz. Wenn ich mein Band verstärke, verstärkt es euer Band. Es beeinflusst alle, zu jeder Zeit!«

Tremelos Begeisterung wirkte ansteckend. Ben verzog das Gesicht zu einem Grinsen.

»Was bedeutet, man könnte das ganze Königreich dazu bringen, es zu spüren«, vermutete er. »Sie könnten alle ein engeres Band bekommen, alle zusammen.«

»In ihrem jetzigen Zustand ist die Maschine nicht annähernd so mächtig«, sagte Tremelo. »Aber es ist immerhin ein Anfang, stimmt's?«

Ben nickte andächtig. Er war so auf den Kampf gegen Viviana fixiert gewesen, dass er gar nicht daran gedacht hatte, wo*für* er und seine Freunde überhaupt kämpften – genau dafür nämlich, für das Band und das Gute, das ihm innewohnte. Es besaß die Macht, ihn mit einem anderen Lebewesen zu verbinden, mit allen Lebewesen. Für einen Moment vergaß Ben die Gefahr, in der sie schwebten. Er empfand nichts als Dankbarkeit dafür, dass er sich seiner Anima bewusst geworden war und hieran teilnehmen durfte.

Während Ben und Hal voller Ehrfurcht dastanden, änderte sich Tremelos Gesichtsausdruck. Ein dunkler Schatten zog darüber hinweg.

»Aber Viviana benutzt einen Teil derselben Technik.«

»Aber wozu?«, fragte Ben.

»Genau davor fürchte ich mich«, antwortete Tremelo.

14

Viviana stand auf einem schneebedeckten Feld und blickte hoch konzentriert auf den Waldrand, der vor ihr lag.

In der Hand hielt sie eine lange Donnerbüchse aus Messing, die mit einem goldenen Hirsch und einer goldenen Krähe verziert war und die Clarke für sie entworfen hatte. Viviana gefiel daran, dass sie verglichen mit einer Pistole so schwer und so massiv war. Im Landzug hinter ihr waren ihre Angestellten damit beschäftigt, in der Küche das Abendessen zuzubereiten. Clarke stand indessen neben ihr und sah ihr höflich bei der Jagd zu.

Als Kind war sie einmal mit ihrem Vater, König Melore, ins Goldene Tiefland gereist. Genau wie damals schien ihr das Tiefland die langweiligste Landschaft zu sein, die sie sich vorstellen konnte. Hügelige Felder und Kleinstädte mit staubigen Hauptstraßen. Sie brauchte eine Ablenkung nach der Nachricht, die sie am Morgen bekommen hatte.

Das Mädchen ist geflohen. Ich schicke einen Fährtensucher los.

Am liebsten hätte sie den Zettel zusammengeknüllt und weggeworfen. Stattdessen steckte sie ihn in die Innentasche ihres bestickten Mantels.

»Clarke«, sagte sie und winkte ihren Cheftüftler zu sich. »Ich habe eine Idee für den Katalysator. Verwerfen Sie die Prototypen, an denen Sie arbeiten – wir nehmen ein neues Gehäuse dafür.« Da das Kriegskind immer noch nicht gefunden war, konnte sie kein Risiko eingehen: Der Katalysator musste so unauffällig wie möglich bleiben.

Sie hörte das Rascheln von totem Laub und aus dem Wald trat ein männlicher Hirsch. Viviana fixierte ihn. Der Hirsch kam auf sie zu, als würde er von einem schweren, unsichtbaren Seil angezogen. Selbst die Jagd war langweilig, befand Viviana, wenn man seine Beute einfach herbestellen konnte.

»Ein exzellentes Exemplar, Gnädigste«, sagte Clarke.

Viviana straffte die Schultern, um mit der unhandlichen Donnerbüchse ruhig zu zielen, doch ihre Gedanken konnte sie nicht so leicht beruhigen. Nicht seit ihrem aufschlussreichen Besuch in Fairmount. Die Erinnerung an dieses eine Kind – eine Schülerin, hatte sie erfahren, die sich zu Joans Todeszeitpunkt nicht auf dem Schulgelände aufgehalten hatte – spukte ihr durch den Kopf: Wie kraftvoll, wie unverfroren hatte es sich durch die Lüfte geschwungen. Und ihr Seelenfreund war nirgendwo zu sehen gewesen. Nun war sie von der Schule geflohen. War es möglich, fragte sich Viviana, dass sie das Kriegskind so schnell gefunden hatte?

»Sophia Castling«, flüsterte Viviana. »Wer bist du und was weißt du?«

Sie atmete noch einmal aus und bereitete sich auf den Rückstoß der Büchse vor. Dann zielte sie auf den Hirsch und drückte ab.

15

Nach einer Tagesfahrt von der Grauen Stadt ins felsige westliche Gebirge waren Gwens Mantel und Stiefel unten von einer dicken Matsch- und Schneekruste überzogen. Sie ließ Tremelos Motorrad stehen, als das Benzin alle war, und ging zu Fuß weiter. Das Tal, das das Land der Seher vom nördlichsten Rand des Velyn-Gebirges trennte, war voller Felswände, die ihr Vorankommen verlangsamten. Die dünne, schmelzende Schneeschicht vor der Stadt war von dicken weißen Haufen abgelöst worden, durch die sie hindurchstapfen musste. Sobald sie die Stadt verlassen hatte, kehrte der Eulenschwarm, der sie aus Fairmount begleitet hatte, zurück und folgte ihr erneut. Das Tal zu durchqueren, kostete sie einen weiteren Tag, aber die Anwesenheit der Eulen ermutigte sie.

Schwere Wolken hingen über ihr am Nachmittagshimmel, als

sie endlich die Statue der Zwillinge erreichte. Sie war von den ersten Herrschern über Aldemar errichtet worden, die, so hatte ihr der Älteste erzählt, in direktem Kontakt zu den Sehern des westlichen Gebirges gestanden hatten. Am Taleingang platziert, kennzeichnete die Statue die Grenze zwischen dem zivilisierten, besiedelten Aldemar und dem Land der Seher. Die Natur selbst hatte einst hier gelebt und den legendären Zwillingen das Leben geschenkt. Menschen wie der Älteste – die daran glaubten, dass es die Seher immer noch gab – kamen oft zum Nachdenken an diesen Ort, der nicht weit von der Stadt entfernt lag. Für Gwen war er jedoch völlig neu. In all ihren Jahren als Lehrling beim Ältesten hatte sie ihn nie ins Land der Seher begleiten dürfen. Sie hatte sich die Pracht der Statue ausgemalt, doch beim Anblick des Steinhaufens an ihrer Stelle empfand sie nun tiefe Trauer. Vom früheren Symbol des Anima-Bands war nicht viel mehr als ein steinerner Sockel übrig geblieben.

Die Füße des Jungen und drei Pfoten des Fuchses waren erhalten geblieben. Gwen strich mit der Hand über die Steinplatte, von der der Älteste die vierte Steinpfote mitgenommen hatte. Sie spürte ein Beben in der Magengrube und fühlte sich an den Tag in Fairmount zurückversetzt, als sie mit den anderen am Scheiterhaufen des Ältesten gestanden hatte. Sie setzte sich auf die kalte Steinplatte und wischte sich über die tränenden Augen. Dann zog sie den Rucksack auf ihren Schoß und suchte darin nach der Steinpfote.

»Die gehört hierhin«, sagte sie und legte die Pfote in die bröckelige Lücke, als würde sie ein Puzzle vervollständigen, das der Älteste für sie vorbereitet hatte.

Von der Statue aus lag der höchste Gipfel im Südwesten. Gwen erkannte weiße Schneetupfer auf seinen Felshängen, viele

Kilometer entfernt. Sie schulterte ihren Rucksack erneut, durchquerte das Tal und begann, den felsigen Grat hinaufzusteigen.

Tagelang kletterte sie über Felsen und durch Dickichte. Trotzdem war sie nicht mal in die Nähe des höchsten Gipfels gekommen. Allmählich war sie völlig erschöpft. Das Schlafen war nicht leicht auf dem Berghang, denn es gab kaum Schutz vor dem kalten Wind. Trotz ihrer Sorge, entdeckt zu werden, machte sie kleine Lagerfeuer – die Angst vor dem Erfrieren war eine noch größere Sorge. Die Eulen, die sie begleiteten, waren ebenfalls aufgeregter geworden.

Sie spürten, dass jetzt noch jemand anderes in den Bergen war, der sie aus der Luft beobachtete und ihnen nachflog. Der Seelenfreund von jemandem, ein anderer Vogel, verfolgte sie, und Gwen wusste, dass ein tierischer Verfolger bedeutete, dass es auch einen menschlichen gab. Jemand war hinter ihr her. Sie kletterte schneller und versuchte, so gut es ging, im Sichtschutz der kleinwüchsigen Bäume auf dem Berg zu bleiben.

Nach vielen Tagen erreichte sie eine Schlucht, die den freien Weg zum Gipfel abschnitt. Tief unten plätscherte ein abtrünniger Nebenarm des Fluvians. Gwen musste in südwestlicher Richtung weiter – in der Ferne konnte sie die Felswand erkennen, die sie erreichen musste, direkt hinter einer weiteren Bergkette vor ihr. Doch zu ihrer Bestürzung war die Schlucht unpassierbar.

Verzweifelt ließ sie den Blick über den Abgrund schweifen und hielt nach einer Stelle Ausschau, wo sie hinunterklettern konnte, aber vom Fluss ragten steile Wände herauf, glatt wie Glas. Die Eulen umschwirrten sie. Gwen spürte die Nervosität der Tiere in ihrer eigenen Brust. Vor ihrem Aufbruch aus Fairmount hatte sie nicht darüber nachgedacht, was sie unterwegs brauchen würde. Wenn sie ein Seil hätte … Aber dieser Gedanke half jetzt nicht weiter. Sie brauchte einen anderen Weg.

»Hilfe«, sagte sie. Es war eine geflüsterte Hoffnung, eine, die kein Mensch hören konnte und sicher keine Eule verstand. Mit flotten Schritten marschierte Gwen am Abgrund entlang und suchte nach einem Weg hinunter oder nach irgendetwas, das ihr dabei helfen konnte, die Schlucht zu überqueren.

Die Vögel begleiteten sie nicht, sondern blieben am Rand des Abgrunds, hüpften und flatterten in kleinen Kraftschüben.

»Kommt schon«, rief Gwen. »Da ist nichts.« Sie ging weiter.

Hinter sich hörte sie jetzt eine Reihe aufgeregter Schreie. Die Eulen hatten sich noch immer nicht in Bewegung gesetzt. Gwen suchte den Himmel nach Anzeichen des anderen Vogels ab – Anzeichen ihres Verfolgers –, konnte aber nichts entdecken.

Eine der kleinsten Eulen schrie laut und hob vom Rand der Felswand ab. Verwirrt und niedergeschlagen sah Gwen zu, wie die Eule in hohem Bogen in die Mitte der Schlucht flog – und dort mitten in der Luft anhielt. Der Boden war zig Meter unter ihr, und doch schien die Eule, deren Flügel sich nicht bewegten, auf etwas Festem zu sitzen. Während Gwen zusah, verließen alle Eulen des Schwarms ihre Seite der Schlucht und ließen sich zwischen den Felswänden nieder, wobei sie auf nichts als Luft zu schweben schienen.

»Was in der Natur …?«, stieß sie hervor. Sie eilte zu der Stelle zurück, von der die Eulen losgeflogen waren. »Was habt ihr da gefunden?«

Die Wolken über ihr lichteten sich einen Moment lang und ein frühabendlicher orangefarbener Sonnenstrahl ergoss sich über den Grat. Gwen erkannte die schimmernden Konturen einer Brücke, die sich über die ganze Breite zwischen den Felswänden erstreckte. Sie ging in die Hocke, kroch zum Rand des Abgrunds und streckte die Hand aus, um die Brücke zu berühren. Sie bestand ganz aus Seilen: silbrigen, durchsichtigen Fäden, die fast klebten, wenn man sie anfasste. *Das sind Spinnweben*, begriff Gwen voller Erstaunen. Als sie die Hand zurückzog, blieben ein paar kleine Fasern der schillernden Substanz an ihren Fingern hängen. Sie rieb sie aneinander und die Fasern lösten sich auf. Vorsichtig stand sie auf und setzte einen Fuß auf die gesponnene Brücke. Sie hörte die Seile unter sich knarren, aber die Brücke fühlte sich fest an und sie machte einen Schritt nach vorn. Die Eulen sahen ihr zu und gaben ermutigende Laute von sich.

Als sie nach unten blickte, sah sie nichts als klare Luft und den fließenden weißen Strom. Fast wäre sie aus Angst und Panik umgekehrt. Aber die Seile unter ihr hielten und sie konnte auf jeder Seite zwei Seile fassen, um das Gleichgewicht zu halten. Behutsam bewegte sie sich Zentimeter für Zentimeter über die Brücke. Die Worte aus dem Brief des Ältesten kamen ihr in den Sinn: *Die wahre Sehkraft ist ein wachsendes Licht – die physische Welt ist etwas Begrenztes, das nur durch das Stärkere und Unsichtbare erleuchtet wird …* Wenn ihr die Eulen nicht geholfen hätten, wäre ihre Reise zu Ende gewesen. Sie musste nur mehr Vertrauen haben, so wie der Älteste gesagt hatte.

Unter ihr streckten zerklüftete Felsen die Köpfe durch das rauschende Flusswasser; der Fall würde ein langer sein. Die Höhe brachte sie allerdings auch auf den Gedanken, ob das hier wie Fliegen war – das prickelnde Gefühl, so hoch über dem Boden zu sein, war berauschend. Sie ging schneller, und sobald sie genügend Mut beisammen hatte, begann sie zu rennen.

Doch plötzlich geriet sie ins Taumeln. Sie griff nach den Seilen in der Nähe ihrer Hände, spürte jedoch nichts – sie mussten gerissen sein. Die Brücke schwankte und Gwen verlor den Halt. Sie rutschte aus, hielt aber ihren Rucksack fest und krallte sich mit der anderen Hand verzweifelt an die Brücke. Sie konnte sie nicht sehen, fühlte aber, wie sich der seidige Faden unter ihrer rutschigen Handfläche bewegte. Um ihr Leben hangelnd, schloss sich ihre Linke fest um den unsichtbaren Faden. Die Brücke über ihr schwankte. Die Eulen, die entlang der durchsichtigen Brücke gesessen hatten, flatterten zu ihr und flogen in hilflosen Kreisen um sie herum, während sie in dem Versuch, sich nach oben zu schwingen, mit den Beinen strampelte. Trotz der kalten Bergluft klebte ihr das kurze Haar an der verschwitzten Stirn. Sie hatte das Gefühl, als würde sie auseinandergerissen; mit einer Hand klammerte sie sich an die Brücke, mit der anderen an ihren Rucksack. Er war so schwer und hinderte sie daran, sich nach oben zu ziehen. Sie versuchte, ihn über ihren Kopf auf die Brücke zu schwingen, hatte aber nicht genug Kraft, und der Köcher mit den Pfeilen und der Bogen, die sie bei sich trug, erschwerten das Ganze obendrein. Sie musste den Rucksack mit dem Glas der Seher fallen lassen oder sie würde selbst abstürzen und dabei umkommen.

Die Eulen scharten sich um sie und schlugen wild mit den Flügeln, als wollten sie ihr den Rucksack abnehmen. Sie waren aber zu klein und der Sack zu schwer. Gwen konnte ihn nicht mehr halten, und so ließ sie ihn mit einem Schrei, der durch die tiefe Schlucht hallte, schließlich los.

Die Eulen wollten jedoch nicht aufgeben und flogen ihm nach. Eine nach der anderen versuchte, ihn mit den Krallen zu packen, aber sie waren nicht stark genug. Der Rucksack stürzte auf den Fluss zu, während Gwen traurig, aber in Sicherheit zusah, beide Hände fest um die Seile der Brücke geschlossen. Zwei kleine

Eulen trudelten mit dem Sack hinunter und versuchten noch immer, ihn anzuheben. Gwen flehte sie lautlos an, ihren Plan aufzugeben. Lasst los, dachte sie. Kein weiterer Tod, das ertrage ich nicht.

Plötzlich schoss ein anderer Vogel unter den Rucksack und packte ihn mit dem Schnabel. Er schlug kräftig mit den Flügeln und trug den Sack an der gegenüberliegenden Felswand hinauf. Mit einem Ächzen schwang Gwen das rechte Bein auf die Seile und zog sich mit aller Kraft nach oben. Von der Brücke aus sah sie bestürzt, wie der Vogel mit dem Rucksack über den Baumwipfeln am anderen Ende der Felswand verschwand.

»Warte!«, rief sie. »Komm zurück!«

Sie ging zur gegenüberliegenden Felswand und suchte am dunkler werdenden Himmel nach einer Silhouette, die nicht wiederkehren würde. Ihre Gedanken überschlugen sich und zählten auf, was ihr geblieben war: Streichhölzer in der Tasche, eine Metallschale und ein Löffel, die sie mit Schnüren an den Gürtel gebunden hatte, eine Decke, Köcher und Bogen auf ihrem Rücken. Aber das Glas war weg. Der Gegenstand, auf den sie hatte aufpassen müssen, war fort, und die Anwesenheit des unbekannten Vogels bestätigte ihr, dass jemand sie beobachtete. Möglicherweise war das Glas den Dominae und ihren dressierten Seelenfreunden in die Hände gefallen. Sicher wusste sie nur eines: dass sie versagt hatte.

16

Ben und Hal saßen im Gemeinschaftsraum der Türme, der von sanftem Kerzenschein erhellt wurde. Einige nachtaktive Schüler drängten sich um einen Tisch und beendeten gerade eine letzte Partie Kaninchenjagd. Ihr ausgelassenes Johlen und Rufen ließ den Raum behaglich und sicher wirken, doch Bens Gedanken sprangen immerzu zwischen Gwen und Phia hin und her – ob Gwen in Sicherheit war und wann Phia zurückkommen würde. Ohne die beiden, vor allem ohne Phia, war Fairmount für ihn nur ein Ort winterlicher Trübseligkeit.

Hal dagegen schien von einer seltsamen Energie durchdrungen zu sein.

»Das Bauteil, auf das Lyle gewartet hat, ist heute gekommen«, sagte er zu Ben. »Sieh dir das an!« Er zog ein zusammengefaltetes Stück Papier aus der Westentasche und warf es Ben zu. »Ich hab gesehen, wie er das hier heute im Unterricht fallen gelassen hat.«

Ben faltete es auseinander. Es war eine hingekritzelte Nachricht.

Wir probieren es heute Abend im kleinen Arbeitszimmer bei der wissenschaftlichen Abteilung aus. Sag Nicolette und Simon Bescheid. – Lyle.

»War das für Tori bestimmt?«, fragte Ben.

»Glaube ich nicht, sonst hätte er es ihr einfach im Unterricht geben können«, antwortete Hal und sah zum Fenster hinaus, wo eine einzelne Fledermaus mit den Flügeln gegen die Scheibe schlug. »Anscheinend sind sie zu mehreren. Aber was immer sie da ›ausprobieren‹ wollen, ich wette, Tori ist auch dabei. Sie und Lyle sind ja neuerdings unzertrennlich!«

»Du wirst es wissen«, neckte ihn Ben. In Wirklichkeit war er selbst auch wegen Tori besorgt – oder zumindest enttäuscht. An diesem Nachmittag war sie zum dritten Mal in ebenso vielen Tagen nicht in Tremelos Werkstatt aufgetaucht.

Hal schob seine Brille nach oben.

»Ich bin da auf was gestoßen«, sagte er, »und ich finde, wir sollten ein paar Nachforschungen anstellen.«

Ben blickte zum Fenster, vor dem noch immer die Fledermaus flatterte. Er stand auf, öffnete das Oberlicht und ließ sie herein. Sie flatterte auf Hals Bein.

»Nachforschungen?«, fragte Ben. »Das ist bloß ein wissenschaftliches Experiment, keine Geheimoperation.« Er faltete den Zettel wieder zusammen und gab ihn Hal zurück. Die Fledermaus hüpfte auf Hals Schulter, hakte die oberen Flügelenden in seinen Kragen ein und machte es sich bequem. Hal tätschelte der Fledermaus vorsichtig die kleine Schnauze.

»*Unser* Experiment ist eine Geheimoperation«, flüsterte er und blickte sich im Gemeinschaftsraum um. »Du bist doch sonst immer ganz scharf darauf herumzuspionieren. Findest du das denn kein bisschen verdächtig?«

»Interessant ist es schon«, räumte Ben ein. »Aber ich verstehe nicht, warum du so besessen davon bist.«

»Lyle ist nicht gut für Tori«, sagte Hal. »In Biologie und Bande hat er vor den Ferien kein bisschen gearbeitet, nur mit hochgelegten Füßen dagesessen und die ganze Zeit Witze gerissen.«

»Klingt genau nach Toris Typ«, befand Ben.

»So ist es!«, rief Hal aufgebracht. »Und das ist genau das Problem. Sie braucht Ausgeglichenheit!« Hal warf die Arme hoch und erschreckte dadurch die verwirrte kleine Fledermaus.

»Wenn du jemals versuchst, Tori zu sagen, was sie ›braucht‹, wird sie dir eine pfeffern«, sagte Ben. »Aber ich komme mit.« Toris neuem Freund nachzuschleichen, war nicht gerade das Abenteuer, nach dem er sich gesehnt hatte. Aber je länger er still saß, desto größer wurde seine Unruhe.

»Perfekt«, sagte Hal und klatschte in die Hände.

Ben riss Bert aus seinem Schlummer unter den Wärmelampen und die beiden Jungen spazierten von den Türmen zum Wipfel-Wohnheim, wo die Schüler mit Vögeln und Reptilien als Animas untergebracht waren. Bert saß in Bens Umhängetasche. Die Sonne war fast vollständig untergegangen und die strombetriebenen Lampen entlang der Wege sprangen flackernd an.

»Sieh mal«, sagte Hal und hielt Ben am Arm fest.

Hal zeigte auf den dunklen Wipfel-Eingang, wo Tori und Lyle gerade auftauchten. Lyle hatte ein kleines schwarzes Stoffbündel in der Hand. Als Tori Lyle auf den Weg folgte, flog eine Krähe aus dem Eingang hervor und kreiste über ihren Köpfen. Hal und Ben versteckten sich hinter einer Hecke.

»Perfektes Timing«, flüsterte Hal. Die Augen hinter seinen Brillengläsern leuchteten vor Aufregung – oder Eifersucht. Ben war sich nicht sicher.

In diesem Augenblick kugelte Bert aus Bens Tasche und begann, in Schlangenlinien über den Rasen zu huschen.

»Hey!«, flüsterte Ben und versuchte, Lyles und Toris Aufmerksamkeit nicht auf sich zu lenken. Bert bewegte sich in dieselbe Richtung wie sie.

»Was macht er denn da?«, wunderte sich Hal.

»Das Gleiche, was ich auch tun würde«, antwortete Ben, stand auf und folgte der Echse.

Ben holte schnell auf. Er konnte Lyle und Tori immer noch sehen. Sie waren weit hinten auf dem Weg zur Bibliothek. Bert trabte in seltener Munterkeit hinter ihnen her.

Die Sonne war jetzt untergegangen und die Farbe des Himmels wandelte sich schnell von einem bläulichen Grau zu völliger, sternenübersäter Dunkelheit. Vor dem Bibliothekseingang drückten sich Ben und Hal an die Wand, als Tori und Lyle das Gebäude betraten.

»Also, was ist der Plan?«, fragte Ben.

»Ich denke nach …«

»Du hast keinen Plan?« Fast musste Ben lachen. Hal hatte *immer* einen Plan.

»Doch«, entgegnete Hal trotzig. »Ich überlege nur, wie wir ihn am besten umsetzen! Halte dich erst mal versteckt und folge mir. Wir wissen nicht, was Lyle vorhat.«

»Dann geh voran«, sagte Ben und bückte sich, um Bert aufzuheben und in seiner Tasche zu verstauen. Er glaubte nicht, dass

Lyle sehr viel mehr vorhatte, als Hal eifersüchtig zu machen, folgte Hal aber trotzdem in den Innenhof.

Als sie an der Vitrine vorbeischlichen, in der das Buch der Prophezeiungen des Verrückten stand, blieb Ben kurz stehen, um sich zu vergewissern, dass es noch da war. Da war es, getarnt durch die anderen gebundenen Bücher, die rechts und links danebenstanden. Eine dünne Staubschicht hatte sich sogar oben auf der Vitrine abgesetzt, an der man erkennen konnte, dass sie seit den Winterferien niemand angerührt hatte.

Hal stand am Ende des Flurs, das Gesicht zum Eingang der wissenschaftlichen Abteilung gerichtet. Auf der anderen Seite des Saals drang ein Lichtschein unter einer verschlossenen Tür hindurch.

»Und?«, fragte Ben und stellte sich zu ihm.

Hal hatte die Augen geschlossen. Ben blickte sich um und konnte die Fledermaus, die mit ihnen aus dem Wohnheim hergekommen war, nirgendwo entdecken.

Kurz darauf öffnete Hal die Augen und sah Ben entschlossen an. »Die Tür führt zu einer Treppe. Am unteren Ende ist ein breiter Raum mit niedriger Decke. Da sind Lyle und Tori mit noch ein paar anderen. Wir können ins Treppenhaus gehen und dort lauschen.«

»Das hast du alles gesehen?«, staunte Ben.

»Nicht ganz«, antwortete Hal. »Aber die Fledermaus hat die Geräuschmuster im Zimmer gelesen und ich konnte sie spüren. Sehen kann ich nie besonders gut«, erklärte er und setzte die Brille wieder auf. »So oder so nicht.«

Leise schlichen die Jungen zur Tür, die tatsächlich zu einer gekrümmten Treppe führte. Von unten waren Stimmen zu hören. Ben lugte vorsichtig um die Ecke.

Mehrere Schüler und Tiere waren in einem großen Zimmer mit niedriger Decke versammelt. Direkt unter der Decke gab es einige Fenster, die mit Metallgittern versehen waren. Sie befanden sich im Kellergeschoss der Bibliothek. Im Kamin brannte ein Feuer und die abgewetzten Sessel waren in eine Zimmerecke gedreht worden, wo Lyle stand und etwas aus dem schwarzen Bündel auswickelte. Die Wand neben der Tür, an der ein paar niedrige, breite Bücherregale rechts und links neben einem hohen, gepolsterten Zweiersofa standen, lag im Dunkeln. Ben gab Hal ein Zeichen und sie krochen von der Tür aus hinter das dunkle Sofa.

Ben erkannte viele der im Zimmer versammelten Schüler – die meisten waren auch aus dem ersten Jahr, einige wenige waren aus seiner Klasse, und dann gab es sogar ein, zwei Leute aus dem Scavage-Team. Tori saß dicht am Feuer ganz vorn bei Lyle. Ben erkannte die schwarze Silhouette einer ihrer Schlangen, die an ihrem üblichen Platz in der Nähe von Toris Schlüsselbein lag. Zwei Eichhörnchen schmiegten sich mit zuckenden Schwänzen auf einem Bücherregal aneinander.

»Mein Vater hat mir das hier geschickt«, erklärte Lyle der versammelten Gruppe. »Ich bin ganz gespannt darauf, was das Ding kann! Er ist ein hochrangiger Tüftler und das hier ist ein Prototyp, der für Viviana selbst angefertigt wurde.«

Ben merkte auf – anscheinend war es doch nicht so verkehrt, wenn sie Lyle gut im Auge behielten. Und zwar nicht nur, weil Tori neuerdings auf ihn stand.

Lyle hob behutsam einen kleinen runden Gegenstand von der Größe eines Eis hoch und drehte ihn so, dass alle ihn sehen konnten. Er bestand aus glänzendem Metall. Ben konnte noch rechtzeitig einen Laut des Erstaunens unterdrücken – der Gegenstand war fast identisch mit dem Mittelteil aus Tremelos Bauplan.

Lyles Krähe kreischte – sie saß auf einem hohen Regal, auf dem ein paar verschlossene Einmachgläser standen, und blickte in Hals und Bens Richtung. Dann wandte sie sich wieder ab und Lyle fuhr fort, als wäre nichts passiert.

»Ich weiß nicht genau, was darin ist, aber das Metall ist etwas Besonderes – mein Vater arbeitet für die Dominae und das hier ist sein neuestes, streng geheimes Projekt: der Katalysator!«

»Und wozu ist er gut?«, wollte jemand wissen.

»Er speichert im Innern Strom«, erklärte Lyle. »Im Prinzip nimmt er jede Energie auf, die man hineintut. Hier«, sagte er. Er faltete die Hände über dem Ei und drückte kräftig. Dann pustete er zwischen die Hände, als wollte er seine Finger wärmen. Als er sie wieder auseinandernahm, leuchtete das Ei glutrot und Lyle musste es schnell auf dem schwarzen Tuch ablegen.

»Heiß!«, sagte er lachend.

Ein Junge, der Lyle am nächsten saß, streckte die Hand aus und berührte das Ei mit einem Finger. Ben kannte ihn, es war Evan aus seinem Lateinkurs.

»Was macht man damit?«, fragte Evan.

»Ich weiß nicht genau«, räumte Lyle ein. »Aber sie haben noch mehr davon hergestellt, glaube ich – sogar größere! Mein Vater hat mir den hier geschickt, weil sie ihn nicht mehr brauchen.«

Mehrere Schüler erhoben sich von ihren Plätzen, um besser sehen zu können. Die Kugel hatte sich wieder abgekühlt und ihre silberne Farbe angenommen.

»Kann man das Teil aufmachen?«, fragte jemand.

»Nein«, antwortete Lyle. Er strich mit dem Finger über eine Naht in der Mitte. »Es ist versiegelt. Und wenn man es öffnen könnte, würde es sich einfach auflösen.«

»Hä?«, machte jemand.

»Die Energie würde in die Luft abgegeben«, erklärte Lyle. »Glaube ich wenigstens.«

Ben blickte zu Tori hinüber. Sie gehörte nicht zu denen, die aufgestanden waren und sich um Lyle geschart hatten. Stattdessen saß sie im Sessel am Feuer und spielte mit einer dünnen schwarzen Schlange. Ihr Gesicht war ausdruckslos, und Ben fragte sich, was sie hier mit Lyle machte.

Der Junge aus Bens Lateinkurs, Evan, hielt jetzt die Metallkugel in der Hand.

»Wow«, sagte er. »Ich hatte gerade ein richtig heftiges Gefühl.«

»Was meinst du damit?«, fragte Lyle.

Evan deutete auf die Tasche vorn in seiner Jacke, die sich zu bewegen schien. Eine braune Maus streckte den Kopf heraus.

»Ich konnte genau das sehen, was die Maus sieht«, erklärte er. »Ich konnte uns alle durch den Jackenstoff sehen. So stark habe ich das Band noch nie gespürt.«

Die Maus war jedoch weniger begeistert. Sie kroch aus Evans Tasche und kletterte an seinem Hosenbein hinunter. Sobald sie auf dem kalten Steinboden angekommen war, huschte sie davon. Ben bückte sich instinktiv – die Maus kam genau auf ihn und Hal zu! Doch Evan hob seine freie Hand und die Maus blieb wie angewurzelt stehen.

Nun machte sie kehrt und trippelte langsam zu ihm zurück.

»Wow, cool«, staunte Alice, die Hocker in Bens Scavage-Team war. Neugieriges Getuschel war zu hören. Es war normal, dass sich Mensch und Seelenfreund verstanden, aber dass Tiere auf Befehl handelten? Das war unheimlich, und während sich die übrigen Anwesenden fasziniert zeigten, verzog Ben angeekelt das Gesicht. Das war Dominanz, Vivianas widerwärtige Philosophie der Kontrolle über Tiere. Er sah zu Hal hinüber, der die Hände zu Fäusten geballt hatte.

Evan lächelte seine Zuschauer nervös an und war offenbar nicht sicher, was er als Nächstes tun sollte.

Lyle stellte sich neben ihn. Zusammen blickten sie auf die Maus hinunter.

»Befiehl ihr noch mal, irgendwas zu tun«, sagte Lyle. Er hatte die Lippen zu einem seltsamen, ehrfürchtigen Lächeln geöffnet.

»Na gut …«, sagte Evan und blickte ratlos von einem Schüler zum anderen. Dann schüttelte er leicht den Kopf, als hätte er eine Idee.

»Ähm … heb die rechte Pfote«, platzte er heraus.

Die Maus hob die rechte Pfote.

Jemand in der Gruppe kreischte aufgeregt auf – die übrigen hielten nur den Atem an und tuschelten erstaunt.

»Noch was!«, verlangte Lyle.

»Ich … Ich weiß nichts, was soll ich sie machen lassen?«, fragte Evan.

»Einen Salto rückwärts«, schlug jemand vor.

Ben blickte zu Tori hinüber. Sie saß still und mit versteinerter Miene da, so als sähe sie sich ein langweiliges Theaterstück an. Ben war leicht übel.

»Okay, mach einen Salto rückwärts«, befahl Evan. Die Maus sprang hoch und vollführte eine merkwürdige Drehung in der Luft – nicht gerade ein perfekter Salto, aber ihr winziger Körper gehorchte. Die Schüler applaudierten lachend.

»Würde sie sich selbst beißen, wenn du es von ihr verlangst?«, fragte jemand.

Evan sah Lyle an, als könnte er die Frage beantworten. Lyle

zuckte nur mit den Schultern. Evan heftete den Blick auf die Maus, die plötzlich die linke Hinterpfote hob und hineinbiss. Ein winziger Blutfleck erschien auf ihrem weißen Fuß.

»Ich hab nicht mal was gesagt«, sagte Evan mit ängstlicher Miene. Er wich verunsichert zurück.

»Wow!«, rief Lyle. »Du brauchst es nur zu denken! Anscheinend tut sie alles, was du von ihr verlangst!«

Chaos brach in der Gruppe aus. Die Schüler waren fasziniert und riefen verschiedene Vorschläge in den Raum, was Evan die Maus tun lassen sollte.

»Sie soll ihren Schwanz verfolgen!«

»Sie soll auf den Hinterbeinen tanzen!«

Evan schien alle Vorschläge zu hören und sich vorzustellen – er konnte nicht anders. Die Maus, machtlos und vollkommen unter seiner Kontrolle, führte jede einzelne Handlung aus, an die Evan dachte, in einer schwindelerregend schnellen Abfolge von Sprüngen, Bissen und Verdrehungen. Sie bewegte sich so rasch, dass ihr Körper kaum mithalten konnte.

»Das ist widerlich«, flüsterte Hal.

»Ja, furchtbar«, stimmte ihm Ben zu. »Wir müssen sie aufhalten.«

Aber das war nicht nötig.

»Na schön – aufhören jetzt!«, befahl Lyle. Evan hatte einen panischen Ausdruck im Gesicht, die Augen weit aufgerissen. Lyle streckte die Hand aus und nahm ihm den Katalysator weg.

»Ich sagte, aufhören!«, brüllte er.

Die Maus wurde still. Ben hielt den Atem an und viele Schüler stöhnten auf.

Dann begann die kleine Maus, unkontrolliert zu zucken und zu zittern. Lyle, der den Katalysator in der linken Hand hielt, ging auf sie zu, um sie aufzuheben. Doch bevor er die Maus erreichte, fiel sie leblos auf die Seite.

Die Schüler verstummten. Bald war nichts mehr zu hören außer Evans gedämpftem Wimmern.

»Oh, nein«, flüsterte Ben.

»Oh, nein«, sagte Lyle. Er stupste die Maus vorsichtig an. Die Krähe auf dem hohen Regal krächzte.

Evan begann zu schluchzen.

»Du hast sie *umgebracht*«, sagte er.

»Vielleicht hatte sie ein schwaches Herz«, entgegnete Lyle. Die Farbe war aus seinem Gesicht gewichen. Er stand auf, sah Evan an und wusste nicht, was er sagen sollte. »Ich dachte nicht, dass das passieren würde – es tut mir leid …«

»Warum hast du bloß dieses Ding mitgebracht?«, schluchzte Evan. »Es hat meinen Seelenfreund getötet!« Er richtete sich auf, sah aus, als würde er gleich einen Schritt nach vorn machen und Lyle schlagen, doch stattdessen sackte er zusammen und weinte noch heftiger.

Ben merkte gar nicht, dass er sich erhoben hatte, bis Hal ihm nachdrücklich eine Hand auf die Schulter legte.

»Nicht«, ermahnte er seinen Freund. »Du bringst uns nur in Schwierigkeiten.«

Ben schob die Hand weg, doch Hal packte seinen Arm mit einer Kraft, mit der Ben nicht gerechnet hatte.

»Komm, Evan, gehen wir«, sagte ein anderer Junge und legte Evan beschützend den Arm um die Schulter. »Das ist deine Schuld«, sagte er zu Lyle.

Lyle sah entsetzt zu, wie die anderen Schüler der Reihe nach das Zimmer verließen. Sie blickten zu Boden und eine Stimmung von Scham und Verwirrung blieb hinter ihnen zurück.

Ben und Hal blieben in ihrem Versteck, bis alle gegangen waren – bis auf Lyle. Er stand mit der Kugel in beiden Händen vor der Maus und machte ein nachdenkliches Gesicht.

»Was macht er da?«, flüsterte Hal und spähte über Bens Schulter hinweg.

Lyle beobachtete aufmerksam die Maus und trat dann mit einem ehrfürchtigen Gesichtsausdruck zurück.

Die Maus hatte die rechte Pfote gehoben.

Lyle zog hörbar die Luft ein. Der Katalysator war ihm aus der Hand geglitten. Zitternd wickelte er ihn wieder in das schwarze Tuch ein und verließ den Raum.

17

Der sanfte Kerzenschein und das Gejohle der Jungs, die Kaninchenjagd spielten, waren verschwunden, als Hal und Ben in den Gemeinschaftsraum der Türme zurückkehrten. Die letzten Reste eines Feuers knisterten noch im Kamin. Die beiden Jungen ließen sich in zwei Sessel fallen.

»Augen der Natur, Ben«, seufzte Hal und bedeckte sein Gesicht mit der Hand. »Was sollen wir bloß Tremelo erzählen?«

Ben schüttelte wie betäubt den Kopf.

»Wir sollten zuerst mit Tori reden«, schlug er vor. »Wir wissen nicht, was sie da zu suchen hatte.«

»War das nicht offensichtlich?«, fragte Hal und fuhr sich aufgeregt durch das Haar. »Ihr Freund ist ein bekennender Dominae! Die Liiiebe hat sie blind gemacht! Unsere Freundin ist sie jedenfalls nicht mehr. Ich weiß nicht, *wer* sie eigentlich ist.«

»Natürlich ist sie noch unsere Freundin«, entgegnete Ben bestimmt. Doch bei dem Gedanken an die Maus wurde ihm flau im Magen. Evans Schluchzen hallte in seinem Kopf wider. Und die ganze Zeit über hatte Tori mit diesem seltsamen, leeren Blick dagesessen. Was war in ihrem Kopf vorgegangen?

»Sie weiß alles, über dich und über Sucrette, vergiss das nicht«, fuhr Hal fort. »Und wenn sie nun Lyle irgendwas erzählt hat, das dich in Lebensgefahr bringt?«

»Ich kann mir nicht vorstellen, dass sie auf diesen Dominae-Mist hereinfällt«, antwortete Ben. Aber er konnte nicht klar denken und Hals Argumente lösten Unruhe in ihm aus. Tori hatte sie verteidigt, hatte an ihrer Seite gekämpft – aber er musste zugeben, es gab einiges, was sie über sie nicht wussten.

Ben erhaschte eine schleichende Bewegung auf dem Fußboden. Irgendetwas schlängelte sich über die Dielen. Schnell griff er danach. Eine kleine schwarze Schlange wand sich in seiner Hand.

»Hey!«, staunte Hal.

Ben behielt die Schlange fest in der Hand, ging zur Tür des Gemeinschaftsraums und öffnete sie. An der Wand lehnte Tori, mit verschränkten Armen und durchdringendem Blick.

»Wie lange lauschst du hier schon?«, fragte Ben.

»Wie lange spioniert ihr mir schon nach?«, gab sie zurück.

»Das tun wir nicht«, log Ben.

»Ja, klar, Ameisenunschuld«, schimpfte Tori und stürmte in den Saal. »Ihr zwei seid so unauffällig wie ein Trampeltier. Ich wäre vor Scham fast gestorben da unten.«

Ben und Hal strafften trotzig die Schultern.

»Du wusstest, dass wir da waren?«, fragte Ben.

»Die Schlangen wussten es in dem Moment, als ihr hereingeschlichen seid«, antwortete sie. Sie streckte die Hand nach der schwarzen Schlange aus. Die Schlange landete auf ihrem Handteller und verschwand sofort in ihrem Ärmelaufschlag.

»Hast du uns an deinen neuen Freund Lyle verpfiffen?«, wollte Hal wissen.

»Nein«, antwortete sie unwirsch. »Und zwar deshalb, weil ich das Gleiche tue wie ihr – nur dass ich es besser kann. Ich spioniere ihn aus.« Sie hielt inne, als sie die entsetzten Gesichter der Jungen sah.

»Du spionierst ihn aus?«, wunderte sich Ben. »Wir dachten, du magst ihn.«

Tori verdrehte die Augen.

»Er ist eigentlich ganz okay – für einen Freak, der auf die Dominae steht«, sagte sie. »Er kapiert nur nicht, was er da tut. Sein Vater arbeitet als hochrangiger Tüftler für Viviana – dieser Bauplan, den Tremelo abgezeichnet hat, gehörte ihm! Er schickt Lyle alte Prototypen, als wären es Spielzeuge! Dem musste ich einfach nachgehen. Den Wissenschaftsclub benutzt Lyle bloß, um anzugeben, aber für uns ist das die perfekte Gelegenheit, um mehr über Vivianas Abrechnung herauszufinden. Was glaubt ihr, wozu dieses Katalysatording da ist?«

»Aber warum hast du uns denn nicht erzählt, dass du ihn ausspionierst?«, fragte Hal.

Tori schwieg einen Moment und zuckte die Achseln.

»Es fühlte sich gut an, ausnahmsweise mal meine eigene Mission zu haben. Ich wollte euch davon erzählen, sobald ich die Kugel gesehen hätte, aber ich wollte erst ganz sicher sein.«

Ben glaubte Tori, aber ihn störte ihre Auffassung, Lyle sei »eigentlich ganz okay«.

»Ich verstehe nicht, wie du seine Nähe ertragen kannst – nach der Sache mit der armen Maus«, sagte Hal und schob seine Brille nach oben, um Tori besser anfunkeln zu können.

»Er hat sich schrecklich deswegen gefühlt!«

»Du meinst, weil der Seelenfreund von jemandem zu Tode gekommen ist?«, fragte Ben und gab sich keine Mühe, seinen Ärger zu verbergen. Was er im Untergeschoss der Bibliothek gesehen hatte, hatte ihn wütend gemacht. Womit Lyle da auch immer spielte, es war gefährlich. »Du weißt ja nicht mal, was danach passiert ist.« Aber Ben war auch nicht sicher, was danach passiert war – war die Maus wirklich wieder lebendig geworden? Lyle schien genauso überrascht wie er und Hal gewesen zu sein; er hatte die Kugel fallen lassen, sodass sie mit metallischem Klang auf dem Steinboden gelandet war. Dann hatte er sie wieder aufgehoben, war aus dem Zimmer geeilt und hatte die tote Maus zurückgelassen.

»Er hat keine Ahnung, was er tut«, behauptete Tori.

»So viel steht fest«, sagte Hal spöttisch.

»Ich verteidige ihn ja gar nicht – aber er ist bloß ein Typ, der Blödsinn macht.«

»Und der auf der Seite der Dominae steht!«, protestierte Ben. »Du hast doch gesehen, was die treiben. Was, wenn er mit ihnen zusammenarbeitet?«

»Ich hab ihn genau beobachtet«, antwortete Tori. »Er weiß nichts über die Prophezeiung oder das Kriegskind. Ich mache mir eher Sorgen wegen seines Vaters – er ist es, der Lyle in alldas reingezogen hat.«

»Tori, das ist gefährlich!«, warnte Ben.

»Du hast recht«, sagte sie. Während sie sprach, glitt die kleine schwarze Schlange aus ihrem Kragen und legte sich um ihren Hals. »Und deshalb müsst ihr mir vertrauen. Lyle braucht nicht zu wissen oder auch nur ahnen, dass ich nicht seine zufriedene kleine Wissenschaftspartnerin bin. Wenn ihr zwei mir ständig hinterherschnüffelt, werden wir nur erwischt. Eines steht allerdings fest: Wir müssen Tremelo gleich morgen früh von dem Katalysator erzählen.«

An diesem Abend ging Ben ziemlich erleichtert ins Bett – er wusste, dass Tori keine Verräterin war. Aber ihm kamen die wildesten Gedanken, sowie er an Lyle und seine Kugel dachte. Sie musste das fehlende Teil aus Vivianas Abrechnungsmaschine sein. Und jetzt, da er gesehen hatte, was Lyle damit tun konnte, wusste er, dass Viviana etwas Furchtbares vorhatte. Ihre Macht, gespeist von dieser Kugel, konnte zahllose Tiere kontrollieren. Er grübelte darüber nach, was Tremelo wohl sagen würde, wenn sie ihm am Morgen alles erzählten – hoffentlich, dass er wusste, wie sie es verhindern konnten.

Ben konnte nicht schlafen. Wann immer er die Augen schloss, sah er die zitternde rechte Pfote der toten Maus vor sich und Lyles schockiertes Gesicht darüber. Doch schließlich, nach mehreren Stunden, wie es ihm vorkam, sank er in einen Traum.

Er erwachte von dem Gefühl, dass grobe Hände seine Brust festhielten und ihn ans Bett drückten. Schweres, kaltes Metall umgab seinen Hals und nahm ihm die Luft zum Atmen. Er schrie auf, doch die Metallkette wurde enger, als er um sich trat und schlug. Völlige Dunkelheit umhüllte ihn, sodass er nichts sehen konnte. Er öffnete den Mund, zeigte die Zähne und brüllte.

Ben setzte sich im Bett auf. Sein Herz raste. Er war sicher, dass jemand hier war, in seinem Zimmer, und versucht hatte, ihn festzuhalten. Er warf die Bettdecke zur Seite. Da waren keine Ketten und niemand im Zimmer außer Hal, der tief und fest schlief. Aber es war kein Traum gewesen – er hatte die schwere, kalte Kette gespürt, die sich um seinen Hals enger zog. Und selbst jetzt, als er aufrecht im Bett saß, hatte er das seltsame Gefühl, zu Boden gedrückt zu werden. Er bekam kaum Luft. Taleth war in Gefahr. Jemand hatte sie gefangen, jemand, der ihnen beiden Böses wollte.

Alle Ratschläge Tremelos, er solle sich ruhig verhalten, stoben davon wie trockene Blätter in starkem Wind. Schnell schlüpfte er in eine Hose und seine Stiefel und ließ Hal schnarchend zurück. Dann raste er die Vordertreppe der Türme hinunter, ohne sich darum zu scheren, wer ihn hörte oder sah.

Er wusste, dass er Taleth nicht allein retten konnte. Er brauchte Hilfe, sofort. Also lief er zu Tremelos Unterkunft.

Die Nacht war bitterkalt; Ben sah seinen Atem aus Nase und Mund strömen. Licht drang aus Tremelos Wohnzimmerfenster. Ben rannte zur Haustür der Remise und stürmte die schmale Holztreppe hinauf. Außer Atem blieb er auf dem Treppenabsatz stehen und hämmerte an die Wohnungstür.

»Tremelo! Tremelo, ich brauche Ihre Hilfe!«

Es kam keine Antwort von drinnen, obwohl Ben Myrgholzrauch riechen konnte. Er hörte auf zu klopfen und schrie auf, als ihn ein frischer Schmerz überkam: schwere Stöcke, die an seinen Seiten und Beinen auf ihn eindroschen. Alles verschwamm vor seinen Augen und er sah unscharf die Silhouetten zweier großer Männer, die vor ihm standen und ihn traten – aber sie waren nicht hier vor Tremelos Wohnungstür. Sie standen vor Taleth und überwältigten sie. Ben spürte den Schmerz von Striemen, die sich an ihren Flanken und auf dem Rücken bildeten. Er atmete tief durch und rief noch einmal nach Tremelo. Als keine

Antwort kam, drückte er kräftig auf den Riegel, warf sein ganzes Gewicht gegen die Tür und sprengte das klapprige Schloss. Die Tür schwang auf.

Tremelo war nicht da.

Auf einem mit Asche besprenkelten Porzellanteller lag seitlich gekippt Tremelos Myrgholzpfeife.

»Sir?«, fragte Ben in den Raum hinein. Am nächsten Bücherregal brach er zusammen und krümmte sich, als ein weiterer Schlag Taleths Flanke traf. Ben blickte sich in der Wohnung um und hoffte noch, dass Tremelo hinter einer Tür auftauchen würde – Taleth brauchte sie. Aber es war niemand da.

»Wo bist du bloß?«, fragte er laut und war sich selbst nicht sicher, ob er Taleth oder Tremelo meinte.

Er spürte eine starke Hand auf dem Rücken und richtete sich erschrocken auf.

Im Türrahmen stand Dr. Graves.

»Nun, Ben«, sagte er. »Was weißt du über das Kriegskind?«

18

Lauf weg, dachte Ben.

Er drängte an Graves vorbei, doch ein plötzlicher Schmerz in seinem rechten Bein ließ ihn stolpern. Er krachte gegen das Bücherregal und stieß einen Papierstapel um. Eine graue Katze sprang fauchend aus dem Weg.

Graves bückte sich, um Ben am Arm festzuhalten, doch Ben riss sich los.

»Bleiben Sie mir vom Leib!«, brüllte er und versuchte trotz Taleths Schmerz aufzustehen. Er hoffte, dass jemand ihn hörte. Seine entscheidende Kraftprobe mit Sucrette war das letzte Mal, dass er allein mit einem Dominae-Spion zu tun gehabt hatte, und wenn seine Freunde nicht gekommen wären, hätte er dabei sein Leben verloren.

»Es steht zu viel auf dem Spiel«, zischte Graves.

Ben war zu schwach, um Graves ein zweites Mal auszuweichen; sein Lehrer packte ihn am Arm und drehte ihn in einem unangenehmen Winkel auf den Rücken. Wie ein Gefangener wurde Ben die Treppe hinuntergeführt, dabei konnte er wegen des heftigen Schmerzes, der in seinem Bein pochte, kaum gehen. Ihm war übel, aber er versuchte, einen klaren Kopf zu bekommen – wo gingen sie hin? Er wollte sich von Graves losmachen, doch den richtigen Zeitpunkt dafür erwischen.

»Was haben Sie mit Tremelo gemacht? Was wollen Sie von mir?«, fragte Ben.

»Informationen«, antwortete Graves und schubste Ben über das verlassene Schulgelände. Schweigend gingen sie zu den Klassenzimmern.

Als sie an Graves' Büro angekommen waren, schob der Lehrer Ben eilig durch die Tür und in einen Sessel. Die graue Katze schlüpfte ebenfalls hinein und rieb ihr Gesicht an Graves' Bein.

»Die Dominae lassen sich nicht verschaukeln, Ben, also denke gut über deine Antworten nach. Noch mal, was weißt du über das Kriegskind?«

»Ich weiß gar nichts«, antwortete Ben.

Graves verschränkte die Arme über seinem Morgenmantel aus geflicktem Velours.

»Du lügst«, sagte er. »Vielleicht unterschätzt du, wie viel ich bereits weiß.«

Was weiß er denn?, fragte sich Ben. Sucrette war vor ihrem Tod nicht dazu gekommen, die Informationen aus dem Buch der Prophezeiungen weiterzuleiten … oder doch? Panik machte sich in seinem Bauch und seiner Brust bemerkbar. Er hatte keine Zeit für das hier – Taleth wurde immer weiter weggeschleppt. Graves sah ihn mit seinen dunklen Knopfaugen an. Ben wandte den Blick ab und dachte über eine Fluchtmöglichkeit nach.

Sein Blick fiel auf etwas, das auf Graves' Schreibtisch lag und das ihm einen Schauder über den ohnehin schon schmerzenden Rücken jagte: eine Namensliste.

Sophia Castling, Harold Quindley, Victoria Colubridge, Ben Walker.

»Dein ›Bert‹, wie du ihn nennst, ist nicht dein echter Seelenfreund – so viel ist klar.« Graves beugte sich zu Ben hinüber und sprach mit gesenkter Stimme weiter. »Ich beobachte dich seit meiner Ankunft hier und du hast etwas zu verbergen. Was ist es, Ben? Sag es mir und ich …«

»Bestimmt nicht!« Obwohl der Schmerz von Taleths Verletzungen in seinem Körper pulsierte, trat er aus dem Sitzen so kräftig nach oben, dass Graves nach hinten flog.

»Ben! Du musst –«

Ein schrilles Gekecker schnitt ihm das Wort ab und einen Sekundenbruchteil später fiel ein hoher Bücherstapel in der Ecke zusammen. Zwei Eichhörnchen sprangen auf einen Haufen Bücher, die sich auf dem Fußboden verteilt hatten. Die graue Katze flitzte durchs Zimmer und fauchte sie an.

»Aufhören!«, schimpfte Graves.

Die Katze begann mit peitschendem Schwanz nach den Eichhörnchen zu schlagen. Zwei gegen einen, schlugen die Eichhörnchen zurück: Eines klammerte sich an den Rücken der Katze, das andere zerkratzte ihr Gesicht und Ohren. Ein Maunzen, Fiepen und Fauchen erfüllte den Raum.

»Sofort! Aufhören!«, brüllte Graves, doch weder die Katze noch die Eichhörnchen beachteten ihn. Fluchend hielt er sich den Kopf, als eines der Eichhörnchen der Katze ins Ohr biss. Verärgert und von Schmerz gepeinigt, bückte sich Graves und versuchte, Katze und Eichhörnchen voneinander zu trennen, doch eines der Eichhörnchen sprang auf ein Bücherregal und brachte ein schweres Lateinbuch zum Kippen, das mit dumpfem Aufprall auf Graves' Kopf landete. Der Lehrer taumelte mit einem Aufschrei gegen die Wand. Ben nutzte seine Gelegenheit. Er sprang vom Sessel auf und schnappte sich die Liste von Graves' Schreibtisch. Dann lief er los. Hinter sich hörte er Graves etwas Unverständliches rufen.

Doch Ben sah sich nicht um; je länger er auf dem Schulgelände blieb, desto wahrscheinlicher war es, dass Graves ihn noch einmal verfolgen würde. Er hatte keine Zeit, um nach Tremelo zu suchen, und wusste jetzt, was er zu tun hatte. Er musste sich allein auf die Suche nach Taleth machen.

Als er den Gang zwischen den Klassenzimmern entlanglief, schwappte Taleths Bewusstsein plötzlich über ihn. Er sah alles verschwommen. Dunkle Gestalten bewegten sich um ihn herum. Sie wurde auf ein Schiff gebracht – das Schwanken unter ihr übertrug sich auf Ben und ließ ihn schwindeln. Er sah den Mond durch ihre Augen – sie selbst und auch das Schiff zeigten in nördliche Richtung. In der Nähe sprach jemand, aber Ben musste sich anstrengen, um die Worte zu verstehen. »Erreichen die Rot... Tagen, vielleicht auch weniger.«

Genauso schnell, wie die Welle über ihn gekommen war, ebbte sie auch wieder ab. Er sah wieder den langen Flur um sich herum, an dessen Wänden Fotos und Gemälde aus Fairmounts Vergangenheit hingen. Alles war still.

Die Entführer fuhren mit Taleth also den Fluvian hinauf, zu den Roten Hügeln. Sie waren noch nicht allzu weit weg und er konnte sie noch immer ausfindig machen, wenn er sich weiterhin so mit Taleth verbinden konnte wie gerade. Aber wie sollte er vorgehen?

Ben kehrte in die Türme zurück und fand Hal allein im Arbeitszimmer. Er hatte sich ein Tuch mit Quasten um den gestreiften Schlafanzug gewickelt und seinen Mantel über den Stuhl neben sich gehängt, als wäre er bereit zum Gehen. Er stand auf, als Ben hereinkam, und sah ihn sorgenvoll an.

»Was ist los?«, fragte er. »Ich hab gehört, wie du gegangen bist, und dann war ein ganzer aufgeregter Fledermausschwarm am Fenster. Sie hatten Angst um dich. Was ist passiert?«

»Graves«, antwortete Ben und wusste nicht genau, wo er anfangen sollte. »Taleth ist entführt worden. Und Graves – er weiß über das Kriegskind Bescheid.«

»Ben, was ist passiert?«, wollte Hal wissen.

»Ich war in Tremelos Büro und wollte ihn um Hilfe bitten, aber Tremelo ist weg, ich weiß nicht, wohin. Graves ist aufgetaucht und hat mich ausgequetscht. Er weiß über mich Bescheid. Und das bedeutet, die Dominae wissen es auch.«

Hal hörte schweigend zu. Ben konnte fast sehen, wie sich die Rädchen hinter Hals dicken Brillengläsern drehten.

»Aber da passt doch irgendwas nicht zusammen«, meinte Hal. »Du hast gesagt, Taleth ist entführt worden? Von wem denn? Hat Graves etwas damit zu tun?«

»Keine Ahnung, aber ich weiß, dass Graves uns beobachtet hat.« Er zog Graves' Liste aus der Manteltasche und hielt sie hoch. »Die hier hab ich auf seinem Schreibtisch gefunden. Jetzt gibt es keinen Zweifel mehr – sieh doch! Bestimmt weiß er, dass einer von uns das Kriegskind ist.«

Hal sah sich den Zettel genau an.

»Und Tremelo ist auch weg?«

»In seiner Wohnung war er jedenfalls nicht, aber ich kann nicht warten. Taleth ist in Gefahr, sie bringen sie auf dem Fluss nach Norden. Ich muss hinterher.«

Hal nickte. »Dann sollten wir lieber packen«, meinte er.

Ben stützte sich auf die Rücklehne eines Holzstuhls, von denen mehrere um den Arbeitstisch herumstanden. Er fühlte sich immer noch ein wenig schwach.

»Du kannst nicht mitkommen«, entgegnete er. »Das ist zu gefährlich.«

»Gefährlicher, als hier bei Graves zu bleiben?«, fragte Hal.

»Such Tremelo«, sagte Ben. »Dann kümmert er sich um Graves und ihr seid hier alle in Sicherheit. Was ich vorhabe, ist vielleicht einfacher, wenn ich allein bin.«

»Quatsch«, widersprach Hal. Er klang nicht streitsüchtig oder trotzig, sondern klar und sachlich. »Es ist zu gefährlich, wenn du allein unterwegs bist. Du brauchst mich; du brauchst meine Hilfe. Wie willst du denn Taleth allein finden? Und wie willst du reisen? Zu Fuß oder mit dem Zug? Hast du daran gedacht, wo du Geld herbekommst, damit du dir was zu essen kaufen kannst, oder willst du von Wurzeln und Blättern leben? Und wer passt auf dich auf?«

Ben musste zugeben, dass er sich über all das keine Gedanken gemacht hatte.

»Aber wer sucht dann nach Tremelo?«, fragte Ben. »Du musst ihn warnen. Wenn die Dominae über mich Bescheid wissen, dann vielleicht auch über ihn.«

»Die Dominae würden dir nicht Graves auf den Hals hetzen, wenn sie Tremelo schon hätten«, wandte Hal ein. »Wenn sie nicht wissen, wer das Kriegskind ist, wissen sie auch nicht, dass er der Wahre König ist. Wahrscheinlich versteckt er sich irgendwo.

Hör mal, Tremelo kann auf sich selbst achtgeben«, sagte Hal mit Überzeugung. »Aber *dein* Seelenfreund wurde geraubt und das bedeutet, *du* brauchst den meisten Schutz. Tori ist hier auch nicht sicher – ihr Name steht auch auf der Liste. Lass uns alle mitkommen. Lass uns dir helfen.«

Fünf Minuten später marschierten Hal und Ben durch die Dunkelheit zum Wipfel-Wohnheim. In den gepackten Rucksäcken hatten sie warme Kleidung, etwas Essen und Bens einzige Waffe: die Tigerkralle der Velyn. Tori machte ihnen verschlafen auf.

»Seid ihr verrückt geworden?«, fragte sie, als Hal von ihrem Plan, Taleth zu folgen, berichtete. »Wir können nicht alle einfach so verschwinden. Wie sieht das denn aus?« Sie sah Hal stirnrunzelnd an. »Es ist besser, wenn ich hierbleibe. Jemand muss Tremelo alles erzählen, wenn er wieder auftaucht. Wir können nicht einfach alle gehen, ohne dass er von der Kugel weiß. Außerdem kann ich ihm helfen, Graves im Auge zu behalten.«

»Und wenn Graves dir was tun will?«, fragte Hal.

»Ich komme schon klar«, antwortete sie. »Was wolltet ihr denn mit *ihm* machen?« Tori zeigte auf Bert, der bequem auf Bens Arm lag.

»Wir dachten, wir nehmen ihn einfach mit«, sagte Hal.

Tori streckte die Hände aus.

»Gebt ihn mir«, bat sie. »Er würde da draußen bei euch beiden sterben. Ehrlich. Er ist wechselwarm. Er kann sich also nicht selbst warm halten.«

»Bleib immer bei Tremelo, sowie er wieder da ist«, sagte Ben, nachdem er ihr Bert gegeben hatte. Er war erleichtert, dass die Echse bei Tori in Sicherheit war. »Tremelo passt schon auf, dass dir nichts zustößt. Das heißt, falls ihm selbst nichts passiert ist.«

»Ich passe auf, dass Tremelo nichts zustößt«, korrigierte ihn Tori. »Ich behalte heute Nacht seine Wohnung im Auge. Ich wette um einen Schneckenrücken, dass er voller Wurzelkrautschnaps nach Hause kommt. Aber seid vorsichtig. Das Ganze könnte auch einfach nur eine große Falle sein. Schickt mir so bald wie möglich eine Nachricht …« Aber sie sah dabei Hal an, nicht Ben.

Hal brachte ein unsicheres Lächeln zustande. Die beiden Jungen schlichen sich in den Wald hinaus, außer Sichtweite der schlafenden Schule. Ben bemerkte, wie sich der Mond in den prächtigen Bibliotheksfenstern spiegelte, als er und Hal zwischen den Bäumen verschwanden. Er dachte noch einmal an das Buch des Verrückten, das – hoffentlich – sicher an seinem Versteck stand. Nur durch dieses Buch wusste er, dass er eine Rolle in den künftigen Ereignissen zu spielen hatte: als das Kriegskind. Er wusste allerdings kaum, was das für ihn bedeuten würde, außer dass er jetzt weglaufen musste.

19

Währenddessen war auch Tremelo auf Wanderschaft. Er suchte nach etwas Verlorenem. Am späten Nachmittag war er aufgebrochen und hatte bereits die Grenze zwischen dem Schulgelände und den Dunklen Wäldern überschritten. Bald würde er bei den felsigen Hügeln sein, an die sich die südlichen Gebirge anschlossen. Genau diesen Weg hatten die Velyn genommen, als sie Fairmount verlassen hatten, geleitet von Äneas Vierkrall. Tremelo hatte Fragen an ihn – die meisten davon standen in dem ledergebundenen Buch, das sorgfältig in seiner Reisetasche verstaut war.

Das Buch des Verrückten, das in der Sprache der Velyn geschrieben war, hatte Ähnlichkeit mit dem Verrückten selbst: Es beinhaltete mehr Rätsel als Lösungen. *Das Kind ist sowohl das Spiegelbild als auch das Gegenteil des Bösen?* Was sollte er nur darunter verstehen? Er musste es bald herausbekommen. Frühlingsanfang war schon in ein paar Wochen. Das war der Zeitpunkt, den Viviana für die Abrechnung ausersehen hatte. Da Tremelo noch immer nicht wusste, wozu die seltsame Kugel in der Mitte des Bauplans gut war oder welche Rolle Ben als Kriegskind bei der Abrechnung spielen würde, hatte er beschlossen, sich Hilfe zu holen. Vielleicht enthielten die Prophezeiungen des Verrückten irgendeinen Hinweis, der ihn weiterbringen würde. Äneas konnte ihm sicher einen Rat geben. Doch dann gab es noch ein anderes Geheimnis, das Tremelo beschäftigte. Vielleicht sogar mehr als die Prophezeiungen.

Er blieb stehen, um Atem zu schöpfen, und Fenchel, die neben ihm trabte, sprang voraus. Die Velyn wanderten schnell und hatten mehrere Wochen Vorsprung. Hoffentlich würde er ihr Lager hinter dem Grat finden.

Tremelo fischte das zerknitterte Foto von Elen Weißhügel aus der Manteltasche, obwohl er es auswendig kannte: ihr rotblondes Haar und ihre scharfen, für die Velyn typischen Gesichtszüge. Sie war seine erste Liebe gewesen – und beim Massaker des Schakals ermordet worden.

In den etwa zwölf Jahren seit ihrem Tod war es für ihn zur Besessenheit geworden, irgendjemanden zu finden, der sie gekannt hatte. Es schmerzte ihn, sich an ihr Lächeln zu erinnern, und er wollte diesen Kummer verzweifelt mit weiteren Geschichten aus ihrem Leben nähren. Aber die einzigen Menschen, die von ihr wissen konnten, waren meilenweit entfernt und taten ihr Bestes, nicht gefunden zu werden.

Er konnte sich noch genau an den Moment erinnern, als er das Foto geschossen hatte. Elen war unsicher gewesen, wie sie sich vor einer Kamera verhalten sollte. Sie hatte ihr ganzes Leben in den Bergen verbracht und war mit ihrem Vater Luca über die Unerreichbare Straße gereist. Ein Foto war ein Luxus, mit dem sie nicht vertraut war. Sie hatte gelacht, als Tremelo ihre Pelze um sie herumdrapiert und ihr gesagt hatte, sie solle ganz, ganz still sitzen.

»Warum bittest du mich um etwas Unmögliches?«, hatte sie gefragt. »Ganze fünf Minuten still sitzen! Da werde ich ja zu Stein! *Du* könntest das bestimmt nicht, da würde ich einen Satz Krallen wetten!«

»Deshalb stehe ich ja hier«, hatte sein neunzehnjähriges Ich hinter der Kamera geantwortet. *Zu* schade, dachte er jetzt, dass sie nicht gelächelt hatte. Aber es war schwer, ein Lächeln ganze fünf Minuten aufrechtzuerhalten, während sich das Bild in den Film brannte. Fast genauso schwer war es, ein Lächeln über ein Jahrzehnt lang im Gedächtnis zu behalten, aber irgendwie hatte Tremelo es geschafft.

Seine Finger wurden kalt. Er steckte das Foto in die Tasche zurück. Ein paar Meter vor ihm stand Fenchel starr wie eine Statue. Sie machte einen Buckel – das Fell auf ihrem Rücken war gesträubt – und witterte. Tremelo umklammerte seinen Wanderstock fester und stapfte auf sie zu, über einen breiten Felsen hinweg, auf den das Licht des Vollmonds fiel. Als er bei Fenchel war, spürte er es auch – irgendetwas war hier passiert. Im Schnee vor ihnen waren Anzeichen eines Kampfes zu erkennen: verstreute Fußspuren und der Abdruck eines großen Tieres, das anscheinend auf dem Rücken und der Seite geschleift worden war. Tremelos Herz begann zu klopfen. Fenchel umkreiste den Schauplatz und ihre Ohren zuckten in alle Richtungen.

An den Bäumen in der Nähe waren Kratzspuren zu sehen: so tief, dass sie die Rinde durchdrangen und das nackte Holz des

Stammes darunter freilegten, und so breit wie die Hände eines erwachsenen Mannes, sogar noch breiter.

»Taleth«, flüsterte Tremelo. Er betrachtete erneut die schneebedeckte Erde und erkannte die riesigen Tatzenabdrücke.

Fenchel winselte. Tremelo blickte zum nicht mehr weit entfernten Hang hinüber, wo die südlichen Gebirge begannen. Nur einmal. Dann lief er zur Schule zurück.

20

Auf der anderen Seite der Spinnwebbrücke wurde das Gelände bald felsiger. Gwens Schuhe rutschten auf den Steinen und sie musste über spitze Formationen kriechen, die aus der Erde ragten. Ohne ihren Rucksack fehlte ihr etwas Weiches, auf das sie nachts den Kopf betten konnte, ebenso wie ihre trockenen Socken und die Essenspakete. Zwar hatte sie noch ein paar einzelne Streichhölzer in der Manteltasche, aber die würden nicht mal eine Woche reichen und sie hatte nie gelernt, wie man ein Lagerfeuer nur mit Steinen und Zunder entfachte. Sie war hungrig und durchgefroren und zutiefst niedergeschlagen wegen des Vogels, der mit dem Glas der Seher weggeflogen war.

Nachdem sie noch zwei volle Tage geklettert war, beschloss sie am Abend des dritten Tages, an einer Steinwand Schutz für die Nacht zu suchen. Obwohl sie sich hoch oben im Gebirge befand, hatte sich das Gelände hier zu einer felsigen Ebene mit vereinzelten wilden Disteln abgeflacht. Die Sonne ging langsam unter und die Felsen nahmen zuerst eine rosarote, dann eine violette Farbe an. Die Gegend war kahl und leer und Gwen fühlte sich einsamer als jemals zuvor in ihrem Leben. Wie schön wäre es gewesen, wenn sie mit ihren neuen Freunden in Fairmount geblieben wäre. Wie sehr wünschte sie sich, dass der Älteste noch lebte. Wie gern hätte sie jetzt das schwere Glas der Seher in den Händen gespürt.

Aber das Wünschen würde ihr nichts zurückbringen. Tremelo hatte ihr einen Auftrag gegeben: das Glas sicher aufzubewahren. Und sie hatte versagt. Die Prophezeiungen im Buch des Verrückten konnten nur mithilfe des Glases gelesen werden. Was, wenn sie nun für immer unentziffert blieben?

Hätte sie sich den Vogel, der herabgestoßen war und sich den Rucksack geschnappt hatte, doch nur genauer ansehen können, dachte sie. Es konnte ein Geier wie der von Sucrette gewesen sein – oder schlimmer noch, einer von Vivianas schrecklichen Clamoribus-Vögeln, die nur aus einem Uhrwerk und einer Drohung bestanden. Aber Gwen war nicht so dumm, ihm zu folgen und Gefahr zu laufen, dass sie seinem Seelenfreund in die Arme lief. Ihr blieb nichts anderes übrig, als ihren Weg zum höchsten Gipfel fortzusetzen, so wie der Älteste sie angewiesen hatte, und das Instrument des Wandels zu finden.

Immerhin kamen ihr die wilden Disteln vertraut vor. Sie glichen den weggeworfenen Wurzeln, die sie als Kind von den Gehwegen auf dem Markt gesammelt hatte, und sie wusste noch, wie man daraus einen sättigenden, wenn auch nicht besonders leckeren Brei kochte. Sie benutzte eines ihrer kostbaren Streichhölzer, um ein Feuer zu entzünden, und bereitete sich ein bescheidenes Abendessen aus Distelwurzelbrei in der kleinen Metallschale, die sie an ihren Gürtel gebunden hatte.

Der Brei war immerhin warm – wenn sie auch gern eine Prise Zucker oder etwas anderes Süßes gehabt hätte, um den faden Geschmack der Distelwurzel aufzupeppen.

Nachdem die Sonne hinter den Bergen untergegangen war, wurde es rasch bitterkalt – eine harsche Mahnung, dass der Winter noch nicht vorüber war, auch wenn Gwen am Rand der Ebene bereits ein paar früh blühende Beeren entdeckt hatte. Als sie zu den Büschen hinüberging, kam die kleinste der Eulen halb hüpfend und halb fliegend mit und schrie.

Gwen entdeckte sogar einige kleine rote Beeren an einem Zweig und roch daran. Sie hoffte, dass sie süß schmeckten. Vorsichtig pflückte sie eine Frucht und zerdrückte sie, sodass die rote Haut aufplatzte. Orange-rosafarbenes Fruchtfleisch quoll heraus und rann an ihren Fingern entlang. Die kleine Eule kreischte und erschreckte Gwen.

»Was ist denn los?«, fragte sie. Nervös ließ sie den Blick über die Sträucher schweifen. Seit zwei Tagen hatte sie das Gefühl, dass ihr jemand folgte, aber nichts rührte sich um ihr Lager herum.

Sie führte die Hand zum Mund, um den Saft der Beere zu probieren. Die Eule sprang abrupt vom Boden auf und schlug ihr mit den Flügeln ins Gesicht.

»Was machst du denn?«, rief Gwen.

Dann geschah etwas Außergewöhnliches. Gwens Blick vernebelte sich und sie sah statt ihrer Umgebung auf einmal sich selbst vor sich – aber nicht so wie jetzt, auf einer Bergebene mit einer geplatzten Beere an den Fingerspitzen, sondern reglos auf dem Boden liegend mit Spuren eines roten Safts auf der Unterlippe. Sie begriff, dass sie sich selbst aus der Perspektive der Eule sah, die um ihr Gesicht herumhüpfte und versuchte, sie wiederzubeleben. Die Eule wusste – und jetzt wusste Gwen es auch –, dass die Beeren giftig waren.

Gwen stockte der Atem, als das Bild wieder verschwand. Die kleine Eule, die zwischen ihr und dem Beerenstrauch auf der Erde saß, gab heulende Laute von sich.

»Wie hast du das gemacht?«, flüsterte Gwen. Ihre Hände zitterten. Sie hatte noch nie eine so starke Verbindung zu ihren Seelenfreunden gehabt, dass sie durch ihre Augen sehen konnte. Und was noch merkwürdiger war, sie hatte etwas gesehen, das noch gar nicht passiert war. Erschrocken und ehrfürchtig warf sie die zerdrückte Beere zu Boden und wischte sich die Hand sorgfältig am Hosenbein ab. Dann wickelte sie sich in ihren Mantel ein und wartete schlaflos auf den Morgen.

21

Die Jungen stapften durch den Wald und machten dabei einen großen Bogen um die Schule. Die Rigimotive aus Fairmount zu nehmen, war viel zu gefährlich, hatte Hal gemeint – man würde sofort erkennen, dass sie Schüler waren. Außerdem hätte Hals Taschengeld dafür nicht gereicht. Ihr Plan war also, im Dorf Stillfall einzusteigen, das auf halbem Weg zwischen Fairmount und der Grauen Stadt lag. Den größten Teil der Nacht wurden sie von einer Fledermauskolonie begleitet, deren Flügelschlagen ein stetiges Dröhnen verursachte. Ab und zu kamen Einzelne von ihnen herunter und landeten auf Hals Schultern und Kopf.

Am Morgen wanderten sie einen felsigen Hang zum Dorf hinunter und brachten dabei vorsichtig die Haarnadelkurven hinter sich, die zum tiefen Flusstal hinunterführten. Unten angekommen, stiegen sie in eine überfüllte Rigimotive, die am Nachmittag in Richtung Stadt abfuhr.

An Bord versuchte Ben, ein Stündchen zu schlafen, merkte aber, dass Hal, der hellwach aus dem Fenster blickte, aufgewühlt war.

»Was machen wir denn, wenn wir Taleth gefunden haben?«, flüsterte Hal, als Ben ihn fragte, was los war. »Wir sind nur zwei Jungs. Die Leute, die sie geschnappt haben … die sind vielleicht wie Sucrette.«

»Wir müssen es halt schlau anstellen«, antwortete Ben. »Wir versuchen, sie wegzuschmuggeln – und wenn das nicht klappt, müssen wir vielleicht kämpfen. Aber vorher werden wir sie befreien …«

»Wir wissen ja nicht mal, wer sie überhaupt entführt hat«, entgegnete Hal. »Oder wohin. Meinst du, wir finden sie einfach an einen Baum gebunden vor? Ich glaube kaum, dass das so einfach sein wird.«

»Wir machen uns darum Gedanken, wenn wir sie gefunden haben«, schlug Ben vor.

Hal runzelte die Stirn und sah weiter durchs Fenster auf den vorbeirauschenden Fluvian.

Ben überlegte, ob er noch etwas sagen sollte, dann rieb er sich die Augen und gähnte. Er brauchte dringend Schlaf.

Als sie einige Stunden später an einem belebten Bahnsteig in den Bolzen nahe den Hafenanlagen ausstiegen, war Ben erschöpft und mehr als nur ein wenig besorgt. Seit Fairmount hatte er keine Verbindung mehr zu Taleth gehabt.

»Das hier ist perfekt«, meinte Hal, als sie den baufälligen Rigi-Bahnsteig verließen. Er zeigte auf die Docks. Ein paar Schiffe und Boote schaukelten unbemannt im tiefen Fluss.

»Wenn Taleth nach Osten durch die Roten Hügel verschleppt wird, bringt uns die Rigi zu weit nach Norden«, erklärte Hal. »Wir müssten dann von dort nach Süden zurückgehen. Aber diese Lastkähne fahren am südlichen Ende der Hügel vorbei. Da wären wir gleich viel näher dran. Wir müssen bloß rausfinden, welcher davon in die richtige Richtung fährt.«

Ben ließ den Blick über den Hafen schweifen. Mehrere Anlegestellen ragten in den Fluss hinein, verbunden durch einen Holzsteg, der mit Tauen, Kisten und ausrangierten Bojen bedeckt war. Neben einer leeren Anlegestelle braute sich ein Aufruhr zusammen – Ben hörte Hundegebell und Gebrüll von Männern, die im Kreis zusammenstanden.

Hal zog die dunklen Augenbrauen zusammen. »Ich gehe das Büro des Hafenmeisters suchen und schaue, ob ich was Nützliches herausfinde – kannst du dir die festgemachten Schiffe ansehen? Schreib dir am besten ihre Namen auf.«

»Klar«, antwortete Ben, obwohl er vom Tumult auf dem Pier abgelenkt war.

»Und verhalte dich unauffällig«, befahl Hal.

»Natürlich«, gab Ben zurück.

Während Hal sich zu einem Haus mit Schindeldach und zum Hafen gerichteten Fenstern aufmachte, kletterte Ben über das Durcheinander aus Tauen und vom Meer verwaschenen Planken der Docks. Als er sich der zusammengedrängten Gruppe von Männern näherte, hörte er ein Knurren und Zähnefletschen, und bei dem, was er dann sah, drehte sich ihm der Magen um.

Zwei Hunde umkreisten einander in der Mitte der Menge. Ein alter Seemann mit lauter grauen Stoppeln im Gesicht saß am Rand und hielt sich die Finger an die Schläfen.

»So ist es gut, schnapp ihn dir!«, brüllte ein Mann.

»Na los, Macon! Ich hab zwei Schneckenrücken auf den Schwarzen gesetzt«, grölte ein weiterer Mann und klopfte dem stoppeligen Seemann auf den Rücken. Die Hunde kämpften und gingen heulend mit ihren scharfen Zähnen und Krallen aufeinander los. Überall war Blut – verklebt in ihrem Fell und auf dem Boden verspritzt. Ben konnte erkennen, dass sich der stoppelbärtige Mann, Macon, bei jeder neuen Aggressionswelle der Hunde stärker konzentrierte.

»Er *bringt* sie zum Kämpfen!«, sagte er in sich hinein und hätte gern Hal bei sich gehabt, damit er es auch sehen konnte. Das war das Werk der Dominae. Die Schüler in Lyles Wissenschaftsclub hatten nur herumexperimentiert, aber diese Männer hier auf dem Pier benutzten die Dominanz zum Spaß, was es noch abstoßender machte.

Einer der beiden Hunde, ein magerer hellbrauner Mischling mit kurzem, glattem Fell, jaulte kläglich auf, als ihm der andere Hund kräftig ins Ohr biss. Die Männer schrien. Manche jubelten, während andere, die offensichtlich auch Anima Hund waren, aufstöhnten.

»Ihr Dummköpfe!«, brüllte der Mann diejenigen an, die aussahen, als wäre ihnen übel. »Wenn ihr den Schmerz spürt, macht ihr es nicht richtig! Das spielt sich alles nur im Kopf ab. Seht her –«

Ben hatte das Gefühl, sich hinsetzen zu müssen – oder jemanden anschreien zu müssen. Wut stieg in ihm auf.

Der braune Hund mit dem kurzen Fell griff an und grub die Zähne in das glänzend schwarze Fell des anderen Hundes. Beide jaulten und kläfften vor Schmerz. Ben konnte es nicht länger ertragen. Mit geballten Fäusten drängte er sich in die Menge.

»AUFHÖREN!«, schrie er. Alle Männer drehten sich zu ihm

um. »Sie tun ihnen weh«, sagte er und sah dabei den Mann an, den sie Macon nannten. Er hoffte, dass seine Stimme ruhig klang.

Die Männer murrten. »Wessen Junge ist das?«, brüllte einer. »Schafft ihn hier weg!«

Macon erhob sich und die beiden Hunde schlichen winselnd davon. Als die Männer sie gehen sahen, wurden sie noch aufgebrachter.

»Ich hab fünf Schneckenrücken auf den Terrier gesetzt!«, wetterte ein Matrose.

»Was soll das? Kommst du mit einem kleinen Spiel nicht klar?«, fragte Macon und ging auf Ben zu, bis er drohend vor ihm aufragte. Er war sehr groß und breitschultrig, und die Falten in seinem wettergegerbten Gesicht und das graue Haar verrieten, dass er ziemlich alt sein musste. Trotzdem könnte er mich umhauen, dachte Ben.

»Das ist kein Spiel«, sagte Ben.

»Ach, nein?«, fragte der Seemann. »Wir haben uns gut amüsiert, bevor du hier reingeplatzt bist.«

»Vielleicht will der Junge ihren Platz im Ring einnehmen, hä?«, brüllte jemand, worauf die Seeleute schallend lachten.

»Zwei Schneckenrücken, dass er in der ersten Runde k. o. geht!«, ergänzte ein anderer.

»Ja, auf den würde ich auch nichts setzen«, sagte Macon finster. »So ein Knirps, meint wohl, er kann sich mit echten Männern anlegen. Geh nach Hause zu deiner Mami, Junge, oder zu welchem Kuschelplätzchen du auch immer gehörst.« Der Seemann drehte sich um. »So, wer will meine Hunde jetzt in einem *echten* Kampf sehen? Hab da drüben in der Kiste noch zwei, die bereit sind für eine Tracht Prügel!«

»Diese Tiere verstehen nicht, warum Sie ihnen wehtun!«, rief Ben.

Macon wandte sich wieder zu Ben um und sah ihn an wie eine Kakerlake, die gerade über seinen Esstisch gekrabbelt war. Dann holte er mit der rechten Faust weit aus und schlug Ben genau unter das Kinn. Ben fiel nach hinten und landete mit dem Rücken auf den Holzplanken des Piers. Er hörte die übrigen Männer lachen und Wetten abschließen – für sie war es wirklich nur ein Spiel.

»Jüngelchen – du glaubst doch nicht, du kannst hier einfach auf meinen Pier spazieren und mir vorschreiben, was ich zu tun oder zu lassen habe?«, knurrte Macon. »Verschwinde, wenn du nicht noch mehr Prügel beziehen willst!«

Ben sank stöhnend auf den Pier zurück. Die Männer gingen an ihm vorbei und spuckten höhnisch in seine Richtung, als sie sich auf ihre Posten verteilten.

Plötzlich sah Ben Hals besorgtes Gesicht verkehrt herum über sich aufragen.

»Alles in Ordnung?«, erkundigte sich Hal.

»Sag jetzt nicht ›Das war dumm!‹«, bat Ben.

Hal schüttelte den Kopf. Er bückte sich, griff mit beiden Armen unter Bens Arme und zog ihn auf die Beine.

»Natürlich nicht«, antwortete Hal. »Das weißt du ja schon. Irgendwas gebrochen?«

Ben schüttelte den Kopf.

»Ich glaub nicht … nur geprellt.« Er dankte der Natur, dass Macon und die anderen Männer so rasch beschlossen hatten, ihn in Ruhe zu lassen. Es hätte noch schlimmer kommen können.

Hal lächelte mitleidig und legte ihm eine Hand auf die Schulter.

»Hör mal, du kannst nicht einfach so rumlaufen und Streit anfangen. Wer weiß, ob die Leute, die Taleth entführt haben, nicht nach uns suchen? Wenn wir an Schwänzen ziehen, müssen wir uns nicht wundern, wenn wir gebissen werden.«

»Du klingst langsam wie Tremelo«, beschwerte sich Ben.

»Das verstehe ich jetzt mal als Kompliment«, entgegnete Hal. »Also, während du damit beschäftigt warst, dich zusammenschlagen zu lassen, habe ich zwei Männer belauscht, die sich darüber unterhalten haben, dass ihre nächste Fracht heute Nacht rausgeht – auf dem *Schlauen Hummer*, rauf zum Irrgarten. Und zwar auf besondere Anordnung von Viviana Melore!«

»Was für ein Irrgarten?«, fragte Ben. Er lehnte sich an eine Hummerkiste, als ein frischer, blitzartiger Schmerz an seiner Seite entlangschoss.

»Das ist die letzte Stadt vor den Roten Hügeln und der Staubigen Ebene! Wir können mehr über die Pläne der Dominae rausfinden *und* Taleth folgen.«

Ben nickte zustimmend und atmete tief ein, was jedoch einen pochenden Schmerz in seinen Rippen hervorrief. Der Gedanke, Vivianas Unternehmungen so nah zu sein, jagte seinen Puls in die Höhe. Genau das hatte er sich davon erhofft, das Kriegskind zu sein: die Chance, gegen die Dominae etwas bewirken zu können.

»Also reisen wir per Schiff weiter?«, fragte er.

»Nur wir, eine Schiffsladung Dominae-Güter und ein paar mit Sicherheit ziemlich übellaunige Wachen«, antwortete Hal. »Aber immer noch besser als noch ein Tag mit der Rigimotive!«

Ben machte den *Schlauen Hummer* an seinem Ankerplatz ausfindig und Hal wagte sich auf einen nahe gelegenen Markt, um etwas zu essen zu besorgen. Während Ben auf Hals Rückkehr wartete, dachte er darüber nach, was wohl gerade in Fairmount passierte. War Tremelo zurückgekommen? Was würde passieren, wenn die Lehrer und Schüler merkten, dass Ben und Hal nicht mehr da waren? Tori konnte Shonfield und Fink nichts davon erzählen. Und Bens Eltern übrigens auch nicht. Bei diesem Gedanken bekam Ben ein furchtbar schlechtes Gewissen. Die Schule würde die Walkers darüber informieren, dass er verschwunden war, und sie würden krank vor Sorge sein. Allerdings würden sie sich noch mehr Sorgen machen, wenn sie wüssten, wohin Ben unterwegs war. Er überlegte, ob Tremelo – wenn er zurückkehrte und falls er überhaupt zurückkehrte – Hals Onkel Roger verraten würde, wo er und Hal steckten. Roger verkaufte Myrgholz und kannte vielleicht sogar ein paar Leute in den Roten Hügeln, die ihnen weiterhelfen konnten. Aber Ben war sich nicht sicher, ob sie Roger überhaupt trauen konnten. Außerdem machte er sich Sorgen um Tori. Was, wenn Graves etwas Böses gegen sie plante und Tremelo nicht da war, um ihr zu helfen? Und was würde Phia denken, wenn sie von ihrer Reise zu ihrer Familie zurückkehrte und feststellte, dass er ohne sie zu einem Abenteuer aufgebrochen war?

Hal kam mit einer Tüte getrockneter Apfel- und Birnenscheiben vom Markt zurück. Die Sonne war fast untergegangen und der Fluss schien im letzten Abendlicht orange und rot zu glühen.

»Es gab auf dem Markt nichts Nahrhafteres«, sagte Hal und setzte sich zu Ben hinter einen Stapel Schiffskisten. »Also muss uns das hier bis zum Irrgarten reichen.«

Ben biss in eine der dünnen getrockneten Apfelscheiben – ein Imbiss, den seine Mutter immer eingepackt hatte, wenn er und sein Vater Getreide für eine entfernte Auslieferung auf den Wagen gepackt hatten. *Teilt sie euch ein*, hatte sie immer gesagt. *Der Weg ist weit*. Er kaute endlos an dem Bissen herum.

»Wir müssen unseren Familien eine Nachricht schicken«, sagte er dann. »Sonst suchen sie nach uns.«

»Hoffentlich ist Roger nicht allzu wütend«, meinte Hal. »Meine Eltern lassen mir eigentlich immer ziemlich viel Freiheit, aber das hier? Roger wird es ihnen wahrscheinlich erzählen. Wenn er wüsste, was wir in den letzten paar Monaten wirklich gemacht haben, würde er durchdrehen!«

»Können wir mit einer Fledermaus eine Nachricht nach Hause schicken?«, fragte Ben.

Hal schürzte nachdenklich die Lippen.

»Vielleicht«, sagte er. »Aber was sollen wir schreiben? ›Haben beschlossen, in die Roten Hügel abzuhauen. Versprechen euch, uns nicht von Händlern schnappen zu lassen. Liebe Grüße!‹«

»Keine Ahnung«, räumte Ben ein. »Tremelo wüsste, was zu tun ist. Aber wir wissen nicht mal, wo er überhaupt ist!«

»Und wenn Tori recht hat und er einfach nur allein unterwegs ist? Vielleicht ist er schon zurück«, sagte Hal. »Eigentlich ist er unsere beste Chance.«

Sie beschafften sich ein Stück Papier – einen alten Frachtschiffs-Fahrplan – und einen Stift aus dem Büro des Hafenmeisters und verfassten eine kurze Nachricht.

Uns geht es gut – bitte sagen Sie unseren Eltern und Roger Bescheid. B & H

Hal gelang es, eine struppige braune Fledermaus aus dem Dachvorsprung des Hafenbüros herunterzulocken. Er hielt sie mit zusammengekniffenen Augen vorsichtig in einer Hand und band den Zettel an ihren zierlichen Fuß. Ben sah ehrfürchtig zu – die kleine Fledermaus wartete so geduldig und unerschrocken in Hals Hand. Ganz anders verlief seine Kommunikation mit Taleth: überwältigende Gefühle, aber wenig Verständigung. Er und der Tiger würden viel Übung brauchen, um sich wirklich auszutauschen, falls es ihm gelang, ihn zu finden. Der Gedanke, wie leer er sich fühlen würde, wenn er Taleth nie wiedersah, war kaum zu ertragen.

»Das war beeindruckend«, sagte Ben, als die Fledermaus in einem Schwarm von etwa dreißig Artgenossen von der Anlegestelle abflog. Sie flatterten über den Fluss und nach Süden in Richtung Fairmount. »Weißt du noch, am Anfang des Schuljahres, als Taylor mich zum Uhrenturm bestellt hat? Da war deine Verbindung längst nicht so stark.«

»Vielleicht hast du auf mich abgefärbt«, antwortete Hal. »Phia und Carin, Tori und ihre Schlangen. Jetzt hast du auch noch eine Anima … Da muss ich mich ranhalten!«

Sie nahmen den *Schlauen Hummer* ins Visier. Sie würden die Nacht zwischen der Fracht auf dem bedeckten Kahn verbringen, der flussaufwärts Richtung Irrgarten fuhr – falls es ihnen gelang, an Bord zu kommen, ohne gesehen zu werden. Mehrere Männer standen an der Anlegestelle Wache. Zwischen ihnen erstreckte sich eine freie Fläche, die etwa so lang wie ein Klassenzimmer war.

»Vielleicht können wir ein Stück weiter oben an der Anlegestelle eintauchen und zur anderen Seite des Schiffs schwimmen, wo sie uns nicht sehen«, schlug Ben vor. »Und dann auf der anderen Seite an Bord gehen.«

»Eintauchen? In diese Brühe?« Hal deutete auf den Fluss, der eine hellgrüne Farbe hatte und von einer Müll- und Ölschicht bedeckt war. »Ich bleibe lieber hier oben. Was wir brauchen, ist eine Ablenkung.« Er kramte in seiner Westentasche und zog zwei kleine steinartige Gegenstände in Schneckengröße heraus. Blendkugeln.

»Wie hast du die denn zurückbekommen?«, fragte Ben verwundert.

»Taylor ist nicht der Einzige in unserer Familie, der hinterhältig ist«, antwortete Hal. »Ich hab sie mal aus seiner Jackentasche geklaut, als er gerade beim Mittagessen war. Aber ich kann nicht so gut werfen wie du.« Er gab Ben die Kugeln. Zusammen spähten sie über den Rand der Kiste und suchten nach dem besten Ziel.

»Dahin«, sagte Hal und zeigte auf das Kahnende mit dem Steuerhaus. Drei der fünf Wachen standen dort zusammen. »Wenn wir sie alle nach vorn locken können, schaffen wir es vielleicht auf die Laufbrücke, bevor –«

Ben ließ Hal nicht ausreden; er stand auf und schleuderte die erste Blendkugel zur Vorderseite des Schiffes. Ein gleißendes Licht stieg vor dem Steuerhaus auf, sodass sich Ben den Handrücken vor die Augen halten musste. Hal packte Ben am Ellbogen und riss ihn zu sich herunter. Gerade noch rechtzeitig, denn kurz darauf hörten sie, wie die Wachen an ihnen vorbei den Kai entlangliefen, um nachzusehen.

»Was hast du gerade gesagt?«, raunte Ben.

»Dass wir den Anlegesteg bis zu der Stelle entlangrennen müssen, wo das Schiff beladen wird, aber dass *alle* Wachen abgelenkt sein müssen!« Hal lugte über die Kiste und deutete auf den einzelnen Mann, der auf seinem Posten geblieben war und den Hals reckte, um zu sehen, was los war, anstatt die anderen zu begleiten.

»Ameisen«, murmelte Ben. Er hielt die letzte Blendkugel in der Hand. An der Vorderseite des Schiffes redeten die anderen Männer laut mit einem Matrosen, der an Bord gewesen war, als die Blendkugel explodierte.

»Keine Ahnung, was das war – ich konnte nichts erkennen!«, rief der Matrose.

Ben bereitete sich auf den nächsten Wurf vor.

»Sobald ich die Kugel geworfen habe, läufst du, so schnell du kannst, zum Laderaum«, wies er Hal an. »Wir müssen auf der Laufbrücke sein, bevor sich auch nur eine der anderen Wachen von der Vorderseite des Schiffes entfernen kann, in Ordnung?«

Hal schätzte die Entfernung zwischen ihnen und der Laufbrücke ab.

»Gut«, antwortete er. Die beiden Jungen krochen hinter den Kisten auf das andere Kahnende zu, wussten aber, je länger Ben mit dem Werfen der letzten Kugel wartete, desto mehr Zeit hatten die übrigen Wachen, um an ihre Posten zurückzukehren. Als sie sich der letzten Kiste näherten, stand Ben auf und warf die Blendkugel. Es war genau so, als würde er beim Scavage einen Farbklecks auf einen Gegner schleudern – die Kugel schwirrte durch die Luft und traf den letzten Wächter an der Schulter. Inzwischen war die Sonne ganz untergegangen und das aufblitzende Licht war so grell, dass Ben die Augen schmerzten. Er musste blinzeln und sah Sterne, und als er die Augen wieder aufmachte, war Hal bereits losgerannt. Ben raste hinter ihm her zum bedeckten Laderaum. Zusammen schlüpften sie unter die dicke Plane, die über dem hinteren Ende des Kahns ausgebreitet war, und verkrochen sich in die Dunkelheit der Kisten darunter.

Sie legten sich flach hinter eine große Holzkiste und warteten ab, um sicherzugehen, dass sie von niemandem gesehen worden waren. Hal drehte sich auf den Rücken, nahm die Brille ab und rieb sich die Augen.

»Gut, dass ich sowieso schon fast blind bin«, flüsterte er, »sonst hätten das diese Dinger jetzt geschafft.«

Als sich Bens Augen an die Finsternis gewöhnten, löste sich aus dem dunklen Einerlei allmählich der Umriss eines riesigen Vogels. Er bewegte sich nicht und Ben auch nicht. Ganze Minuten schienen zu vergehen und schließlich begriff Ben, dass der riesige Vogel aus Metall war und nicht angreifen würde. Seine seidig glänzenden, schwarz angemalten Flügel waren nach hinten zusammengefaltet, während er ungerührt und mit leerem Blick geradeaus blickte.

»Ohren der Natur, ist das unheimlich«, fand Hal.

»Der gehört Viviana«, sagte Ben. »Das ist einer von diesen Clamoribus-Vögeln, von denen uns Gwen erzählt hat. Er scheint allerdings nicht eingeschaltet zu sein.«

Erst jetzt bemerkte er die Kiste unter dem Metallvogel. Das Frachtstück war so groß wie Hal und schräg über der Kistenwand prangten die Worte A. B. Rech-Nung AG.

»Sieh mal! Genau das stand in der Nachricht!«, sagte Ben und schüttelte Hal an der Schulter.

Hal blickte verwirrt auf die Schrift. »A. B. Rech-Nung? Das ist doch ein Name.«

»Oder eine ganz billige Verschlüsselung«, sagte Ben aufgeregt. »Für Abrechnung!«

Der Kahn bebte unter ihnen und setzte sich knarrend in Bewegung. Das Wasser schlug rhythmisch von außen gegen den Laderaum. Sie waren auf dem Weg zum Irrgarten.

22

Ben wälzte sich zwischen Zeitungspapier und ein paar ziemlich störenden Gerätschaften herum. Obwohl er schon in der Nacht zuvor in der Rigimotive nicht zur Ruhe gekommen war, konnte er einfach nicht schlafen. Hal und er hatten eine Kiste mit offenem Deckel gefunden, die ein gutes Versteck abgab, doch trotz seiner Erschöpfung blieb er hellwach und starrte in das Dunkel. Er dachte an Taleth, die, das wusste er, Angst hatte und irgendwo in den Hügeln war. Und an die geheimnisvolle Kiste, die bei ihnen auf dem Kahn war. Als er den aufgestempelten Namen an der Seite gesehen hatte, hätte er sie am liebsten sofort aufgestemmt. Wie üblich hatte Hal ihn zurückgehalten.

»Wir sind noch die ganze Nacht unterwegs! Was ist, wenn wir jetzt eine Kiste aufmachen und es kommt jemand?«, hatte Hal gefragt. »Ich sag dir was – sie brauchen nicht lange zu suchen, um denjenigen zu finden, der sie geöffnet hat. Warten wir lieber, bis wir näher am Irrgarten sind. Da brechen wir sie auf und sind hoffentlich von diesem Kahn runter, bevor sie uns finden können.«

Mit diesen Worten rollte sich Hal auf die Seite und war kurz darauf fest eingeschlafen, während Ben in der vollen Kiste wach lag und durch ein Loch in den Brettern auf die roten Buchstaben blickte, die nur einen Meter von ihm entfernt die Lösung eines Rätsels ergaben. Die Stunden schienen im Schneckentempo zu vergehen.

Endlich drang Dämmerlicht durch die Segeltuchplane über dem Kahn; draußen ging die Sonne auf. Das Schiff wurde langsamer und Ben kletterte aus der Kiste zum Rand des Laderaums. Er blickte hinaus und sah eine Anlegestelle vor sich. Eine Kleinstadt mit niedrigen Steinhäusern erstreckte sich vom Fluss bis zu einer Hügelkette, die von Felsen und knorrigen Bäumen bedeckt war.

»Hal«, sagte Ben und rüttelte ihn wach. »Wir sind da.«

»Uff«, stöhnte Hal und rührte sich langsam. »Nicht gerade die bequemsten Töpfe, zwischen denen ich je geschlafen habe …« Er rappelte sich auf, hockte sich hin und spähte seitlich aus der Kiste hinaus. »Bist du sicher, dass niemand in der Nähe ist?«

Ben nickte. »Jetzt ist die Gelegenheit«, antwortete er. Sein Herz pochte heftig, als er und Hal sich der Kiste mit der Aufschrift näherten.

»Wir müssen zuerst den Vogel wegstellen«, sagte Hal und deutete auf den Clamoribus.

Sie kletterten auf die Kisten neben der Dominae-Fracht. Bens Hände zitterten, als er den einen Flügel der Metallkrähe packte und Hal den anderen. Der Vogel erwies sich als leichter, als Ben vermutet hatte, und das Metall fühlte sich kühl an. Sie hoben ihn hoch und stellten ihn auf der nächsten Kiste ab.

Als sie gerade den Deckel der Kiste mit der Aufschrift aufstemmen wollten, hörten sie ein Geräusch am anderen Ende des Laderaums. Drei Männer näherten sich und unterhielten sich dabei laut und scherzend miteinander.

»Schnell«, flüsterte Hal und zog Ben zur Kiste zurück, in der sie geschlafen hatten. Sie versuchten, wieder hineinzuschlüpfen, ohne ein Geräusch zu machen. Ben zog den Deckel zu und betete, dass die Männer sie nicht gehört hatten.

»Also die hier sollen direkt in die Fabrikstraße«, sagte ein Matrose mit dünner Stimme. »Der Rest bleibt im Lagerhaus und wird später abgeholt. Alles klar?«

Zwei andere Stimmen bejahten und Ben hörte ein Scharren, Murren und Schritte. Die Fracht wurde ausgeladen. Er ballte die Hände zu Fäusten und hoffte inständig, dass die Kiste, in der er und Hal saßen, an denselben Ort wie die Kiste von A. B. Rech-Nung AG ging. Schwere Schritte näherten sich der Kiste.

»Ameisen, noch eine Rech-Nung-Fracht. Von denen krieg ich eine Gänsehaut«, sagte einer der Arbeiter.

»Warum? Was ist drin?«, fragte der andere.

Ben lauschte angestrengt, während die beiden Männer die Rech-Nung-Kiste auf einen großen, flachen Rollwagen hievten.

»Keine Ahnung«, antwortete der Erste. »Es liegt auch nicht so sehr daran, was drin ist, sondern daran, wo sie hingeht. Hast du noch nicht von der Fabrik gehört?«

»Nur, dass es dort freie Stellen gibt.«

»Nimm bloß keine an«, sagte der erste Mann. »Meine Nachbarin hat sich dort um eine Stelle beworben. Miriam. Anima Spatz. Hatte immer Vögel um sich herumfliegen.«

»Was ist mit ihr?«, erkundigte sich der zweite Arbeiter.

Die beiden Männer setzten die Kiste ächzend auf dem Wagen ab.

»Ich hab sie gesehen, als sie zurückgekommen ist – eigentlich sollte sie nur einen Tag dort arbeiten, war aber drei Tage verschwunden und kam dann nach Hause gelaufen. Konnte uns nicht sagen, was passiert ist. Ihre Worte ergaben überhaupt keinen Sinn, sie hat nur etwas in sich hineingemurmelt ...«

»Verrückt geworden, was?«

Ben hielt die Luft an. Die beiden Männer hatten ebenfalls innegehalten, um zu Atem zu kommen. Die Kiste stand jetzt sicher auf dem Wagen, hoch aufragend und unheilvoll.

»*Ihre Flügel, ihre Krallen.* Das hat sie gemurmelt, immer wieder«, erzählte der Mann. »*Ihre Flügel, ihre Krallen.* Danach flog kein Spatz mehr in ihre Nähe.«

Ben hörte, wie der andere Mann leise pfiff.

»Lebendige Ameisen. Da läuft's einem ja kalt den Rücken runter«, sagte er. »Möchte das Ding gar nicht mehr anfassen.«

Der Erste seufzte.

»Sieh es mal so – wenn wir die Kisten rechtzeitig hier runterbringen, müssen wir nicht mehr in den Hügeln nach Arbeit suchen. Also los geht's.«

Die Arbeiter verstummten und ächzten nur noch ein wenig, als sie den Wagen mit der Rech-Nung-Kiste vom Kahn hinunterschoben.

Ben atmete auf, als sie weg waren.

»Ben«, flüsterte Hal. »Es muss was mit diesen Maschinen zu tun haben. Wozu sind sie bloß gut?«

Ben kam nicht zum Antworten – auf den Planken waren erneut Schritte zu hören. Die Arbeiter kamen zurück.

»Dann kommt die hier ins Lagerhaus?«, fragte eine Stimme ganz in ihrer Nähe.

Auf einmal wurden Ben und Hal durchgerüttelt, als die beiden Arbeiter ihre Kiste auf einen Wagen wuchteten. Sie wurden aus dem Laderaum gerollt, die Laufbrücke hinunter und ins kalte, dunkle Innere eines Lagerhauses am Ufer, wo die Männer die Kiste unsanft fallen ließen. Ben stieß an einen der gusseisernen Kochtöpfe, die mit in der Kiste waren, und spürte förmlich, wie sich ein blauer Fleck an seinem Hinterteil bildete.

Nachdem die Jungen gehört hatten, wie sich die Tür des Lagerhauses scheppernd schloss, warteten sie noch eine ganze Weile ab, um sicherzugehen, dass sie von niemandem gesehen würden, wenn sie herauskamen. Ben hob den Deckel der Kiste nur einen Zentimeter an und blickte sich um. Sie waren allein im Lagerhaus – der riesige Metallvogel war nirgendwo zu sehen. Er war mitsamt der Rech-Nung-Kiste zur Fabrik gebracht worden, wo auch immer sie sich befand.

»Komm.« Er winkte Hal.

Das Lagerhaus entpuppte sich als langer Raum aus Metallwänden. Löcher im rostigen Dach ließen Sonnenstrahlen herein, aber es war still und kalt wie in einer Höhle. Hal und Ben schlichen zur Tür und spähten vorsichtig nach draußen. Vor ihnen lagen die Serpentinenstraßen des Irrgartens. Die Werft war verlassen bis auf einen Schwarm Flussvögel, der krächzend über den Docks kreiste. Eine an den Rändern mit Unkraut bewachsene Straße führte in die Innenstadt. Hinter den roten Dächern des Irrgartens erkannte Ben den von kahlen, entlaubten Bäumen bedeckten Kamm der Hügel.

Die Jungen schlugen den Weg in die Innenstadt ein. Auf ihrem Weg zu den Hügeln hinter der Stadt sahen sie fast niemanden auf den Straßen. Ben hatte ein Gefühl in der Brust, das er seit Fairmount nicht mehr gehabt hatte – Taleth war nicht weit entfernt. Die Straßen, die sie entlanggingen, wirkten unheimlich vertraut, sodass er sicher war, dass Taleth sie ebenfalls gesehen hatte.

»Taleth war hier«, sagte er zu Hal. »Es ist, als würde mir das Band verraten, wo ich hingehen muss.«

Hal lächelte. »So ist es manchmal. Weißt du, wo sie jetzt ist?«

Ben schüttelte den Kopf. Wenn er doch nur wüsste, wie man eine intensivere Verbindung zustande brachte – wenn er genau jetzt mit ihren Augen sehen könnte, wüsste er vielleicht, wo sie hinmüssten. Er würde in jede Richtung gehen, die nötig war, um sie zu retten.

Auf dem Weg, der in die Hügel hinaufführte, drehten sie sich um und sahen, wie sich der Irrgarten wie ein Rostfleck auf der einen Seite des Flusses ausbreitete. Erst als sie den Gipfel des ersten Hügels überwunden hatten und den Abstieg in ein schmales Tal begannen, wurde die Vegetation wieder dichter. Die Bäume waren zwar genauso kahl wie im Irrgarten, aber Ben war erleichtert, dass hier kaum Schnee lag. Sie blieben auf dem Weg, der ins Tal hinunterführte, und als es Nacht wurde und die Temperatur fiel, schliefen sie im Schutz einiger tief hängender Äste.

Am nächsten Tag erwachten sie in einem verhangenen Sonnenaufgang, aßen jeder ein paar Birnenscheiben und zogen weiter. Der Weg wurde zu einem Pfad, der durch das lang gestreckte Tal führte und schließlich wieder anstieg.

Stunden waren vergangen, als Ben endlich einen verzweifelten Ruf von Taleth empfing. Ihre Angst schwappte über ihn und sein Herz schlug schneller. Taleth merkte, dass er in der Nähe war. Sie war in einem Käfig oder einer Zelle eingesperrt. Ben spürte das kalte Metall der Stangen, als sie den Kopf oder die Seite dagegendrückte. Bei dem Geräusch von Schritten auf Stein fing sie an zu knurren.

»An wen denkst du, meine schöne Bestie?«, kam eine tiefe, drohende Stimme. Dann kehrte Ben mit einem Schlag ins Tal zurück.

»Was ist los?«, wollte Hal wissen.

»Ich kann Taleth spüren – sie hat Angst. Es ist fast, als würde sie wissen, dass wir kommen, aber sie will es nicht.« Er wäre gern länger in ihren Gedanken geblieben, um herauszufinden, wer mit ihr sprach, und um sie zu trösten. Wusste sie, dass er sie spürte? Irgendwann würde er Tremelo fragen, ob es sich so anfühlte, auf Lebenszeit miteinander verbunden zu sein … Falls er und Taleth heil nach Fairmount zurückkehrten und sich sein Lehrer zur Rückkehr entschloss.

Hal rückte seine Brille zurecht und biss sich auf die Lippe.

»Wir müssen weiter«, sagte Ben, als er Hals Zögern bemerkte. »Wir können sie nicht einfach sich selbst überlassen.«

Hal nickte. »Ich weiß – ich wüsste nur gern, was wir machen, wenn wir sie finden. Das Ganze könnte eine Falle sein.«

»Es gibt keinen anderen Weg«, entgegnete Ben, ließ Hal stehen und ging stur weiter. Hal folgte ihm unsicher.

Als die Sonne an diesem Abend unterging, hatten die Jungen das Tal durchquert und standen auf einem Kamm. Vor ihnen erstreckte sich die Staubige Ebene, flach und mit vertrockneten Grasbüscheln besprenkelt, die aus der verkrusteten Erde hervorschauten. Bens Herz pochte bei dem Gedanken, dass Taleth ganz nah war. Beim Blick über die mondbeschienene rötliche Ebene konnte er ihre Nähe deutlich spüren.

»Sie ist irgendwo da draußen«, sagte er zu Hal. »Wenn wir weitergehen, können wir am Morgen bei ihr sein.«

»Wir steigen nicht im Dunkeln den Hang hinunter«, entschied Hal. »Es ist sicherer, hier ein Lager aufzuschlagen. Wir können bei Tagesanbruch in die Ebene aufbrechen.«

»Aber wir sind so nah dran«, entgegnete Ben. »Und ich habe die Kralle dabei.«

»Wir sind nicht nah dran – noch lange nicht. Wir sind noch einen halben Tag von der Ebene entfernt, wenn wir dem Weg folgen!«, widersprach Hal. »Und das Wichtigste ist, dass wir uns nicht in Gefahr bringen. Oder möchtest du unbedingt Waffen einsetzen? Was genau schlägst du denn vor? Willst du dich mit einer einzigen Tigerkralle auf eine Mörderbande stürzen?«

Ben warf seinen Rucksack zu Boden.

»Irgendwann müssen wir bereit sein zu kämpfen, Hal«, sagte er. »Wie du gesagt hast, es wird nicht leicht werden.«

»Aber du bist schon die ganze Zeit darauf erpicht zu kämpfen«, entgegnete Hal. »Wir wissen doch gar nicht, was uns erwartet! Im Ernst, wie oft bist du im letzten halben Jahr haarscharf am Tod vorbeigeschrammt?«

Ben ballte die Fäuste.

»Wenn du das so siehst, warum bist du dann überhaupt mitgekommen?«

»Weil du jemanden brauchst, der auf dich aufpasst –«

»Und das bist du?«, spottete Ben.

»Ich meine jemanden, der darauf aufpasst, dass du dich nicht in Schwierigkeiten bringst!«, erklärte Hal. »Du wirst dich noch umbringen, wenn du nicht anfängst, erst gründlich nachzudenken, bevor du etwas tust!«

»*Ich* folge meinen Instinkten«, konterte Ben. »Vielleicht solltest du das auch mal probieren. Wer will schon mit jemandem zusammen sein, der vor allem Angst hat? Also Tori bestimmt nicht. Eigentlich weiß ich es sogar.«

Hal schwieg einen Moment betroffen und Ben sah ihm an, wie sein vernunftbestimmtes Hirn an einer schlagfertigen Antwort arbeitete.

»Mach, was du willst«, sagte Hal schließlich. Dann drehte er sich um und trottete zu einem Baum, um dort ein Lager aufzuschlagen.

Ben folgte ihm nicht. Er hatte es in verschiedener Hinsicht satt. Er hatte es satt, sich Sorgen zu machen und einen Aufpasser zu haben, er hatte es satt, gesagt zu bekommen, was er zu tun hatte – *sei vorsichtig, bleib im Versteck, sei auf der Hut*. Natürlich waren das gute Ratschläge – aber er fragte sich, wie lange er noch damit weitermachen konnte, sich zu verstecken und jeder Aufmerksamkeit aus dem Weg zu gehen, nur um am Ende noch mehr Schwierigkeiten zu haben.

Ben begann den Weg hinunterzugehen. Er behielt die Sterne im Nordosten im Auge und versuchte, sie sich zu merken für den Fall, dass er den Weg verlassen musste, um zu Taleth zu gelangen.

Trotzdem musste er ständig an Hal denken. Ohne seinen Freund hätte er es nie bis hierher geschafft – oder wäre überhaupt noch am Leben. Er blieb stehen, atmete tief durch und ging zum Lager zurück.

Zuerst hielt er das leise Raunen, das er hörte, für den Wind, doch bald merkte er, dass das Geräusch vom Schlagen kleiner ledriger Flügel herrührte. Auf dem Hang wimmelte es von lebhaften Fledermäusen.

Ben erreichte die Hügelkuppe und erkannte von dort undeutlich die flatternden Silhouetten, die um die Wipfel kreisten. Mittendrin hing Hal mit dem Kopf nach unten in einer knorrigen alten Eiche.

Ben wanderte schweigend ein Stück über den Hügel. Hal sah zu, wie er zu seinem Ast hinaufkletterte und unbeholfen das Bein darüberschwang.

»Was willst du?«, fragte Hal.

»Warum hängst du so?«, fragte Ben zurück. »Tut dir davon nicht der Kopf weh?«

»Nein, es hilft mir zu denken«, antwortete Hal knapp. Er wollte Ben nicht ansehen. Ben seufzte. Sie hatten schon genug Sorgen. Es war nicht nötig, dass er Dinge sagte, die er nicht so meinte.

»Tut mir leid, dass ich das über Tori gesagt habe«, entschuldigte er sich. »Das stimmt nicht. Tori macht sich sehr viel aus dir.«

»Das sagst du doch jetzt nur, damit ich mich besser fühle«, entgegnete Hal.

»Doch, wirklich!«, behauptete Ben. »Auf ihre eigene Weise.«

Die beiden Jungen verharrten eine Weile schweigend und blickten zum Mond hinauf.

»Einen Teil davon hast du aber ernst gemeint«, sagte Hal nicht unfreundlich. »Ich folge nicht meinen Instinkten. Ich denke über alle Aspekte nach, berechne alle Möglichkeiten – und dann ist der Moment vorbei. Ich handle nicht. So wie du.«

»Stimmt nicht«, widersprach Ben. »Du warst es, der Lyles Geheimtreffen entdeckt hat – und du stellst dich jedes Mal Taylor entgegen, wenn er sich blöd verhält. Außerdem bist du hier, oder nicht? Du hast deine Sachen gepackt, mich auf ein Schiff gebracht und mich zur Staubigen Ebene geführt …«

Hal lachte. »Na gut.«

In diesem Moment spürte Ben ein Zwicken in der Brust und war sofort in erhöhter Alarmbereitschaft.

»Da ist jemand«, sagte er schnell. Wer immer es war, derjenige war ganz nah, gefährlich nah.

»Pst«, machte Hal und legte den Finger vor die Lippen. »Ich höre was da drüben am Baum.«

Ben bückte sich und blickte in die Richtung, in die Hal zeigte. Ungefähr zwanzig Meter von ihnen entfernt bewegte sich ein Zweig. Hal zog sich lautlos am Ast hoch und kletterte in den Sitz. Ben hielt die Tigerkralle in seinem Gürtel fest.

Plötzlich brach ein Hirsch – ein dunkeläugiges Weibchen – zwischen den Bäumen hervor.

Ben entspannte sich, bis er merkte, dass der Hirschkuh ein Mann in schäbiger dunkler Kleidung folgte. Er trug eine schussbereite Armbrust. Ein Wilderer.

Ein junger Kojote schlich hinter dem Mann her und spitzte die Ohren in Hals und Bens Richtung. Der Mann, von seiner Beute abgelenkt, drehte sich um und suchte mit den Augen den Baum ab, in dem die Jungen versteckt waren. Ben war wie betäubt, als sein Blick den des Wilderers traf. Der Mann schwenkte überrascht die Armbrust herum und nahm ihn ins Visier. Hal umfasste Bens Arm fester.

Plötzlich war die Umgebung von lautem Gebell und Gejaule erfüllt – mindestens fünf hundeartige Tiere sprangen aus den Bäumen und griffen den Jäger an. Er ließ brüllend die Armbrust fallen, als die Bestien nach ihm schnappten. Um das gefallene Wild drängte sich eine Hundemeute. Sie sahen nicht aus wie die Hunde, die Ben aus dem Tiefland oder aus Fairmount kannte. Aber er hatte Bilder von ihnen gesehen und erkannte ihre langen

Schnauzen und das gelbbraune Fell wieder – diese Hunde standen in seinem Geschichtsbuch an der Seite eines Falschen Königs. Schakale.

Aus den Bäumen trat ein Mann – älter, mit breiten, imposanten Schultern. Er trug eine Schildmütze mit schwarzem Schirm und dazu etwas, das wie ein Armeemantel voller blanker Knöpfe aussah; an seiner Seite schwang ein Metallstock. Er beobachtete die Schakale, die weiter gierig über den Jäger und die Hirschkuh herfielen. Dann setzte er eine silberne Pfeife an die Lippen. Ben hörte nichts, aber die Schakale verdrehten den Kopf wie vor Schmerz und ließen von ihrer Beute ab wie gehorsame Haustiere.

»Ben …«, stieß Hal hervor. »Ist das …?«

»Ja«, flüsterte Ben. Er hatte angenommen, dass dieser Mann tot sei, aber offensichtlich hatte er sich geirrt. Dieser Mann hatte Bens leibliche Eltern ebenso wie alle anderen Velyn umbringen lassen. Er hatte König Melore ermordet und Tremelo und Viviana ins Ungewisse geschickt. Das Königreich hatte wegen dieses Mannes fast dreißig Jahre Chaos erduldet.

Der Schakal öffnete seinen Mantel und ließ die Pfeife in eine Innentasche fallen. Zwei Diener folgten ihm und richteten den verwundeten Wilderer auf.

»Schafft ihn fort«, befahl der Schakal. Während die Diener den Wilderer den Hang hinuntertrugen, zurück in die stacheligen Büsche des Tals, blieb der Schakal stehen und schnupperte in die frische Nachtluft. Der Mond schien auf die Knöpfe seiner Uniform und er straffte die Schultern. Zärtlich strich er mit dem Daumen über die Oberseite seines Metallstocks und leckte sich leicht die Lippen. Ben bemerkte eine Narbe, die in einem bedrohlichen Bogen über seine Wange bis zu seinem Kinn verlief.

Der Schakal atmete tief ein, als wollte er die nächtliche Kälte auskosten.

»Ihr könnt jetzt von dem Baum runterkommen, Jungs«, sagte er.

23

In derselben Nacht errichtete Gwen ihr Lagerfeuer auf einem breiten, flachen Felsen. Sie war jetzt näher am höchsten Gipfel, dem Ort, an dem sie nach dem Instrument des Wandels suchen sollte, wie ihr der Älteste aufgetragen hatte. Doch sie war sicher, dass sie von jemandem verfolgt wurde – und dass derjenige dicht hinter ihr war. Sie wusste, dass sie hier wie auf dem Präsentierteller saß und sich nirgendwo verstecken konnte – andererseits konnte sich auch niemand anschleichen. Sie blieb wach und saß im Schneidersitz mit ihrem Bogen in der Hand.

Tatsächlich entdeckte sie kurz nach Sonnenuntergang die Silhouette eines großen Vogels, der tief über den Bäumen flog. Es war so weit. Sie nahm den Bogen fest in die Hand und stand auf, um besser sehen zu können. Das Käuzchen hüpfte hinter Gwen auf seinem Ast und plusterte sich aufgeregt auf. Als der große Vogel herabstieß, wurde Gwen nervös.

Schuhu, schuhu, kam ein Ruf aus den Bäumen und Gwen erkannte den Falken Carin, als er am Rand des flachen Felsens landete.

Gwen antwortete mit dem gleichen Ruf und sah im schwindenden Licht jemanden über die Felsen klettern: jemanden von kleiner, zierlicher Gestalt und mit lockigem, vom Wind zerzaustem Haar.

»Phia!«, rief Gwen, ließ den Bogen fallen und eilte ihrer Freundin entgegen.

Auch Phia rannte zu ihr und die beiden Mädchen schlossen sich in die Arme.

»Du bist schnell!«, stellte Phia keuchend fest. »Ich hab eine Ewigkeit gebraucht, um dich einzuholen!« Phia sah müde und angestrengt und etwas durchgefroren unter ihrem dünnen, gebrauchten Mantel aus. Sie ließ ihren Rucksack fallen, unter dem ein weiterer Rucksack zum Vorschein kam – der von Gwen. Gwen lachte vor Erleichterung, als Phia ihr die Tasche gab: Drinnen, in Sicherheit, lag das Glas der Seher.

»Carin hat gemerkt, wie besorgt ich wegen des Glases war. Sie hat es mir gebracht …«, entschuldigte sich Phia. »Ich wollte, dass sie es dir bringt, aber meine Verständigung mit ihr klappt nicht immer ganz. Und das bedeutete, dass ich dich noch schneller einholen musste!«

»Wie hast du mich gefunden?«, wollte Gwen wissen.

Sie erreichten den Schein des Lagerfeuers. Phia setzte sich und lehnte sich mit einem erschöpften Seufzer an ihren Rucksack. Gwen hielt das Glas der Seher, eingewickelt in das Stück Wolfspelz, fest in den Händen.

»Ich hab Carin hinter dir hergeschickt, als du verschwunden bist«, gestand sie. »Wir haben gesehen, wie du von der Grauen Stadt in Richtung der Velyn-Gipfel unterwegs warst.«

»Aber warum? Was machst du hier?«

Phia wandte den Blick ab und schob die Hände in ihren langen Mantelärmeln ineinander.

»Ich wollte helfen«, antwortete sie. »Du hattest das Glas der Seher, und das bedeutete, dass du in Gefahr sein würdest. Ich habe Fairmount verlassen, sobald ich wusste, wo du steckst. Die anderen hätten das nicht verstanden.«

Gwen musterte Phia, während diese ins Lagerfeuer starrte. Sie fragte sich, ob Phia ihr wohl die ganze Wahrheit erzählte, schob diesen Gedanken aber fürs Erste beiseite. Sie war einfach nur froh, Gesellschaft zu haben.

Die Mädchen verlegten ihr Lager unter den Überhang eines riesigen Felsens, der zu den offenen Berghängen zeigte, zündeten dort ein neues Feuer an und kochten sich eine Getreidemahlzeit mit wilden Heidelbeeren.

Nach dem Abendessen machten es sich Phia und Gwen nebeneinander gemütlich, benutzten ihre Rucksäcke als Kopfkissen und deckten sich mit ihren Mänteln zu.

»Warum bist du hier rausgekommen?«, fragte Phia. »Haben dir die RATTEN gesagt, dass du dich verstecken sollst?«

»Nein, der Älteste hat mich hergeschickt, um etwas zu suchen, das Instrument des Wandels heißt. Er hat mir vor seinem Tod eine Nachricht bei den RATTEN hinterlassen. Ich weiß auch nicht genau, wonach ich eigentlich suche. Aber es muss etwas sein, das dabei hilft, Tremelo zu überzeugen, dass sein rechtmäßiger Platz auf dem Thron ist.« *Ohne dessen Hilfe kann unser Wahrer König nicht die Stärke in seinem Herzen finden, um ein Anfüh-*

rer zu sein. Was immer dieses Instrument war, sie musste es für Tremelo finden.

»Der Älteste – dabei fällt mir ein, ich hab noch was für dich«, sagte Phia. Sie suchte in ihrer Manteltasche und legte dann Melores Mundharmonika in der abgenutzten Lederhülle in Gwens Handteller. »Ich dachte mir, du möchtest sie bestimmt irgendwann zurückhaben.«

Gwen schloss die Finger um den vertrauten Gegenstand.

»Danke«, sagte sie. »Ich hab sie irgendwie vermisst.« Sie lächelte, als sie an die Freude des Ältesten dachte, als er sie ihr das erste Mal gezeigt hatte.

Phia blickte weiter zu den Sternen hinauf, als würde sie sie studieren.

»Ich wünschte, die Schule wäre so«, sagte sie. »Draußen sein, Abenteuer erleben … In Fairmount habe ich manchmal das Gefühl, ich müsste aus meiner Haut schlüpfen.«

»Ja?«, erwiderte Gwen. »Also ich wünschte mir manchmal, alles würde wieder wie früher sein.« Ihre Augen brannten, als sie an den Ältesten dachte. »Jetzt habe ich immer Angst.«

»Uns wird schon nichts passieren«, sagte Phia überzeugt und zog sich den Mantelkragen bis ins Gesicht.

Gwen war froh, ihre Freundin bei sich zu haben, aber das Gefühl, beobachtet zu werden, war immer noch da. Sie holte das Glas der Seher aus dem Rucksack. Nachdem sie angenommen hatte, dass es für immer verloren war, konnte sie dem Drang nicht widerstehen, es in Händen zu halten und seine glatte Oberfläche zu spüren. Als sie den Wolfspelz vom Glas wickelte, spürte sie einen stechenden Splitter der Angst im Herzen – das Glas glühte. Es strahlte einen sanften Schimmer aus, wie plätscherndes Wasser.

»Phia«, wisperte Gwen. »Wie lange sieht es schon so aus?«

Aber Phias Augen waren zu und ihr Mund leicht geöffnet. Sie war eingeschlafen.

Gwen betrachtete noch einen Moment lang das Glas. Das Licht verunsicherte sie, als würde sie vom Glas beobachtet. Schaudernd wickelte sie es wieder ein und verstaute es tief in ihrem Rucksack. Schließlich schlief sie ein und hatte unruhige Träume.

24

»Meine Herren«, sagte der Schakal und grinste beide Jungen an. »Ich glaube, ich habe euch gerade das Leben gerettet.«

Durch die Bäume hindurch erkannte Ben, wie die Diener den Wilderer in ein Automobil aus blankem Metall schoben. Der Mondschein spiegelte sich in der schwarzen Motorhaube. Anscheinend hatte der Schakal auf sie gewartet.

Alles kam Ben wie ein seltsamer, furchtbarer Albtraum vor. Bisher hatte er die Leute vom Schakal nur wie von einem Geist reden hören. Und nun stand er genau vor ihnen, klopfte mit der Metallspitze seines Stocks auf die Wurzeln des knorrigen Baumes und bat sie höflich, von ihrem Ast herunterzukommen, als würde er sie zu einem festlichen Abendessen einladen.

»Uns geht's ganz gut hier oben, danke«, antwortete Ben und bemühte sich, tapfer zu klingen, aber seine Stimme überschlug sich. Er und Hal hockten nebeneinander auf dem Ast, zu hoch, als dass der Schakal sie erreichen konnte, aber nicht hoch genug, um sich sicher zu fühlen.

»Aber wenn ihr nicht runterkommt, kann es gut sein, dass du deinen teuren weißen Tiger nie mehr wiedersehen wirst.«

Ben gefror das Blut in den Adern. Seine Muskeln spannten sich an und er hätte am liebsten gebrüllt, wäre vom Ast gesprungen und hätte angegriffen. Aber Hal schüttelte schnell den Kopf und ermahnte Ben wortlos, diese gefährlichen Instinkte zu ignorieren und ruhig zu bleiben.

»Woher wissen wir, dass Sie die Wahrheit sagen?«, fragte Hal. »Taleth könnte überall sein.«

Der Schakal blickte von Hal zu Ben und zog eine Augenbraue hoch.

»*Er* weiß, dass ich die Wahrheit sage«, sagte er. »Was sagt dir dein Seelenfreund, Junge?«

Ben schwieg. Er erinnerte sich an den Moment früher am Morgen, als Taleths Bewusstsein kurz in ihm aufgeblitzt war. Er brauchte die drohende Stimme – *meine schöne Bestie* – nicht noch einmal zu hören, um zu wissen, dass der Mann, der jetzt vor ihm stand, Taleth entführt hatte.

»Sie ist immer aufgeregter geworden, je näher du gekommen bist«, sagte der Schakal. »Seit wir sie gefangen haben, haben meine Leute die Docks und jeden Weg aus dem Irrgarten beobachtet. Ich wusste, dass es nur ein paar Tage dauern würde, bis ihr Seelenfreund in meinem Tal erscheint. Und hier bist du nun.«

Die beiden Leibwächter kehrten zurück. Die stämmigen Männer trugen dunkle Uniformen und Stiefel wie Soldaten. Der eine hatte einen Bogen und einen Köcher mit Metallpfeilen auf den Rücken geschnallt; der andere eine lange, imposante Donnerbüchse. Sie stellten sich zum Schakal unten an den knorrigen Baum.

»Jetzt kommt runter, Jungs«, forderte sie der Schakal noch mal auf. »Wir wollen uns nett unterhalten.«

Hal und Ben blickten sich an. Ben stellte sich vor, wie es wäre, mit seiner Kralle auszuholen und sie dem Mann kurz und heftig über das ohnehin schon vernarbte Gesicht zu ziehen – aber Hal hatte recht. Er war zu erpicht darauf, sich in einen Kampf zu stürzen, und diesmal war das Risiko zu groß. Seine Hände zitterten vor Angst und auf dem Weg nach unten rutschte er beinahe vom Ast. Er versuchte, das belustigte, spöttische Grinsen des Schakals nicht aus den Augen zu lassen.

Unten vor dem Baum durchsuchten die Leibwächter Bens und Hals Rucksäcke und nahmen sowohl Hals Messer als auch Bens Tigerkralle an sich. Dann führten sie die Jungen durch das Unterholz zum blitzenden Auto, dessen Motor wie ein wartender Wolf aufjaulte. Der Schakal hatte es sich im Exil gut gehen lassen. Die Leibwächter schoben Hal und Ben auf den Rücksitz. Der Schakal nahm ihnen gegenüber Platz.

»Meine Leute haben die Wälder von Fairmount schon seit Dezember durchkämmt«, sagte der Schakal. »Ich wusste, dass die Velyn noch dort herumschleichen, aber sie konnten mich nicht davon abhalten, den Tiger zu finden – die letzte weiße Bestie, genau wie es in der Prophezeiung heißt.« Er sah Ben in die Augen. »Aber ohne dich nützt sie mir gar nichts.«

»Was wollen Sie von mir?«, fragte Ben. Der Wagen war jetzt in Bewegung und die riesigen, dunklen Silhouetten der beiden Wächter und des gefesselten Wilderers ragten auf dem Vordersitz auf.

»Die Leute glauben an das Symbol des Tigers, selbst nach all den Jahren«, begann der Schakal. »Meine Zeit im Exil hat mir meinen Fehler aufgezeigt: Prophezeiungen erfüllen sich auf die eine oder andere Weise, stimmt's? Anstatt die Prophezeiung zu bekämpfen, hätte ich sie für mich arbeiten lassen sollen.«

»Aber Sie sind nicht der Wahre König!«, fauchte Ben.

»Warum sollte ich das nicht sein? Ich habe das Kriegskind und seinen kostbaren weißen Tiger! Du solltest mir dankbar sein – Viviana will dich tot sehen, aber das werde ich nicht zulassen, weil ich schlauer bin.« Der Schakal grinste. »Ihre scheppernden Raben sind viel zu leicht abzuhören. Stell dir nur meine Überraschung vor, als ich dem Innern eines Exemplars diese liebreizende Stimme entlockte: *Joan? Was ist mit dem Kriegskind passiert? Bestätige, dass das Kind tot ist und wir uns um die Prophezeiung keine Sorgen mehr zu machen brauchen!* Ha! Sie war so darauf versessen, dich umzubringen, dass sie nicht wie ich daran gedacht hat, als Erstes den Tiger zu suchen. Was meinst du, wie sie staunen wird, wenn ich auf ihrer Messe mit doppelter Beute erscheine?« Er lachte und lehnte sich mit auf dem Stock gefalteten Händen nach vorn.

»Erzähl mir, wie hast du Joan Sucrette bezwungen? Die war ziemlich skrupellos, soweit ich hier draußen gehört habe. Hast du ihr die Kehle durchgeschnitten? Sie vergiftet?«

Ben versteifte sich, als er Sucrette erwähnte. Der Schakal schien sich für den Tod zu interessieren, der Ben noch immer verfolgte. Am liebsten hätte er Hal gepackt und sich mit ihm aus dem Wagen und in Sicherheit gestürzt. Aber wo sollten sie hin und wie sollten sie dann jemals Taleth retten? Der Schakal sah ihn noch immer amüsiert an und wartete darauf, dass er etwas sagte.

»Ich hab sie nicht umgebracht«, sagte Ben. »Die Tiere, die sie beherrscht hat, haben das gemacht, als wir sie freigelassen haben.«

»Märchenhaft«, höhnte der Schakal, »aber weniger interessant.«

Kurz darauf hielt der Wagen an und die Leibwächter öffneten dem Schakal die Tür. Ben und Hal stiegen nach ihm aus und fanden sich vor dem Eingang eines Bunkers wieder, der in einem flachen, grasbewachsenen Hang versteckt lag. Um sie herum erstreckten sich weite Ebenen in die Dunkelheit. Ben und Hal wurden in den Bunker und einen langen Flur entlanggeführt, von dem auf beiden Seiten Räume abgingen. In regelmäßigen Abständen hingen schwach gelb leuchtende Gaslampen an der Decke.

Als sie an einer der schweren verschlossenen Türen vorbeikamen, ging Bens Puls schneller und es summte in seiner Brust. Taleth – ihr Bewusstsein überkam ihn. Er spürte den kalten Boden unter ihren Pfoten, als sie auf alle viere sprang, er spürte ihre Schnurrhaare zucken und ihr riesiges Herz schneller hämmern. Sie wusste, dass Ben in der Nähe war.

Sie gingen um eine Kurve und erreichten eine Art Sitzungssaal mit einem Holztisch, Metallstühlen und hohen, mit dicken Stangen versperrten Fenstern. Ein einzelner Schakal saß neben einem kleinen Feuerrost in der Ecke und schlug mit dem buschigen Schwanz auf den Boden, als die Männer eintraten.

»Willkommen in meinem Gefängnis«, sagte sein menschlicher Namensvetter. »Ich bin hier Gefangener und Aufseher zugleich.«

Er zog sich einen Metallstuhl heran, dessen Beine über den kalten Steinboden kratzten. Dann setzte er sich den Jungen zugewandt hin, die nebeneinander auf der anderen Seite des Tisches standen, flankiert von den Wachen. Der Schakal steckte seine Pranke in die Uniformtasche und zog ein Stück rohes rotes Fleisch heraus, das in ein Wachstuch eingewickelt war. Er ließ es in die Richtung des Schakals in der Ecke baumeln und hielt es über seinen Oberschenkel, als der Hund schnuppernd näher kam. Das Tier hob gehorsam die Pfote und legte sie auf das Bein des Schakals – Sinnbild von Ergebenheit und liebevoller Bewunderung. Dann warf der Schakal das Fleisch weg und der Hund sprang zähnefletschend hinterher. Der Schakal hatte keinerlei Seelenfreund, der auf Lebenszeit mit ihm verbunden war; er manipulierte nur seine Seelenfreunde dahin, dass sie bewundernd zu ihm aufsahen. Er bestand aus nichts als Eitelkeit und Anschein.

Hal spähte angestrengt zur Seite, zum Ende des langen Holztisches. Ben erkannte darauf einen von Vivianas Metallvögeln, einen Clamoribus, aber dieser hier war in einzelne Teile zerlegt. Zwar wusste er, dass es kein echtes Tier war, aber der Anblick des abgetrennten Kopfes und der abmontierten Flügel erschütterte ihn trotzdem.

»Ich dachte, ich hätte alle Velyn umgebracht, bis ich hörte, dass die weiße Bestie draußen vor der Schule lauert. Und jetzt bist du hier. Hoffentlich trägst du mir den Tod deines Volkes nicht nach«, sagte der Schakal. »Menschen, die an die Macht wollen, müssen ertragen, dass ein bisschen Blut an ihren Händen klebt.«

»Klingt wie etwas, das ein Mörder sagen würde«, antwortete Ben.

»Ich *bin* ein Mörder!«, brüllte der Schakal und schlug mit der Faust auf den Holztisch. Der pelzige Schakal in der Ecke jaulte erschrocken auf. »Und du solltest lieber gut zuhören. Lass die Vergangenheit ruhen und schließ dich der wahren Macht an. Das

Königreich ist bereit für meine Rückkehr. Begleite mich zu Vivianas Messe und hilf mir, Aldemar zu beweisen, dass ich der Wahre König bin.«

»Ich werde mich Ihnen niemals anschließen«, sagte Ben. Er zitterte am ganzen Leib.

Der Schakal schürzte die Lippen, als kaute er auf seinen nächsten Worten, bevor er sie hervorstieß. Er stand auf und ging um den Tisch herum zu Ben und Hal. Ben bekam eine Gänsehaut und hatte Schwierigkeiten, seine eigene Angst von Taleths zu unterscheiden – wo immer sie war, sie spürte sein Entsetzen.

»Wie schade«, sagte der Schakal. »Deine Weigerung ärgert mich, und wenn ich mich ärgere, verletze ich gern Dinge. Aber du und deine Bestie, ihr seid zu wertvoll, als dass ich euch gleich umbringen kann.«

Der Schakal streckte seine dicke Hand aus und packte Hal unsanft an der Schulter.

»Deshalb muss ich stattdessen den hier umbringen.«

25

»Nein!«, schrie Ben und machte einen Satz nach vorn. Der Wächter zu seiner Linken griff nach seinem Arm und drehte ihn auf seinen Rücken. Ein heftiger Schmerz strahlte von seinem Schultergelenk aus.

Der Schakal schubste Hal zum anderen Wächter hinüber, der ihn zum Tisch zerrte.

»Wird schon alles gut«, rief Hal über seine Schulter hinweg.

»Sie sind ein Feigling!«, brüllte Ben den Schakal an, der ihm kräftig ins Gesicht schlug. Ben schmeckte Blut im Mund.

»Und du bist ein kleines Hündchen«, entgegnete der Schakal, »das einen Hund anbellt, der viel schärfere Zähne hat als du selbst.« Ben wand sich im festen Griff des Wächters.

»Aufhören! Das können Sie nicht tun!« Weder die Wächter noch der Schakal reagierten auf ihn.

»Hal!«, schrie Ben. »Hal!« Er wusste nicht, was er sonst tun sollte.

Hal sah ihn nicht mal an – seine Augen waren hinter seiner Brille fest geschlossen. Ben bekam kaum Luft. Außer zu schreien und um sich zu treten, fiel ihm nichts ein – er wollte nichts, als Hal beschützen. Hal war stets treu und klug gewesen – und Ben hatte ihm nichts als Ärger eingebracht. Wenn Hal hier in diesem schmutzigen Bunker sein Ende fand, würde er sich das niemals verzeihen.

»Was haben Sie vor?«, fragte Ben. »Was wollen Sie denn?«

»Ein einfaches Ja«, antwortete der Schakal. »Wirst du tun, was ich von dir verlange, wenn es so weit ist?«

Hal schlug die Augen auf und schüttelte den Kopf.

»Tu's nicht«, bat er. »Sag bloß nicht Ja!«

Einer der Wächter riss Hal die Brille von der Nase und zerdrückte sie mit einer einzigen Bewegung in der Faust. Dann ließ er sie als kaputtes Durcheinander aus Metall und Glas zu Boden rieseln.

»Pass auf, dass er zusieht«, befahl der Schakal dem Mann, der Ben am Arm festhielt. Der Wächter, ein Mann mit triefenden, kalten Augen und fast ohne Kinn, verdrehte Ben die Arme hinter dem Rücken. Als Ben versuchte, sich zu entwinden, schoss ihm ein heftiger Schmerz in die Schultern.

»Nein – nein!«, schrie Ben.

Der Schakal ging zu Hal hinüber und zog einen kleinen Dolch aus einer Scheide an seiner Hüfte.

»Ich weiß noch, dass ich auch mal so jung und dumm war wie du«, sagte der Schakal zu Ben. »Ich fühlte mich unbesiegbar. Aber wir haben alle unsere Schwächen. Unsere Freundschaften zum Beispiel …«

Der Schakal packte Hal an der Schulter und hielt ihm die Klinge seitlich an den Hals.

»Aufhören!«, rief Ben.

Der Schakal bewegte den Dolch ganz leicht in der Hand. Hal zuckte zusammen und machte die Augen wieder fest zu.

»Lassen Sie ihn los!«, brüllte Ben.

Ben hörte noch ein anderes Geräusch neben seiner eigenen Pein – ein Brüllen, das von einer Steinwand gedämpft wurde.

»Oh, sehr schön«, murmelte der Schakal. »Jetzt sind alle bei uns.«

Das Brüllen hallte Ben in den Ohren wider, laut und pulsierend. Taleth befand sich im Zimmer nebenan, und so sicher, wie er ihre Angst spüren konnte, spürte sie seine.

»Ben«, sagte Hal leise. »Hör nicht auf ihn.«

Das Lächeln des Schakals schwand und er packte Hal noch fester.

»Wie lautet deine Antwort, Junge?«, wollte der Schakal wissen und sah Ben mit kalten Augen an.

Ben schwieg. Sein ganzer Körper strahlte Angst und Panik aus. Hal blickte ihm in die Augen und schüttelte den Kopf. Seine Lippen formten das Wort Nein.

»Keine Antwort? Nichts?«, fragte der Schakal. »Dann lässt du mir keine Wahl.« Er machte Anstalten, die Klinge in Hals Haut zu drücken.

»Aufhören! Ich mache es!«, rief Ben. »Ich tu, was immer Sie von mir verlangen.«

Der Schakal ließ Hal los, lächelte und fuhr mit einem schwieligen Finger an seinem stumpfen Kinn entlang.

»Freut mich, das zu hören.« Er nickte einer der Wachen zu und der Mann packte Hal unter dem Arm und zerrte ihn zur

Tür. Die Blicke der beiden Jungen trafen sich, als Hal aus dem Raum geschafft wurde.

Der Schakal ging erregt auf und ab.

»Ich verfolge diese ›Dominae‹-Bewegung von Viviana schon seit einiger Zeit mit großer Neugier«, sagte er. »Da du so liebenswürdig bist, mir deine Dienste zuzusichern, verrate ich dir ein Geheimnis: Ich hatte noch nie ein Band mit einem Tier. Aber ich habe andere Möglichkeiten, Tiere dazu zu bringen, dass sie mich fürchten und mir gehorchen. Es gibt ein Wort dafür, was ich bin, das ich verachte. Du hast die Anweisung, es nie auszusprechen.«

Ben warf einen Blick auf den winselnden Schakal in der Zimmerecke. Seine Nackenhaare waren gesträubt und er bewachte die Reste des Fleischstücks, das der Schakal ihm gegeben hatte, so wie ein Bettler einen blanken Schneckenrücken bewachen würde, den er auf der Straße gefunden hatte.

»Eine Abwesenheit …«, murmelte Ben in sich hinein.

»Ich muss zugeben, Viviana beeindruckt mich«, fuhr der Schakal fort. »Von meinen Spionen in der Stadt weiß ich, dass sie nicht nur ihre eigenen Seelenfreunde kontrolliert – was für jeden normalen Bürger schon beachtlich wäre –, sondern zusätzlich die Seelenfreunde von anderen! Leider bin ich nicht so talentiert. Ich kann deinen Tiger nicht kontrollieren und deshalb brauche ich dich.«

Allmählich begriff Ben, was der Schakal mit ihm vorhatte, und bei dem Gedanken wurde ihm übel.

»Du und dein Tiger, ihr werdet mich zu Viviana Melores Entwicklungsmesse begleiten und dort werden wir diese ›Dominanz‹ zu unserem Vorteil nutzen. Du wirst Taleth dazu bringen, sich vor mir zu verbeugen, sodass Viviana und das ganze Königreich es sehen. Das Volk wird sehen, dass der weiße Tiger unter meiner Kontrolle steht – und Viviana wird erleben, wie das Kriegskind *mich* als Wahren König benennt.«

Ben wich zurück, als der Schakal die Hand nach ihm ausstreckte. Der Schakal ergriff sein Kinn und zwang Ben, ihn direkt anzusehen.

»Das Kriegskind«, sagte der Schakal leise und blickte ihn forschend an. »Ich kann mir vorstellen, dass du und deine einsame Seelenfreundin ein sehr starkes Band habt. Sie ist immerhin die Letzte. Dafür habe ich gesorgt. Aber dich habe ich vor all den Jahren nicht umgebracht und das ist schon etwas wert, oder nicht? Vielleicht kannst du dich jetzt dafür revanchieren.« Ben biss die Zähne zusammen und schluckte eine bissige Bemerkung hinunter.

Der Schakal richtete sich auf und nahm seinen Metallstock fest in die Hand. Mit einem Grinsen streckte er Ben das Ende ins Gesicht, als wollte er ihn davor warnen, unloyal zu sein. Im Feuerschein erkannte Ben ein in die Metallspitze eingeprägtes Bild: den Kopf eines wild lachenden Hundes. Eines Schakals.

26

Am nächsten Morgen wachte Ben auf dem kalten Steinboden einer Zelle auf. Der Schakal stand direkt hinter den Gitterstangen und lehnte sich auf seinem Stock nach vorn. Durch sein selbstgefälliges Grinsen verzog sich die Narbe über seiner Nase und Wange zu einem faltigen Halbmond.

Ben rappelte sich auf und lehnte sich an die Wand. Er lauschte auf Hal in der Zelle nebenan, aber alles war still.

»Gut geschlafen?«, fragte der Schakal. Er trug wieder seine graue Uniform und hatte sich das dunkelbraune Haar zurückgegelt.

»Hervorragend«, antwortete Ben, obwohl das nicht stimmte, denn er hatte immer nur wenige Minuten am Stück geschlafen. Doch er war darauf bedacht, sachlich, ruhig und verträglich zu klingen.

Das Grinsen wurde zu einem breiten Lächeln.

»Eine Nacht ausgiebig geschlafen und du bist praktisch ein neuer Ben!«

In der Zelle nebenan regte sich Hal. Ben atmete auf.

»Ja, Sir«, antwortete Ben. »Ich bin bereit, mit Ihnen zusammenzuarbeiten.« Die Worte schmeckten wie ätzende Säure in seinem Mund, aber er wusste, er würde sich und Hal nur retten können, wenn er tat, was der Schakal verlangte – fürs Erste zumindest.

»Aber Sie müssen Hal gehen lassen«, sagte er.

Der Schakal straffte die Schultern.

»Damit er losgeht und Hilfe besorgt, um dich zu retten? So dumm bin ich nicht«, blaffte er. »Aber ich bin auch nicht herzlos. Ich lasse ihn am Leben.«

»Danke«, sagte Ben. Der Schakal zwinkerte mit seinen kalten Augen und winkte einem Wächter, den Ben nicht sehen konnte.

»Mr Walker ist jetzt ein Gast und kein Gefangener. Bring ihn nach oben.«

»Was ist mit Hal?«, wollte Ben wissen.

Der Schakal hatte den Zellen bereits seinen dunklen Rücken zugekehrt.

»Er lebt«, sagte er.

Der Wächter – derselbe Koloss mit den Triefaugen, der Ben am Tag zuvor gehalten hatte – führte ihn nach oben zum Sitzungssaal des Schakals. Auf dem Tisch lagen die zurückgelassenen Reste eines herzhaften Frühstücks: verschmiertes Eigelb und ein Streifen von welkem Blattgemüse über ein paar letzten Schinkenbissen. In der Ecke kauten zwei Schakale an übrig gebliebenen Scheiben gebratenen Schweinefetts. Bei dem Geruch drehte sich Ben der Magen um.

Der Schakal setzte sich auf seinen Platz. Er tunkte seine riesigen Finger in das Eigelb, leckte sie ab und schob den benutzten Teller mit einem zufriedenen Summen von sich weg.

Der Wächter gab Ben einen kleinen Schubs in Richtung Tisch.

»Wir beginnen heute damit, uns anzusehen, wie du deine Bindung zu der Bestie dahinten im Flur benutzt«, sagte der Schakal. »Und falls du so etwas Dummes wie eine Flucht versuchen solltest – ich finde euch beide. Ich werde deinem Freund und deiner Seelenfreundin die Kehle durchschneiden – und du selbst kannst dich auf einen viel langsameren Tod freuen.«

Ben versteckte seine zitternden Hände hinter dem Rücken. Wenn er nur wüsste, wie er seine Bande kontrollieren und Taleth irgendwie erklären konnte, wie sie ihm helfen sollte. Vielleicht würde sie dann tun, was er von ihr verlangte ... Aber er wusste nicht, ob er seine Absichten derart kanalisieren konnte – und der Gedanke, sie gegen ihren Willen zu etwas zu zwingen, war zu furchtbar. Der Schakal tat vielleicht etwas Schreckliches, wenn er feststellte, wie wenig Erfahrung Ben hatte. Wenn der Schakal keine Verwendung mehr für ihn und Taleth hätte – was würde dann passieren?

Der Schakal trommelte mit den Fingern auf der Tischplatte und beobachtete Ben neugierig.

»Viviana plant ihre Entwicklungsmesse für den Frühlingsanfang – das heißt, uns bleibt nicht viel Zeit«, erklärte er. »Obwohl ich bezweifle, dass das prophezeite ›Kriegskind‹ viel Zeit braucht. Wozu sind Prophezeiungen sonst gut? Und Viviana« – er machte eine wegwerfende Handbewegung – »ist bloß ein wütendes kleines Mädchen. Sie wird so überrascht sein, uns zu sehen – ganz zu schweigen von den Soldaten, die ich versammelt habe –, dass sie sich auf der Stelle ergeben wird!«

»Soldaten?«, fragte Ben. Außer dem Schakal und einer Handvoll Wachen hatte er niemanden im Bunker gesehen.

»Ich lege den Begriff recht weit aus, das gebe ich zu. Es gibt viele Diebe in der Staubigen Ebene, die eine Waffe tragen werden«, antwortete der Schakal. »Sagen wir einfach, ich habe meine Möglichkeiten.«

»Ziemlich clever, Sir«, sagte Ben und bemühte sich, unaufgeregt zu klingen. Insgeheim überschlugen sich seine Gedanken. Wie sollte er nur Tremelo dabei helfen, sowohl mit den Dominae als auch mit einer Söldnerarmee aus der Staubigen Ebene fertigzuwerden? Falls er überhaupt aus den Fängen des Schakals entkommen konnte, würde es noch schwieriger werden, Vivianas Abrechnung zu verhindern.

»Allerdings«, antwortete der Schakal. Er beugte sich vor und verwob die Finger über dem Knauf seines Stocks. »Aber es reicht mir nicht, dass sie sich einfach nur ergibt. Du wirst den Sturm in den Krieg anführen, junger Ben, genau wie es die Prophezeiung vorsieht! Nachdem sich deine Seelenfreundin vor mir verbeugt hat, wird sie Viviana Melore in meinem Namen zerfleischen!«

Bens Gefühle rangen in ihm. Er wollte zurückschrecken vor diesem Mann, der von ihm verlangte, Dominanz zu benutzen. Natürlich wollte er Viviana aufhalten … aber nicht, wenn er dafür morden sollte, und nicht, um dem Schakal auf ihren Platz zu verhelfen.

»Mach nicht so ein erschüttertes Gesicht, Ben!«, sagte der Schakal und lehnte sich auf seinem Stuhl zurück. »Was dachtest du denn, was es bedeuten würde, das Kriegskind zu sein?« Er grinste teuflisch. »Du scheinst die Stellenbeschreibung nicht gelesen zu haben!«

»Ich … Ich muss mich erst an den Gedanken gewöhnen, Sir«, antwortete Ben.

»Also, fangen wir an«, entschied der Schakal und stand vom Tisch auf. Er führte Ben durch den Gang zu einem weiten, offenen Raum. Als sie sich der Tür näherten, konnte Ben hören, wie Taleth knurrte und an ihrem Halsband zog, das an die Wand gekettet war. Ben fürchtete, sein Herz müsste platzen, so schnell schlug es. Als Taleth ihn ins Zimmer kommen sah, zerrte sie wütend und brüllend an den Ketten. Die Wachen, die rechts und links neben der Tür standen, machten vorsorglich einen Schritt nach hinten.

»Sie freut sich ja nicht gerade, dich zu sehen, was?«, witzelte der Schakal. Aber Ben wusste, dass sie Angst um sie beide hatte. Ihm selbst ging es genauso.

Taleth brüllte erneut, diesmal in die Richtung des Schakals. Er machte einen schnellen Schritt nach vorn und schwenkte seinen Metallstock.

»Nein«, rief Ben, bevor er sich zurückhalten konnte.

Taleth schlich davon, schritt an der Steinwand entlang und ließ den Schakal nicht aus den strahlend blauen Augen. Ihre Schnurrhaare bebten und ihr Schwanz zuckte.

»Durchaus möglich, sie zu dressieren«, stellte der Schakal fest. »Jetzt bist du dran, Junge.«

Der Wächter schob Ben nach vorn.

»Na schön«, antwortete Ben. Er war nicht sicher, wie er anfangen sollte. Er versuchte sich vorzustellen, wie sich Taleth vor dem Schakal verbeugte – wie sich ihr riesiger Körper anmutig neigte und ihre Schnauze beinahe den kalten Boden berührte. Das Bild erfüllte ihn mit Abscheu.

Taleth zeigte die Zähne und knurrte leise. Ben versuchte, die gleiche summende Energie aufzubringen, die er in Fairmount und beim Überqueren der Roten Hügel wahrgenommen hatte. Aber er spürte nichts als Angst und die kalten, starrenden Augen des Schakals auf sich gerichtet. Taleth schritt knurrend auf und ab. Sie kam Ben überhaupt nicht wie seine Seelenfreundin vor – nur wie ein gefangenes, gefährliches Tier, das jeden Moment zuschlagen konnte. Er atmete tief und schloss die Augen.

Sofort überkamen ihn Verwirrung und Schmerz. Er war gefangen und seine Freunde waren in Gefahr. Er vermisste die Gerüche des Waldes und das Gefühl weicher Erde unter den Füßen und Händen. Er würde hier sterben – sie alle würden hier sterben – und niemand konnte ihnen helfen.

Ben schlug benommen die Augen auf. Taleth rieb ihre Flanke an der Wand, so als wollte sie sich vor den Blicken des Schakals verkriechen. Sie sah Ben in die Augen und brüllte noch einmal.

»Es tut mir leid«, sagte Ben. *Wenn du das einfach tun kannst, haben wir eine Chance*, dachte er. *Wenn wir es nicht tun, bringt er uns um. Tu es und wir überleben.* Er konzentrierte sich erneut auf die Vorstellung, wie sie sich verbeugte, und kämpfte sich dabei durch Wogen des Zorns. Einen Moment lang schien sie ruhig zu werden und Ben war sicher, dass sie ihn verstand. Er wagte nicht mal zu atmen, als Taleth, reglos wie eine Statue, seinen starren Blick erwiderte. Er würde sie nicht zwingen müssen – er würde sich nicht überlegen müssen, wie er es anstellen sollte.

Dann machte Taleth einen Satz nach vorn, sodass sich die Kette straff zog. Mit ausgestreckten Tatzen versuchte, sie nach dem Schakal zu greifen. Dann riss sie die Augen auf, als sie von dem Halsband und der Kette zurückgerissen wurde.

Ben stolperte nach hinten und stieß dabei beinahe mit dem Wächter zusammen.

»Das ist langwieriger, als ich dachte«, stellte der Schakal fest. »Wo ist dein Band? Wo ist deine Kraft?« Er machte eine weite Handbewegung. »Wir versuchen es morgen noch mal. Und dann solltest du lieber etwas vorzuweisen haben, sonst kannst du dich von deinem kurzsichtigen Freund unten verabschieden.«

Damit ging er an Ben vorbei zur Tür.

Der Wächter führte Ben durch den Gang in den Speisesaal und schubste ihn auf einen der Metallstühle. Ein alter Mann humpelte herein und stellte einen Teller mit zerkochtem Blattgemüse auf den Tisch, das Ben gierig hinunterschlang. Danach zog ihn der Wächter hoch und führte ihn in einen Nebenraum mit nur einem kleinen Fenster.

»Dein neues Zimmer«, erklärte der Wächter. »Du kommst nur zu den Mahlzeiten heraus und wenn der Schakal dich sehen will.«

Ben lehnte sich mit dem Rücken an die Steinwand und sank zu Boden. Noch nie hatte er sich so mutlos gefühlt. Er hatte Taleth und Hal in Gefahr gebracht. Er sehnte sich nach Tremelo, Phia, Gwen und Tori. Wäre er doch nur zu Hause im Tiefland und könnte den Tisch für die Sonnwendfeier decken. Wäre er doch nur nie fortgegangen. Die nachklingende Empfindung von Taleths Zorn war noch ganz frisch. Sie war die Letzte ihrer Art und würde hier vielleicht sterben, wenn er sie nicht dazu brächte, ihn zu verstehen. Und wenn sie ihn nicht verstand, blieb Ben nur eine Möglichkeit, um Hal zu retten: selbst wie die Dominae zu werden.

27

Tremelo trat einen Schritt beiseite, um eine Reihe von Schülern durchzulassen, die aus dem Gebäude für Angewandte Wissenschaften strömten und rechtzeitig vor der abendlichen Ausgangssperre ihre Wohnheime erreichen mussten. Nach dem schwindenden Tageslicht zu urteilen, blieben ihnen nur noch wenige Minuten.

Als Folge von Bens und Hals Verschwinden herrschten in der Schule erhöhte Sicherheitsvorschriften. Mrs Shonfield hatte die Familien der Jungen benachrichtigt und ihr Möglichstes getan, um sie zu beruhigen. Dr. Graves war ebenfalls verschwunden und seit der Nacht, in der die beiden Jungen die Verfolgung von Taleths Entführern aufgenommen hatten, nicht mehr gesehen worden.

Tremelo hatte Hal und Ben sofort nachgehen wollen: Er gab

sich selbst die Schuld an Bens Leichtsinn. Er hatte den Jungen im Stich gelassen, als er sich in jener Nacht aufgemacht hatte. Aber wenn er die Schule jetzt verließ, würden nur umso mehr Fragen gestellt werden. Tremelo war froh, dass eine kleine Fledermaus wenige Nächte nach dem Verschwinden der Jungen eine Nachricht überbracht hatte: Sie waren in Sicherheit. Wenn Graves ihnen nachgegangen war, würde er bestimmt nicht mit ihnen mithalten können.

Tremelo schloss die Werkstatttür auf und lächelte, als er wie gewohnt die Halkyon erblickte. Die Maschine hatte zahllose Verbesserungen erfahren, seit er sie Ben zuerst gezeigt hatte. Er und Tori hatten unaufhörlich daran gearbeitet – soweit es die strengen Ausgangsbeschränkungen zuließen – und Toris Bericht über die geheimnisvolle Technik ihres Freundes Lyle war von unschätzbarem Wert gewesen.

Heute Abend, so hoffte Tremelo, würden sie endlich Ergebnisse sehen.

Als er die Gaslampe über dem Arbeitstisch anzündete, hörte er ein leises Klopfen an der Werkstatttür. Tori trat ein, gefolgt von Fenchel.

»Ist es fertig?«, erkundigte sich Tori.

»Seit heute Morgen«, antwortete er und zog das Tuch von einem Metallei, das neben der Halkyon auf dem Arbeitstisch platziert war. »Ich habe das Silber gemäß deinen Angaben geformt.«

Tori beugte sich vor, um es zu betrachten.

»Es sieht fast genau wie das von Lyle aus!«, stellte sie fest.

»Fast?«

»Es glänzt irgendwie anders«, erklärte Tori. »Ich bin nicht sicher, ob es das richtige Metall ist – aber nicht mal Lyle weiß, woraus die Originalkugel besteht. Und ich wollte nicht noch mehr herumschnüffeln als unbedingt nötig.«

»Wir testen sie jetzt jedenfalls«, sagte Tremelo. »Willst du die ehrenvolle Aufgabe übernehmen?«

Er rückte zur Seite, damit Tori die silberne Kugel in ein Drahtnest in der Mitte der Halkyon setzen konnte.

»Jetzt nur noch den Draht da anschließen«, wies er sie an.

Fenchel trottete zum Arbeitstisch hinüber und sprang direkt neben die Maschine. Ihr weiß-roter Schwanz wischte über das abgenutzte Holz. Tremelo legte die Hände auf die Kugel.

»In Ordnung«, sagte er. »Leg den Schalter um.«

Tori betätigte einen Messinghebel an der Oberseite der Maschine, neben den Grammofontrichtern. Tremelo atmete tief ein. Tatsächlich spürte er ein Kribbeln in den Händen – aber seine Verbindung zu Fenchel schien ihm stabil wie immer. Nichts Auffälliges.

»Sollen wir …« Tori zögerte. »Sollen wir versuchen, Fenchel irgendwas tun zu lassen?«

Fenchel neigte den Kopf zur Seite, verlor dann das Interesse und fing an, sich die Pfote zu lecken.

»Nein, auf keinen Fall«, sagte Tremelo entmutigt. »Und das hätte auch gar keinen Sinn. Sie ist so nicht richtig.«

»Und wenn ich es versuche?«, schlug Tori vor.

»Wir können die Kugel nicht nachbauen«, stellte Tremelo kopfschüttelnd fest. »Sie wurde von einem viel geschickteren Tüftler, als ich es bin, gebaut.«

»Wir brauchen Lyles Kugel«, sagte Tori.

Tremelo seufzte. »Ja.«

»Lyle vertraut mir«, sagte Tori. »Ich könnte mir was ausdenken, um …«

»Nein«, widersprach Tremelo. »Lyle würde den Dominae sofort deinen Namen verraten, wenn sie den Verdacht hätten, dass jemand falschspielt. Wir lassen uns etwas einfallen, aber bis dahin sieh zu, dass du etwas Schlaf bekommst.«

»Jetzt schon?«, fragte Tori.

»Unser Experiment ist an einem toten Punkt angelangt«, antwortete er. »Ab ins Wohnheim mit dir. Nimm Fenchel als Wache mit.«

»Ja, ich weiß«, sagte Tori. »Und nimm den Weg durch den Wald, nicht den Hauptweg, rede nicht mit Fremden …«

»Eigentlich dürftest du wegen der Ausgangssperre gar nicht hier sein«, erinnerte sie Tremelo.

»Ja. Sie haben einen schlechten Einfluss auf mich«, antwortete Tori. »Aber wer bleibt mir sonst?«

Als Tori die Tür leise hinter sich geschlossen hatte, lehnte sich Tremelo an den Arbeitstisch und versuchte, nicht an seine lockende Myrgholzpfeife im oberen Stock zu denken. Seit der Nacht, in der er die Schule fast in Richtung Berge verlassen hatte, hatte er sie nicht angerührt. Er hatte sogar eine frische Lieferung von Roger Quindley abgelehnt; sie hatten sich Briefe über Hals Aufenthaltsort geschrieben. Roger hatte zu gleichen Teilen besorgt und stolz geklungen und seinen Neffen als »Revolutionär« bezeichnet. Er hatte versprochen, sowohl mit Hals als auch mit Bens Eltern zu sprechen und sie zu überzeugen, dass sich die beiden Jungen nur zum Spaß davongeschlichen hatten und zurückkehren würden, sobald sie sich genug amüsiert hätten. Tremelo war froh, dass die Walkers und die Quindleys ruhig blieben und alle Sorge fürs Erste auf seinen eigenen Schultern lastete. Allerdings hatte er das Gefühl, dass er dieser Rolle nicht besonders gut gerecht wurde.

Er erhob sich vom Arbeitstisch – ein Spaziergang an der kühlen Luft würde ihm ebenso gut tun wie eine Myrgholzpfeife, bis er die Kugel der Dominae in die Finger bekam.

28

Ben schätzte, dass ungefähr eine Woche vergangen war – er hatte die Übersicht darüber verloren, wie viele Sonnenauf- und -untergänge das rechteckige Loch erhellten, das hoch oben in die Zimmerwand eingelassen war. Das Fenster verhöhnte ihn; er konnte es nicht erreichen und er konnte nicht nach draußen blicken.

Seit dem ersten enttäuschenden Morgen hatte ihm der Schakal eine feste Routine auferlegt: Schlafen in seinem einsamen Zimmer, Mahlzeiten im Speisesaal und jeden Tag mehrere »Übungsstunden«.

An diesem Morgen wachte Ben bei Tagesanbruch auf, kauerte sich in die Ecke und rieb sich die Arme, um sich zu wärmen. Er hörte, wie sich der Wächter der Tür näherte, und wappnete sich für das, was kommen würde.

»Gehen wir«, sagte der Wächter barsch. Ben folgte ihm einen Gang entlang zu dem Raum, in dem der Schakal wartete.

»Guten Morgen.« Der Schakal lächelte, als Ben das Zimmer betrat. Er saß auf einem Holzstuhl neben einem Metalltischchen, auf dem ein Becher mit einer Flüssigkeit stand und ein paar Karten lagen. Der Schakal lehnte sich auf dem Stuhl zurück und drehte die Metallspitze seines Stocks auf dem Boden. »Bereit für einen neuen Versuch?«

Ben neigte den Kopf zu einem fast unmerklichen Nicken. Zusammen mit dem Wächter gingen sie schnurstracks in den Raum, in dem Taleth angekettet lag. Sie schien erschöpft, ihr Kopf ruhte auf dem Boden.

»Na schön, dann lass uns beginnen«, sagte der Schakal kalt. »Du weißt, was ich will – sorg einfach dafür, dass sich der Tiger vor mir verbeugt. Dann entscheide ich mich vielleicht dafür, dich und deinen Freund heute Abend *nicht* zu töten.«

Diese Rede hielt er Ben jeden Morgen, und trotzdem war Ben sicher, dass Hal noch am Leben war – zwar hatte er ihn seit der ersten Nacht im Sitzungssaal nicht mehr gesehen, aber er hatte den Koch mit Essen in den Keller schlurfen hören. Allerdings war sich Ben nicht sicher, wie lange sie beide noch durchhalten würden. Der Schakal verlangte von ihm, dass er bei Taleth Dominanz anwandte, und mit jedem Tag, der verging, wurde er zorniger.

Ohne ein Wort stellte sich Ben vor Taleth auf. Er hatte das Gefühl, in der Falle zu sitzen. Hoffentlich verstand Taleth das. Er würde keine Dominanz bei ihr anwenden – er war nicht mal sicher, dass er das überhaupt konnte –, aber er brauchte ihre Hilfe, um den Schakal in Schach zu halten, zumindest bis zur Messe, wenn sie eine bessere Fluchtmöglichkeit hätten.

»Worauf wartest du?«, fragte der Schakal und schlug mit der Faust gegen die Tür. »Eine ganze Woche schaue ich mir schon diesen Unsinn an! Was hält dich ab?«

»Tut mir leid«, murmelte Ben. Er sagte es, um den Schakal zu beschwichtigen, aber am meisten tat ihm Taleth leid. Weil er sie um so etwas bitten musste. Es war zu viel verlangt.

Verbeuge dich. Nur ein Mal. Dann lässt er uns am Leben. Bitte.

Wie jedes Mal stellte er sich vor, wie sie sich vor dem Schakal verbeugte, und hoffte, sie würde es verstehen. Er malte sich die zufriedene, höhnische Grimasse des Schakals aus und wie sich die Narbe über seinem Mundwinkel nach oben krümmen würde. Ben hatte das Gefühl, sich übergeben zu müssen. Taleth rieb ihre Wange an dem Stein und stand schwerfällig auf. Ben hielt den Atem an. Ihre Blicke trafen sich.

Bitte, dachte er. *Bitte.*

Taleth knurrte und legte sich wieder hin.

»Störrisches Biest!«, brüllte der Schakal. »Ich bin es leid – du enttäuschst mich, Junge. Es passiert heute, *jetzt*, oder ihr sterbt alle und die Prophezeiung mit euch.«

Bens Verzweiflung glich einem kleinen Tier, das an seinen Armen hinaufkrabbelte. Er wusste nicht, was er tun sollte. Er war erschöpft und verängstigt. Sie konnten nicht so weitermachen, sonst würden sie niemals lebend aus diesem Bunker herauskommen.

»Tu es, Junge!«, fauchte der Schakal nur wenige Zentimeter von Bens Ohr entfernt.

Es tut mir leid, es tut mir leid, dachte Ben. Taleths Fell bebte. *Es tut mir leid*, dachte Ben wieder und bildete jedes Wort mit Bedacht in Gedanken, als würde er ihr sorgfältig einen Brief schreiben. *Ich bitte dich darum. Bitte tu es. Nur so können wir überleben.*

Er versuchte es mit einer neuen Taktik – er malte sich das Gebirge aus, aus dem Taleth ursprünglich gekommen war und in dem Bens Volk, die Velyn, noch immer lebte. Er machte sich ein Bild von den sanften, stattlichen Kiefern und den zerklüfteten, mit rostbraunem Moos bedeckten Felsen. Er stellte sich sein Band zu Taleth als eine heller werdende Lichtkugel vor. Er konzentrierte sich stärker auf seine Erinnerungen an die Wälder außerhalb von Fairmount. Das Geräusch feuchten Laubs unter den Füßen. Den Duft sauberer, klarer Luft. *Wir können dorthin zurückkehren, aber ich brauche deine Hilfe. Bitte …*

Taleth drehte ihren riesigen Kopf von einer Seite zur anderen, als wollte sie protestieren, und Bens Mut sank. Doch dann stellte sie sich knurrend auf die Füße. Ben merkte, wie seine Konzentration nachließ. Er kniff die Augen zusammen und weigerte sich, das Summen, das er in seinem Innern spürte, verklingen zu lassen.

»Tu es«, sagte er laut und mit zusammengebissenen Zähnen. Die Energie nahm zu, sodass es Bens vorkam, als würde seine Haut vibrieren. Er öffnete die Augen. »Tu es«, flehte er.

Taleth knurrte erneut, aber dann wich sie zurück, ohne Ben aus den Augen zu lassen. Mit elegant gekrümmtem Rücken senkte sie die Stirn in einer unverkennbaren Verbeugung auf den Fußboden.

Der Schakal klatschte erfreut.

»Gut gemacht!«, jubelte er und klopfte Ben kräftig auf den Rücken.

Gequält von Scham und benommen vor Erleichterung sah Ben zu, wie Taleth mit eingerolltem Schwanz in die Zimmerecke tappte. Mit hochgezogenen Schultern legte sie sich hin und blickte Ben mit müden Augen an.

Als der Wächter ihn in den Speisesaal zurückbegleitete, versuchte Ben verzweifelt zu begreifen, was gerade geschehen war. Noch nie war sein Band allein durch seinen eigenen Willen so stark geworden. Und ganz sicher hatte er Taleth noch nie etwas tun sehen, das sie so offensichtlich nicht wollte. Später, wenn sie wieder in Freiheit waren, würde er Tremelo danach fragen, wie sehr sich das Band wirklich von der Dominanz unterschied. Denn er wollte keine Dominanz anwenden. Niemals würde er …

Er versuchte sich stattdessen auf den einen Funken Hoffnung zu konzentrieren, den er hatte: sein Geheimnis.

So wie jeden Tag in der vergangenen Woche aß Ben seine Mahlzeit auf und wartete schweigend und geduldig darauf, dass der Koch seinen Teller wegräumte. Sobald sich die Tür geschlossen hatte, wusste Ben, blieben ihm nur wenige Sekunden, bis sie sich wieder öffnete und er von einem Wächter in sein Zimmer zurückgebracht werden würde.

Schnell eilte er zur Ecke des Speisesaals, in der dic kaputten, ausrangierten Clamoribus-Teile lagen, die er an seinem ersten Abend im Bunker gesehen hatte. Er schnappte sich davon, so viel er konnte, stopfte es sich in die Taschen und raste an seinen Platz zurück.

Die Tür ging auf und der Wächter warf ihm einen ausdruckslosen, düsteren Blick zu.

Ben starrte vor sich auf den Tisch und achtete darauf, nicht zu dem Haufen von Bauteilen in der dunklen Ecke hinüberzublicken. Er war in der letzten Woche immer kleiner geworden, ohne dass es einer der Wächter mitbekommen hätte.

In seinem Zimmer leerte er eifrig seine Taschen. Mehrere Zahnrädchen und Federn kamen heraus – sowie ein blanker Metallknopf, den Ben sofort als Einschaltknopf erkannte. Er tastete in der dunkelsten Zimmerecke, zog einen lockeren Stein unten aus der Wand und nahm ein Stück Stoff heraus, in das er die übrigen Teile gewickelt hatte. Er hatte den Vogel fast vollständig wieder zusammengesetzt – ein Flügel lag noch auf dem Boden des Speisesaals und wartete auf ihn. Er setzte den blanken schwarzen Knopf in eine runde Aussparung im Bauch des Metallvogels und spürte ein zufriedenstellendes Einrasten. Die Maschine surrte und Ben hörte voller Freude, wie das Aufnahmegerät im Vogel ansprang. Hoffnung wuchs in seiner Brust. Er blickte zum Fenster hinauf, das sich über ihn lustig machte, und musste zum ersten Mal seit vielen Tagen lächeln.

29

Jeden Tag leuchtete das Glas der Seher ein bisschen heller.

»Was, glaubst du, hat das zu bedeuten?«, fragte Gwen Phia, als sie vorsichtig eine steile Schlucht entlangwanderten. Die Landschaft hatte sich im Laufe der vorigen Woche gewandelt, von steinigen, aber begehbaren Berghängen zu schmalen Wegen zwischen vorspringenden, scharfkantigen Felsen. Das Klettern war mühselig und tückisch geworden.

»Das müsstest du doch besser wissen als ich«, entgegnete Phia. »Obwohl mir aufgefallen ist, dass du es nicht gern ansiehst.«

Gwen schüttelte den Kopf. »Es macht mir Angst«, gab sie zu. »Ich bin sicher, es hat etwas mit dem Instrument des Wandels zu tun, aber wann immer ich es ansehe, macht es mich nur nervös. Mein Herz fängt wie wild zu pochen an und es kommt mir fast so vor, als würde es mich beobachten oder *rufen*.«

»Ich kenne dieses Gefühl«, murmelte Phia.

»Ja?«, fragte Gwen.

Phia blieb stehen und bückte sich, um etwas an ihrem Stiefel zurechtzurücken.

»Ich weiß, es klingt verrückt«, erzählte sie. »Aber ich habe Fairmount nicht nur deshalb verlassen, weil ich dir helfen wollte – das will ich natürlich. Und ich habe dich vermisst.«

Gwen spürte, wie sie rot anlief.

»Ich bin dankbar für deine Gesellschaft«, gestand sie.

»Ich hab Ben nichts davon erzählt«, fuhr Phia fort, richtete sich dabei auf und ging weiter. »Oder Tremelo. Sie hätten sich nur Sorgen gemacht. Aber jemand – oder etwas – hat mich an der Schule beobachtet. Ich habe nie jemanden gesehen, aber ich habe es fast jede Nacht draußen vor meinem Schlafzimmer rascheln gehört. Außerdem hat jemand in meinen Sachen gewühlt, glaube ich.« Gwen, die dicht hinter ihr ging, lauschte gebannt.

»Ich habe mich entschieden zu gehen, um die anderen zu schützen«, erklärte Phia. »Aber ich habe keine Ahnung, ob es überhaupt etwas genutzt hat. Möglicherweise beobachten die Dominae immer noch uns alle.«

Als der Weg steiler wurde, zuckte Gwen bei jedem Geräusch des Berges zusammen. Sie fragte sich, ob die Dominae wohl *auch* hinter dem Instrument des Wandels her waren – und ob es vielleicht der Schlüssel dazu war, die Dominanz ein für alle Mal zu beenden.

»Warum sollten es die Dominae auf dich abgesehen haben?«, fragte Gwen, als sie vorsichtig am Abgrund einer Klippe entlangtappten, von der aus man das Tal überblicken konnte.

»Ich glaube, ich weiß es«, antwortete Phia. »Aber du musst mir versprechen, dass du nicht sauer bist.«

»Versprochen«, sagte Gwen und runzelte besorgt die Stirn.

Phia lehnte sich an die Felswand und öffnete das Revers ihres Mantels. An das Futter gesteckt war eine glitzernde blaugrüne Brosche in der Form einer blühenden Blume.

»Die hat Sucrette gehört«, sagte Phia.

Gwen gab einen erschrockenen Laut von sich.

»Du hast sie gestohlen?«

»Nein! Das heißt – ja, doch«, antwortete Phia. »Aber nicht aus dem Grund, den du dir vorstellst …«

»Warum dann?«, fragte Gwen.

»Wir waren dabei, als sie starb«, fuhr Phia fort. »Und ich muss immerzu denken: Wir *hätten* sie umgebracht, wenn es diese Tiere nicht erledigt hätten. Das ist so furchtbar! Das will ich niemals vergessen. Sie war ein Mensch und wir hatten mit ihrem Tod zu tun. Ich kann nicht so tun, als wäre es nicht passiert. Und das hier soll mich daran erinnern.«

Gwen holte tief Luft. Sie verstand, was Phia meinte – die Erinnerung an Sucrettes grässlichen Tod machte ihr auch zu schaffen. Aber sie erinnerte sich auch daran, wie der Älteste auf dem schneebedeckten Waldboden lag und sie dazu aufforderte, tapfer zu sein. Das Königreich brauchte die Freunde. Phia war sensibel; das machte sie verwundbar.

»Du musst sie abmachen«, riet ihr Gwen. »Jemand in Fairmount könnte sehen, dass du sie trägst.«

Phia nickte.

»Aber ich kann sie nicht wegwerfen«, antwortete sie. »Noch nicht. Ich – ich kann es nicht erklären, aber ich will sie nicht in den Bergen verlieren.«

»Dann musst du sie versteckt halten«, beharrte Gwen. Sie trat gegen einen Felsen, traurig und wütend zugleich. Doch dann steckte sie die Hände in die Tasche ihres Reisemantels und berührte Melores Mundharmonika. Andenken, Gegenstände als kleine Mahnungen – sie hatten etwas zu bedeuten, das stimmte schon. Der Älteste hatte das gewusst.

»Mache ich«, versprach Phia und zog ihren Mantel bis obenhin zu.

Als sie sich schließlich gefunden hatten, waren sie beide davon ausgegangen, dass der Weg bald enden würde. Aber während der letzten Tage ihrer Reise war die Luft dünner geworden und der Weg immer steiler, sodass sie manchmal fast senkrechte Felswände hinaufkletterten. Carin und die Eulen flogen jedes Mal voraus und feuerten sie mit Rufen und Schreien von oben an. Die Tage kamen und gingen schnell und Gwen lag jede Nacht wach und zählte ihre schmerzenden Muskeln, bis sie nicht höher zählen konnte.

Und jeden Morgen wickelte Gwen das Stück Wolfspelz auseinander, um nach dem Glas zu sehen, das immer heller und heller leuchtete.

Schließlich erklommen Gwen und Phia an einem nebligen Morgen die höchste Bergspitze, zogen sich über den Rand eines schwarzen Felsens und fanden eine einsame Höhle vor.

»Das ist es«, flüsterte Gwen – ihre ersten Worte des ganzen Tages. Sie half Phia auf die Beine und dann drehten sich beide zur Höhle um. Gwens Herz klopfte wild bei dem Anblick – sie fürchtete sich vor dem dunklen, geschlossenen Raum. Auch Phia hatte Angst.

»Vielleicht gibt es einen Weg außen herum?«, fragte Phia.

Etwas bewegte sich aus dem Dunkeln auf sie zu. Gwen griff nach Phias Hand, als ein Wolf von der Größe eines Bären heraustappte. Er war ganz weiß und hatte blaue Augen. Er senkte den Kopf und knurrte. Carin und die Eulen flogen dicht über den Mädchen, um sie zu beschützen, und Gwen stellte sich vor Phia, in einem nutzlosen Versuch, sie zu decken. Ihr Mund war ganz trocken geworden. Verzweifelt ließ sie den Blick auf der Suche nach einem Fluchtweg über die Felsen schweifen.

Zum Entsetzen der Mädchen folgte ein zweiter Wolf dem ersten aus der Höhle, der ebenso groß und ebenso wütend aussah. Gwen hielt den Atem an und konnte kaum glauben, dass das hier das Ende ihrer Reise sein sollte – von bösartigen weißen Wölfen angegriffen zu werden. Hinter ihr und Phia fielen die Felsen, die sie gerade hinaufgeklettert waren, zu einer tiefen Schlucht hinab. Sie konnten nirgendwohin.

Schhhhh …

Das Geräusch war so leise, so fein, dass Gwen nicht sicher war, wann es angefangen hatte, als sie es schließlich bemerkte.

Die Wölfe hörten auf zu knurren, ließen Gwen und Phia aber nicht aus den hellblauen Augen. Um ihre Füße herum bewegte sich die Erde. Zumindest glaubte Gwen das zu sehen.

Das zischende Geräusch kam vom Boden, der zitterte und lebendig wurde.

Phia gab einen erschrockenen Schrei von sich und wich zurück.

»Spinnen!«

Jetzt konnte Gwen sie sehen, Hunderte davon – winzige weiße Spinnen, die über den steinigen Höhlenboden krabbelten und im sanften Sonnenschein glitzerten, als sie den Mädchen entgegenkamen. Die Wölfe gingen ihnen aus dem Weg, als die Spinnen in Massen vorwärtsströmten.

»Oh, Natur!«, stöhnte Gwen.

Die weißen Spinnen kletterten um die Stiefel der Mädchen

und um den Saum von Gwens Reisemantel herum. Gwen erstarrte, als sie über und um ihre Füße herumliefen.

»Gwen, sieh nur!«, sagte Phia und zeigte auf den Höhleneingang.

Hinter den Spinnen, wie eine Königin am Ende einer Prozession, ging eine Frau. Sie hatte wild aufgetürmtes weißes Haar mit herausschauenden Strähnen, die beim Gehen hinter ihr herwehten. Sie suchte den Felsen nach Gwen und Phia ab – mit Augen von der Farbe frischer Milch. Sie war blind.

»Kommt näher«, forderte die Frau sie auf, die anscheinend irgendwie wusste, dass sie da waren.

Gwen setzte den rechten Fuß vor, blickte nach unten und stellte fest, dass die Spinnen von ihr wegströmten, um ihr den Weg frei zu machen. Sie wusste nicht, wer diese Frau war oder was sie wollte, fühlte sich aber von einer Kraft nach vorn gezogen, die dem Band selbst glich. Von dieser Frau ging Trost aus. Sie war nicht größer als Gwen selbst und trug ein langes graues Kleid aus feinen Fasern, die im Licht schimmerten. Spinnweben. Die Frau hob die Hände und berührte Gwens Wangen, Stirn und Nasenspitze.

»Meine Liebe«, sagte sie und erforschte Gwens Gesicht mit spindeldürren Fingern. »Endlich bist du da.«

30

Gwen blinzelte, als die Frau sie und Phia in den Höhleneingang führte und dann stehen blieb, als hätte sie etwas vergessen. Die Anima Spinne streckte die Hand nach der Steinwand aus und tastete nach einer Metalllaterne, die an einem Haken hing. Ein bläuliches Licht flammte auf. Fäden aus seidigen Spinnweben glitzerten an Wänden und Felsen.

»So findet ihr leichter den Weg«, sagte die Frau sanft.

Gwen und Phia folgten ihr im blauen Lichtschein, der tanzende, leuchtende Schatten warf.

»Sind Sie eine Seherin?«, fragte Gwen, obwohl ein Teil von ihr es nicht zu glauben wagte. »Ein Berater des alten Königs hat mich hergeschickt. Wir nannten ihn den Ältesten und er hat mir gesagt, ich würde hier etwas finden ...« Sie verstummte und überlegte, wie weit sie ihr trauen konnten.

Die Frau drehte sich nur um und winkte sie mit ihrer knochenweißen Hand weiter. Gwen schwieg.

Sie gingen weiter, bis das Licht vom Höhleneingang verschwunden war, und dann noch weiter. Die Luft blieb kalt und Gwen zog sich die Mantelärmel über die Finger. Schließlich wurde der Tunnel breiter und das Licht der Laterne erhellte eine hohe, felsige Decke, von der lange Stalaktiten herabhingen. Der Raum war von der Natur selbst errichtet worden, wirkte aber so prächtig und erhaben wie ein herausgeputzter Parlamentssaal. Gwen und Phia reckten die Hälse, um die glitzernde Decke der Tropfsteinhöhle zu betrachten.

»Leben Sie hier?«, fragte Phia die Frau.

Sie nickte und deutete auf einen in der Nähe stehenden Tisch mit Stühlen. Die Möbel waren aus grob gezimmertem, schwerem Holz. Gwen und Phia setzten sich.

»Wie heißen Sie?«, erkundigte sich Gwen.

»Wir verwenden schon lange keine Namen mehr«, antwortete die Frau. »Sie haben für uns wenig Nutzen.«

Gwen zuckte zusammen – die alte Frau sprach mit einer festen Stimme, die von den Felsen widerhallte.

»Du wolltest wissen, ob ich eine Seherin bin – so nennt man uns da draußen in Aldemar, ja. Irgendwo gibt es auch andere Seher«, fuhr die Frau fort. »Wir besuchen uns nicht oft. Die Höhlen sind tief.«

»Wie viele von euch sind denn noch übrig?«, fragte Gwen. Phia, die neben ihr saß, betrachtete staunend die hohe Decke. Die Vögel waren draußen geblieben.

»Wir machen es uns nicht zur Aufgabe, uns in die Angelegenheiten des anderen einzumischen«, sagte sie. »Aber es gibt andere, die noch am Leben sind. Ich wüsste es, wenn sich ihre Lichter getrübt hätten.« Sie dachte einen Moment lang nach und lächelte dann. »Wenn ihr unbedingt einen Namen für mich braucht, dürft ihr mich Ama nennen.«

Ama kniete sich vor eine kleine Feuerstelle im Fels und kurz darauf flammte ein Feuer unter ihren knochigen Händen auf. Sie tastete sich an der Wand entlang, umfasste einen Metallarm, der am Felsen befestigt war, und hängte einen kupfernen Teekessel darüber. Bald brodelte das Wasser.

»Tut mir leid, wenn euch die Wölfe Angst eingejagt haben«, fuhr Ama fort. »Sie sind Seelenfreunde der Velyn, die sie mir zu meinem Schutz ausgeliehen haben. Ich wusste vielleicht, dass ihr erwartete Gäste seid, aber sie wussten es nicht.« Gwen überlegte, wie viele Gäste eine blinde Seherin allein auf einem Berg wohl empfing. Nicht viele, dachte sie.

»Sind Sie denn ganz allein hier?«, wollte Gwen wissen. »Lebt niemand sonst bei Ihnen?«

Ama schüttelte den Kopf. »Andere vernebeln die Sicht. Besucher habe ich nur – oh, einmal im Jahr oder so. In letzter Zeit mehr. Aber zu viel Gerede macht mein Licht trüb.«

Sie ging zum Tisch hinüber und balancierte dabei ein kleines Metalltablett auf den Händen. Drei nicht zusammenpassende Porzellantassen mit dampfendem Tee wackelten darauf. Ama stellte es auf dem Holztisch ab und gab den Mädchen mit einladender Geste zu verstehen, sie sollten sich jeweils eine aussuchen. Benommen nahm sich Gwen vorsichtig eine Tasse mit einem eingeätzten Muster aus goldenen und gelben Blumen. Es war feinstes Porzellan bis auf eine angeschlagene Stelle am Griff. Gwen fragte sich, ob die Tassen wohl aus dem Palast stammten. Vielleicht ein Geschenk von einem längst verstorbenen König?

»Sie haben gesagt, wir würden erwartet«, sagte Phia. »Wussten Sie, dass Gwen zu Ihnen kommen würde?«

»Aber ja«, antwortete Ama. Das Licht der aufgehängten Laterne spiegelte sich in ihren milchigen Augen.

»Vielleicht können Sie mir etwas über das Instrument des Wandels sagen«, bat Gwen, die immer mehr Vertrauen zu Ama fasste. »Der Älteste – vielleicht kennen Sie ihn – hat mir erzählt, dass ich es hier finden würde.«

Ama nickte und runzelte wissend die Stirn.

»Der Älteste, ja. Er war ein Freund der Seher. Es hat mich betrübt, von seinem Ableben zu erfahren«, murmelte sie. »Das Instrument des Wandels ist tatsächlich hier.«

Gwens Herz machte einen Satz.

»Bitte«, flehte sie, »sagen Sie mir, was ich tun muss. Tremelo – der König – braucht es und ich bin diejenige, die es ihm bringen soll.«

Die Blinde beugte sich vor und deutete auf Gwens Rucksack.

»Dein Glas ruft dir zu, meine Liebe«, antwortete sie. »Es singt fast vor Freude, du musst nur darauf antworten.«

»Was?«, fragte Gwen. Sie holte ihren Rucksack nach vorn und kramte darin nach dem in Pelz gewickelten Glas. Vorsichtig faltete sie das Fell auseinander und setzte das Glas vor Ama ab. Im trüben Licht der Höhle leuchtete der Stein immer noch sanft, gab aber keinen Ton von sich.

»Ich verstehe Sie nicht. Hat das Glas etwas mit dem Instrument zu tun?«, fragte sie.

Ama nickte.

»Du spürst doch, wie es dich ruft, oder?«, fragte sie Gwen.

»Es leuchtet«, gab Gwen zu. »Seit Tagen schon. Was hat das zu bedeuten? Gehört es – gehört es Ihnen?«

Ama schwenkte die Hand über dem Glas, berührte es aber nicht.

»Dieses hier gehört mir nicht«, antwortete sie. Sie griff in ihr gesponnenes silbernes Kleid und zog ein Glas heraus, das genauso wie Gwens aussah. »Jeder Seher besitzt sein eigenes. Dein Glas gehört dir, so wie dieses Glas mir gehört.«

Sie setzte ihr Glas neben das andere auf dem Tisch ab.

»Jeder Seher besitzt ein Instrument, Gwendolyn – das der wahren Sehkraft. Du kannst nicht ändern, was du bist: eine Seherin. Wie du das Instrument benutzt, das dir gegeben ist, hängt ganz von dir ab. Wenn du es möchtest, leite ich dich an. Es war der Wunsch des Ältesten.«

Gwen versuchte, tief einzuatmen, stellte aber fest, dass sie es nicht konnte. Die Luft kam ihr sehr dünn vor. Sie drehte sich zu Phia um.

»Alles in Ordnung mit dir?«, fragte Phia.

»Was ich nicht verstehe …«, sagte Gwen. »Der Älteste …«

»Er hat schon vor Jahren das Licht in dir gesehen«, erklärte Ama. Gwens Herz füllte sich mit bittersüßer Freude. »Er hat gesagt, du würdest ihm nicht glauben, wenn er dir erzählt, was du bist. Aber er wusste, dass du mich finden würdest, wenn er dich darum bittet. Er wusste um deine Liebe zu ihm. Zweifle nicht daran, dass er sie zu schätzen wusste.«

Gwen spürte, wie ihr eine Träne über die Wange lief. Sie blickte auf das Glas hinunter, das in einem grün-violetten Licht pulsierte. Ihr war schwindelig.

»Gwen!«, hauchte Phia. »Du bist eine Seherin!«

Ama nahm Gwens Hand. Die Finger der Seherin fühlten sich trocken, kühl und so zerbrechlich an, dass Gwen Angst hatte, sie zu zerdrücken.

»Das Licht nimmt zu, Tochter«, flüsterte Ama. Das weiße Haar fiel ihr über das Gesicht und verdeckte ein trübes Auge. »Hab keine Angst.«

Und tatsächlich sah Gwen ein zunehmendes Licht. Zuerst dachte sie, dass das Glas heller würde, aber es füllte ihr ganzes Gesichtsfeld aus – fast zu grell, um es zu ertragen. Sie wollte sich den Arm vor die Augen halten.

»Hab keine Angst«, flüsterte die blinde Frau noch einmal.

Ihre Stimme schien sehr weit weg zu sein. Die Helligkeit füllte alles aus und allmählich bildeten sich Formen im Licht.

Als erstes Bild sah Gwen die winzige Eule, die ihr auf dem Berghang das Leben gerettet hatte, indem sie ihr die giftigen Beeren gezeigt hatte. Melem. Der Name der Eule legte sich auf ihre Zunge, als hätte die Eule selbst ihn dort abgelegt.

Dann kamen die Schreie.

Gwen stand mitten in einer Menschenmenge. Überall um sie herum gingen Tiere mit Zähnen, Krallen und Klauen auf ihre menschlichen Seelenfreunde los. Die Menschen waren verwirrt und in Panik und fingen an zurückzuschlagen.

Plötzlich bestand ihre Vision nur aus Melem, die Augen weit aufgerissen und stählern, die Krallen auf Gwens Gesicht gerichtet. Gwen riss die Arme hoch, um sich zu schützen, während sie immer wieder ihre Absichten in die Luft hinaussandte: *Tu mir nicht weh, ich bin ein Teil von dir.* Aber sie spürte keine Verbindung. Ihre Brust schmerzte; sie hatte das Gefühl, entzweigerissen zu werden. Ihr Band verbog und verdrehte sich zu etwas Furchtbarem. Melem kreischte und biss Gwen in Haare und Ohren.

Dann spürte Gwen ihren Bogen sicher in ihren Händen; ein Pfeil lag fest auf der Kerbe. Gwen richtete die Pfeilspitze auf

Melems gefiederte Brust und schoss. Die Eule schrie und zitterte vor ihr und fiel vom Himmel auf den matschigen Boden, wo sie liegen blieb und Gwen mit ausdruckslosen Augen anblickte. Gwen hörte ein Klopfen, das wie das Ticken einer riesigen, schrecklichen Uhr klang. Sie hielt sich die Ohren zu, so laut war es, und stürzte in Finsternis.

Als sie aufwachte, kniete Phia vor ihr. Ama saß noch auf ihrem Stuhl und hatte den Rücken an den Felsen gelehnt.

»Alles in Ordnung«, sagte Phia. »Es ist alles in Ordnung.«

Sie war zu Boden gestürzt und lag noch dort, den Kopf auf Phias Rucksack gebettet. Zu ihren Füßen lag ihr eigener Rucksack, ebenso der Bogen und der Köcher mit den Pfeilen. Gwen schauderte bei ihrem Anblick.

»War das Wirklichkeit?«, fragte sie Ama zu dem Albtraum, den sie gerade erlebt hatte. »War das die Zukunft?«

Ama gab keine Antwort.

Gwen setzte sich auf und stützte sich auf den Arm, den Phia ihr anbot.

»Was hast du gesehen?«, wollte Phia wissen.

»Es war furchtbar«, antwortete Gwen. »Ich war in der Stadt und da waren so viele Leute. Alle hatten Schmerzen. Alle scharten sich zusammen und die Tiere … griffen an. Es war Dominanz, aber stärker, als ich es je erlebt habe.«

»Die Messe«, flüsterte Phia. »Vivianas Abrechnung.«

»Kann ich es verhindern?« Gwen sah zu Ama hinüber. »Das war nur eine Vision, aber man kann die Zukunft doch ändern, oder?«

Ama rührte sich auf ihrem Platz.

»›Die wahre Sehkraft ist ein wachsendes Licht – deine Sehkraft wird durch die wahren Bande erleuchtet. Du siehst, was ungesehen im Herzen lebt‹«, sagte Ama auf. Die vertrauten Worte beruhigten Gwen – wenn auch der letzte Satz beim Ältesten gefehlt hatte.

»Was ungesehen im Herzen lebt …«, wiederholte Gwen. »Dann war das also nicht die Zukunft, sondern was sich Viviana im Herzen wünscht?«

Ama griff nach Gwens Hand. »Es ist furchtbar, die Zukunft zu sehen«, sagte sie und umfasste mit der einen Hand die Tasse mit hell orangefarbenem Tee, mit der anderen Gwens Finger. »Aber sie zu ändern, ist nicht deine Aufgabe.«

»Aber ist es möglich? Kann ich sie verändern?«, fragte Gwen.

»Ich kann dich nicht daran hindern, es zu versuchen«, wich Ama aus.

»Ich werde sie ändern«, entschied Gwen. »Ich kann das nicht zulassen. Wenn ich rechtzeitig die Graue Stadt erreiche und Tremelo finde, können wir Viviana aufhalten. Wir können die Maschine zerstören. Können Sie mir nicht verraten, wie?«

Ama starrte sie traurig an.

»Der Älteste hat von deiner Tapferkeit gesprochen«, sagte sie. »Das Instrument des Wandels, das ist der Name, den er *dir* gegeben hat. Aber du kannst nicht alles verändern, Tochter. Einiges Leid wird geschehen, egal, wie du dich entscheidest. Ich habe versucht, das dem Ältesten zu erklären.«

»Das glaube ich nicht«, entgegnete Gwen. Sehnsucht überkam sie, als Ama vom Ältesten sprach. Er hatte sie hierhergeführt, damit sie etwas Erstaunliches, Unglaubliches über sich selbst herausfand – und dann feststellen musste, dass der Weg vor ihr ebenso steinig und ungewiss sein würde. »Ich muss die Zukunft verändern. Ich muss es wenigstens versuchen, sonst war der Tod des Ältesten sinnlos.«

Ama nickte.

Das Licht des Glases auf dem Tisch war wieder schwächer geworden. Gwen nahm es in die Hand und rechnete fast damit, dass es sich heiß anfühlen würde. Noch immer waren so viele Fragen unbeantwortet.

»Werde ich …« Sie biss sich auf die Zunge. Ama neigte den Kopf zur Seite und lauschte auf das Ende einer Frage, die sie vielleicht schon erwartet hatte.

»Werde ich blind wie Sie? Leben Sie freiwillig hier?« Gwen glaubte nicht, dass sie dazu in der Lage wäre. Sie konnte nicht diejenigen verlassen, die sie liebte.

Ama schwieg einen Moment. Ihre zierlichen Finger umklammerten die fast leere Tasse Tee.

»Das Instrument des Wandels. Eine neue Seherin für eine neue Zeit«, sagte sie. »Wo du wohnst, darfst du dir selbst aussuchen. Obwohl du vielleicht feststellen wirst, dass du die Einsamkeit begrüßt, wenn andere erst einmal von deiner Gabe erfahren. Was deine irdische Sehkraft betrifft …« Sie schürzte nachdenklich die Lippen. »Pass gut auf deine Augen auf, wenn du kannst. Das Licht fordert seinen Tribut. Vielleicht stellst du fest, dass du immer weniger in dein Glas blicken musst. Für die meisten von uns ist die Versuchung zu groß und wir zahlen den Preis dafür.«

»Als der Älteste im Herbst kam, hat er von Ihnen erfahren, dass Viviana auf dem Weg ist, oder?«, fragte Gwen, der dieser Gedanke gerade gekommen war. »Also versuchen Sie schon, die Zukunft zu ändern – durch andere.«

»Jede auf ihre Weise, nehme ich an.« Ama lächelte wieder. »Wenn du vorhast, vor der Abrechnung in der Grauen Stadt zu sein, könnt ihr nicht bleiben.«

»Ich will nicht gehen«, entgegnete Gwen. »Ich möchte meinen Freunden helfen, aber ich habe noch so viele Fragen an Sie!«

»Du würdest meine Antworten enttäuschend finden, mein Kind«, tröstete sie Ama. »Du besitzt alles, was du brauchst, um deine Fragen selbst zu beantworten. Das hast du immer schon besessen. Und jetzt geht. Ich muss mich ausruhen.«

Gwen entfernte sich ein Stück vom Tisch und schulterte Rucksack und Bogen.

»Danke für den Tee«, sagte sie, obwohl ihr das bei jemandem wie Ama dumm vorkam. »Danke für alles.« Dann blinzelte sie Phia zu und wollte schon losgehen.

»Warte noch«, sagte Ama, die immer noch saß. Sie hielt Phia den offenen weißen Handteller hin. »Deine Geheimnisse sind hier sicher, Sophia Castling. Wir Seher vergessen niemals die Toten.«

Phia schien auf Anhieb zu verstehen, was Ama von ihr wollte. Sie löste Sucrettes Brosche vom Innenrevers ihres Mantels und legte sie in Amas knochige Hand.

»Du träumst von einer anderen Gestalt, Kind der Natur«, fuhr Ama so sachlich fort, als würde sie eine Geschichte vorlesen. »Deine Flügel sind möglich. Du wirst sie bald finden.«

Die Seherin erhob sich und richtete ihr gebücktes Selbst langsam zu ihrer vollen Größe auf. Sie kam Gwen jetzt viel größer vor als bei ihrer Ankunft auf dem Gipfel.

»Und wenn es so weit ist, Sophia, pass gut auf dich auf. Vielleicht gibst du zu viel auf, wenn du dich von deinem wahren Selbst abwendest.«

Die Mädchen verabschiedeten sich, verließen die Höhle und kletterten nebeneinander den steilen, kiesbedeckten Weg hinauf.

»Was meinte sie damit, dass du dich von deinem wahren Selbst abwenden könntest?«, wunderte sich Gwen.

Phia zuckte mit den Schultern. »Ich weiß nicht genau …«, sagte sie, aber ihr Blick schien weit fort zu sein.

Den restlichen Weg durch die Höhle legten sie schweigend zurück. Gwen zitterten immer noch die Hände beim Gedanken an ihre Vision. Die Schreie, das Entsetzen – das war kaum zu ertragen. Und dann dieses schreckliche Klopfen, das durch den Albtraum gehallt hatte, wie pulsierendes Blut in den Adern … Es wollte nicht aus ihren Ohren verschwinden.

»Wie sollen wir in so kurzer Zeit den ganzen Rückweg zur Stadt schaffen?«, fragte Phia schließlich.

Gwen schwieg, die Gedanken nach innen gerichtet. Sie war eine Seherin. *Sie* war das Instrument des Wandels. Aber was sollte sie tun, um diesen Wandel anzustoßen?

Kurz vor dem Höhleneingang bekam sie ein ungutes Gefühl. Die Eulen, die mit ihnen gereist waren, schwirrten jetzt um den Gipfel herum, aufgeregt wegen einer neuen Anwesenheit.

»Warte hier«, sagte sie zu Phia und griff nach ihrem Arm. Sie tastete sich an der Höhlenwand zum Eingang vor. Noch bevor sie um die Ecke lugte, hörte sie das Atmen und Scharren von Tieren.

»Hallo?«, rief eine Stimme unmittelbar vor der Höhle. Sie kam Gwen bekannt vor.

Mit eingelegtem Pfeil trat sie aus dem Dunkel der Höhle. Vor ihr stand kein Dominae-Spion, sondern der hochgewachsene, in Pelz gekleidete Krieger Äneas Vierkrall. Rechts und links von ihm standen die schneeweißen Wölfe, die die Mädchen vorher bedroht hatten. Jetzt sahen sie ruhig, fast gefügig aus. Hinter Äneas standen mindestens dreißig Velyn, Männer und Frauen, mit ihren Seelenfreunden. Sie waren mit Bündeln, Kochtöpfen, Speeren, Bögen, Pfeilen und Schwertern bepackt. Und sie sahen aus, als wären sie schon genauso lange wie die Mädchen unterwegs – oder schon viele Jahre mehr.

»Die Wölfe haben uns berichtet, dass ihr eine Eskorte über die Bergspitzen braucht«, sagte Äneas. »Wir möchten euch nicht allein reisen lassen.«

31

Viviana sah zu, wie ihr Cheftüftler zum letzten Mal den verbesserten weißen Tiger-Roboter untersuchte. Sie stand im Türrahmen des früheren Versammlungssaals des Parlaments. Er gab ein ziemlich geräumiges Tüftler-Labor ab.

Viviana schwirrte der Kopf. Nur noch zwei Wochen bis zur Messe und keine ihrer verschiedenen Fallen hatte bisher die jeweilige Beute gefangen. Gerade erst war es ihr gelungen, Sophia Castling aufzuspüren, da hatte sich die Spur des Mädchens auch schon wieder verloren. Anscheinend hatte sie gar nicht vorgehabt, in die Staubige Ebene zu reisen – und Vivianas Kontaktperson an der Schule war entweder zu dumm oder zu langsam gewesen, um es zu merken. Dieser Versager! Viviana ballte die Fäuste, als wollte sie sie um seine Kehle schließen. Ihr Spion würde sich auf der Messe für vieles verantworten müssen. Was jedoch noch beunruhigender und aktueller war: Sie hatte das Gefühl, dass sie in die ernsthaften Anstrengungen des dünnen, langgesichtigen Mannes, der vor ihren Augen den Metalltiger polierte, kein Vertrauen mehr setzen konnte.

»Sie haben einen Sohn, Clarke?«, fragte Viviana, obwohl sie es genau wusste.

»Ja. Er heißt Lyle.«

»Ein guter Schüler, nehme ich an«, sagte sie. »Der darauf brennt, von seinem Vater zu lernen.«

»Das würde ich gern glauben«, antwortete Clarke. Er trat von dem Roboter zurück. »So, fertig. Komplett neu zusammengesetzt. Der Tiger ist bereit für die Messe. Hätten Sie gern eine Vorführung, Gnädigste?«

»Bitte«, murmelte Viviana und kam näher.

Clarke drehte sich um und holte eine kleine Fernbedienung, deren Griff mit roten Edelsteinen besetzt war, vom Arbeitstisch. Er reichte Viviana das Gerät, und noch bevor er die Hand wegziehen konnte, drückte Viviana einen Knopf.

Die Augen des mechanischen Tigers leuchteten auf – in einem künstlich hergestellten, glühenden Rot. Er knurrte und drehte seinen schweren Metallkopf in Clarkes Richtung. Clarke wurde blass und taumelte rückwärts gegen die Wand.

»Gnädigste?«, stammelte er.

Vivianas Gedanken glichen einem summenden Bienenschwarm. Der Roboter bückte sich und stellte sich dann auf die Hinterbeine.

Er schlug nach Clarke, bevor dieser sich ducken konnte. Clarke schrie, als ihm die Stahlklauen des Tigers drei tiefe Wunden quer über das Gesicht zufügten. Dann wich der Tiger zurück und Viviana trat vor.

Clarke bedeckte sein blutendes Gesicht mit den Händen.

»Sie haben ein paar Prototypen des Katalysators verloren gehen lassen«, sagte Viviana. »Sie wie Spielzeuge an ein Nest voller Kinder geschickt! Auf die Gefahr hin, uns zu enttarnen!«

Sie schob Clarkes Hände beiseite. Der Tiger hatte nur knapp sein linkes Auge verfehlt. Clarke wimmerte gequält, als Viviana sein Kinn in die Hand nahm und ihn zwang, ihr ins Gesicht zu blicken.

»Sie sind ein überheblicher Mensch, Clarke«, sagte sie. »Und Sie müssen offensichtlich daran erinnert werden, wem Sie dienen.«

Clarke stöhnte auf; es klang fast wie eine Entschuldigung unter Schichten von Schmerz. Sie ließ seine Hände los und er presste sie sich wieder vors Gesicht.

»Das war nur ein Testmodell, Gnädigste – ich dachte nicht, dass es irgendeinen Schaden anrichten könnte … Es tut mir leid …«, schluchzte er.

»Sie werden sich den Rest Ihrer Tage in Acht nehmen. Keine Prototypen mehr an Orte schicken, wo sie von neugierigen Kindern gefunden werden können. Ihr Leben und das Ihres Sohnes werden nur so lange dauern, bis ich entscheide, dass Sie nicht mehr nützlich sind. Bis dahin werden Sie ein Schatten sein. A. B. Rech-Nung AG wird von nun an unter meiner Führung stehen.«

32

Tremelo saß auf einer Steinbank vor der Bibliothek von Fairmount und rauchte eine Pfeife Tabak. Für vorbeigehende Schüler sah es so aus, als würde er einfach die frische Märzluft genießen. In Wirklichkeit behielt er jedoch den Eingang des Gebäudes für Mathematik und Medizin im Auge. In gut einer Woche würde Vivianas Abrechnung stattfinden und er und Tori waren kurz davor, der Halkyon das letzte notwendige Teil hinzuzufügen – falls sie es in die Finger bekommen konnten.

Die Glocken im Uhrenturm von Fairmount schlugen drei. Tremelo erhob sich von der Bank und schritt durch die eindrucksvollen Marmorbögen des Gebäudes.

Aus ihren Klassenzimmern kommende Schüler strömten an ihm vorbei, als er die breite Marmortreppe in den ersten Stock emporstieg. Hal und Ben waren noch immer verschwunden, aber die Haltung der Schülerschaft von Fairmount hatte sich inzwischen gewandelt. Die Jugendlichen hatten ihre anfängliche Angst verloren und jammerten unverhohlen über die Ausgangssperre. Und auch manch ein Lehrer hatte in letzter Zeit seine Aufsichtspflichten vernachlässigt, um stattdessen bei einem warmen Feuerchen Abendbrot zu essen. Als sich Tremelo den großen Fenstern näherte, die von der Halle auf den Uhrenturm hinausgingen, sah er Tori mit einem schlanken, schwarzhaarigen Jungen – Lyle Clarke – in einer Nische stehen. Tremelo ging langsam auf sie zu und achtete darauf, ihnen nicht zu früh gegenüberzutreten.

»Darf ich es mal halten?«, hörte er Tori fragen. Lyle blickte auf, um nachzusehen, ob die Luft im Gang rein war, und Tremelo tat schnell so, als würde er ein Metallschild mit einer Zimmernummer an der Wand neben ihm lesen.

»Aber nur kurz«, antwortete der Junge so leise, dass Tremelo ihn durch den Lärm der anderen Schüler kaum verstehen konnte.

Als Tremelo sich wieder umdrehte, hielt Tori eine eiförmige Metallkugel in den gewölbten Händen. Sie schien aus Silber gefertigt zu sein und hatte eine Art Naht in der Mitte, die auf eine zweite Lage darunter schließen ließ. Tremelo ging rasch zu den beiden hinüber.

»Was wird das hier, Miss Colubridge?«, fragte er laut und in möglichst strengem, lehrerhaftem Tonfall. »Ihr zwei solltet doch im Unterricht sein! Und was haben wir da?«

»Das ist für ein Experiment, Mr Loren«, antwortete Tori. Lyles Blick huschte erschrocken von Tremelo zu der Kugel, aber Tori genoss ihre Rolle in diesem kleinen Theaterstück. »Für … den Kurs bei Mr Millstone.« Sie blickte Lyle an, der eifrig nickte.

»Ja, genau«, bestätigte er.

Tremelo streckte die Hand aus.

»Rein zufällig weiß ich, dass Millstone diese Woche nur Säuren und Basen in Chemie durchnimmt«, entgegnete er. »Und ich mag es gar nicht, wenn man mich anlügt.«

Toris und Tremelos Blicke trafen sich, als sie ihm zögernd die Kugel reichte. Das Ganze lief glatter, als sie beide gehofft hatten. Tori gab sich schuldbewusst, senkte den Kopf und blickte zu Boden. Lyle machte jedoch einen trotzigen Schritt nach vorn.

»Sie können sie mir nicht wegnehmen«, sagte er. »Mein Vater hat sie mir geschickt und er ist ziemlich einflussreich …«

»Dein Vater hat dir ein wirkmächtiges Maschinenteil geschickt, das bedeutenden Schaden anrichten kann, wenn es unsachgemäß verwendet wird. Es gehört nicht in Schülerhände.«

Tremelo drehte die Kugel vorsichtig und betrachtete sie eingehend. Das Metall schien zu prickeln und an seinen Fingern warm zu werden. Mr Clarke, wer immer er war, tüftelte mit gefährlichen Kräften herum.

»Ich muss es mir genauer ansehen, bevor ich es mit der Post an deinen Vater zurückschicke.« Er packte die Kugel hastig ein und steckte sie in eine Tasche seines Jacketts. »Victoria, Lyle, seid in Zukunft etwas vorsichtiger – das hier ist kein Spielzeug.«

Dann entfernte er sich eilig von den hellen Flurfenstern und erreichte ohne Schwierigkeiten sein unaufgeräumtes Büro. Fenchel wartete geduldig auf seinem Schreibtisch.

Mehrere Minuten vergingen, bis die Tür aufflog und Tori aufgeregt hereinschneite.

»Lebendige Ameisen, der ist vielleicht sauer!«, keuchte sie.

»Steht zu hoffen, dass er nicht sofort seinem Vater Bescheid gibt«, sagte Tremelo. »Wir brauchen Zeit, um das Ding in der Halkyon auszuprobieren.«

»Ich glaube nicht, dass er es ihm überhaupt erzählt«, wandte Tori ein. Sie senkte die Stimme und warf einen Seitenblick auf die Werkstatttür. »Sobald Sie weg waren, ist er ganz zittrig geworden und hat gesagt, wenn irgendjemand erfährt, dass die Kugel hier ist, kommen sofort die Dominae und holen sie sich.«

»Da hat er vielleicht recht«, meinte Tremelo.

»Er macht sich Sorgen um seinen Vater«, sagte Tori. »Sein letzter Brief an ihn ist ungeöffnet zurückgekommen. Lyle hat Angst, dass die Dominae herausgefunden haben, dass ihm Mr Clarke Prototypen geschickt hat. Sie müssen mir versprechen, dass wir niemandem verraten, wo wir die Kugel herhaben, falls wir damit geschnappt werden.«

Tremelo legte eine Hand auf ihre Schulter. Die Begeisterung, die er vorher an ihr bemerkt hatte, war von aufrichtiger Sorge um ihren Freund abgelöst worden.

»Ich verspreche es dir«, antwortete er.

Dann wickelte er die Kugel aus. Als er sie hochhob, lief ein Kribbeln seinen Arm hinauf und seine Haare sträubten sich. Vorsichtig setzte er die Kugel in die Halkyon ein. Welch starke Wirkung die Kugel hatte! Allein bei der Berührung spürte er, wie sich seine Sinne schärften, und als er den Schalter an der Seite der Halkyon betätigte, strömte wunderschöne Musik aus dem Grammofon. Pure Energie ergoss sich aus dem Apparat.

»Es ist genial«, murmelte Tremelo, dem Sog neuer Technologie hingegeben. »Kinetischer Strom, der in einem hochgradig leitenden, aber praktisch unzerstörbaren Metall enthalten ist …«

»Tremelo«, sagte Tori und verschränkte die Arme über der Brust. »Langsamer und eine Erklärung bitte.«

Er sammelte sich und versuchte es noch einmal.

»Dieses Metall ist etwas Besonderes. Es erinnert an Silber, hat aber noch stärkere Eigenschaften ... Ich habe es noch nie zuvor gesehen«, erklärte er. »Diese kleine Kugel verstärkt Energie, sogar das Band selbst. Faszinierend ... und beängstigend.«

Tori legte den Kopf schief und hörte ernst zu. Fenchel saß auf dem Schreibtisch und betrachtete ebenso wie die anderen neugierig die Maschine.

»Meine Maschine verstärkt die Energie des Anima-Bands. Wenn Fenchel und ich an die Maschine angeschlossen sind, stehen unsere Seelen miteinander in Verbindung.«

Tremelo dachte lächelnd an die wie aus dem Jenseits wirkende Musik, die sie schuf. Beruhigend und schön – so wie das Band sein sollte.

»Diese Energie verlässt die Maschine als eine Wellenlänge, die man hören kann wie Musik. Sie hat die Kraft, das Band zu stärken, so wie Gwens Spiel auf der Mundharmonika. Aber eine Maschine, die mit Dominanz gespeist wird, hätte den gegenteiligen Effekt und würde Zwietracht und Chaos verbreiten.«

Er zwirbelte nachdenklich seinen Schnurrbart. »Wir haben erlebt, wozu Sucrette ohne Unterstützung fähig war – es waren bestimmt zwanzig Tiere, die sie letzten Herbst im Wald kontrolliert hat. Mit so einer Maschine könnte eine so starke Dominae wie Sucrette fünfzigmal, ja sogar hundertmal so viele kontrollieren! Und wir können davon ausgehen, dass Viviana extrem stark ist.«

»Was würde sie mit so vielen Tieren auf einmal machen wollen?«, fragte Tori.

»Keine Ahnung«, antwortete Tremelo. »Das will ich mir gar nicht vorstellen. Aber wenn es möglich ist, das Band mit der Kugel zu verzerren, statt zu verstärken, können wir Vivianas Maschine mit unserer Halkyon entgegenwirken. Ich hoffe nur, dass dieser Prototyp ebenso wirkungsvoll ist wie der endgültige, den sie auf der Messe haben wird.«

Tori schrie auf und Tremelo zuckte auf seinem Stuhl zusammen. Er blickte von der Halkyon auf und stellte fest, dass Tori entsetzt zum Bürofenster hinübersah.

»Es ist eins von diesen Viechern«, erklärte sie, stand von ihrem Stuhl auf und wich bis an die hintere Bürowand zurück. »Einer von ihren Metallvögeln spioniert uns aus!«

Tremelo schritt entschlossen zum Fenster und schrak zurück. Tori hatte recht – eine riesige Metallkrähe, mindestens viermal so groß wie ein echter Vogel, saß unheilvoll auf dem Ast vor dem Fenster. Sie starrte Tremelo mit kalten schwarzen Augen direkt an. Irgendetwas im mechanischen Innern des Vogels klickte und surrte und sein Metallschnabel öffnete sich knarrend.

Tremelo!, sagte der Vogel mit einer vertrauten Stimme.

Ich bin's, Ben! Wenn Sie diese Nachricht erreicht, habe ich das Ding hier wieder richtig zusammengesetzt!

Tremelo stützte sich auf dem Fenstersims ab; dass Bens Stimme aus diesem fürchterlichen Apparat schallte, verschlug ihm die Sprache. Er war erleichtert, fürchtete sich aber vor dem, was als Nächstes kommen würde. Tori drängte sich neben ihn und zusammen lauschten sie dem Vogel.

Wir sind entführt worden, Hal und ich, vom Schakal – er hat uns in einen Bunker in der Staubigen Ebene eingesperrt, aber er will uns zur Entwicklungsmesse mitnehmen.

Tori gab einen erschrockenen Laut von sich, sagte aber nichts.

Ich kann nicht lange reden. Aber ich muss euch warnen – er wird auf der Messe sein und er hat vor, einen Krieg anzufangen. Es ist Zeit zu handeln. Ihr müsst die Velyn suchen und Äneas überzeugen, euch zu helfen. Wenn sie wissen, dass der Schakal da sein wird, sind sie viel-

leicht bereit zu kämpfen. Bitte findet sie und die RATTEN auch – bringt so viele mit, wie ihr könnt!

Die Maschine hörte auf zu surren. Ihre Augen, die rot geflackert hatten, während die aufgezeichnete Stimme abgespielt worden war, erloschen wie die letzten Funken eines Feuers.

»Der Schakal!«, flüsterte Tori. »Ich dachte, der wäre tot!«

Tremelo schüttelte den Kopf. Wut stieg in ihm auf.

»Das Parlament hat ihn in die Staubige Ebene verbannt«, erklärte er. »Er wurde dort gefangen gehalten. Aber es war wohl nur eine Frage der Zeit, bis er dort an Einfluss gewinnen würde, bei so vielen Vogelfreien, die auf Chaos statt Ordnung aus sind.«

»Was können wir tun?«, fragte Tori. »Wir können Vivianas Maschine nicht aufhalten, wenn wir dazu gegen die Dominae *und* den Schakal kämpfen müssen. Dazu bräuchten wir eine Armee!«

Tremelo ging zum Schreibtisch zurück. Die Messe würde nächsten Samstag stattfinden. Die Zeit lief ihnen zu schnell davon.

»Ben hat recht, was die Velyn betrifft. Wenn der Schakal dort ist, kommen sie vielleicht zurück und kämpfen an unserer Seite«, sagte er. »Aber sie sind weit draußen im Gebirge. Ich weiß nicht, wie ich sie benachrichtigen sollte.« Er fasste sich an die Stirn und versuchte, den Drang zu unterdrücken, sich einfach mit einem Glas Wurzelkrautschnaps in sein Quartier zurückzuziehen.

Tori stellte sich neben ihn.

»Per Rigi oder Telegramm können wir sie nicht mehr rechtzeitig informieren.« Sie sah ihn mit einem hoffnungsvollen Lächeln an. »Aber Ben hat Ihnen nicht nur eine Nachricht geschickt. Sondern auch die perfekte Art und Weise, Ihre Armee zu erreichen.«

33

Der nächste Samstag brachte eine dichte Wolkendecke mit, die die Graue Stadt in ein trübes Licht tauchte. Im Norden der Hauptstadt war die Entwicklungsmesse in vollem Gange. Zelte säumten in mehreren Reihen das offene Feld, in jedem die Erfindung eines anderen Tüftlers. Am hinteren Ende des Geländes war das Scavage-Feld bepflanzt worden – mit Gewächsen und Sträuchern, die von der südlichsten Spitze des Königreichs hergeschafft worden waren und das Feld in ein üppig bewachsenes Gelände verwandelt hatten. Zwischen den Ausstellungszelten und dem Feld befand sich eine erhöhte Bühne, auf der Viviana ihre Rede vor der Menge halten wollte, die am Nachmittag auf den Tribünen versammelt sein würde.

Bürger aus allen Ecken Aldemars gingen zwischen den Verkaufszelten auf und ab und in den Gängen dazwischen trugen

Kinder Papierkronen und Girlanden um den Hals, spielten Fangen mit Tieren und ließen sich geröstete Körner und kandierte Äpfel schmecken. Vor einem riesigen Pavillon lud ein Schild die Besucher ein, sich die Wunder der Zukunft anzusehen, während das maßstabsgetreue Modell einer neueren Rigimotive-Lok in einer Schleife auf Schienen zum Eingang hinein- und wieder herausfuhr.

Tremelo wanderte zwischen den Ständen umher und hielt bei jeder seltsamen Erfindung nach Anzeichen für Vivianas Abrechnungmaschine Ausschau – für den Fall, dass der Apparat irgendwo auf dem Messegelände versteckt war. Doch er entdeckte in den Ausstellungszelten nur jede Menge leistungsstarke Messerschleifer und einen komplizierten elektrischen Apparat, der das Bett machen sollte.

Am Ende einer Zeltreihe lag der Bereich, in dem der Wissenschaftswettbewerb stattfinden sollte. Die Schüler standen stolz hinter mehreren Tischen und präsentierten ihre Arbeiten. Unter ihnen Tori mit der Halkyon.

»Na, zuversichtlich, Miss Colubridge?«, fragte Tremelo, als er zu den Tischen zurückkehrte.

»Oh ja, Sir«, antwortete Tori und lächelte breit für die Schüler und Lehrer, die im Ausstellungsbereich versammelt waren. »Ich glaube, ich hab hier definitiv einen Siegeskandidaten.«

Wie schon seit mehreren Wochen schien die Halkyon eine ausgeklügelte Spieldose zu sein, mit Grammofontrichtern, die aus einem würfelförmigen Gehäuse emporragten. Die Kugel – das letzte Bauteil – lag sicher in Tremelos Manteltasche. Er klopfte Tori auf die Schulter und zog sich hinter den Ausstellungsbereich zurück, wo er seinen Motorbuggy abgestellt hatte. Er hatte sich freiwillig gemeldet, um den Transport der zerbrechlicheren Wettbewerbsbeiträge von Fairmount zur Grauen Stadt zu beaufsichtigen. Das lieferte ihm den Vorwand, einen Koffer dabeizuhaben, in dem er alle möglichen nützlichen Waffen unterbringen konnte. Außerdem hatte er Bert mitgebracht, der auf dem Beifahrersitz ein Nickerchen machte.

Tremelos Platz war von der Hauptbühne kaum zu sehen. Viviana würde sich in einer Stunde an die Menge richten. Nur eine Stunde Zeit, um Ben zu finden, die Abrechnungsmaschine aufzuspüren und ihre Wirkung mithilfe der Halkyon aufzuheben.

Das Krächzen eines mechanischen Vogels schallte über das Stimmengewirr der Messebesucher hinweg und eine Flanke von Dominae-Wachen, alle in grauen Uniformen, marschierte den Hauptweg zwischen den Zelten entlang. Drei Clamoribus-Vögel saßen auf abgewinkelten Stäben, die von den Wachen ganz vorn in der Parade hochgehalten wurden. Hinter den ernsten Wachen, ein einladendes, breites Lächeln auf dem allzu vertrauten Gesicht, ging Viviana. Tremelo holte tief Luft, um sich zu beruhigen, was jedoch seine Wirkung verfehlte. Viviana marschierte direkt auf die Tische des Wissenschaftswettbewerbs zu.

»Mr Loren!«, rief eine fröhliche Stimme. Jerri, Shonfields Assistent, kam auf ihn zu. Wie üblich hielt er sich das Klemmbrett vor die Brust und die Brille saß leicht schief auf seiner knochigen Nase. »Sind Sie als Mentor von irgendjemandem unserer Teilnehmer beim heutigen Wettbewerb dabei?«, wollte er wissen.

»Nur als Beobachter«, antwortete Tremelo. Er stand auf den Zehenspitzen und versuchte, Viviana im Auge zu behalten.

»Ah, ja«, murmelte Jerri und folgte seinem Blick. »Die ist ganz schön gebieterisch, was?«

»Hmm«, machte Tremelo und hörte kaum zu.

Jerri winkte, als er sah, dass Mrs Shonfield herbeieilte und sich durch die Menge von Bürgern und Schülern zwängte, die alle drängelten, um einen Blick auf Viviana zu erhaschen.

»So, Jerri«, sagte sie. »Viviana und die Preisrichter sind im Anmarsch. Wer ist der Erste auf der Liste, der seine Erfindung vorstellen darf?«

Jerri zog sein Klemmbrett zurate.

»Colubridge, Victoria.«

»Tori? Jetzt?«, fragte Tremelo. Aus den Augenwinkeln beobachtete er, wie sich die Prozession um Viviana herum den Tischen der Schüler näherte.

»Na klar«, antwortete Jerri. »Es ist am besten, stark anzufangen, wenn die Prominenz zusieht!« Er nickte in die Richtung der nahenden Dominae und wieselte hinter Shonfield her zu Toris Tisch. Tremelo blieb in der Nähe und suchte seine zitternden Hände in seinen Taschen zu verbergen. Aus Vivianas Gefolge näherten sich ein älterer Herr mit weißem Spitzbart und eine Frau mit leicht schräg sitzender lila Mütze, die Preisrichter. Während sie mit Shonfield und Jerri die Halkyon bewunderten, fing ein besorgter Tremelo Toris Blick auf. Zu seiner Überraschung zwinkerte sie ihm zu.

»Die Halkyon spielt per Zufall erzeugte Noten ab, je nach Anima des Zuhörers und je nach Stärke ihrer Verbindung«, erklärte Tori. Sie hatte ihren Text perfekt gelernt.

»Wie reizend«, sagte Shonfield mit einem Blick auf die beiden mürrisch dreinschauenden Preisrichter. »Kannst du uns das einmal vorführen?«

»Selbstverständlich!« Tori legte ihre Perlentasche auf den Tisch und zwei schwarze Schlangen krochen heraus. Sie schnupperten am Sockel der Halkyon und glitten dann in eine Nische seitlich an der Maschine. Hier, wo das Metall im Innern mit einer Reihe empfindlicher Drähte verbunden war, rollten sich die Schlangen zu geschmeidigen Spiralen zusammen. Tori schloss eine metallene Manschette um ihr Handgelenk. Die Halkyon fing an, musikalische Klänge von sich zu geben – in Toris Fall waren die Töne etwas schief, aber schön, fast schelmisch. Tremelo grinste. Die Menge vor den Tischen zerstreute sich und dann sah er Viviana. Ihre Augen huschten umher, als suchte sie nach der Quelle dieses seltsamen Geräuschs. Dann legte sie sich eine Hand an die Schläfe, um die Augen abzuschirmen, schüttelte leicht den Kopf und ging weiter. Tremelo atmete einen Schwall Luft aus, von dem er nicht mal gewusst hatte, dass er ihn überhaupt angehalten hatte.

»Uff«, stöhnte Mrs Shonfield, als die Preisrichter zum nächsten Tisch weitergingen. »Hast du den Stress genossen, Victoria? Das hast du jedenfalls gut gemacht. Ich glaube, sie waren ziemlich beeindruckt.«

»Danke«, antwortete Tori ein bisschen zu unbekümmert. »Aber ich hatte ja ein wenig Hilfe.« Sie legte die Hand nach oben geöffnet auf den Tisch und Shonfield lachte, als die beiden schwarzen Schlangen die Maschine verließen und in Toris Tasche zurückkrochen.

»Ja, verstehe!« Lächelnd ging Shonfield zum nächsten Teilnehmer weiter.

»Gut gemacht«, lobte Tremelo, sobald Shonfield und Jerri außer Hörweite waren.

»So viel Aufwand und Viviana hat kaum hergesehen«, sagte Tori und klang fast enttäuscht.

»Warte nur ab«, sagte Tremelo. Wenn die Kugel erst mal platziert war, würden sie sicher Vivianas Aufmerksamkeit erregen.

Sie hoben die Halkyon vom Tisch und trugen sie hinter die

Zeltreihe zu Tremelos Motorbuggy. Tremelo setzte Lyles Kugel behutsam in das Nest, das sie im Gehäuse der Halkyon dafür geschaffen hatten.

»Versuchen wir es«, schlug Tori vor. »Wo ist Fenchel?« Sie musste fast schreien, so laut war das Treiben auf der Messe.

Tremelo sah sich nach seiner Seelenfreundin um. Er hatte Fenchel losgeschickt, die RATTEN zu suchen, mit einer Nachricht für Digby Barnes und einer für Gwen. Von Gwen hatte er nichts gehört, seit sie Fairmount verlassen hatte, und die RATTEN waren unmöglich zu finden, selbst für ihn. Seit er den Clamoribus auf die Suche nach den Velyn ins Gebirge geschickt hatte, war auch von diesen keine Antwort gekommen. Er hatte es Tori noch nicht eingestanden, aber er machte sich Sorgen, dass keine Hilfe kommen würde.

»Tremelo – sehen Sie mal!«, rief Tori. Sie deutete auf den erhöhten Fußweg, auf dem sich die Messebesucher drängelten. Unter ihnen war der verschwundene Lehrer Dr. Graves. Sein halbes Gesicht war unter einem Schal verborgen, den er sich umgewickelt hatte. Er stand allein an der Seite eines Zelts, das für Madame Victrolas echte Schneckenschleim-Gesichtscreme warb, und sah so zufrieden aus wie eine Nacktkatze in einem Schneesturm. Immer wieder blickte er verstohlen an der langen Zeltgasse entlang, als erwartete er jemanden.

»Meinen Sie, dass er Ben sucht?«, fragte Tori.

»Die hinterlistige Kakerlake«, sagte Tremelo verächtlich. »Bleib hier.« Sein Blut kochte bei Graves' Anblick – er war der Grund, weshalb Ben Fairmount verlassen hatte und dem Schakal in die Arme gelaufen war. Tremelo ärgerte sich erneut über sich selbst, weil er nicht da gewesen war, als der Junge ihn gebraucht hatte.

Tremelo schlängelte sich durch die Menge. Er stürmte auf

den Fußweg und war bereits bei Graves, bevor der hakennasige Mann überhaupt reagieren konnte. Tremelo packte ihn am Schal und zerrte ihn unter die Zuschauertribüne.

»Was machen Sie hier?«, fauchte er ihn wütend an, sobald sie außer Sicht waren. Er schob Graves mit dem Rücken gegen einen Holzpfosten. »Für wen arbeiten Sie?«

»Sie Verrückter! Lassen Sie mich los, Sie haben doch keine Ahnung –«, stammelte Graves und versuchte, Tremelos Hände wegzuziehen. Tremelo hielt ihn nur umso fester. Hinter ihm erschien Tori, etwas außer Atem. Neben ihr trottete Fenchel mit wischendem Schwanz, zurück von ihrem Ausflug in die Bolzen.

»Wo ist Ben? Arbeiten Sie für die Dominae oder den Schakal?«, wollte Tremelo von Graves wissen.

Graves klappte vor Schreck die Kinnlade herunter und dann zog er wütend die Augenbrauen zusammen.

»Den Schakal? Sie müssen wahnsinnig sein. Ach, vergessen Sie es, ich *weiß*, dass Sie wahnsinnig sind.«

Tremelo zog Graves mit einem Ruck von dem Pfosten weg und hielt ihn am Kragen in die Höhe. Fenchel jaulte. Graves schrie auf und hob protestierend die Hände.

»Sagen Sie mir, was Sie über Ben wissen, sonst gnade Ihnen –«

»Lassen Sie mich in Ruhe!«, sagte Graves und wich Tremelos funkelndem Blick aus. »Ich arbeite nicht für die Dominae!«

»Für wen dann?«, knurrte Tremelo.

»Die RATTEN natürlich!«, antwortete Graves.

»Was?«, rief Tremelo. »Was wissen Sie über die RATTEN?«

»Ich gehöre zu ihnen«, zischte Graves. »Ich bin aus einem Nest nördlich der Stadt.«

Tremelos Hand zitterte, aber er schloss die Faust noch fester um Graves' Kragen.

»Beweisen Sie es«, verlangte er.

»Barnes war dagegen – aber Merrit Locksman und die RATTEN aus dem Norden haben abgestimmt, mich nach Fairmount zu schicken. Das war direkt nachdem der Älteste und das Mädchen abgereist waren, um Sie zu suchen. Wir wussten, dass sie nach etwas Wichtigem suchten und dass Viviana Spione auf sie angesetzt hatte. In Fairmount konnte ich Sie im Auge behalten und herausfinden, wie weit die Schule von den Dominae unterwandert ist. Wir wussten ja nicht, auf welcher Seite Sie stehen würden.«

»Auf welcher *Seite*?«, spottete Tori. »Wissen Sie eigentlich, mit wem Sie da reden?«

Graves sah sie an, als wäre sie eine Heuschrecke, die gerade auf seinem Ärmel gelandet war.

»Ich kannte Ihren Ruf, als ich ankam, Tremelo – ebenso wie den Ihres Vaters, des Verrückten. Aber Ihr Getüftel war verdächtig … Ihre Experimente stimmten genau mit den Berichten überein, die wir über Technologien der Dominae aus den Roten Hügeln erhalten hatten.«

Tremelo ließ Graves' Kragen los und trat entsetzt zurück.

»Ihr dachtet, *ich* würde für die Dominae experimentieren?«

Graves' Gesicht wurde noch röter als zuvor und er nutzte die Gelegenheit, erbost seinen Schal und seinen Tweedumhang zurechtzuziehen.

»Ist das denn so abwegig? Sie haben doch im letzten Jahrzehnt kaum mitbekommen, was wir machen – waren zu sehr mit Pfeiferauchen beschäftigt! Und als ich erfahren habe, dass die Dominae bestimmte Kinder beobachten« – er warf einen Blick auf Tori, die aufgebracht hinter Tremelo stand – »und dann gemerkt habe, dass *Sie* sich für sie interessieren, musste ich handeln. Da habe ich den jungen Mr Walker konfrontiert. Ich wollte ihn nur schützen!«

»Na, das haben Sie ja gründlich vermasselt, was?«, versetzte Tori. »Jetzt sind er und Hal vom Schakal entführt worden!«

»Linkes Ohr der Natur«, stieß Graves wütend hervor. »Wenn das stimmt, warum haben Sie dann nicht die RATTEN alarmiert?« Er sah Tremelo vorwurfsvoll an.

»Die RATTEN sorgen dafür, dass sie nur schwer zu finden sind«, entgegnete Tremelo und blickte ebenso zornig zurück. Dann sah er kurz zu Fenchel hinunter, die zu seinen Füßen saß, doch er brauchte sich nicht lange auf sie zu konzentrieren, um zu begreifen, dass sie in den Bolzen kein Glück gehabt hatte.

»Ich wusste, dass irgendwas mit diesem Jungen los ist«, sagte Graves. »Er ist die Anima Tiger, genau wie ich vermutet habe – und Sie haben zugelassen, dass er verschwindet und wem oder was auch immer auf Gedeih und Verderb ausgeliefert ist!«

»Tremelo! Tori!«

Die vertraute Stimme riss Tremelo aus seiner Wut – es war Gwen, die über den erhöhten Fußweg rannte. Zu seinem Erstaunen war Phia bei ihr. Tori schrie überrascht auf, lief ihnen entgegen und umarmte Phia, während Fenchel mit vor Freude aufgestellten Ohren hinterherhüpfte. Gwen eilte zu Tremelo.

»Der Natur sei Dank, dass es euch beiden gut geht!«, sagte er und umfasste breit grinsend Gwens Schultern. »Wo wart ihr? Seid ihr verletzt? Wo ist das Glas? Ist es in Sicherheit?«

»Uns geht es prima und dem Glas auch«, antwortete Gwen. Sie klopfte auf ihren Rucksack. »Ich habe Ihnen so viel zu erzählen!«

Phia sah sich besorgt um.

»Wo ist Ben?«, fragte sie. »Und Hal?«

»Sie sind vor ein paar Wochen allein losgezogen und wurden gefangen genommen«, erklärte Tremelo. »Aber sie sind irgendwo hier und brauchen Hilfe.«

»Gut, wir haben nämlich Hilfe mitgebracht.«

Gwen blickte in den Himmel hinauf, wo Tremelo eine riesige schwarze Gestalt kreisen sah.

»Ist das Carin?«, fragte er Phia, doch noch während er es aussprach, erkannte er, dass das Wesen zu groß und seine Bewegungen zu gleichmäßig waren. Das war kein echter Vogel – sondern ein Clamoribus.

»Das ist ihr Bote«, erklärte Gwen. »Die Velyn haben die Nachricht bekommen und geantwortet.«

Sie führte die anderen durch das Gerüst und am Motorbuggy vorbei zu der Stelle, wo das Messegelände an den Wald grenzte, der die Graue Stadt umgab. Hier war der Messelärm gedämpft und die Menschenmengen schienen weit weg zu sein. Gwen zeigte auf die Bäume.

Männer und Frauen begannen, aus der Dunkelheit zwischen den Bäumen ins Licht des Ausstellungsgeländes zu treten. Die Velyn, angeführt von Äneas Vierkrall, überschritten den Saum des Waldes und gingen auf Tremelo zu.

»Ihr seid gekommen«, stellte Tremelo fest und konnte kaum glauben, was er sah. »Ich wusste nicht, ob ich euch erreichen würde.«

Äneas trat vor und gab Tremelo die Hand.

»Leider nicht alle von uns«, sagte er. »Viele Velyn sind noch nicht bereit, sich dem Rest des Königreichs zu zeigen. Aber ich wurde vom Wahren König gerufen. Wir sind bereit, Euch zu folgen.«

Tremelo war sprachlos. Normalerweise war er fast nie um eine

Antwort verlegen, aber in diesem Augenblick brachte er kein Wort heraus. Sein Herz schwoll vor Dankbarkeit.

»Ich glaube es nicht«, sagte Graves, der mit offenem Mund dastand. »Die Velyn – sie sind hier. Sie leben!«

»Schön, dass ihr euch alle miteinander bekannt macht«, meldete sich Tori zu Wort. »Aber ein paar von uns müssen ihre Freunde wiederfinden!«

»Wir wissen ja nicht mal, wo wir anfangen sollen, nach den Jungs zu suchen«, entgegnete Tremelo.

»Ich glaube, da kann ich helfen«, sagte Graves.

Seine Nasenlöcher blähten sich, als er einatmete. »*Ich* bin nicht der Dominae-Spion, den ihr sucht, aber ich weiß vielleicht, wer es ist. Wenn wir ihn finden, finden wir auch die Jungen.«

34

Ben und Taleth kauerten zusammen in einem mit einer Zeltplane bedeckten Metallkäfig. Davor saßen zwei Söldner des Schakals aus der Staubigen Ebene. Der Schakal hatte nicht übertrieben, als er seine Armee von Gesetzlosen beschrieben hatte. Die Männer waren schäbig gekleidet und trugen große Messer als Waffen. Sie waren angeheuert worden, um nach Mitgliedern der Dominae Ausschau zu halten – oder nach jedem anderen, der versuchen könnte, Ben mitzunehmen –, während der Schakal und seine üblichen Wachen oberirdisch patrouillierten.

Sie waren ein paar Tage zuvor in einer Autokolonne vom Bunker aus aufgebrochen. Ben hatte zum ersten Mal seit dem Tag der Entführung einen Blick auf Hal erhaschen können: Die Wachen des Schakals hatten Hal mit Gewalt in ein einzelnes Auto geschleppt, während Ben und Taleth in einen Viehanhänger geschoben worden waren. Hal hatte dünn und abgezehrt ausgesehen und dunkle Ringe unter den Augen gehabt.

Sie waren bereits viele Stunden zuvor auf der Messe eingetroffen. Ben spürte, dass er und Taleth sich unter der Erde befanden. Von oben drang ein stetiger dumpfer Lärm von Musik und Schritten herunter und Ben konnte überall um sich herum feuchte Erde riechen. Am Vormittag hätte er mehrere Stunden lang schwören können, dass er die Geräusche eines Scavage-Spiels gehört hatte, das über ihm ausgetragen worden war – Rennen und Beifall. Er schmiegte sich an Taleths Seite und spürte ihren Atem in seinem Ohr. Sie hasste es, in dem Käfig zu sein: Alle paar Minuten schauderte sie, änderte ihre Haltung und schnaubte ihre Sorge hinaus. Sie drängte sich an Ben und vergaß ganz, dass sie ihn leicht zerdrücken konnte, wenn sie nicht aufpasste. Ben für seinen Teil war noch nie erschöpfter oder furchtsamer gewesen.

Aber jetzt spitzte sich alles zu: Jeden Augenblick würden Ben und Taleth aus diesem Tunnel auf eine Bühne geführt. Dort würde sich Taleth vor dem Schakal verbeugen oder sie würden beide umgebracht werden, ebenso wie Hal. Ben sah keinen Ausweg, für keinen von ihnen. Selbst Taleth hatte sich mit ihrer Rolle abgefunden, obwohl sich Ben bei dem Anblick, wie sie sich vor dem Schakal verbeugte, schuldig und traurig fühlte. Er hatte eine enge Verbindung zu ihr gewollt, sein Band. Aber alles, was er jetzt von ihr spürte, war Verwirrung und Angst. Am meisten sorgte ihn jedoch die Frage, was passieren würde, wenn sie getan hatten, was der Schakal von ihnen verlangte. Er würde keine Verwendung mehr für sie haben.

»Hallo, Jungs.«

Ben hörte eine fröhliche Stimme in den Nebenraum kommen, in dem der Käfig versteckt war. Er hob den Kopf und spürte, wie Taleth ihre Muskeln anspannte. Das war es.

Doch dann hörte er einen dumpfen Schlag, dann noch einen, und dann das Geräusch zweier schwerer Männer, die zu Boden fielen. Er hielt den Atem an und drückte sich an Taleth. Ein Schritt, noch einer – und dann wurde die Plane über Bens Käfig weggerissen.

Ein dünner Mann mit Messingbrille lächelte zu ihm hinunter. Es war Jerri, Shonfields Assistent. In der Hand hielt er eine kunstvoll verzierte Donnerbüchse mit einem Hirsch und einer Krähe an der Seite. Zu seinen Füßen bibberten und piepsten zwei Eichhörnchen vor Angst, als sie Taleth sahen.

»Gott sei Dank«, sagte Jerri und blickte von Ben zum Tiger. »Ihr seid beide unversehrt!«

»Jerri?«, wunderte sich Ben. »Wie hast du uns gefunden?«

»Das ist eine lange Geschichte«, antwortete Jerri. »Ich bin bloß froh, dass es geklappt hat!«

Er hob den Riegel an der Käfigtür an und ging zur Seite, damit Ben herausklettern konnte. Taleth folgte ihm und strich dabei mit ihrer pelzigen weißen Flanke über die Stangen, als sie vorwärtstappte. Jerri trat zurück, als sie an ihm vorbeiging

»Hier entlang«, sagte Jerri und machte sich auf den Weg in den Tunnel. Die Eichhörnchen huschten voraus.

»Weiß Shonfield, dass du hier bist?«, fragte Ben.

Jerri warf ihm einen Blick über die Schulter zu. »Natürlich – sie und Tremelo waren krank vor Sorge.«

»Woher wusstest du, dass ich hier bin?«, wollte Ben wissen.

»Ich hab ein paar zwielichtige Typen in der Nähe der Bühne herumlungern sehen – sahen aus, als kämen sie aus der Staubigen Ebene.«

»Verstehe ich nicht«, sagte Ben. »Was ist mit Graves? Er arbeitet für die Dominae – er hat versucht, mich in der Schule anzugreifen.«

»Ich weiß«, erwiderte Jerri. »Ich war dabei. Tut mir leid, dass ich nicht mehr tun konnte.«

Jerris Eichhörnchen sprangen voraus; ihr Geschnatter hallte von den Tunnelwänden wider.

»Du warst das in der Nacht!«, rief Ben. »Deine Eichhörnchen haben Graves davon abgehalten, mich zu entführen!«

»Jeder gute Assistent einer Dekanin würde das Gleiche tun.« Jerri lächelte. »Leider habe ich ihn nicht erwischt. Er ist immer noch auf freiem Fuß. Aber wenigstens bist du jetzt in Sicherheit!«

Ben hatte Mühe, Schritt zu halten, als ihn Jerri immer weiter in den Tunnel führte. Immerhin war sein Albtraum vorbei – solange es Hal auch gut ging.

»Wo ist Hal?«, fragte Ben. »Ich weiß nicht, wo ihn der Schakal hingebracht hat. Suchen wir ihn?«

»Er ist gesund und munter«, versicherte ihm Jerri.

Ben hatte das Gefühl, als wäre ihm ein Amboss von den Schultern genommen worden. Hal war in Sicherheit und bald würden er und Taleth es auch sein. Er drehte sich um, um die Hand auf Taleths Flanke zu legen, doch sie war nicht da. Sie war beim Käfig und bei den am Boden liegenden Wachen stehen geblieben und rieb ihre Seite nervös an der offenen Tür. Ein grollendes Knurren drang aus ihrer Kehle.

»Komm schon, Taleth«, forderte Ben sie auf.

»Was ist denn?«, fragte Jerri und drehte sich um.

»Taleth kommt nicht, sie ist zu nervös«, erklärte Ben.

Taleth zeigte die Zähne.

»Irgendwas stimmt nicht«, sagte Ben.

Jerri kam ein paar Schritte zurück.

»Hier sind überall Dominae-Soldaten«, sagte Jerri. »Wir sind unter dem Messegelände. Wahrscheinlich spürt sie, in welcher Gefahr wir schweben. Wir müssen uns beeilen.«

Jerri griff nach Ben, als wollte er ihn zum Weitergehen bewegen. Taleth rannte auf die beiden zu und holte mit der linken Pfote und ausgestreckten Krallen nach Jerri aus. Dieser sprang zurück und hob die Donnerbüchse, die er in der Hand hielt.

»Zähne der Natur«, fluchte er und richtete die Waffe auf Taleth.

»Nicht!«, brüllte Ben. »Sie hat es nicht so gemeint.« Doch sobald er es ausgesprochen hatte, wusste er, Taleth *hatte* Jerri angreifen wollen. Eine schreckliche Ahnung beschlich ihn.

»Wer hat dich geschickt, Jerri?«, fragte er und wich zurück. Taleth blieb knurrend und gebückt an seiner Seite, bereit, jeden Moment wieder anzugreifen.

»Plan A funktioniert offensichtlich nicht«, sagte Jerri und behielt die Donnerbüchse auf Taleth gerichtet. »Aber das ganze Schuljahr nach dir zu suchen und dich dann einfach abzuknallen? Um der Natur willen!«

»*Du* bist der Spion«, flüsterte Ben. Grauen machte sich in ihm breit. Es war niemals Graves gewesen.

»Zu deinen Diensten.« Jerri tippte sich an die Schläfe. »Oder besser, zu Diensten meiner Herrin. Viviana wird äußerst zufrieden sein, wenn sie erfährt, dass ich dich gefunden habe. So zufrieden, dass sie meinen Irrtum darüber, wer von euch wirklich das Kriegskind ist, ganz vergessen wird. Ich hatte deine Freundin Phia beobachtet, bis sie verschwunden ist. Als ich herausgefunden hatte, dass du es bist, konnte ich wegen der Sicherheitsmaßnahmen der Schule nicht Bescheid geben. Dieses Durcheinander hätte mich den Kopf gekostet, aber jetzt! Hier bist du – eine willkommene Überraschung, um mich bei meiner Herrin wieder beliebt zu machen. Komm mit.«

Ben rührte sich nicht. Er hatte die Hände zu Fäusten geballt. Taleth konnte Jerri mit Leichtigkeit umbringen, dass wusste er, wenn sie nur einmal mit der Tatze nach ihm schlug. Aber Jerri hatte die Waffe direkt auf sie gerichtet, aus zu geringer Entfernung, als dass er sie verfehlen könnte. Wenn sie zuschlug, würde er abdrücken.

»Wenn du nicht mitkommst«, sagte Jerri, »bleibt mir nicht viel anderes übrig, als dich gleich hier und jetzt zu erledigen.« Er entsicherte die Waffe. »Eine Schande – ich weiß, Viviana hätte die Ehre lieber ganz für sich selbst gehabt.«

35

Ben sank an Taleths Flanke zurück und suchte den Tunnel nach einer Fluchtmöglichkeit ab. Er konnte nirgendwohin – hinter ihm waren nur der Käfig und die zwei Wachen, die jeden Augenblick zu sich kommen konnten. Er spürte, wie Taleth die Schultern krümmte. Sie brüllte.

»Jerri, bitte. Du brauchst doch nicht –«

Doch Jerri zuckte plötzlich zusammen und blickte auf seine Füße hinunter.

»Was zum –«

Zwei schwarze Schlangen wanden sich um Jerris Knöchel und schlängelten sich an seinen Hosenbeinen hinauf. Jerri trat zuerst mit dem linken Fuß, dann mit dem rechten und versuchte, die Schlangen abzuwerfen. In diesem Moment ging ein Falke – Carin – genau vor Jerri zu Boden und schnappte sich die Donnerbüchse. Er hievte die Waffe von ihm fort und schlug kräftig mit den Flügeln, um sie außerhalb seiner Reichweite zu bringen.

»Hey!« Jerri stolperte ihr nach und versuchte noch immer, die Schlangen abzuschütteln. Ben trat genau in dem Moment zurück, als zwei Arme aus der Dunkelheit zugriffen, Jerri von hinten festhielten und ihn zu Boden drückten.

»Gwen, nimm seine Beine!«, brüllte Phia, die die Arme fest um Jerris Taille geschlungen hatte. Gwen erschien, packte Jerris Füße und band sie schnell mit einem Seil zusammen. Tori tauchte aus dem Dunkeln hinter ihnen auf und sammelte ihre Schlangen ein.

»Ihr habt mich gefunden!«, rief Ben. Er sprang zu seinen Freundinnen hinüber und drückte Jerri an den Schultern nach unten, während Gwen seine Hände zusammenband und die Knoten festzog. Taleth schritt um alle herum. Als sich Jerri wehrte, schnurrte sie.

»Lasst mich los!«, schrie Jerri.

»Kommt nicht infrage«, murmelte Ben. Er half den Mädchen, Jerri in den Käfig zu ziehen, dann verriegelte er unter Geschepper die Tür.

»Ihr macht die Sache nur noch schlimmer für euch«, fauchte Jerri. »Viviana wird nach mir suchen!«

»Wird es dir dann nicht peinlich sein, wenn sie dich so findet?«, fragte Tori.

Da Jerri jetzt außer Gefecht gesetzt war, stürzte Ben nach vorn, um seine Freundinnen richtig zu begrüßen, und stolperte dabei fast über seine eigenen Füße. Phia umarmte ihn stürmisch und Ben drückte sie fest an sich. Er lachte.

»Wie habt ihr mich gefunden?«, fragte er.

»Durch Graves!«, erklärte Gwen. »Er hatte Jerri die ganze Zeit schon in Verdacht. Wir mussten ihn nur finden und schon hat er uns direkt zu dir geführt. Graves hat nie für die Dominae gearbeitet – er gehört zu den RATTEN und sucht jetzt nach ihnen. Dann kommen sie und helfen uns!«

»Alles in Ordnung mit dir?«, erkundigte sich Tori.

»Kommt drauf an, was du mit ›in Ordnung‹ meinst«, entgegnete Ben.

»Ich hätte euch nicht gehen lassen sollen«, sagte Tori. »Hätte ich mir denken können, dass ihr Jungs euch in solche Schwierigkeiten bringt.«

Taleth kam vor und berührte Toris Hand mit der Schnauze.

»Wir müssen euch zu Tremelo bringen«, fuhr Tori fort. Sie zögerte. »Wo ist Hal?«

Ben fühlte sich, als wäre soeben ein schwerer Stein von seiner Brust in seinen Bauch gefallen. Hal.

»Der Schakal hat uns getrennt«, erklärte er. »Ich weiß nicht, wo er ist.«

»Was?«, schrie Tori. Eine dünne schwarze Schlange wickelte sich züngelnd um ihr Handgelenk. »Wir müssen ihn finden!«

»*Ich* muss ihn finden. Das ist alles meine Schuld«, sagte Ben. »Er ist mitgekommen, um auf mich aufzupassen, und ich habe ihn in Gefangenschaft gebracht.« Er wollte ihnen nicht erzählen, was Hal durchgemacht hatte. Ein Teil von ihm wollte nicht, dass sie jemals erfuhren, wie nah Hal seinetwegen dem Tode gekommen war.

»Wann hast du ihn das letzte Mal gesehen?«, fragte Gwen.

»Gestern, aber nur einen Moment lang«, antwortete Ben. »Wir wurden im Bunker des Schakals getrennt. Er kann überall sein!«

Tori nickte. »Ich kann die Schlangen bitten, nach ihm zu suchen«, bot sie an. »Und vielleicht auch die Falken und Eulen!«

»Die Abrechnung fängt bald an«, erinnerte sie Gwen. Sie blickte in den finsteren Tunnel. »Wir können nicht darauf vertrauen, dass uns unsere Seelenfreunde helfen.«

»Was meinst du damit?«, fragte Ben.

»Die Abrechnung …« Gwen verstummte. »Ich hab sie *gesehen*. Viviana bringt mithilfe dieser Maschine alle Seelenfreunde gegen ihre Menschen auf. Wir müssen unsere Seelenfreunde fortschicken.«

Ben dachte an das Gespräch zurück, das er auf seiner Reise mitangehört hatte, über die arme Anima Spatz namens Miriam. Sagten diese Arbeiter auf dem Lastkahn nicht, ihre Seelenfreunde wollten nicht mehr in ihre Nähe kommen? War das die Wirkung von Vivianas A. B. Rech-Nung-Maschine – dass sie die Seelenfreunde der Menschen dazu brachte, sich gegen sie zu wenden? Er wusste, dass Viviana zu solchem Hass fähig war. Und die Abrechnung sollte jeden Moment beginnen.

»Wie komme ich von hier aus auf die Bühne?«, fragte er.

»Aber was ist mit Hal?«, brüllte Tori. »Du weißt schon, *Hal*, unser Freund?«

»Je länger ich mitspiele, desto länger bleibt Hal am Leben«, erklärte Ben. »Ich werde auf die Bühne gehen, genau wie es der Schakal geplant hat. So komme ich auch näher an Viviana heran. Ich habe den Verdacht, dass sie diese Abrechnungsmaschine ganz in ihrer Nähe haben wird. Vielleicht kann ich die Maschine finden und Viviana aufhalten.«

»Das kannst du nicht, das ist zu gefährlich!«, protestierte Phia. »Tremelo hat eine Maschine, die die Wirkung von Vivianas Maschine hoffentlich aufheben wird. Komm einfach mit uns, dann bist du in Sicherheit!«

»Ich kann nicht«, entgegnete Ben, drängte sich an der Gruppe vorbei und winkte Taleth zu sich. »Der Schakal erwartet, dass Taleth und ich bei ihm sind. Was hält ihn davon ab, Hal umzubringen, wenn ich nicht auftauche? Und wie sollen wir sonst nah genug an Viviana rankommen?«

Auf einmal wälzte sich der Lärm von Beifall und Jubel oberirdisch über ihre Köpfe hinweg.

Ben spürte, wie Tori seine Hand nahm. Ihre Augen schwammen in Tränen. Auch Phia standen die Sorge und Traurigkeit ins Gesicht geschrieben, als sie ihn anblickte.

»Wir wollen nicht, dass du gehst«, sagte Tori und sah auf den staubigen Boden hinunter. »Aber es geht um Hal. Was können wir tun?«

»Geht mit Gwen zu Tremelo zurück«, antwortete er. »Ich finde Hal.«

»Viviana findet dich vorher!«, schallte Jerris schrille Stimme aus dem Käfig. Er kauerte an den Stangen und hielt die gefesselten Arme in einem merkwürdigen Winkel. Seine Brille hing zerbrochen an einem Ohr. »Du wirst diese Messe nicht lebend verlassen!«

Taleth antwortete mit einem Brüllen, das durch den Tunnel hallte. Jerri und seine Eichhörnchen piepsten vor Angst.

»Kann sein«, sagte Ben. »Aber immer noch besser, als hier unten zu sterben.«

Damit folgte er seinen Freunden aus dem Tunnel.

36

Viviana breitete die Arme aus, als wollte sie ihr ganzes Publikum auf einmal umarmen. Heute würde sie ihm zeigen, was wahre Macht war.

»Das hier ist für euch«, sagte sie und deutete auf die ausgedehnte Messe um sie herum. Hinter der Bühne bildeten drei Betonsäulen, etwa einen Meter zwanzig hoch und am oberen Ende mit fackelartigen Feuern versehen, einen dramatischen Hintergrund für ihre Rede. »Mein Vater, König Lionel Melore, glaubte, dass wir mit Einfallsreichtum und Einheit eine glorreiche Zukunft schaffen könnten, und diese Zukunft ist heute hier zu sehen.«

Sie holte Luft und strich mit den Händen über ihren Mantel – schwarz mit bunten Stickereien, die dornige Ranken darstellten. Die Menge unten sprudelte über vor aufgeregter Energie, obwohl sie keine Ahnung hatte, was passieren würde. Hinter Viviana stand der Aufziehtiger, auf beiden Seiten flankiert von Wachen in grauen Uniformen.

»Viele von euch erinnern sich noch an das letzte Mal, als mein Vater, König Melore, hier auf diesem Gelände stand. Seine brutale Ermordung hat Aldemar in Trauer gestürzt, aber auch Zorn geweckt – einen Zorn, der seit über fünfundzwanzig Jahren in euren Herzen lebt, genau wie in meinem!«

Aus der Menge kamen Jubel und Wellen von Applaus. Diese Leute hatten ihren Vater geliebt. Sie hatten während seiner Abwesenheit gelitten. Aber Viviana wusste, was sie von ihm unterschied: Er war schwach gewesen. Sie war stark geworden.

»Heute habe ich ihm zu Ehren eine ganz besondere Militär- und Verteidigungsschau vorbereitet«, fuhr sie fort. »Nie wieder werden Feinde von Aldemar den Namen Melore stürzen. Nie wieder wird jemand so dumm sein, die absolute Macht eures Herrschers infrage zu stellen.«

Diese Ankündigung wurde mit überwältigendem Klatschen und Getuschel aufgenommen. Viviana atmete tief ein und zog die Fernbedienung aus Messing mit den Rubinknöpfen aus der Manteltasche, bereit, ihrem Königreich zu zeigen, wie unzerstörbar sie wirklich war.

Doch dann erhob sich ein allgemeines Raunen in der Menge und mehr als ein verängstigter Schrei. Ein Soldatentrupp marschierte auf dem Hauptweg direkt auf die Bühne zu. Vivianas Finger zitterten vor Wut – wer immer das in die Wege geleitet hatte, hatte sie offensichtlich unterschätzt. Die Wachen rechts und links von ihr standen stramm und hatten die Hände an Schwertern und Gewehren. Dann trat der Mann, der den Angriff anführte, vor und Viviana stockte der Atem.

Das Gesicht ihrer Albträume – der Mann, der ihr Jahre des Schreckens beschert hatte, der ihr das Leben gestohlen hatte, indem er das ihres Vaters genommen hatte – stand nun vor ihr als Anführer einer Kompanie bunt zusammengewürfelter Banditen, die alle mit Schwertern, Messern, Keulen und Donnerbüchsen bewaffnet waren.

»Nein«, flüsterte sie.

»Überrascht?« Der Schakal grinste. »Das hatte ich gehofft!«

»Wie können Sie es wagen?«, zischte sie. Sie rührte sich nicht vom Fleck – die Genugtuung, sie ängstlich zu erleben, würde sie ihm nicht geben. Sie streckte die Hand aus und bedeutete ihren Wachen zu bleiben, wo sie waren.

»Amüsiert es dich denn kein bisschen, mich zu sehen?«, fragte der Schakal. Seine Soldaten blieben in ihren Gliedern, als er nach vorn schlenderte und dabei einen Metallstock schwang. Er hob die Stimme und wandte sich nun auch an das entsetzte Publikum.

»Viviana Melore, dein Anspruch auf den Thron von Aldemar steht auf sehr wackligen Füßen – sie kommen nur bis hierher und nicht weiter. Ich denke, nachdem das Volk gesehen hat, was ich ihm zu zeigen habe, wird es mir zustimmen, dass ich der wahre Herrscher über dieses Königreich bin … und immer war.«

Er betrat die Bühne und Viviana machte ihm unwillkürlich Platz. Der Schakal stolzierte vor ihr auf und ab und ging zum Metalltiger hinüber. Viviana sah ihm wutschnaubend zu – so anmaßend, so unbekümmert wirkte er. Er hatte keine Ahnung, wie mächtig sie wirklich war. Lachend klopfte er dem Metalltiger mit dem Stock auf den Kopf.

»Ergreift ihn!«, brüllte Viviana ihren Wachen zu.

Der Schakal lächelte nur. Viviana hörte ein Raunen aus dem Publikum und sah Finger, die auf die Bühne zeigten, auf etwas, das hinter ihr war. Ihre Wachen zögerten.

Sie drehte sich um.

Mit dem Gesicht zu ihr stand ein weißer Tiger – ein echter mit entblößten Reißzähnen. Er blickte sie mit schneeblauen Augen an, bereit zuzuschlagen. Sie wich vor der Bestie zurück.

»Den hast du doch gesucht, nehme ich an«, knurrte der Schakal. »Aber wie du sehen kannst, hat der weiße Tiger, der Verkünder des wahren Herrschers von Aldemar, sich für mich entschieden.«

»Nein«, flüsterte Viviana. Es kam ihr vor, als hätte ihr Körper zu schrumpfen begonnen.

Der Tiger neigte den schneefarbenen Kopf, heftete den Blick auf sie und brüllte.

Der Schakal stand einen unerträglich langen, stillen Moment lang vor dem weißen Tiger. Die Bestie begann, auf der Bühne auf und ab zu schreiten und schlug dabei wild und bedrohlich mit dem Schwanz. Vivianas Wachen stoben auseinander.

»Tu es.« Der Schakal grinste den aufgeregten Tiger mit zusammengebissenen Zähnen höhnisch an. »Tu es, du dreckiges verfl...«

Der Tiger bleckte die Zähne und hatte offensichtlich nicht die Absicht, irgendetwas zu tun, das der Schakal von ihm verlangte. Stattdessen brüllte er erneut.

Viviana sammelte sich. Das Ganze war nichts als ein Trick – zwar ein beeindruckender, aber keiner, mit dem sie nicht fertigwürde. Sie herrschte die Wachen an, die sich wieder fassten und den Schakal an den Armen ergriffen. Viviana nahm alle Kraft zusammen und rief ihren mechanischen Tiger zu sich. Er machte einen Buckel und ahmte das Brüllen der echten Bestie nach. Viviana umfasste die Fernbedienung mit den Rubinen, drückte einen Knopf und die Abrechnung begann.

37

Von seinem Versteck hinter der Plattform aus hörte Ben zweimal ein Brüllen, einmal ein echtes und einmal ein mechanisches. Verwirrte Rufe schallten durch die Menge. Tiere begannen zu zucken und zu zittern, zu jaulen und zu fauchen. Dann griffen plötzlich alle Tiere des Messegeländes gleichzeitig die Soldaten des Schakals an. Zähne wurden gefletscht, Krallen ausgefahren und die Männer schrien überrumpelt auf. Die Zuschauer auf dem Gelände begriffen nicht, was vor sich ging. Sie versuchten, ihren Seelenfreunden nachzujagen oder sie aufzuhalten, ohne Erfolg. Ben wusste jedoch, dass diese Tiere so wie die arme Maus in Lyle Clarkes Wissenschaftsclub ihren eigenen Willen verloren hatten. Sie wurden von Vivianas mörderischem Zorn kontrolliert und waren nur noch Werkzeuge der Dominae. Maschinen. Er spähte vorsichtig hinter der Plattform hervor und hoffte, das vertraute Scheppern von Tremelos Motorbuggy zu hören oder seine Freunde zu sehen, die ihm zu Hilfe eilten. Aber er entdeckte nichts als die entsetzten Gesichter der Zuschauer, die ihren Seelenfreunden beim Kämpfen zusehen mussten.

Ben richtete seine Aufmerksamkeit wieder auf die Bühne. Zwei Dominae-Wächter hielten den Schakal fest, doch Viviana selbst beobachtete die beiden Tiger: Taleth und der Roboter umkreisten sich mit entblößten Zähnen auf der Bühne. Ben hörte das Poltern schwerer Stiefel, die über die Bühne stampften – eine Handvoll Söldner des Schakals waren durchgebrochen. Sie gingen auf die Wächter los und bald war die Bühne ein chaotisches Schlachtfeld.

Ben schloss die Augen, lehnte sich mit dem Rücken an die Seite der Plattform und hoffte, dass es ihm gelingen würde, die Bühne durch Taleths Augen zu sehen, wenn er sich nur genug anstrengte. Er musste Hal finden – und die A. B. Rech-Nung-Maschine. Aber er bekam kein klares Bild von irgendwas – nur ein riesiger, katzenartiger Schatten schlich am Rand von Taleths Blickfeld umher. Ein gleichbleibendes, hohes Surren klang ihm in den Ohren, begleitet von einem seltsamen dumpfen Klopfen wie einem Trommelschlag.

Hinter ihm ertönte ein heftiger Schrei. Ben blickte gerade rechtzeitig auf, um zu sehen, wie zwei Söldner aus der Staubigen Ebene mit dem Schakal hinten von der Bühne sprangen, während weitere Söldner die Flut von Dominae-Wachen bekämpften, die die Verfolgung aufgenommen hatten. Schnell versuchte Ben, ins sichere Dunkel unter der Plattform zurückzukriechen, aber es war zu spät.

»Du!«, rief der Schakal, als er ihn entdeckte. Zwei Paar Arme packten ihn unter den Achseln und zerrten ihn von der Bühne weg. Die Söldner brachten ihn hinter dem Schakal zu den Betonsäulen mit dem Feuer hinter der Bühne. Dort angekommen, drehte sich der Schakal zu ihm um, die Augen zusammengekniffen, die Wangen fleckig und rot.

»Was hast du getan, Junge? Wir hatten eine Abmachung.«

Oben auf der Bühne schlug der Soldatentrupp des Schakals die Dominae zurück, die den Schakal noch kurz zuvor festgehalten hatten. Der Schakal packte Ben am Mantel und schubste ihn gegen eine der Säulen. Sie war so hoch wie Bens Schulter und er spürte die Hitze der Kohlen in Gesicht und Nacken. Die beiden Soldaten aus dem Tunnel standen dort ebenso wie die Wachen des Schakals aus dem Bunker. Einer der Wächter mühte sich mit einem bellenden Schakal an einer Kettenleine ab.

Ben nahm alle Kraft zusammen und stemmte sich frei, sodass er und der Schakal das Gleichgewicht verloren.

»Wo ist Hal?«, wollte Ben wissen.

Der Mann mit dem bellenden Hund stürmte vor und packte Ben. Das Tier zog jedoch an der Kette und sprang herum, als wäre es verrückt geworden. Ben wich vor der knurrenden Bestie zurück, blickte zur Bühne hinüber und betete, dass Taleth ihn spüren und ihm helfen würde.

»Halt ihn fest, Dummkopf!«, brüllte der Schakal seinen Wächter an.

Der Schakal drückte einen kleinen Knopf am unteren Ende seines Stocks. Eine versteckte Klinge schoss unter dem eingeprägten Hundekopf aus Metall hervor. Ben trat dem Wächter, der ihn an den Armen hielt, kräftig auf den Fuß und wand sich aus seinem Griff. Er blickte zur Bühne hinauf und sah Taleth dort auf und ab schreiten. Weder sie noch der Robotertiger hatten angegriffen. Der Kampf zwischen Vivianas Wachen und den

Soldaten des Schakals war fast beendet, aber unten in der Menge wehrten sich die Banditen noch immer gegen die wild angreifenden Tiere. Ein Schwarm Eulen, Raben und anderer Vögel vom Messegelände stürzte sich mitten in das Getümmel. Oben auf der Bühne gingen weitere von Vivianas Wächtern vorsichtig auf Taleth zu, um sie einzukesseln. Sie hatten sie umzingelt, aber keiner von ihnen wagte sich noch näher an sie heran, um nicht von einer ihrer riesigen Tatzen einen Schlag zu erhalten. Viviana selbst umkreiste das Kampfgetümmel und beobachtete die Tigerin mit gierigem, wölfischem Blick. Ben gefror das Blut in den Adern, als er sah, wie mehrere der Wachen ihre Gewehre auf Taleth richteten.

»Nicht schießen, ihr Idioten!«, brüllte Viviana ihren Wachen zu. »Wir wollen sie lebend.«

Der Schakal stürzte sich auf Ben und schwenkte dabei das Messerende seines Stocks.

»Du hinterlistiges Bürschchen«, schimpfte er. Sein Gesicht war rot vor Zorn. Er packte Ben am Kragen und schleuderte ihn gegen die Betonfläche der nächsten Feuersäule. Bens Kopf knallte mit einem dumpfen Geräusch an den Rand der Säule. Die Flammen hinter ihm waren nah genug, um ihm das Haar anzusengen. Der Schakal behielt die Faust an Bens Hals und umklammerte seinen Kragen.

»Wo ist Hal?«, fragte Ben erneut. »Wenn Sie ihn umgebracht haben –«

»Ach, dein kostbarer Hal«, knurrte der Schakal. »Du bist nicht mehr in der Position, um mit mir um Leben zu verhandeln – nicht nachdem du und deine weiße Bestie den Plan ruiniert habt.«

»Sie wird sich nie wieder vor Ihnen verbeugen«, sagte Ben.

»Ach nein?«, fauchte der Schakal. »Sieh mal auf die Bühne –

sieh dir deinen Tiger an.« Ben gehorchte. Viviana stand mit ihrem eigenen mechanischen Tiger am Bühnenrand und behielt einerseits Taleth, andererseits das blutige Gemetzel auf dem Gelände im Auge. Taleth stürzte sich in heller Wut auf Viviana und ihre Wachen.

»Wenn Taleth Viviana tötet, bekomme ich meinen Thron zurück«, sagte der Schakal. »Dann brauche ich dich nicht mehr. Aber keine Sorge – ich verschone deinen Tiger und bringe ihm bei, sich zu verbeugen. Jedes Tier kann mit der richtigen Peitsche dressiert werden.«

Ben versuchte sich frei zu machen, aber der Schakal war zu stark.

»Leb wohl, Kriegskind«, sagte der Schakal. Er umklammerte seinen Hals fester, bis Ben kaum noch Luft bekam. Er trat um sich und griff nach den Armen des Schakals. In seiner Panik flogen seine Gedanken zwischen seinem eigenen und Taleths Blickfeld hin und her. In einem Moment sah er den höhnisch grinsenden Schakal vor sich, der ihn gegen die Betonsäule drückte. Im nächsten war er in Taleths Gedanken und sah einen verängstigten Wächter vor ihren ausgestreckten Krallen wegspringen. Taleth spürte, dass Viviana versuchte, in ihre Gedanken einzudringen, so als würde sie jemand mit Stecknadeln piksen, um ihre Reflexe zu testen. Ben spürte es ebenfalls und ihm wurde davon schwindelig.

Doch dann hörte er ein wütendes Knurren; der Wächter konnte die Kette des tobenden Schakals nicht mehr halten. Der Hund sprang los und schlug die Zähne in das Bein seines menschlichen Namensvetters. Dieser schrie auf und ließ Ben los. Ben stemmte sich taumelnd nach vorn, fort vom Feuer und in den Schmutz.

Der Hund sprang erneut und schnappte mit den Zähnen, sodass der Schakal seinen Stock fallen ließ und sich die Arme schützend vor das Gesicht hielt. Ben rannte zur Bühne. Hinter den Feuersäulen herrschte Chaos – der Kampf zwischen der Tierarmee und den Soldaten des Schakals hatte sich zu einer richtigen Schlacht, Mensch gegen Tier, ausgeweitet. Die Bürger sahen schreiend zu, wie ihre Seelenfreunde mit den Soldaten rauften.

Ben sah zur Plattform hinauf, und es schien, als würde sein Herz aufhören zu schlagen – Taleth lief auf ihn zu. Ihr Blick war wild, die Pupillen nur schmale schwarze Schlitze in blauem Feuer. Sie atmete schwer schnaubend durch gefletschte Zähne. Ben spürte keine Verbindung zu ihr, kein vibrierendes Gefühl zwischen ihnen. Sie war wunderschön, bereit zum Angriff, und konnte ihm mit einem Biss das Leben nehmen.

Bitte nicht, dachte Ben. Nicht du auch noch. Er war gelähmt vor Angst und musste eine schreckliche Entscheidung treffen: Er konnte weiterhin versuchen, Viviana zu erreichen und das, was hier geschah, zu beenden. Oder er konnte weglaufen. In diesem Moment hasste er sie noch mehr als vorher – sie zwang ihn, sich ausgerechnet vor dem Wesen zu fürchten, das er auf der ganzen Welt am meisten liebte.

Plötzlich versetzte der von Viviana gelenkte Roboter Taleth einen Stoß mit dem Kopf und warf sie auf die Seite. Ben kauerte am Bühnenrand. Über ihm holte Taleth mit ihrer mächtigen Pranke nach dem Roboter aus; ihre Krallen quietschten auf dem Metall. Ben schrie auf und hielt sich die Ohren zu. Er musste ihr helfen. Was auch geschah, er durfte sie nicht im Stich lassen.

In diesem Moment tauchte der Schakal auf, die fleischigen Hände ausgestreckt und das Hosenbein blutgetränkt. Ben konnte kaum denken und kroch weg von ihm.

»Du kleines Scheusal! Du bist eine intrigante Heuschrecke!«, schrie der Schakal. Er kam näher, doch der wilde Hund sprang wieder auf ihn zu. Mit klirrender Kette warf er den Schakal auf die Knie. Der Wächter des Schakals eilte herbei, um den Hund von seinem Herrn wegzuziehen, aber das Tier war stärker. Der Schakal trat in die Luft und schrie um Hilfe. Ben verbarg das Gesicht und wollte nicht hinsehen. Dann hörte er einen dumpfen Aufschlag, bewegte die Finger und sah den Wächter mit einem Knüppel über dem leblosen Hundekörper stehen.

»Klauen der Natur«, keuchte der Wächter verwirrt. Das Tier lag still und reglos da – ebenso wie der Schakal. Sein Gesicht war nur noch ein blutiges Durcheinander aus Bissen und Schnitten, die sich bis zu seinem Hals hinunterzogen.

Doch dann, noch während Ben und der Wächter hinsahen, begann die linke Hinterpfote des Hundes zu zucken. Die rechte Vorderpfote bewegte sich und der ganze Körper des Hundes rappelte sich langsam, beängstigend langsam auf, bis er wieder vor dem Wächter stand.

»Ameisen«, flüsterte Ben.

»Was in aller Nat…«, flüsterte der Wächter.

Bens Hände zitterten. Er war sicher gewesen, dass der Hund tot war, doch knurrend stand er nun wieder vor dem Wächter. Sein Kopf war voller Blut. Er bäumte sich mit gefletschten Zähnen auf und der Wächter holte noch einmal mit dem Knüppel aus. Ben wandte den Blick ab und kroch schnell an der Unterseite der Bühne entlang.

Sein ganzer Körper bebte. Die Abrechnung geschah überall um ihn herum und die Gewalt war unvorstellbar. Er musste sie beenden – aber dafür brauchte er Hilfe. Wo war Tremelo bloß? Wenn er nicht bald auftauchte, würde Ben Vivianas Maschine selbst zerstören müssen. Aber die einzige Maschine, die er auf der Bühne gesehen hatte, war der Tigerroboter, und der hatte nichts mit dem Bauplan gemein, den Tremelo abgezeichnet hatte. Wenn er irgendwas aus Lyles Kugel und Tremelos Musikmaschine gelernt hatte, dann dass die A.-B.-Rech-Nung-Maschine in Vivianas Nähe sein musste. Und er würde sie nur finden, wenn er ganz dicht an sie herankam. Mit Taleths Hilfe konnte er ihr vielleicht Einhalt gebieten … falls er noch eine Verbindung zu Taleth aufbauen konnte. Er sah keinen anderen Weg. Also holte er tief Luft, stand auf und zog sich auf die Bühne.

38

Viviana sah zu, wie die beiden Tiger in direktem Kampf gegeneinander antraten. Die Dominanz, die sie spürte, pulsierte in ihrem Körper wie Sturmwellen, die ans Ufer krachten. Und nun lag ihr der weiße Tiger – die Bestie, die sie so lange gesucht hatte – praktisch zu Füßen. Sein Widerstand gegenüber der Dominanz war bemerkenswert, das musste sie zugeben. Aber er wurde von Minute zu Minute schwächer.

Eine ihrer Wachen lief auf die Bühne und kam zu ihr.

»Der Schakal ist tot, Madam«, sagte er. »Von einem seiner eigenen Hunde umgebracht. Die Söldner haben sich zerstreut.«

Viviana lächelte. Ihre Vorführung war perfekt gelaufen: Ihre militärische Macht war furchterregend. Kein Feind würde es wagen, sich ihr zu widersetzen. Nach dem heutigen Tag würde sie nie wieder die Proteste der RATTEN oder irgendeinen anderen naiven Aufstand gegen sie ertragen müssen. Das Volk hatte gesehen, dass sie seine Seelenfreunde beherrschen konnte, wann immer es nötig war.

»Zeit, die Truppen zurückzurufen«, sagte sie und drückte den glutroten Knopf auf ihrer Fernbedienung.

Nichts geschah. Das Licht auf dem Steuerteil wurde nicht schwächer, sondern leuchtete sogar noch heller. Viviana drückte noch einmal darauf und noch einmal. Aber nichts änderte sich.

In der Menge nahmen die Schreie der Bürger von Aldemar zu.

»Was ist los?«, flüsterte sie. Ihre Finger summten vor Energie, fast so, als strömte die Kraft, die sie durch den Katalysator leitete, ohne ihre Kontrolle aus ihr heraus. Die Tiere hörten nicht auf anzugreifen – doch da die Soldaten des Schakals inzwischen geflohen waren, attackierten die Tiere ohne Unterschied knurrend und beißend alle Leute auf dem Gelände.

Viviana wich vom vorderen Bühnenrand zurück. Sie warf die Fernbedienung weg. Das kleine Gerät kam auf den Holzdielen vor ihren Füßen auf und rutschte über die Bühne. Das Zunehmen der Energie in ihrem Innern hörte nicht auf. Ihr Haut schien immer wärmer zu werden wie ein Kessel über langsam brennender Kohle.

»Alles in Ordnung, Madam?«, erkundigte sich einer der Wächter.

»Natürlich«, log sie. Auf dem Messegelände wehrten die Leute ihre eigenen Seelenfreunde ab oder flohen. Das hatte sie nicht geplant – aber sie konnte nichts dagegen tun, dass das Blut in ihren Adern beim Anblick von so viel Chaos zu tanzen begann. »Dafür werden sie mich hassen«, sagte sie zu niemandem außer sich selbst. *Aber immerhin wissen sie, dass sie sich mir niemals in den Weg stellen sollten.*

Sie betrachtete ihre Finger. Sie enthielten jetzt mehr Kraft, als sie jemals zuvor gespürt hatte. Mit einem Lächeln begriff sie, dass der Roboter hinter ihr weiterkämpfte, auch ohne dass sie die Knöpfe auf Clarkes dürftiger Fernbedienung drückte. Keine Drähte, dachte sie. Nur ich und mein Wille.

Sie drehte sich um und da entdeckte sie den Jungen.

39

Ben tastete am Boden nach dem Stock des Schakals und wehrte den ersten der Dominae-Wächter ab, die auf ihn zustürzten. Er hatte beobachtet, wie Viviana die Fernbedienung aus Messing weggeworfen hatte, und das Gerät war direkt vor ihm liegen geblieben. Das Surren, das er vorher gehört hatte, war zu einem fürchterlichen Pochen angeschwollen, das aus dem mechanischen Tiger kam. Ben war sich nicht mal sicher, ob es überhaupt ein Ton war – es fühlte sich eher wie ein Vibrieren oder ein Herzschlag an.

Ein animalischer, vielstimmiger Missklang schallte vom Messegelände herüber: ein Knurren und Jaulen, Kreischen und Zischen. Die Leute setzten sich schockiert gegen ihre eigenen Seelenfreunde zur Wehr. Ben entdeckte ein weinendes junges Mädchen, das sich den Arm vor das Gesicht hielt, als ein Frettchen mit gefletschten Zähnen auf sie zusprang. Es war genau so, wie Gwen gesagt hatte. Die Menschen waren verängstigt und verwirrt. Viele waren verwundet worden, während andere sich widerwillig und schluchzend verteidigten.

Der Tigerroboter fügte Taleth an der rechten Seite einen schlimmen Schlag zu, der vier blutige Kratzspuren in ihrem schneeweißen Fell hinterließ. Ben schrie auf; er spürte das Reißen ihrer Haut in seiner eigenen Seite. Er zuckte zusammen, war aber dankbar – wenn er Taleths Schmerz spürte, konnte er sie noch erreichen. Er konzentrierte sich auf sie und lenkte alle Hoffnung in ihre Richtung. *Gib nicht auf*, sagte er zu ihr. *Verlier dich nicht*. Die Energie seines Bands strömte von ihm aus – er konnte sie fast spüren. Doch mit jedem Schlag des Roboters geriet seine Verbindung ins Wanken.

Einer der Dominae-Wächter packte Ben am Arm. Der Stock des Schakals wurde ihm aus der Hand geschlagen.

»Wer bist du? Was machst du da?«, brüllte der Wächter.

»Taleth!«, rief Ben. Sie wandte den Blick von dem mechanischen Tiger ab und sah Ben an. Der Roboter rammte seine Stirn in ihre verletzte Seite; sie taumelte. Ben merkte, dass seine Verbindung zu ihr abriss, so als wäre eine Schnur durchschnitten worden. Taleth stürzte sich knurrend auf den Roboter und Ben stolperte rückwärts und plötzlich voller Angst in den Wächter.

Der Wächter zerrte Ben zu Viviana. Wie ein Raubvogel stürzte sie auf ihn hernieder, nahm sein Gesicht in die Hand und zwang ihn, ihr in die Augen zu blicken.

»Der Tiger ist dein Seelenfreund, stimmt's?«, fragte sie.

Ben schwieg. Vivianas violette Augen musterten ihn forschend und huschten mit wilder Intensität über sein Gesicht.

»*Du* hast Joan umgebracht – du bist das Kriegskind, das der Verrückte vorhergesagt hat.«

Ben konnte nicht antworten; er konnte kaum denken. Hinter ihm kämpfte Taleth weiter. Gib nicht nach, dachte er, obwohl er wusste, dass sie ihn nicht hörte. Jeden Moment konnte sie von dem Roboter ablassen und sich auf ihn stürzen. Verzweifelt sah er sich nach der weggeworfenen Fernbedienung um – wenn er sie nur zerstören könnte; vielleicht konnte er damit alldem ein Ende setzen.

»Du stirbst heute«, flüsterte Viviana und hielt seine Wange noch fester. »Wenn das Kriegskind erst mal tot ist, wird auch die Prophezeiung sterben. Und das Volk wird mich als die wahre Anführerin von Aldemar anerkennen.«

»Aber Sie sind nicht seine Anführerin«, flüsterte Ben, der nach Luft rang.

Viviana drückte noch fester zu.

»Ach nein?«, fragte sie und blickte starr auf das Chaos hinaus, das sie entfacht hatte. »Wer soll mich denn herausfordern?«

40

Gwen hielt sich am Sitz fest, als Tremelos Motorbuggy über das Messegelände schlingerte. Die Schlacht zwischen den Soldaten, den Söldnern des Schakals und den Tieren hatte es unmöglich gemacht, das Gelände zu passieren – aber selbst jetzt, da sich die Söldner zerstreut hatten, machten es die Menschenmengen, die in die entgegengesetzte Richtung flohen, nicht gerade einfacher.

»Wir müssen zu Fuß weiter!«, brüllte Gwen und stützte sich auf die Rückenlehne des Vordersitzes, damit Tremelo sie verstehen konnte.

»Dann verlieren wir uns zu leicht«, brüllte Tremelo zurück. »Und wir sind zu ungeschützt!«

»Aber sehen Sie nur!«, rief sie und zeigte auf die Bühne. »Viviana hat Ben!«

»Ameisen«, knurrte Tremelo und spähte über die Masse von Leuten und ihren Seelenfreunden hinweg. »Fahr schneller!«

Tori saß auf dem Fahrersitz mit einem dicken Buch unter sich; sie drückte auf die Hupe des Motorbuggys und gab Gas. Im Gefolge des Gefährts marschierten Äneas und die Velyn als eine Masse.

Überall um sie herum waren Blut und Verwirrung zu sehen. Gwen hatte das Gefühl, als würde sich die Verbindung zu ihren Seelenfreunden in Luft auflösen, als würde sie geschwächt und befleckt von dem Schmerz um sie herum. Die Angst ließ sie den Blick von der Bühne abwenden, von Bens Zusammentreffen mit Viviana in den Himmel hinauf. Zum ersten Mal in ihrem Leben fürchtete sie sich vor ihren eigenen Seelenfreunden. Eine Frau fing an zu wimmern, als ihr ein schneeweißes Kaninchen ins Gesicht und in den Hals biss. Sie schleuderte das Kaninchen von sich weg und es landete auf dem Boden, wo es mit verdrehtem Körper liegen blieb. Doch es rappelte sich wieder auf und griff erneut an. Überall um sich herum sah Gwen Menschen, die sich gegen ihre Seelenfreunde wehrten und dabei bestürzte Schreie ausstießen – diese Tiere waren ihre Begleiter, ihre Familie. Ihnen wehzutun war unvorstellbar, aber es blieb ihnen nichts anderes übrig. Gwen fühlte sich nicht wie das Instrument des Wandels, das der Älteste in ihr gesehen hatte. Sie fühlte sich einfach nur hilflos.

»Wir kommen zu spät!«, rief Gwen. »Wir werden das hier nie beenden können!«

Tremelo saß auf dem Beifahrersitz des Motorbuggys, beide Hände auf der Maschine, und richtete den Schalltrichter der Halkyon in Richtung Bühne. Fenchel, die ein an der Maschine befestigtes Metallhalsband trug, saß neben ihm. Ein leiser Hall ging von der Maschine aus, aber der Ton war zu leise und nicht kräftig genug, um der Abrechnung von dieser Position aus entgegenzuwirken.

»Es ist nicht zu spät!«, brüllte Tremelo und untersuchte die Metallkugel in der Mitte der Halkyon. »Sie hat nur noch nicht genügend Kraft aufgebaut, um …«

»Wir müssen Ben *jetzt* helfen«, schrie Gwen zurück.

Auf dem Sitz neben Gwen saß Phia und beobachtete den Himmel.

»Die Halkyon wird funktionieren«, sagte sie, obwohl ihre Stimme zitterte. »Sie muss einfach.«

Auf dem Fahrersitz hatte Tori zu kämpfen – ihre Schlangen glitten an ihren Armen hinauf und lenkten sie vom Fahren ab.

»Oh, Ameisen – helft mir!«, rief sie. Sie nahm eine Hand vom Lenkrad und riss eine Schlange herunter. Der Wagen machte einen Schlenker und warf beinahe einen Verkaufsstand mit kandierten Äpfeln um. Gwen griff nach vorn und schnippte die andere Schlange weg. Dann blickte sie hinter sich, während Tori weiterfuhr. Die Schlangen rollten sich im schmutzigen Gras zusammen und wieder auseinander und glitten ihnen dann hinterher.

»Zähne der Natur«, fluchte Tori. Gwen hörte eine atemlose Angst in Toris Stimme, die sie noch nie zuvor gehört hatte.

»Wo ist Bert?«, fragte Tori.

»In meinem Rucksack!«, rief Phia. »Ich weiß, keiner von uns ist Anima Leguan, aber ich wollte kein Risiko eingehen!« Auf dem Boden des Motorbuggys raschelte der Sack.

Unterdessen hatten sie die Mitte des Felds zwischen den Ausstellungszelten und der Bühne erreicht. Der Boden unter ihnen bestand nur noch aus aufgewühltem Schlamm. Der Wagen blockierte und schlingerte über das Feld.

Vier Dominae-Wächter erschienen in der Menge und marschierten auf sie zu. Tremelo kramte zu seinen Füßen herum und zog eine Armbrust hervor.

»Wir müssen durch diesen Mob durch. Äneas!« Er schulterte die Armbrust, zielte, schoss auf die näher rückenden Wächter und pinnte einen von ihnen mit dem Hosenbein am Boden fest. Der Wächter mühte sich einen Moment lang ab und riss sich dann los. Äneas antwortete auf Tremelos Ruf und lief samt einer Flanke weiterer Krieger mit gezogenen Waffen zwischen die Wächter und den Motorbuggy. Beim Anblick der in Pelz gekleideten Krieger wurde die Menge noch rasender. Eltern hoben kreischend ihre Kinder aus dem Weg und viele Leute, die bisher gekämpft hatten, glotzten erstaunt und ergriffen dann die Flucht.

»Das kann nicht sein!«, hörte Gwen jemanden rufen. »Die Velyn!«

Als der Motor wieder stotternd ansprang, trafen die Velyn und die Dominae-Wachen zusammen wie aufeinanderprallende Gewitterwolken, mit aufblitzenden Stahlklingen und umfunktionierten Krallen. Zwei Dominae-Wachen durchbrachen die Verteidigung der Velyn und stürzten sich auf den Motorbuggy.

Tremelo schnappte sich einen rostigen Krummsäbel, den er unter dem Mantel trug, und schlug nach dem ersten Wächter. Der Mann sprang zurück, doch Tremelo durchschnitt vorher seine Uniform, sodass ein Stück Haut darunter hervorschaute.

»Fahr los, Tori!«, befahl er.

Auch Gwen suchte im Motorbuggy nach etwas, das sie als Waffe benutzen konnte. Sie würde nicht tatenlos zusehen, wie der verlorene Prinz Trent durch ein paar Dominae-Lakaien zu Tode kam. Sie ergriff einen Holzstock aus dem Waffenstapel im Beiwagen und schwang ihn kräftig in die Richtung des zweiten

Wächters. Zufrieden spürte sie einen dumpfen Aufprall, als der Stock die Brust des Mannes traf und ihn nach hinten schleuderte.

Tori trat auf die Kupplung und der Motorbuggy setzte sich mit einem Ruck wieder in Bewegung.

»Wartet! Gwen, Phia, Tori!«

Gwen überflog die Menschenmenge nach dem Besitzer der vertrauten Stimme. Zuerst sah sie in der Richtung der Stimme nur eine Wolke aus ledrigen schwarzen Flügeln. Ein Junge rannte wenige Schritte entfernt hinter dem Motorbuggy her und wedelte mit den Armen, um die Fledermauskolonie abzuwehren.

»Das ist Hal!«, rief Gwen Tori zu.

Tori stieg auf die Bremse, sodass sie alle einen Satz nach vorn machten. Dann drehte sie sich auf ihrem Sitz um und riss ihre Schutzbrille herunter. »Hal!«

Gwen und Tori sprangen aus dem Motorbuggy. Gwen zog ihren Mantel aus und legte ihn Hal um, um ihn vor den Fledermäusen zu schützen.

»Schnell!!«, brüllte Tremelo und trat einen Dominae-Angreifer vom Beiwagen weg. »Beeilt euch!«

»Wie bist du entkommen?«, fragte Tori. Sie legte einen Arm um Hal, damit er sich auf sie stützen konnte, als sie zum Motorbuggy rannten. »Geht es dir gut?«

»Ja, mir geht's gut«, antwortete Hal, obwohl in seinem Gesicht unzählige leuchtend rote Schrammen zu erkennen waren.

Sie zwängten sich alle wieder in den Motorbuggy, wo Tremelo neben der Halkyon Platz für Hal machte.

»Und los!«, befahl Tremelo. »Der Natur sei Dank, dass wenigstens *einer* von euch Jungs in Sicherheit ist.«

Gwen und Phia quetschten sich in den Beiwagen, Tori sprang

auf den Fahrersitz und sie fuhren weiter. Die Fledermäuse lösten sich von ihnen und flogen höher über dem Feld.

»Ich wurde von zwei Männern des Schakals festgehalten«, erzählte Hal. »Aber einer von ihnen hatte das hier.« Er öffnete seine Jacke und zog Bens Kralle heraus. »Sie haben sie uns weggenommen, als wir gefangen genommen wurden. Die Fledermäuse sind ziemlich plötzlich über uns gekommen und haben uns alle angegriffen. Als keiner der beiden hingesehen hat, hab ich mir die Kralle geschnappt und mich losgeschnitten. Dann bin ich gelaufen, so schnell ich konnte.«

Hal stützte sich auf Tori und war offensichtlich ziemlich erschöpft. Immer wieder blickte er nach oben, als rechnete er damit, dass die Fledermäuse jeden Moment wieder auftauchten. Gwen folgte seinem Blick und bekam einen Schreck.

Eine kleine Vertretung von Eulen, Melem unter ihnen, kreiste tiefer und tiefer über dem Motorbuggy. Gwen schrie und hielt sich die Hände über den Kopf. Hal zog ihren Mantel über sie und tat sein Bestes, um die Eulen in Schach zu halten. Doch Gwen sah nichts als ein Durcheinander von Federn vor sich und spürte Krallen, die an ihrem nackten Arm zupften – eine Eule war vom Himmel heruntergestoßen.

»Nein, nein!«, schrie Gwen. Zu ihren Füßen, auf dem Boden des Motorbuggys, klapperte ihr Walnussbogen. Nein, bitte, dachte sie. Ich kann meinen eigenen Seelenfreunden nicht wehtun. Melems Krallen packten den Mantel über ihrem Kopf und zogen ihn weg. Die anderen versuchten schreiend, die Eulen mit Stöcken und Schwertern abzuwehren. Gwen griff nach unten und nahm den Bogen und einen dünnen Pfeil. Dann drehte sie sich um und zielte.

Bevor sie jedoch den Pfeil losließ, verschwanden die Eulen um sie herum. Sie hörte überraschte Laute von Tori und Phia und das Geräusch schlagender Flügel wurde rasch leiser. Gwen nahm die Arme herunter, hielt sich an der Seite des fahrenden Wagens fest und sah die Eulen in einem wirren Netz am Boden zappeln. Der Motorbuggy kam schlingernd zum Stehen, als mehrere Leute davorrannten und die Hände hochnahmen.

»Komm schon, Mädchen«, sagte eine vertraute Stimme, die tief und tröstend klang. Gwen sah auf und blickte Digby Barnes in die Augen. Er trug einen behelfsmäßigen Brustpanzer aus einem Metallfass, auf den in weißer Farbe mit Hand ein Maulwurf gemalt war. Hinter Digby stand eine zusammengewürfelte Truppe aus Hunderten Männern und Frauen. Sie trugen jeglichen Schutz, den sie für sich selbst hatten herstellen können, und jegliche Waffen, die sie in ihre flinken Finger bekommen hatten. Viele von ihnen hatten Netze dabei, in denen sich ihre besessenen Seelenfreunde wanden, während andere blutbeschmierte Rüstungen hatten. Gwen ließ den Pfeil aus dem Bogen fallen; er landete klappernd auf dem Boden des Motorbuggys. Sie fing an zu weinen bei dem Gedanken an das, was sie fast getan hätte.

»Keine Zeit für Tränen«, sagte Digby. »Die RATTEN sind jetzt hier. Komm – wir müssen eine Königin aufhalten.«

Gwen umklammerte den Bogen ganz fest und nickte.

»RATTEN, zieht los!«, rief Digby. Die RATTEN umgaben den Motorbuggy, marschierten voran und bahnten ihm so durch die wimmelnden Menschenmassen einen Weg bis zur Bühne.

Vorn wurde Ben von Vivianas Wachen festgehalten und Taleth kämpfte noch immer gegen den Roboter. Der Motorbuggy blieb nur wenige Meter von der Plattform entfernt stotternd stehen. Gwen sprang heraus, während Tremelo sich bemühte, die Position der Kugel in der Halkyon anzupassen.

Als Gwen auf die Bühne zulief, spürte sie, dass ein Pulsieren davon ausging – der Trommelschlag, den sie in ihrer Vision erlebt hatte. Genau wie damals pochte er jetzt in ihren Ohren wie das Blut in ihren Adern. Sie wiederholte die Worte, die Ama damals an sie gerichtet hatte, zu ihrer eigenen Orientierung.

Die wahre Sehkraft ist ein wachsendes Licht – deine Sehkraft wird durch die wahren Bande erleuchtet. Du siehst, was ungesehen im Herzen lebt.

Oben auf der Bühne umkreisten Taleth und der mechanische Tiger einander. Mit einem hohl klingenden Brüllen bäumte sich der Roboter auf und bereitete sich darauf vor, nach Bens Seelenfreundin zu schlagen. Die Metallplatten auf seiner gut sichtbaren Brust schienen zu glühen.

»›Was ungesehen im Herzen lebt‹«, wiederholte Gwen. Ama hatte diese Worte zum Spruch des Ältesten hinzugefügt – hatte sie es gewusst?

»Ben!«, rief sie, so laut sie nur konnte. »Sie ist *im* Tiger! Vivianas Maschine – es ist sein Herz!«

41

Ben und auch die beiden Dominae-Wächter, die ihn festhielten, wirbelten zur Menge herum, als der Lärm scheppernder Waffen auf die Bühne zutoste. Ben machte große Augen – er sah Äneas Vierkrall auf sich zurennen und die breite, freundliche Gestalt von Digby Barnes, der eine Horde von Kämpfern anführte. Vivianas Wächter lockerten überrascht ihren Griff, sodass Ben sich davonmachen konnte. Aus den Augenwinkeln sah er Gwen, die mit der Hand einen Trichter um den Mund formte und ihm etwas zurief. Doch die Worte wurden von dem Kampflärm und dem rhythmischen Klopfen um ihn herum verschluckt. Er verstand irgendwas mit »Schmerz« oder »Terz«, hatte aber keine Zeit, ihre Worte zu entziffern, da der Tigerroboter auf ihn losging. Schnell huschte er über die Bühne und kauerte sich hin. Um ihn herum stampften schwere Schritte über die Holzdielen.

Er blickte auf und sah ein Dutzend Dominae-Wächter an sich vorbeieilen und eine vorrückende Flanke von Kämpfern vor der Bühne abwehren. Viviana stand hinten auf der Bühne. Ihre Hände waren steif, die Finger ausgestreckt. Der Lärm von Flügeln und Klauen nahm zu, da inzwischen fast jedes Tier auf dem Gelände auf die nahenden Kämpfer zudrängte.

Das unaufhörliche mechanische Klopfen, das Ben hörte, seit er auf die Plattform zurückgekehrt war, wurde ebenfalls lauter – es vibrierte jetzt genau hinter ihm. Er kroch auf allen vieren umher und hatte plötzlich den mechanischen Tiger direkt vor sich. Die Bestie stürzte sich auf ihn; Ben duckte sich und wälzte sich zur Seite. Als sich der Roboter umdrehte, um noch einmal zu springen, erschien Taleth neben Ben. Er beeilte sich, von ihr wegzukommen, war aber nicht schnell genug. Mit einem Schritt war sie über ihm und hatte ihre riesigen Tatzen rechts und links von ihm. Ben nahm die Arme über den Kopf und kniff die Augen zusammen.

Er hörte sie brüllen und spürte dann ihre Schnurrhaare, die ihn im Nacken kitzelten. Als er die Augen öffnete, stand sie zwischen ihm und dem Roboter und beschützte ihn vor ihrem falschen Double. Von irgendwoher direkt außerhalb der Bühne drang eine feine, hallende Musik zu ihm herüber – lange, anhaltende Töne wie bei einem Chorgesang oder einem langsam über eine Saite gezogenen Geigenbogen. Die Halkyon. Ben blickte auf das Feld vor der Bühne hinaus. Inmitten der Kämpfe zwischen den Dominae, den Velyn und den RATTEN saß Tremelo in seinem Motorbuggy. Er beugte sich mit der Füchsin Fenchel über den Beifahrersitz und drehte den Trichter des Grammofons zur Bühne. Tori war bei ihm und betätigte eine Kurbel seitlich an der Maschine. Bei den Klängen der betörenden Musik, die die

Halkyon erzeugte, spürte Ben ein Beben in der Brust und wusste, dass auch Taleth es fühlte.

Die Klänge hallten über das Messegelände, und Ben stellte fest, dass die Seelenfreunde der Velyn und der RATTEN dabei halfen, die Dominae zu bekämpfen, und nicht angriffen wie die anderen Tiere. Die Halkyon half ihnen, Vivianas Dominanz zu widerstehen. Mehrere Tiere am Rand des Geländes hörten ebenfalls auf, ihre menschlichen Seelenfreunde zu attackieren – sie hielten mit zuckenden Ohren inne, als fragten sie sich, wo sie überhaupt waren. Diejenigen Seelenfreunde, die stärker verwundet waren, fielen einfach zu Boden, die Körper endlich still. Vivianas Macht über sie war gebrochen.

»Ja!«, juchzte Ben, doch es blieb keine Zeit aufzuatmen. Der Rest des Geländes befand sich immer noch in Aufruhr – die Halkyon war nicht stark genug, um die Abrechnung zu beenden, nicht gegen Vivianas Maschine.

Plötzlich ertönte ein Brüllen und das Quietschen von Krallen auf Metall – der Roboter ging auf Taleth los und biss sie in Nacken und Schulter. Ben schrie auf, als er den Schmerz am eigenen Körper spürte, doch sofort eilten zwei Wachen zu ihm und warfen ihn zu Boden. Dem einen konnte er einen Tritt gegen die Brust versetzen, doch der andere hielt ihn fest und drückte ihn auf die Bühne. Viviana erschien über ihm und hatte die Hände jetzt zu Fäusten geballt.

»Du spürst ihren Schmerz, ihre Verletzungen – und sieh dir an, wie bemitleidenswert du deshalb bist«, höhnte sie. »Du verkörperst die alten Bräuche. Einfühlung bedeutet Schwäche! Dominanz bedeutet Fortschritt. Ich kann mir nach Belieben eine Armee formen. Ich kann dafür sorgen, dass Tiere den Menschen zur Verbesserung des Königreichs dienen! Und« – sie strahlte ihn an, als würde sie ihm ein wunderbares Geheimnis verraten – »ich kann alles kontrollieren, was ich will: Tiere, Energie, eines Tages vielleicht sogar das Leben selbst.«

»Aber das können Sie eben *nicht*«, widersprach Ben. »Sehen Sie nur, was passiert!«

Viviana antwortete ihm nicht – stattdessen hob sie die Hand und deutete auf den Roboter. Er hielt mitten in seinem Kampf gegen Taleth inne und schwenkte zu Ben herum. Er machte einen Buckel und schlug dabei mit seinem metallenen Schwanz. Jeden Moment würde er zuschlagen.

Der Roboter öffnete das Maul und Ben blickte in die glühende Höhle aus Metallverbindungen und Drähten darin. Er war eine Maschine, ein gewissenloser Mörder. Ben betrachtete die fein geprägten Muster in den Metallplatten, die sein Gesicht bildeten, und das bemalte Kupfer, das wie glänzendes Fell aussehen sollte. Ben spürte die Energiewellen, die aus seinem Metallmaul und seinen Gelenken strömten – Vivianas Energie, die durch ihn hindurchgeleitet wurde. Ben konzentrierte sich auf Taleth und auf die Musik, die von der Halkyon ausging. Er merkte, wie sein eigenes Band stärker wurde. Ben drängte Vivianas Energie zurück und konzentrierte sich auf seine eigene. So als wäre Vivianas Dominanz eine greifbare Kraft, stellte sich Ben ihr entgegen – die Hände ausgestreckt vor sich, die ganze Haut prickelnd vor Funken, die nur er fühlen konnte. Er merkte, dass Vivianas Dominanz nachließ, ihr Widerstand ins Wanken geriet. Der mechanische Tiger stockte und seine Bewegungen wurden ruckartig und schwach.

»Was tust du da?«, hörte Ben Viviana rufen. »Was hast du getan?«

Der Tiger hielt inne, als steckte er fest. Er drehte den Kopf zur

Seite und hob eine Tatze, die in der Luft verharrte wie bei einer Statue. Er schlug mit dem Schwanz in eine Richtung, dann in die andere und wurde dann still. Das intensive Pochen, das über das Gelände gehallt war, verstummte, als wäre das Herz des Tigers stehen geblieben. Stattdessen hörte Ben die Schlacht hinter sich und die Rufe vertrauter Stimmen. Seine Freunde kamen, sie drängten sich durch die Dominae zu ihm.

Ben drehte sich zu dem mechanischen Tiger um, der vor ihm aufragte. Vivianas eigene Worte gingen ihm durch den Kopf: *Ich kann alles kontrollieren, was ich will: Tiere, Energie … das Leben selbst.* Aber warum sollte sie den *Tiger* mit dem Band kontrollieren und nicht den Katalysator?, fragte er sich. Es sei denn …

Die Erkenntnis kam so plötzlich wie ein Stromschlag: Der Katalysator befand sich im Innern des Tigers. »Es ist das Herz«, sagte er laut und verstand jetzt, was Gwen ihm vorher zugerufen hatte.

Viviana stürmte zu ihm. Schnell suchte Ben den Tigerkörper nach Schwachstellen ab, wünschte sich, dass er noch seine Kralle hätte oder wenigstens den Stock des Schakals – irgendetwas, das er benutzen konnte, um einen Falz im unversehrten Fell des Roboters aufzustemmen. Er konzentrierte sich auf Taleth. Sie schritt knurrend um den Roboter herum. Ben dachte an den Moment, als er sich ihrer bewusst geworden war, malte sich die frische Bergluft in ihren Nüstern aus und die weichen Schneeflocken, die um sie herum gefallen waren, als sie sich zum ersten Mal angesehen hatten. Dann stellte er sich ihr Herz in seinem Käfig aus Knochen und Blut vor. Er spürte, wie es im gleichen Takt wie sein eigenes schlug. Dann stellte er sich vor, wie er durch Taleths Augen sah und der Roboter mit seinem Brustkorb aus Kupfer und Stahl vor ihr stand. So beenden wir es, dachte er. Das Herz – das müssen wir vernichten.

Taleth hob den Kopf zu einem siegreichen Brüllen, packte mit den Klauen den Falz an den Rippen des Roboters und zog ihn mit einem metallischen Quietschen auseinander. Mit den Zähnen zerriss sie die Drähte, die das Herz an der richtigen Stelle hielten, schnappte den Katalysator aus der Brust des Roboters und spuckte ihn aus. Er prallte auf die Bühne und blieb nur etwa einen Meter von Ben entfernt liegen. Die Kugel pochte fast wie ein richtiges Herz, und das Klopfen, das Ben vorher gehört hatte – das, wie er jetzt wusste, von der Kugel gekommen war –, war jetzt nur noch ein schwaches Pulsieren.

Viviana schrie.

Ben griff nach der Kugel, aber sie war zu weit weg. Viviana stürzte sich auf ihn und fasste nach seinem Bein – er hörte, wie sie ihren Wachen befahl, ihn zu ergreifen und die Kugel zu retten. Er wurde nach hinten gezogen und die Dominae hielten ihn fest. Taleth wollte das jedoch nicht zulassen. Sie stürzte sich auf die Wachen und zwang sie, von Ben abzulassen.

Am Bühnenrand erschien eine dünne Gestalt. Ben stockte der Atem.

»Hal!«, rief er. »Hal, du lebst!«

Hal winkte und Ben erkannte, dass er die Kralle in der Hand hielt. Ben deutete auf die Kugel.

»Hilf mir – das ist das Herz des Tigers!« Er war nicht sicher, ob das logisch klang, aber Hal schien zu wissen, was zu tun war. Mit einem kraftvollen Schwung durchstieß er die Metallschale der Kugel mit Bens eigener Tigerkralle.

Das Pulsieren verebbte und Ben hörte ein Knallen, als die letzten Energiefetzen aus der Kugel wichen. Taleth stand zwischen ihm und den Dominae, und so stand er auf und sah zu, wie die weithin hörbare Musik der Halkyon nicht nur das Schlachtfeld vor der Bühne, sondern das ganze Messegelände erreichte. Das Kämpfen hörte auf. Wie eine sich ausbreitende Welle nahm die Wirkung immer mehr zu und erreichte immer mehr Tiere und ihre menschlichen Seelenfreunde, so als würde jedes gestärkte Band dabei helfen, das nächste zu kräftigen, bis das ganze Feld einen überwältigten, gequälten Frieden erreicht hatte.

Diejenigen, die sich die Hände vors Gesicht geschlagen hatten oder im Matsch kauerten, standen nach und nach auf und blickten sich bestürzt und verwirrt um. Untröstliche Schreie waren zu hören, als die Menschen die Folgen betrachteten – die toten Körper ihrer Seelenfreunde und die verletzten Tiere und Menschen.

Ben rannte zu Hal, schlang die Arme um ihn und drückte ihn fest an sich.

»Dir geht es gut! Du lebst!«, rief er und hielt seinen Freund ganz fest.

»Und du auch«, erwiderte Hal und umarmte ihn ebenfalls.

»Es tut mir leid«, sagte Ben. »Es war alles meine Schuld, dass –«

Er wurde durch ein Brüllen von Taleth unterbrochen: Viviana stand nur einen oder zwei Meter von ihnen entfernt.

»Glaubst du wirklich, dass du mich aufhalten kannst?«, schäumte sie. »Eine Schlacht – *ein* zerstörtes Stück Schrott – und es ist vorbei?« Sie trat zurück und hob die Stimme, um Ben, Hal und die gesamte Menschenmenge auf einmal anzusprechen. Draußen auf dem Feld hielten sich die Leute aneinander fest und blickten zur Bühne hinauf.

»Ich bin die Königin eines Neuen Zeitalters der Erfindungen; ich beziehe meine Kraft nicht aus einer winzigen Maschine. Ich habe die Mittel, um das ganze Königreich nach Belieben zu kontrollieren, und meine Armeen kommen zustande, wann immer ich will.«

»Jetzt werden Sie Ihnen nie mehr folgen«, rief Ben. »Nicht nach dem, was Sie heute getan haben.«

»Heute?«, wiederholte Viviana. »Das Volk wird mich fürchten. Das ist alle Macht, die ich brauche.«

Sie deutete auf das Feld vor der Bühne, und Ben stellte fest, dass sich die Bürger von Aldemar tatsächlich furchtsam niederkauerten. Familien trösteten einander, und wer nicht versuchte, von der Messe zu fliehen, verbarg das Gesicht mit den Händen und wollte nicht sehen, was Viviana als Nächstes tun würde. Der Anblick so vieler fliehender Tiere brach Ben das Herz – sie huschten, flogen und galoppierten in den Wald, und in den Augen ihrer menschlichen Seelenfreunde, die ihnen nachsahen, stand Verrat geschrieben.

»So sieht Macht aus«, sagte Viviana. »Das hat mein Vater nie verstanden. Und das hat ihn umgebracht. Aber jetzt hat sich der Name Melore gewandelt! Er lebt weiter …«

»In seinem Sohn«, ergänzte Tremelo und betrat die Bühne. »Trent Melore.«

42

Tremelo trat vor, bis er Viviana gegenüberstand. Zu seinen Füßen stand Fenchel mit gesträubtem Fell. Die Gesichter aller Männer, Frauen und Kinder der Grauen Stadt waren auf ihn gerichtet. Falls er jemals so viel Aufmerksamkeit bekommen hatte, dachte Tremelo, dann in einem anderen Leben.

Doch als er seiner Schwester ins Gesicht sah, erinnerte er sich nur allzu gut an sie. Er hielt die Armbrust locker an der Seite und sah sie durchdringend an – diese vertrauten, grimmigen violetten Augen, die ihn entsetzt anstarrten. Er erinnerte sich noch an den Klang ihrer jungen Stimme auf der anderen Seite der Tür, als die Flammen an den Wänden seines Kinderzimmers leckten. *Sie klemmt – Trent! Die Tür klemmt!*

»Viviana«, sagte er. »Setz dem hier ein Ende. Du musst Vernunft walten lassen.«

Er streckte die Hand aus.

Viviana, seine Schwester – seine Familie – blickte auf seine offene Hand hinunter wie etwa eine scheue Katze auf einen freundlichen Hund. Nach einem Moment stummen Erkennens zwischen ihm und dem einzigen noch lebenden Mitglied seiner Familie straffte sie den Rücken und trat von ihm zurück.

»Betrüger«, fauchte sie.

»Das ist er nicht!«, rief Ben und lief zu Tremelo hinüber. »Er ist der Wahre König! Er sollte regieren, nicht Sie, Sie –«

Tremelo hielt Ben zurück und hob die Armbrust.

»Wir sind zwar verwandt«, sagte er, »aber ich werde nicht zulassen, dass du dieses Komplott, das du Dominanz nennst, weiter fortführst. Ich werde alles in meiner Macht Stehende tun, um dich aufzuhalten.«

Viviana warf lachend den Kopf zurück. »Du hast keine Macht«, entgegnete sie. »Du bist nicht mein Bruder.«

Neben Tremelo zitterte Ben vor Wut. Seine Knöchel waren weiß, so fest ballte er die Fäuste.

Vivianas Blick wanderte von den Velyn zu ihren eigenen Wachen. Die Dominae umkreisten Viviana, stellten sich zwischen sie und Tremelo. Doch Äneas und zwei seiner Leute griffen die Wachen an und kämpften sich den Weg frei. Als sich die Wachen zurückzogen, öffnete Taleth ihr riesiges Maul und brüllte.

»Ergib dich uns«, bat Tremelo ruhig. »Meine Schwester – bitte. Wir sind doch eine Familie.«

Das Geräusch schlagender Flügel kam von oben. Tremelo und seine Anhänger drehten sich um und sahen eine gigantische fliegende Maschine, die sich der Bühne näherte. Sie war Vivianas Clamoribus nicht unähnlich – Tremelo staunte über das vogelartige Design –, aber geschmeidiger, mit starren Flügeln. Die

Augen bestanden aus gekrümmten Fensterscheiben, die kalt auf die Menge hinunterblickten.

»Das letzte Ausstellungsstück«, sagte Viviana selbstzufrieden. Als der riesige Vogel über ihr schwebte, wurde eine Metalltreppe aus ihrem Innern ausgeklappt und Viviana stieg hinauf. Tremelo trat staunend vor. Die Dominae-Wächter bildeten einen Kreis um den sonderbaren Vogel und zogen die Schwerter. Außer Reichweite, blieb Viviana auf der Treppe stehen.

»Meine Macht ist größer als deine«, sagte sie. Dabei sah sie Tremelo fest an, sprach es aber laut aus und richtete es an alle, die zuhörten. Der riesige Vogel hob sich summend in die Lüfte. Vivianas verstärkte Stimme hallte über die ganze Arena. »Ich lasse mich nicht durch die Bande beschränken. Nie würde ich mich einem Falschen König, einem *Heuchler,* ergeben, wenn ich die ganze Natur unter meiner Kontrolle haben kann, jenseits der Grenzen von Leben und Tod. *Das* ist wahre Macht.«

Viviana Melore lachte und Tremelo sah zu, wie die Frau, die früher einmal seine Schwester gewesen war, davonflog, für immer außerhalb seiner Reichweite.

43

In der Unterzahl konnten es die Dominae-Wachen nicht mehr mit den RATTEN und den Velyn aufnehmen. Mit deren Hilfe kämpften sich Tremelo und Ben von der Bühne hinunter und in die Menge. Überall um sie herum trösteten sich die Menschen gegenseitig und banden sich die Wunden mit zerrissenen Stoffstreifen ab.

Tremelo, Ben und die anderen folgten Digby an den Rand des Messegeländes, während einzelne Kampftrupps ausscherten und Dominae-Wächter verfolgten. Sie liefen in den schmalen Streifen Wald zwischen dem Ausstellungsgelände und den ersten gewundenen Straßen der Grauen Stadt.

Ben und seine Freunde huschten zwischen die Bäume, doch dann erschien eine graue Uniform am Rand von Bens Blickfeld. Ein Dominae-Wächter machte sich zum Angriff bereit. Taleth bäumte sich auf und schlug dem Mann ihre Pranken mit voller Wucht gegen die Brust. Digby erschien an Bens Seite und schleuderte einen zweiten Dominae mit einem schweren, stumpfen Holzhammer zurück.

»Hätte nie gedacht, dass ich noch mal so viel Aufregung erleben würde«, witzelte Digby. »Diese Dominae gehen immer wieder auf uns los und wir schlagen sie immer wieder zurück!«

Ein Pfeilhagel folgte ihnen in den Wald, als weitere Dominae-Soldaten am Rand des Messegeländes auftauchten. Doch das Geräusch zischender Pfeile wurde bald von flatternden Flügeln und schreienden Eulen abgelöst, die herabstießen und Bögen flogen und die Schützen verwirrten. Zusammen mit den Velyn und seinen Freunden stürzte sich Ben in den Wald. Vor sich sah er den rot-weißen Schwanz der Füchsin Fenchel, die ihnen den Weg wies. Sie rannten, bis der Lärm des Messegeländes weit hinter ihnen lag und er die ersten Wohnhausreihen in den Außenbezirken der Grauen Stadt sah.

Nach einem Marsch durch mehrere unterirdische Tunnel und Seitengässchen erreichte die Gruppe schließlich den »Weißen Tiger«. Fast rechnete Ben damit, dass Viviana sie dort erwartete – doch stattdessen hatten es etwa drei Dutzend Kämpfer der RATTEN schneller als sie zu der gemütlichen Bar geschafft. Sie bedienten sich sofort an Digbys Zapfhähnen. Mehrere Männer und Frauen benutzten Bänke und Schemel als behelfsmäßige Behandlungsliegen. Sie wuschen und nähten Wunden, während ihre Patienten den Schmerz mit Krügen voll von Digbys Wurzelkrautschnaps betäubten. Ein paar der RATTEN zogen sich in die Ecken zurück und zählten kopfschüttelnd die Leben, die Vivianas furchtbares Experiment gekostet hatte. Als Ben jedoch mit Taleth an seiner Seite den Raum betrat, spürte er alle Augen auf sich gerichtet und hörte es von allen Seiten flüstern: *die weiße Bestie … genau wie der Verrückte gesagt hat … es hat alles gestimmt …* Das Getuschel wurde noch verstohlener, als Tremelo eintrat. Gwen folgte ihm.

Ben suchte sich einen Platz auf dem Boden neben der Theke, wo er sich dankbar niederließ. Er war stolz, aber auch erschöpft und ein wenig befangen. Soeben hatte er vor dem ganzen Königreich gestanden und seine wahre Anima gezeigt. Von nun an würde alles anders sein – sein Leben im Tiefland schien lange her zu sein. Er hoffte, dass seine Eltern auch stolz auf ihn sein würden, wenn er sie wiedersah. Wenn er ihnen endlich alles erzählen konnte, was in den letzten paar Monaten geschehen war, würden sie ihn hoffentlich verstehen.

Taleth folgte ihm, beschrieb zwei wählerische Kreise und machte es sich dann ebenfalls auf dem Fußboden bequem. Ihr riesiger, blutbefleckter Rücken war wie eine Festung zwischen Ben und der Welt. Hal, Tori und Phia saßen hinter Taleth in einer engen Gruppe zusammen. Gwen ließ Tremelo an der Theke stehen und gesellte sich zu ihnen.

»Die gehört dir«, sagte Hal zu Ben und wühlte in seiner Weste. Er zog Bens Kralle heraus.

Ben nahm sie entgegen und drehte sie verwundert in den Händen herum.

»Du warst ganz schön kämpferisch da oben«, sagte er zu Hal. »Wie hast du sie zurückbekommen?«

»Der Wächter, der mich auf der Messe festgehalten hat, hatte sie im Hosenbund stecken«, erklärte Hal. »Wie eine Trophäe – ich glaube, er wollte sie behalten. Als die Fledermäuse angegriffen haben, hab ich mir die Kralle geschnappt und bin schnell wie der Ameisenwind losgerannt.«

Ben schaute von der Kralle auf und ihre Blicke trafen sich.

»Ich bin froh, dass dir nichts passiert ist«, sagte Ben. Seine Worte konnten den Stolz, den er wegen Hals riskanter Flucht empfand, und den Kummer darüber, dass er seinen Freund in Gefahr gebracht hatte, nicht ausdrücken.

Hal neigte den Kopf und krempelte die Hemdsärmel hoch, um ihm die tiefen, ausgefransten Kratzer zu zeigen, die kreuz und quer über seinen Arm verliefen.

»Es geht mir gut«, sagte er. »Oder zumindest wird es mir bald wieder gut gehen. Aber als die Fledermäuse auf mich losgingen, hatte ich Angst wie noch nie zuvor. Ein ganzer Schwarm von ihnen. Ich wusste nicht, wie mir geschah. Ich habe nach dir gesucht oder zumindest nach irgendjemandem, den ich kannte, aber überall um mich herum flatterten Flügel und Leute kreischten …«

Tori streckte die Hand aus und untersuchte die Schnittwunden an seinem entblößten Arm.

»Ich weiß«, stimmte sie traurig zu. »Es war furchtbar.«

»Aber du hast es beendet«, sagte Phia. »Wir haben es beendet.« Sie gab einen erschrockenen Laut von sich. »Ameisen! Fast hätte ich es vergessen!« Phia zog ihren Rucksack zu sich und schnallte die Klappe auf. Eine vertraute schuppige Nase bahnte sich einen Weg aus dem Segeltuchsack.

»Bert!«, rief er. Fast so, als wären sie echte Seelenfreunde, kroch Bert aus Phias Sack und wackelte über den Boden zu Bens Schoß hinüber. Dort rollte er sich zusammen und schlief wie üblich ein.

»Du hast ihn gerettet«, sagte Ben zu Phia. »Danke.«

»Unsere eigenen Seelenfreunde mussten wir wegschicken«, erklärte Tori. »Das ist das Schlimmste an alldem: Viviana hat es geschafft, dass alle Leute Angst vor ihren eigenen Seelenfreunden haben. Wir haben es beendet, aber der Schaden ist nicht rückgängig zu machen.«

»Aber jetzt weiß das Königreich, dass die Prophezeiung stimmt«, sagte Gwen. »Und dass Viviana die Dominanz nur zu ihrer eigenen Machterhaltung benutzen wird.«

Digby war hinter der Theke beschäftigt und öffnete weitere Fässchen, die nicht bei den früheren Plünderungen zerstört worden waren. Er goss ein paar Becher Pflanzensaftmilch ein und reichte sie an Ben, Hal, Gwen, Tori und Phia hinunter. Ben nahm einen langen, gemächlichen Schluck der warmen Flüssigkeit. Sie kam ihm vor wie das Köstlichste, das er jemals getrunken hatte, besonders nach den Schrecken, die er an diesem Tag erlebt hatte. Was Gwen gesagt hatte, stimmte, aber sie waren trotzdem noch weit davon entfernt, Viviana aufzuhalten. Sie war davongekommen.

Ben dachte an den Hund, der den Schakal an diesem Tag angegriffen hatte, und daran, wie unbarmherzig er immer weitergemacht hatte. Es schauderte ihn. Auch fragte er sich, was Dominanz noch bewirken konnte. Wenn, wie Viviana sagte, sie eine Stegreifarmee aus allen Tieren schaffen konnte, die sich gerade in der Nähe aufhielten, würde die bevorstehende Schlacht härter werden, als sie alle geahnt hatten. Aber es musste einen Weg geben, sie zu bekämpfen. Er hatte es im eigenen Leib gespürt, als sich der Tigerroboter auf ihn gestürzt hatte.

»Wenn wir uns irgendwie das Gute an der Anima-Verbindung zunutze machen könnten, so wie *sie* es verzerrt, könnten wir sie bezwingen«, sagte Ben. »Indem wir das Gegenteil von Dominanz benutzen.« Er bemerkte, dass Tremelo nur wenige Schritte entfernt stand und einen seltsamen Gesichtsausdruck hatte.

»›Sowohl das Spiegelbild als auch das Gegenteil des Bösen‹«, zitierte Tremelo.

»Genau«, antwortete Ben. »Glaube ich.«

Tremelo kam zu ihnen herüber und hockte sich vor Ben. Er strich Taleth langsam und respektvoll über den Rücken und lächelte seine Schüler müde an.

»Auch wenn Viviana endlose Armeen besitzt«, fuhr Ben fort, »und die Menschen Angst haben, wissen sie doch immerhin, dass Sie am Leben sind.« Er nickte in Tremelos Richtung. »Trent Melore ist am Leben! Das muss doch etwas bedeuten!«

»Für einige schon«, pflichtete ihm Tremelo bei. »Es gibt Leute, die an die Gerüchte über einen Wahren König glauben. Aber viele werden auch in mir genau das sehen, was Viviana sich erhofft hatte – einen Betrüger.«

Er zog ein Döschen mit Königsfingerpaste aus der Tasche und reichte es Tori. Sie nickte und nahm wieder Hals Arme. Dann trug sie die Heilsalbe vorsichtig auf seine Wunden auf, während Tremelo weitersprach.

»Ich sehe keinen Betrüger mehr«, fuhr er fort und sah Ben dabei direkt an. »Ich wollte mich immer davor verstecken – vor meinem Geburtsrecht und meinem wahren Ich. Wenn es nach meinem Willen gegangen wäre, hätte ich die Gefahr missachtet, in der das Königreich schwebt. Aber das kann ich nicht, oder?«

Allmählich hörte der ganze Raum zu. Alle, RATTEN und Velyn, sahen Tremelo an. Fenchel stand mit stolz geschwellter Brust neben ihm.

»Ich bin euer König«, sagte er und drehte sich zum ganzen Raum um. »Ich wollte es vorher nicht … weil ich dachte, dass ich diese Rolle nicht erfüllen könnte. Aber jetzt weiß ich, dass ich es versuchen muss. Wenn sich diese Kinder – diese tapferen Kinder – ihren Feinden und Herausforderungen mit dem Mut und Herz stellen können, wie ich es heute erlebt habe, dann muss ich versuchen, es ihnen gleichzutun. Das bin ich ihnen schuldig.«

Ben blickte lächelnd zu Tremelo auf. Er streichelte Taleth das schmutzige, blutverkrustete Fell und erlebte einen tröstlichen Moment inniger Bindung zu ihr. Wälder blitzten vor ihm auf und er hatte den Duft von Bergkiefern in der Nase. Taleth träumte von den Berggipfeln. Ben schloss einen Moment lang die Augen, begleitete sie und verdrängte die Erinnerung daran, wie sie ihn beinahe angegriffen hatte. Viviana hatte es darauf angelegt, dass sie einander fürchteten – einander verletzten. Aber er fragte sich, ob diese Feuerprobe ihre Bindung nicht erst gestärkt hatte.

»Viviana behauptet, heute eine Armee erschaffen zu haben – nun, auch wir haben den Samen für eine Armee gesät«, fuhr Tremelo fort. »Die mächtigsten Krieger des Königreichs sind hier zusammengekommen. Die Velyn und die RATTEN.«

Beifall hallte durch den schäbigen Raum und erfüllte seine muffigen Ecken mit Hoffnung und Spannung. Digby Barnes und Äneas Vierkrall standen in der Ecke zusammen. Auf Tremelos Wort klopfte Digby Äneas auf den Rücken und Äneas nickte ernst – aber nicht unfreundlich.

»Ich kann es immer noch nicht glauben«, sagte Digby überwältigt. »Hast all die Jahre den richtigen Augenblick abgewartet. Gerissen, wie der alte Verrückte immer schon gesagt hat. Es ist eine Ehre. Eine Ehre.«

»Es gibt noch mehr von uns, tiefer im Gebirge«, sagte Äneas zu Tremelo. »Ich kann dir nicht Tausende versprechen, aber diejenigen, die noch am Leben sind, werden auf deiner Seite kämpfen. Wir sind dabei.«

Ben richtete sich auf.

»Noch mehr?«, fragte er. »Sind auch welche von meiner Familie dabei? Gibt es noch mehr, die Anima Weißer Tiger sind? Ist Taleth wirklich die Letzte?«

Äneas und Tremelo sahen ihn ernst an.

»Das kann ich nicht beantworten«, sagte Äneas. »Seit der Herrschaft des Schakals kenne ich außer dir niemanden mehr mit Anima Weißer Tiger. Aber Aldemar ist größer, als manche denken. Hinter den Bergen … Man kann nie wissen.«

Tremelo blickte zu Ben hinunter.

»Du und Taleth zusammen, ihr wart die tapfersten Kämpfer, die ich je gesehen habe«, fuhr er fort. »Und euer Band hat alles überstanden, was Viviana ihm antun wollte. Das hast du den Velyn zu verdanken – und auch deiner eigenen Not.«

Einer der RATTEN hinter der Theke schob Tremelo einen schaumbedeckten Krug mit Wurzelkrautschnaps zu. Der hielt inne und trank einen Schluck. Dann sah er Ben wieder an und unter seinem Schnurrbart zeigte sich ein schwaches, müdes Lächeln.

»Du hast eine enorme Kraft, aber nicht so eine, wie sie jemand wie Viviana schätzen würde. Du hast eine alte Seele, Ben Walker. Sie reicht weit zurück bis zu denen, die dich vor langer Zeit einmal geliebt haben, und zu denen, die den Weg für dein Leben geebnet haben. Sie sind heute bei dir.«

Tremelo hob seinen Krug.

»Auf Ben Walker«, sagte er. »Auf das Kriegskind.«

»Auf das Kriegskind!«, wiederholten die RATTEN und die Velyn.

Ben hob seinen Krug mit Pflanzensaftmilch.

»Auf unseren König«, sagte er und blickte Tremelo dabei in die Augen. »Und auf Aldemar.«

»Auf Aldemar!«

Alle im Raum neigten die Krüge, erpicht darauf, das warme Licht am Ende eines dunklen Tages zu finden. Der Krieg stand ihnen bevor, ob sie nun darauf vorbereitet waren oder nicht. Ben wusste, dass der nächste Morgen weiteres Ungemach bringen würde – aber hier und jetzt bei seinen Freunden konnte er sich zu den glücklichsten Menschen im Königreich zählen. Er konnte nicht wissen, dass just in diesem Augenblick andere Menschen auf Dachböden und in den Gassen der Grauen Stadt dieselben Worte flüsterten: *Der Wahre König! Das Kriegskind!* – wie ein Wunsch oder ein Gebet, wie ein Hoffnungsschimmer in der Dunkelheit einer langen, kalten Nacht.

Danksagung

Ich möchte mich beim Lektorinnenteam von Paper Lantern Lit bedanken: Lauren Oliver, Lexa Hillyer, Alexa Wejko, Tara Sonin und besonders bei Rhoda Belleza sowie bei den ehemaligen PLLs Beth Scorzato, Angela Velez und Adam Silvera für ihren Weitblick, ihre Führung und Unterstützung. Dank geht erneut auch an den Agenten Stephen Barbara sowie Rotem Moscovich und Julie Moody bei Disney Hyperion für ihren Scharfblick und ihre Hingabe. Ich bin meinen guten Freundinnen Jen Whitton und Michele McNally sowie Judy, George und David – meiner Familie – für ihre Liebe und Begeisterung dankbar. Besonders möchte ich meinem Ehemann danken, der dafür sorgt, dass meine Ozeane ruhig und blau bleiben.